MINGUO TONGSU XIAOSHUO
DIANCANG WENKU

民国通俗小说典藏文库·刘云若卷

湖海香盟·落花流水

刘云若◎著

中国文史出版社

直面人性的"小说大宗师"——刘云若

（代序）

张元卿

1950 年刘云若去世后，作家招司发文悼念，竟招来一些非议，认为不必为刘云若这样一位旧文人树碑立传。半个多世纪后，刘云若已"走进"中国现代文学馆，成了经典作家。现在中国文史出版社即将规模推出《民国通俗小说典藏文库·刘云若卷》，这说明刘云若这个"旧文人"的小说还是有价值的，至少可以提供更多的原始文本，读者可以从量到质做出自己的评价。

关于刘云若的生平资料，百度上已有一些，关注刘云若的读者多已熟悉，此处不再赘述。本文着重写我为什么认为刘云若是直面人性的"小说大宗师"。

20 世纪 40 年代，上官筝在《小说的内容形式问题》中写道："我虽然是不大赞成写章回小说的人，可是对于刘云若先生的天才和修养也着实敬佩。"郑振铎认为刘云若的造诣之深远出张恨水之上。这里所说的"天才"和"造诣"，指的应是作为"小说大宗师"的"天才"与"造诣"。

刘云若的小说虽在上世纪三十年代就风行沽上了，但那也只是"风行沽上"，影响还有限。1937 年平津沦陷后，张恨水南下，刘云若困守天津，京津一带出现"水流云在"的局面，北京的一些报刊便盯住了刘云若，后来东北的报刊也向他"招手"，于是刘云若便成了北方沦陷区炙手可热的小说家，影响开始扩展到平津以外的地区，盗用其名的伪作也随之出现，而他竟在这种混乱的局面中从通俗小说家变成了"小说大宗师"。

1937年9月，《歌舞江山》开始在天津《民鸣》月刊（后改名《民治》月刊）连载，至1939年5月连载至第十七回，同月由天津书局出版了单行本，这是天津沦陷后刘云若创作的第一部小说。此后，因沦陷而停载的小说《旧巷斜阳》《情海归帆》开始在《新天津画报》连载，卖文为生的生活得以继续。沦陷期间，他在天津连载的小说还有《画梁归燕记》（连载于《妇女新都会画报》）、《酒眼灯唇录》《燕子人家》（连载于《庸报》）、《海誓山盟》（连载于《天津商报画刊》）、《粉黛江湖》（连载于《新天津画报》）等。在天津连载小说的同时，北京的报刊也在连载刘云若的小说，先后连载的小说有《金缕残歌》（连载于《戏剧周刊》）、《江湖红豆记》（连载于《戏剧报》）、《冰弦弹月记》（连载于《新民报半月刊》）、《湖海香盟》（连载于《新北京报》）、《云霞出海记》《紫陌红尘》（连载于《369画报》）、《翠袖黄衫》《鼙鼓霓裳》（连载于《新民报》）、《银汉红墙》（连载于《立言画刊》）、《娓娓英雄》（连载于《新光》）等。从数量上看，在北京连载的小说超过了天津。张恨水离开北京后的空白是被刘云若补上了，因此读者才有"水流云在"之感。在沦陷时期，刘云若在东北的影响逐渐扩大，沈阳、长春的出版社开始大量出版刘云若的小说，东北的报刊也开始集中刊载刘云若的小说，《麒麟》杂志就先后连载了刘云若的《回风舞柳记》和《落花门巷》。与此同时，随着1941年刘汇臣在上海成立励力出版社分社，刘云若的小说开始成系列地进入上海市场，在抗战结束前先后出版了《换巢鸾凤》《红杏出墙记》《碧海青天》《春风回梦记》《云霞出海记》《海誓山盟》等小说。由此可见，沦陷时期刘云若小说的影响范围远超从前，几乎覆盖了整个东部沦陷区。这说明当时的读者是非常认可他的小说的。

那么，当时的读者为何认可他的小说呢？刘云若的小说素以人物生动、情节诡奇著称，沦陷之后的小说也延续了这种特色，但刘云若令读者佩服之处实在于每部小说程式类似，情节人物却不雷同，因而能一直吊着读者的胃口。情节人物的歧异处理虽然可增加这种类型化小说的阅读趣味，但立意毕竟难有突破，因而多数小说也还是停留在供人消遣的层面。如《歌舞江山》主要写督军"吕启龙"和他的姨太太们的种种事迹，书中写道：帅府"简直是一座专演喜剧和武剧的双层舞台，前面是一群政客官僚、武夫嬖幸，在钩心斗角争夺权利，后面是一班娇妾宠姬，各自妒宠负恃，争妍乞怜。外面起起桓桓之士，时常仿效内庭姜妇之道，在宦海中固位保身；里面莺莺燕燕之俦，也时常学着外间的政治手腕，来在房帷间纵横捭阖"。此书之奇在于写出了"帅府"的黑幕空间，讽刺意味自然亦有，但除此之外，读者欣赏的还是情节人物之新颖。再如《婳娴英雄》，小说写汪剑平从南京回天津，从公司分部调回总部，并准备与未婚妻举行婚礼。回到天津后，未访到未婚妻棠君，却意外地在舞场看到她同一贵公子在一起。回到旅馆后，才看到未婚妻留言，说要解除婚约。后汪结识暗娼姚有华，适公司要开宴会，汪便请姚扮作他的太太参加宴会。汪这样做是因为公司老板不喜欢未婚男士，这样一来就可以使老板认为自己结婚，不会因未婚而丢了工作。此后，汪经朋友张慰苍介绍同苑女士结婚。姚有华自参加宴会后，力图上进，恰见汪陷入命案，便思营救。她住到接近歹人的地方，想办法救汪，慢慢发现汪的朋友张慰苍夫妇竟是匪党，而与其一伙的文则予就是陷害汪的人。就在此时，张氏夫妇设计灌醉有华，文则予趁机将有华侮辱。后有华被卖作暗娼，又利用文则予对自己的感情逃出。在路过警察局时，有华大喊捉贼，文被捉进警局，供出自己就是谋害汪的罪犯。至此，真相大白，汪出狱，有华却不再准备嫁人。苑女士在汪入狱后生活贫苦，继续做起舞女，却被一客人侮辱，受其摆弄，不得与汪重圆旧梦。有华看到汪和苑女士这种景况，又请人撮合，欲挽回他们的夫妻情缘。小说结尾写有华"宛如一个'杀身成仁'的英雄，情场中有这样伟大的心胸，而且出于一个风尘中的弱女子，称她为'婳娴英雄'，谁曰不宜？至于剑平出狱后，理宜对有华感恩入骨，能否善处知己，报答深情，以及苑娟能否摆脱季尔康的羁绊，和剑平重偕白首，只可让读者们细细咀嚼，作为本书未尽的余波了"。小说命意如此，读者亦甘愿在此多角情爱中享受"过山车"般之沉醉。不可否认沦陷时期的读者需要这种"过山车"般的沉醉，而刘云若的小说最能满足他们的这种阅读需求，因此风行一时，也毫不奇怪。然而，令人奇怪的是刘云若在写作这类小说时竟能写出《旧巷斜阳》这样引起社会轰动的小说。

《旧巷斜阳》主要写下层贫苦妇女谢璞玉人海浮沉的故事。璞玉的丈夫是个瞎眼残废,有两个未成年的孩子。为了生活,她只好去餐馆做女招待。其间,偶遇王小二,一见倾情,几欲以身相许,但她苦于已为人妇、人母,痛苦地徘徊在丈夫和情人间,"几把芳心碾碎,柔肠转断"。此后,丈夫发现她的隐情,为成全她和王小二,独自出走。王小二为此深怀自责,忍痛南下。璞玉此时贫苦无依,只好移往贫民窟。在失身地痞过铁后,被卖作暗娼,又为张月坡侮辱,几番沉沦。后经搭救才跳出火坑。其时,王小二回津做官,两人再度相逢,经柳塘说项,遂成眷属。可惜不久督军下台,王小二身受牵连,亡命天涯。璞玉只好依附老名士柳塘过活。柳塘晚年因发现妻子与人私通,而更加厌恶尘世生活,遂南下寻见王小二,相携出家。柳塘老宅日渐荒芜,璞玉和柳塘夫人相依为命、孤苦度日。在刘云若的小说中,《旧巷斜阳》的情节并不算太繁复,论奇诡还比不上《娬媚英雄》,但在刻画人物上,特别是对璞玉的刻画却极为成功,在连载期间《新天津画报》头版头条就常刊发评说璞玉命运的文章,最后竟转化为探讨妇女命运的大讨论,以至于1940年8月天津文华出版社出版单行本时,在"作者自序"和正文之间加印了"《旧巷斜阳》引起的批评讨论文字选录",这在现代通俗小说出版史上是不多见的。加印的讨论文章共九篇,分别是榕孙的《谈谢璞玉》、彝曾的《再谈谢璞玉》、榕孙的《答彝曾先生——代王小二呼冤 替谢璞玉叫屈》、趾的《与云若表同情——璞玉所遭愈苦 愈足以警惕人心》、葛暗的《关于璞玉问题的平议》、摩公的《云若的公敌 为璞玉请命》、丁太玄的《响应宗兄丁二羊》、聊止的《关于璞玉获救的感想》、一迷的《关心妇女生活者应大批营救璞玉》。

这九篇文章大都发表于连载《旧巷斜阳》的《新天津画报》,大致能反映当时读者的看法。榕孙《谈谢璞玉》写道:"谢出身微贱,居然出污泥而不染,能不为利欲所动,洵不失为女侍中典型人物。……深盼刘君能兜转笔锋,俾谢氏母子得早日出诸水火,则璞玉固未必知感,而一般替他人担忧之读者实感盛情也。"这说明璞玉在小说中的处境引起了读者的怜悯,他们不忍见"出污泥而不染"之人继续遭罪。而彝曾《再谈谢璞玉》表达的是另一派读者的意见:"日前榕孙君《谈谢璞玉》一文,请作者鉴佳人之惨劫,怜稚子之无辜,早转笔锋,登之衽席,实为蔼然仁者之言,先获我心,倾慕曷已。不佞所不敢请者,因璞玉以一念之差，叛夫背子，再蹈前辙，沉溺尤深，作者非必欲置之于万劫不复之地。但揆诸人情天理，设不严惩苛责，何以对其恝然舍家之盲目夫婿，更何以点出一班将步璞玉后尘之芸芸众生。是则璞玉之遭垢，有为人情所必至，而天道所欲昭者矣！"显然这派读者觉得璞玉"叛夫背子"应受严惩。趾《与云若表同情——璞玉所遭愈苦 愈足以警惕人心》和《再谈谢璞玉》观点相近，他觉得虽然"在报上发表文字，一再向云若警告，或请求设法把璞玉救了出来"，但作者不必就将璞玉救出，他的理由是："但鄙人看来，现社会中像她这样堕落的女子，不知凡几。虽然堕落的途径不同，其原因无非误解自由，妄谈交际，以致身隐危境，无法摆脱，遂演出背叛尊亲，脱弃家庭，夫妇离异，以及淫奔私会奸杀拐卖种种不幸的惨剧。她们所受的痛苦，往往比璞玉还要来得厉害。所以著者正好拿假设的璞玉来做牺牲品，把她形容得愈苦，愈足以警惕人心，使那些醉心文明、误解自由、意志薄弱的青年女子，以璞玉做一前车之鉴，以收惩一警百之效，其有功于世道人心。正风移俗，自非浅鲜。"一迷的文章更是直接喊出了"应大批营救璞玉"的呼声："我们知道《旧巷斜阳》里所描写的低级娼寮，是真有那个去处。在娼寮里受着非人生活的女人，其痛苦情形或许十倍于作者之所描写，但是无人想到她们，只知关心璞玉，这是多么不合理。"又说："这里我们应该谈到文学了。譬如一则新闻，记载璞玉的故事，便不会如《旧巷斜阳》所写可以感人。假若关心妇女生活的当局（如新民妇女会）由璞玉想到那些在地狱里受罪的女子，而设法大批营救，则《旧巷斜阳》不是一部泛泛的小说了。"由对小说人物命运的关注，逐渐转到营救当时像璞玉"在地狱里受罪的女子"，一部小说能有这样的社会影响，首先说明它触及了当时黑暗的现实，起到了为时代立言、代无告之人控诉的作用。能产生这样的社会效果的作品，在号称文学为人生的新文学作品中也很少见，因此有研究者认为"作为一个旧时代的通俗小说作家，且在日伪高压政策的钳制下，能够写出如此惨烈之书，引发出如此严肃的社会问题，我们今天怎能用一个'鸳鸯蝴蝶派'的概念去解释他"。我想刘云若之高明，就在于能活用社会言情小说程式，他可以依照程式写很"鸳鸯蝴蝶"的通俗小说，也能利用程式写出超越"鸳鸯蝴蝶"味的小说人物，最终用经典的人物形象超越了程式，也就脱"俗"入

"雅"了。当时有评论者认为"刘云若可称得起中国南北唯一小说大宗师"，这显然没有把他当作鸳鸯蝴蝶派，而直接说是"小说大宗师"。刘云若是否称得起是"小说大宗师"，暂且不论，但这称号是在《旧巷斜阳》发表之后，而且是针对这部小说而提出的，这至少可以说明在当时读者眼中，能写出《旧巷斜阳》就称得起是"小说大宗师"。

那《旧巷斜阳》何以能体现出"小说大宗师"的功力呢？

《关心妇女生活者应大批营救璞玉》发表于1940年3月16日的《新天津画报》。此后，《新天津画报》又陆续发表了一批评论《旧巷斜阳》的文章，读者的讨论一直持续至年末。8月22日，作家夏冰在《读〈旧巷斜阳〉有感》中坦言《旧巷斜阳》是现在最受欢迎的小说。8月23日，报人魏病侠在《读〈旧巷斜阳〉之后》中认为刘云若小说之所以能特受欢迎，除了"设想用笔"等处外，还有两点："一、其所描写者，均为现代人物，以及现代社会上各方面之事态；二、其所叙述各社会上之情事，每多其亲身经历，或随时留心调查之所得。有此两种原因，自能使读者均感其亲切有味，与寻常小说家言，大相径庭矣。""设想"，主要指情节，璞玉落水的情节自然是精心营造的，但璞玉被救之后的情节却并不出彩，柳塘和王小二一起出家的结局也很老套，因此魏病侠没有多谈"设想"。至于"用笔"，白羽和周骥良的观点最有代表性。白羽认为刘云若"写情沁人心脾，状物各具面目"。周骥良认为："刘云若笔下的那些被侮辱与被损害的女性，个个血肉丰满、呼之欲出。单是一部《旧巷斜阳》，揭露那些被欺压的女性挣扎在毁灭的深渊中，就足以和影响颇大的日本电影《望乡》相提并论。读作品读的是作家的文字功夫，有如看戏看的是演员演技，看球赛看的是球员球技。刘云若的文字流畅如行云流水，读起来既自然又舒服，不掺半点洋味，有中国传统文字之美。"他们二位的评论相隔近六十年，这说明刘云若的"用笔"不仅被时人称颂，也为后人所赞赏。以《旧巷斜阳》为例，我以为刘云若描写胡同环境和璞玉心理的"用笔"确实具有"小说大宗师"的功力。

魏病侠认为刘云若受欢迎的地方是所描写者为"现代人物"，所叙故事"每多其亲身经历"，这其实是强调作品的写实性。鸳鸯蝴蝶派小说的兴起很大程度上靠的就是写实，《玉梨魂》《北里婴儿》能引起读者关注，也是因为所写是"现代人物"，故事"每多其亲身经历"，而后来之逐渐式微，关键不在章回体的束缚，而在作家背离了写实的原则，人物无现实依据，故事少真情投入，一味以情节和色欲迎合读者。说刘云若是鸳鸯蝴蝶派，也不是没有道理，但要说明他继承的是早期鸳鸯蝴蝶派的衣钵。而称他为"小说大宗师"，超越鸳鸯蝴蝶派，则是因为刘云若的写实虽继承了《北里婴儿》《倡门红泪》的传统，却不局限于展示"北里"、"倡门"中的不幸，而是在更为广阔的社会生活中描摹不幸人生的种种人情世态，不仅让读者吃惊，有时也能令读者发笑。平凡人生因此而变得立体可感，成为蕴蓄时代情绪的历史画面，小说因此有了史诗的意味。人情世态的核心是人性，能让平凡人生立体可感，关键在于能否写活平凡人生的人性。夏冰在《情海归帆·序》中写道："盖云若之笔，善能曲尽事情，尤详于市井鄙俚之事，如禹鼎燃犀，无微不至。"所谓"曲尽事情"、"无微不至"，其实就是表彰刘云若能让平凡人生立体可感。张聊止称刘云若为中国的莫泊桑，也是在表彰刘云若能让平凡人生立体可感。姚灵犀认为刘云若"应与兰陵笑笑生、曹雪芹相颉颃"，还是表彰刘云若能让平凡人生立体可感。这些评论者都没能明确地从刻画人性的角度来肯定刘云若，而真正认识到刘云若人性书写价值的还是当代的一些研究者。

毛敏在《津门社会言情小说家刘云若论》中写道：

> 刘云若遵循艺术美丑皆露的原则，对人性的复杂性做了深刻的挖掘，他十分注意人物恶极偶善的可信性，以及本性难移的必然性，力图展现人物性格的多面性和复杂性。他对人性阴暗面的揭露又是不遗余力的，《旧巷斜阳》中大杂院里刘三家妓女出身、后来做了官姨太太的外甥女雅琴来探亲时，各家各户像迎接贵宾那样恭候她的到来，那种奴颜婢膝的神态将其劣根性展现无遗。刘云若批判穷人只羡慕富人，对同类穷人没有同情，譬如车夫，"一个人穷到拉车，也就够苦了……做车夫的应该可以同病相怜了，然而不然，个中强凌弱，众暴寡，以及拉包车的欺侮拉散车的，拉新车的鄙视拉旧车的，能巴结上巡警的，就狐假虎威，欺压同行，能拉上阔座的，就趾高气

扬，鄙夷同伙，诸如此类，直成风气。我们看着以为一个人穷到拉车，也就够苦了，竟还有这等现象，实在可鄙可怜！然而这正是整个社会的缩影啊"。这种对国民劣根性的批判是对二十年代鲁迅小说改造国民性主题的继续，并且把鲁迅小说的题材从农民扩展到市民，不过刘云若不同于鲁迅以启蒙精神战士的姿态来审视他笔下的对象，他没有过启蒙者的经历，他是以与对象同一的眼光来体察他笔下的对象，在批判他们的精神病态的同时，又充满了默默的温情，从而表现出不同于鲁迅小说的深沉冷竣的另一种温婉幽默的风格。他将触角伸向繁华大都市中为人所遗忘、平日蜷缩在肮脏灰暗角落中的贫苦市民，挖掘褴褛衣衫下熠熠生辉的人性。《旧巷斜阳》中底层妇女谢璞玉因生活的逼迫而沦入娼门，出卖肉体和灵魂，过着悲惨不堪的生活。同样生活悲苦，却因一笔小小的意外之财而得以第一次嫖妓的人力车夫丁二羊对她产生了深切的同情。刘云若用洗练生动的文笔勾画出了丁二羊那衣不蔽体、食不果腹的艰苦生活境况，衬托出他第一次嫖妓的机会得之不易。谢璞玉因难以忍受他的污浊不堪而对他婉言相拒，丁花了"巨资"而未完成心愿不但没有恼怒反而对谢流露出极大的同情。他说道：

"可怜，可怜！我原先只道世上最可怜的，数我们车夫了，为奔两顿饭，不管冬天夏天，都得舍命地跑。热天跑得火气攻心，一个跟头栽倒，就算小命玩儿完；冷天呢，没座儿的时候，在街上能冻成银鱼，有了座儿，拉起一跑，又暖和过了头，通身大汗直流，到地方一歇立刻衣服都成了冰片，冰得难受，还须上僻静地，把冰片挫下来，你想这是什么罪过儿？可是若有两天进项不错，就可以歇天工，玩玩乐乐谁也不能管，你们……"

生活的悲苦令人发指，令人忍不住要控诉社会的不公，可下层娼妓的生活比车夫更苦，自身生活都难以确保的丁二羊费尽心思要把璞玉从火坑里拯救出来，虽然璞玉因此掉入更深的火坑。刘云若在这里深刻地写出了劳动者对妓女的同情，表现了底层人民内心的美好品质以及他们之间的惺惺相惜，揭示出人性的美好的一面。既批判又认同于小市民，这包含着他对小民百姓卑微和平庸生活的深深理解和同情，也是对人生的正视，正视人生的凡俗性质。

我认为刘云若能用小说"挖掘褴褛衣衫下熠熠生辉的人性"，就足以说明他已具有"小说大宗师"的功力，而他"挖掘褴褛衣衫下熠熠生辉的人性"时所呈现出的"温婉幽默的风格"，就是"小说大宗师"的气派。

钱理群等在《中国现代文学三十年》中对刘云若《红杏出墙记》的通俗性和现代性都做了分析，认为它对人性的表现，"也是超乎以往任何一部通俗小说（包括张恨水）的"。这还是在通俗小说范围评论刘云若，但这部论著至少注意到刘云若很早就开始写人性了。可是刘云若写人性的变化，这部论著没能指出。《红杏出墙记》写人性基本是在"揖让情场"上做文章，立意还不深刻，人性刻画还从属于情节，而不是写作的中心，因此也只是"超乎以往任何一部通俗小说"，还不足以与新文学阵营的小说一较高下。可《旧巷斜阳》一出，它前半部写璞玉，已是情节从属于人物，人性刻画已是写作中心，褴褛衣衫下的人性被刻画得熠熠生辉，其价值早已经超过了以消遣为主旨的通俗小说，而具备了严肃小说的艺术特征，足可与新文学名作一较高下了。刘云若能在沦陷时期写出《旧巷斜阳》，自然得力于他长期关注人性问题，但家园沦陷的现实刺激无疑加深了他对人性的思考。而面对现实的无可奈何，让他的"用笔"于温婉幽默中更加平静质朴，这便贴近了莫泊桑的风格。因此，家园沦陷的现实无疑是促使刘云若从通俗小说家转化为"小说大宗师"的历史契机。

尽管沦陷时期刘云若的小说整体上还属于通俗小说，卖文为生的生活不允许他只做"小说大宗师"，但他在写作《旧巷斜阳》时所积累的艺术感受并不曾因此而泯灭。抗战胜利后，刘云若写出了又一部能代表其"小说大宗师"水准的小说《粉墨筝琶》。孙玉芳认为刘云若塑造了一系列女性群像，"其中以女招待璞玉（《旧巷斜阳》）和伶人陆凤云这一形象（《粉墨筝琶》）最为复杂生动。抗争与妥协，自尊与虚荣，生命的悲哀与人性的弱点，全都彰显无遗"。陆凤云的形象塑造之所以复杂生动，除了伶人这一角色赋予的特定内涵外，也得益于璞玉这一角色提供的营养。作为伶人，陆凤云自有多情妩媚的一面，但作为普通人，她又有软弱犹豫、随波逐流的一面。刘云若写陆凤云作为普通人的一面时，就借鉴了璞玉身上软弱犹豫、随波逐流的特征。但作为在江湖上闯荡的伶人，陆凤云在多情妩媚和软弱犹豫之外，还有刚烈正直的一面。《粉墨筝琶》中出城一节，就显示了陆凤云作为乱世佳人刚烈正直一面。孟子曰："人性之善也，犹水之就下也。人无有不善，水无有不下。今夫水，搏而跃之，可使过颡；激而行之，可使在山。是岂水之性哉？其势则然也。"然而势终不能变其性，才见人性之光辉。陆凤云处乱世而不失刚烈正直之性，正是刘云若在沦陷时期就用心刻画"熠熠生辉的人性"的延续与升华。璞玉是顺势而不失其良知，凤云是逆势而卓显其刚烈，均能势变而不失其性，可谓乱世两佳人。佳人不朽，云若亦不朽。

刘云若在《粉墨筝琶·作者赘语》中写道："作小说的应该领导青年，指示人生的正鹄，我很想努力为之，但恐在这方面成就不能很大，我或者能给人们竖一只木牌，写着'前有虎阱，行人止步'，但我也不愿作陈腐的劝惩，至多有些深刻的鉴戒。……至于我爱写下等社会，就因为下等社会的人，人性较多，未被虚伪湮没。天津《民国日报》主笔张柱石先生说我善于写不解情的人的情，这是我承认的，因为不解情的人的情，才是真情，不够人物的人，才是真人。"幸而刘云若没有积极的"领导青年"的意识，也"不愿作陈腐的劝惩"，才使得他既不同于新文学作家，也不同于通俗小说家，对雅俗均能保持清醒的距离，内心却别有期许："比肩曹（雪芹）施（耐庵），而与狄（查尔斯·狄更斯）华（华盛顿·欧文）共争短长。"

天津作家招司和石英都曾用"淋漓尽致"来称赞刘云若刻画人物的功夫，不知他们在称赞之时，是否意识到与他们"插肩而过"的是一位混迹于市井的"小说大宗师"？如今，读者面对刘云若的这些小说作品，是否会觉得"小说大宗师"迎面而来呢？

一切交给读者，交给历史，我想刘云若有这样的自信。

2016 年 10 月 19 日晚于南秀村

目　录

湖海香盟

落花流水

白 羽 序

　　有些小说，把书中人物严分邪正，无形中给每人画上一个"脸谱"。又有的强迫主角打"背躬"，自诉品行，水浒宋江口说仁义，喋喋不休。甚至害病延医，也对张顺说："兄弟，看在忠义分上，是必救我则个。"这样的表现法似乎太省事了。

　　讲台上的主席可以握着讲师的手当场介绍："诸位同胞，这位黄天霸很有本领。"而小说不行，像说评书似的，插科打诨，导演上台，装丑角逗笑，在今日已觉索然无味了。并且作者露面，"看官听说"，立刻遮断了故事的进行。

　　小说表现法也可以借径电影，注重小动作。以动作宣示心情，胜于口说，但这也须斟酌。一个书生不嗜瓜果，忽然吃了一整个西瓜，借以表示"美人之贶"。一个少年人吃爱人手中的一块糖，三月犹有余味。这固然有趣，还不如《虹霓关》的拧红帕，那红帕是美貌敌将的胸结。

　　《湖海香盟》为吾友云若先生近作，初发表时，我曾读过数段，正写朱绣虎受老父（一个有手腕的老政客）情逼，辞恋人趁就未婚妻。未婚妻也自有爱人，夜访绣虎，劝他撒手。同时绣虎的情人也适来问真相。一男二女相遇，绣虎对二美难兼难舍，犹豫起来，结果遂两失之，这正写出近代都市青年的犹豫病。

　　云若以雕龙绣虎之才，从事说部垂十五六年，成书四五十卷。于都市繁华相洞见表里，剖析很清。不止写到上层，又透视到黑暗的底层。尤难得在写情沁人心脾，状物各具面目，毫无预制脸谱，强打背躬的毛病，也没有过重小动作之处。他所写的故事往往揭破人间的丑恶，使读者吃惊，发笑。可是闭目一想，这样人物犹在面前。有时行文稍繁，那

1

是计日撰文的通象。云若近日渴望发财，发财可以闭户著书，勒成名作。昔戴南山自谓胸中有一部书，犹未写出，方灵皋亦深信其胸中果有一部书也。我于云若，亦复云云。何日不愁盐米，得泰然拈笔，写其欲写耶？且同仁望有此一日。为序。

湖海香盟

第一回

侯门出残贵反舌成声
絮阁坠前欢差池有悔

交游贵显，到处逢迎，有时比阔人还阔。二十年来，世界许多地方的人，都知道中国有梅兰芳，而不知元首为谁，也算很不低微了。但在一般旧人的脑筋，还印着昔年娼优隶卒的影子，即使爱好艺术，也不肯令子女去学唱戏的艺术。这种固执谬误的观念，在社会上还很普遍。尤其在乔木故家退闲显宦的朱门巨邸中，更把伶人看成天壤相悬，云泥相隔。但是想不到这高贵社会中间，竟有尤为高贵的人，不顾诗礼家风，改营声歌事业，怎会不惹得满城风雨，万口咨嗟？

原来这絮萍楼主本姓是任，学名意琴。她的伯父任旭初曾做过极大的官，在前朝以翰苑出任封疆，入民国由遗老又撄津要，十年前退职归林，流寓沽上，享了几年清福，便自逝世。意琴的父亲名叫献丞，一世没做过真正的事，向以挂虚衔领干薪为副业，正业却是随着老兄做内账房，所以手中甚为富厚，到旭初逝世，全家财产又全归他手中，真是坐享现成，天生福泽。意琴又是独女，虽然母已早亡，但在父亲怜爱之下，又是百万富家的小姐，入居高楼，出坐汽车，用钱不禁不限，行动无拘无束，真是向上帝购着优待券的超等幸运女郎。她本身又生得容颜娟丽，心性聪明，论家中财力，足可以送她到火星上留学，只为她自己不愿读书攻苦，中学卒业便行休止。但只这样，已足够他人羡慕。许多巨室高门前来求对，若干王孙公子尽力追求。她又正在人生黄金时代，二八年华，青春正好。好似世界各种幸福快乐，都在前途列队等待着她，并不须劳心费力，只要按部就班地向前行走，准可以投入幸福境里，快乐园中。然而她竟另辟蹊径，背道而驰，居然以绮罗锦绣之身，跳入歌舞霓裳之队。这当然由于爱好，但也迫于情势。

意琴自幼喜欢看戏，渐渐由嗜好而尝试，先和一般女伶交结，谈笑之间，学唱一句两句，很受赞美。她更引起兴趣，觉得自己容貌美丽，身段苗条，喉咙娇脆，举止风流，天然是唱戏的好材料。又加爱好虚荣，以为绝代荣华，若止周旋于家庭学校之中，游行于马路便道之上，受有限人的瞻仰，未免自暴自弃，对不住天赋风姿。于是就和几位同学组织个小规模的票房，烦熟识的女伶举荐一位说戏师傅，一位拉琴弦师，就正式学起戏来，预备学成上台玩票，受万众瞻仰，大出风头。果然有志竟成，她的资质特为优秀，不多日子，便学会了几出戏，经内行女伶品评，认为师傅教得工料皆精，并未掺水，她也学得形神俱似，绝不羊毛。她欣慰之余，更是急于炫露，恰巧几位同学都对学戏失去兴趣，纷纷告退，小票房竟而报散。她就由说戏师傅介绍，进了男女混杂的扬风国剧研究社。这是个大规模的票房，在这票房又遇着一位名师，是梨园名角，现已淡落，以说戏拉弦糊口的南玉琼。

这南玉琼本唱小生，数年前曾红极一时，给各大名旦配戏，已成了小生行数一数二的人物。但因在外面遇得便宜事太多，把本行祖师惹恼，竟而喉咙暗哑，一字不出。据说少年嗓败谓之倒仓，老年失音叫作塌中。他年纪不及三十，不老不少，却正落在倒塌之间，把人压毁了。再也不能上台，仗着肚中宽博，昆乱不挡，又会拉两手儿胡琴，就渐渐听上票友，在扬风票房已经很久了。意琴一进去，见南玉琼相貌清秀，衣服整洁，不似原来说戏师傅既老且脏，又震于他昔日舞台上的名声，就特聘他作私人教师。

南玉琼对这样阔小姐自然尽力巴结，用心教授。又时时恭维，说小姐戏料太好，我这些年向未见过，你可不要忙着上台，咱们用心捯扯几出绝活，将来赶上义务再露，那时非大轴不唱。我准保一下叫响，把社里几位女票全压下去。意琴听得入耳，就依着他潜心学习，刻苦用功。常常黎明即起，跟南玉琼上马厂道旷地去喊嗓。半年之中，居然学成昆戏两出，皮簧两出。

但在这当儿里，意琴父亲给她提说亲事，男方是做过前清度支部尚书朱乃文的儿子朱绣虎，正在大学读书。意琴母亲久已去世，有位庶母主持内政，但这庶母对意琴向来漠不关心，对她的婚事更是不加可否，只可全由她父亲主持。献丞对朱家已然中意，也曾征求女儿同意。意琴正然志在艺术，哪有心绪理会婚姻？答语不免含混，她父亲以为默认了，就和朱家办了换帖过礼的手续。意琴虽有些怪父亲过于操切，但木已成舟，又见朱绣虎照片少年英俊，也就听其自然。订婚后过有三个多月，赶上票房五周年纪念，举行彩排庆祝，假座春和大戏院，做两日的售票公开演唱。意琴一则因为身份较高，二则自负技艺美妙，竟以新票友资格，争得演大轴的地位。并且为炫耀博学多能，第一日演昆曲《絮阁》，由南玉琼配唐明皇，第二日演皮簧戏《玉堂春》，不用同社票友作配，另由自己出钱，去邀程继仙配小生，张春彦配蓝袍，李洪福配红袍。票房的其他女票为她后来居上，有两位气得一怒退会，一个气得哭肿了眼，一个气得把新制成的戏衣剪得粉碎。票房因是售票，前一日就把戏码登报公布，意琴父亲看见，大为震怒，等她回家当面申斥一顿，严命不许登台。并且说已是有了婆家的人，怎能还在外边胡闹？逼她立刻向票房告退。意琴辛苦绸缪，好容易得到露脸机会，怎肯把经岁之功废于一旦？执意不允，和父亲吵嘴半天，并没闹出结果，就被庶母劝回己室。

次日一早就由家中溜出去，到朋友家耗过半天，晚上便到春和粉妆上台。这破题儿处女儿居然唱得声容并茂，成绩绝佳。台下观众既震于她的名闺声价，又佩服她的妙有音容，都鼓掌欢呼。有些爱慕过度的人竟叫出动心舍命的狂彩。意琴自然得意，卸妆以后和包围的男女朋友吃过夜宵，恐怕回家被父亲扣留，误了明日登场，就没敢回去，仍在友家借宿。次日早晨，见各种报纸都记载票社新排戏评，把自己捧到三十三天天外天，玉皇顶上竖旗杆。但有的过于肉麻，竟说习梅程荀尚之大成，为古今中外所未有。也有的评及容貌，把面似芙蓉，腰如杨柳，一颦一笑，百媚横生的评花套语都用出来，意琴只顾得意，并不理会。混了一天，到晚上又去春和，一进门便有社友报告，在六点钟已挂了满座牌。并且有许多著名内行，都来买票。意琴恍如当年窗下寒士，十年攻苦，一旦成名，欢喜得不知如何是好，就跳着跑进后台。哪知方才坐定，要对镜梳头，突然由后门拥进一群人，为首的正是她父亲。两眼通红，半疯儿似的，抓住她骂了句不要脸，就吩咐带来的仆人一齐动手，把她连拽带推，拥出后门，装入汽车，如飞开回家去。意琴反抗无效，逃脱不能，就问她父亲如何这样蛮干，当着许多人丢女儿的脸。意琴说着还想趁势跟她父亲撒泼重回戏院，及至她父亲气愤愤地说了些话，她才明白自己闹出大事，不再作登台之想。

原来她自加入扬风票房，用南玉琮说戏，把原先开蒙的师傅辞退，那师傅嫉恨难忍，就在外面散布流言，夸张意琴和南玉琮的关系。这风声日渐广播，传到朱乃文耳里，已是深感不快。到这次唱戏，朱家事先未知消息，直到开演之夜，朱乃文才听见人说，就自己悄悄去到春和戏院，买票入座，瞻仰未过门儿媳妇的妙奏。朱乃文向日对昆曲颇有偏嗜，拍曲按歌，甚为内行。听儿媳演唱《絮阁》，韵雅声清，合宫入律，深觉娱目赏心，但有一事却伤心惨目，就是梅妃对唐明皇有些态度过于亲狎，意致过于缠绵。唐明皇也不是端人，有些地方过火，得该挨嘴巴。但梅妃不以为忤，大有尽人调戏之概。朱乃文气得老眼昏花，再也看不下去。回家寻思一夜，正在无计可施，次日午后，他儿子绣虎从学校回家，把几张记载意琴演戏的报给老翁看，怒眦欲裂地定要退婚。朱乃文觉得儿子办法甚为明哲，就表示同意。立刻请来原保大媒，说明此事，由朱乃文出名，以闺媛演戏迹近市井，不堪再为人妇为理由，用书面向任献丞请求退婚。这封信在黄昏便由原媒送到，献丞接着气得半死，知道朱家意志坚决，若不允许，势必成讼，自己更要丢脸。就先对媒人表示任男方尊便，敷衍去了，立即带领仆人把意琴捉了回家，责骂一顿，关禁起来。但婚事已不可挽回，正式退帖还聘，永断葛藤。

献丞把意琴禁在家中，只为免得出去招风惹事。意琴怎能受得牢狱生活，不多日便携带细软，偷跑出去。献丞见她逃走，气恼更甚，再加姨太太从中激动，献丞竟下了决心，和意琴永绝父女之亲。虽未登报声明，但只通告亲友，又命令阍仆永不许意琴进门。意琴听得这个消息，虽然痛心，却听其自然，不思转圜。仍在外纵情歌舞，尽兴享乐。起初献丞还念父女情分，遇意琴困窘，托人向家中要钱，也常给予接济，实际还望她改悔，骨肉重圆。半年以后，因意琴在外声气愈来愈大，毫无迷途知返之意，就断绝资助。意琴在经济上很受压迫，因疑父亲绝情，是由庶母谗谮，就也对家庭发生恶感，声言与任氏永断往来。

自己感度畸零生活，以后仍不断受人邀请，演唱票戏。但把原来任意琴女士芳名，改名絮萍楼主的别号。絮萍二字，是取古人"一世杨花二世萍，无疑三世化卿卿，不然何事也飘零"的词意，以寄身世之慨。

6

但忘了那首词是赠风尘女子的口气，与她这千金小姐身份不合，未免有些自轻。其实这也和薛涛的"枝迎南北鸟，叶送往来风"是一样的谶兆。

她改名之后，偶然登台献艺，更受社会人士的注意，无形中在歌场中树下一部势力，博了许多美誉，便有些在梨园行的碎催以及剧报两栖类的人物，见她技艺优长，声名洋溢，又知道脱离家庭，颇为经济所窘，正是利用的好机会，倘能怂恿组班登台，大家都可大得其益。就争着对她劝进，向她献策，意琴初还顾着自己身份，不肯答应，既而到了去岁阴历年关，意琴债台高筑，债主堆门，被逼得无可如何。到了除夕下午，只得去托一位老姑母代到自己家中，向献丞讨要千元度岁。献丞一文不给，还是那位老姑母看她可怜，赠以数百元才得把年度过。

意琴伤心至极，就有心与家庭赌气，有所作为。恰值当地有一家戏班因主角出了事故，忽然解散，许多配角底包一时寻不着出路，生活恐慌，适有位惯吃戏饭的绰号画眉鸟的王七，看出有机可乘，就去向意琴说项，请她出来组班演唱，用那现成的班底，维持他们的生活。对她只是说救济底包，算是慈善性质，实际和普通戏班主角享受同样利益。意琴心中却已愿意，但因组班需有充足经济作为后盾，自己手头枯涩，深恐怕将来闹得骑虎难下，就踌躇不敢答应。王七看出她的意思，便又去约了一位银钱界的名人吴韵之做意琴的经济后台，约定有他做无限供给。戏班有盈余，全归意琴享受。有亏耗都归他担负。银钱界的人向以精干著名，吴韵之又是个中俊俊锋锋之士，竟会做出这样不惜亏本，不计盈绌的蠢事，究竟所为何来，所图何事，实令人难于索解。但虽人人想不通，却又人人想得通，也就不必仔细研讨了。

意琴因生活恐慌，有些饥不择食，见金钱人力都有确实把握，只等自己登台演唱，便可名利双收，自然乐得应允。就先拜了位老内行为师，以利进行。王七即日着手组班，并不依照前言，维持那已散之班，只由内中挑选几十，另凑起价廉物美的配角。

二牌老生邀了那流落已久的邵悔初，这邵悔初原是山东阳谷县人，和《水浒传》武大郎同乡，原也是在乡绅士，只因从弱冠便到北京上学，受了戏迷，为学戏把家产都学尽了。技术虽可观，舌头却苦无法修理。他那类似山东馆堂倌的乡音，终有些不大受听，因之在北京连玩票都很少机会。他一气回了家乡，跟着野台班唱迎神赛社的戏剧，倒颇合乡人口味，竟得了阳谷谭鑫培的伟号。过了些年，他有位表兄，做了山东省政长官，他投奔了去，得了税局差使，很为得意，但是旧习难忘，还时常出去走票。当时风气尚未开通，他表兄认为又玷官箴，大加申诫，及至数诫不悛，就撤了他的差使。他不慌不忙，做了个很妙的报复，在省署一条街上的戏园正式下海，大唱其戏，并且故意托人在报纸上宣传，他是某公的表弟，前任某处的局长。他表兄大怒，叫他去大骂，他还振振有词，说你不给我饭吃，还不许我自己挣饭？唱戏并不狂潮，谁也无权干涉。他表兄没法，只可给了些钱，央他离开山东。他就到天津来，一住十多年。偶然搭班，那阳谷谭鑫培的声势，竟不能惊动当地观众，因而屡战屡北，屡演屡辍，最后落在游艺场的夏季临时戏班里唱开场。到秋风一起，夜园关门，他也歇业。去岁年终，租界一家小戏院邀了部没落的坤班，在新正出演，抢节抓钱。偏巧班中常演须生的一位老坤伶死了，无人可代，竟异想天开地把邵悔初请去，在粥粥群雄中，做万绿丛中一点红的男性演员，真可谓极尽没落之能画。到这时他才后怕，当日不该因为唱戏辞官，否则今日早已成为富翁，何致如此落魄？因而改名悔初。王七因和他早已相识，时常包办堂会，邀悔初去唱，给钱多少向不争论。因其易于对仗，就有了友谊。这次提拔他做二牌老生，自然还是为着包银低廉，可以以少报多，从中分润。但在无意中却给意琴寻了个身世略同的配角。

三牌武生于凤林，是本地名娼窑掌班老鸨小于妈的侄儿，初本流氓，因和一班青年浪子同练武功，不知怎么，转为学戏。倒被他学得很有成绩，就拜师下海演唱。各戏园倒乐于邀他，一则因他功夫不错，短打长靠全有两手儿，除了常掉落家伙，并无更大的毛病；二则他家中常养着十多名下手，随同义务配戏，不另开份；三则每逢他上台，所以南市一带妓馆中人，由鸨母妓女以至于女仆龟奴，都看着小于妈的情面，轮流前去捧场，极有叫座能力。故而王七选定了他。

这是重要角色，其余更是鸡零狗碎，不值一提。戏班组成，出演地点仍定在绿荫路的春和戏院，开演期定在旧历三月十七，由前半月便把风声放了出去，几家报纸上常有絮萍楼主登台的消息，和称扬她牺牲色相，救济困窘底包的文章。戏码也在前一星期先行露布。这样表面上已算宣传美妙，布置圆满，意琴可以仍打着票友旗号出台，而依着伶人行市挣钱，邀名取赏，称心如意了。

哪知她却因结下仇人，透了风声，那个最初开蒙的师傅，自被意琴辞退，嫉恨之余，先编造意琴和南玉琼的丑话尽力宣扬，不特朱家退婚大半起因于此，就是献丞在年关不肯资助，也因听了传言而深恶痛绝。这时意琴暗地下海，又用了南玉琼做当权管事，那师傅在同行处探知个中隐情，又得报复机会。逢人便说，诋毁意琴已拜师下海，以伶人假充票友，比票友暗使黑杵还为失态。又有一家报纸把这消息登了出来，于是絮萍楼主下海为伶的惊人传说就散在全市之中，几乎聚蚊成雷。然而这并不能阻止音形的演戏，反而增加了叫座力量，给三月十七的春和戏院造出空前盛况。因之也开始了本书初幕景况。

以上只算一段序幕，下面便有正文随着锣鼓出来也。

话说北地春迟，每年三月，才得东皇脱驾。在江南已是草长莺飞，绿肥红瘦，在北地则东风方开始叶花染柳，初泄春光。人们到这时候，才感觉春色乍临，眼中还没看见春花，却不知不觉地二十四番花信都已暗中溜去，不可踪迹。春服方成，夏季已届，常常瞧不见春季是何模样。所以有人说天津只有夏秋冬三个季节，春季被冬夏分割吞没，这是住在都市洋场中的一种苦恼。但又有时天公作美，也许能教春光稍呈色相，小作勾留。因为北地春季多风，二三月间尤其厉害。常是冰雪初融，狂飚即起，大好春天整个在天昏地暗飞沙走石中消逝。但若赶上天时顺利，风姨提前休息，在三月上旬住了狂风，接着雨师凑趣，再来两阵春雨，便能桃红柳绿，有几日春光可赏。但到这好时候，人们的心花也就同着百花一齐开放，都要设法消遣春兴，安慰春心。因之桃花时节，报纸社会版上便多了无限桃色新闻，而且歌台舞榭，楚馆秦楼，也全春色迷漫，春声腾沸。就连马路河堤，水中树底，在春月照临之下，也不知添了多少春人双影。这才是真正千金一刻的难得时光。

絮萍楼主登台，恰巧赶上这天公特别优待的好年头。一入三月，就是无风无雨的艳阳天气，偶然变天，也是斜风细雨，颇似江南风味。故而未及三月中旬，人们把累赘了一冬的棉衣都已离身，春衫轻快，飘飘欲仙。人人都被一颗关锁不住安顿不得的春心折腾得不知如何是好。又加风和日丽，春昼初长，有职业有工作的人尚还不觉怎样，唯有一班有钱有闲的先生少爷，有洋楼汽车的太太小姐，分外感觉日子在好过中间得那么难过，闷倦得不知如何是好。这些人都恨不得社会上出些特别的事情，供他们茶余酒后的谈论，或有些新鲜玩意，供他们灵魂肉体的享受。偏巧出了絮萍楼主下海演戏这段事，一举而二美俱备，巨宦小姐坠落为伶，这是多么好的谈料？看巨宦小姐正式下海演戏，又是多么好的娱乐？何况还有许多当日任旭初政治上的敌人，和任献丞因钱财而得罪的亲友，都认此事为快心之举，以捧场为复仇，还有羡慕任氏名声，倾倒意琴色艺，以及好新务奇赶热随缘的人，都要到场观光。春和戏院的大门在开演前三天就被先期购票的人挤破，到开演之日，票已完全售罄，不余一张。晚上戏未开场，早挂出满座牌。戏院案目的吃飞生意大得其法，一元二角的最高价前排票，到晚八时已涨到两倍，九时抬到四五倍的行市，十时以后，竟有许多人花双倍价钱，购票站听。

意琴因头炮打响，上座奇盛。人逢喜事精神爽，第一晚的全部《玉堂春》唱得成绩异常美满，但除了场上卖力，台上腾欢以外，并没别事可记。第二日晚是《得意缘》带《下山》，从白天外面就哄传一段惊人新闻，说有位阔家少爷托案目购买当时厢票，不惜重价。案目辗转搜寻，从某公馆匀出一张，卖给那少爷，竟得了二百元。实际厢票价仅七元，利钱高到三十倍，真是骇人听闻。这一来更加重了意琴的声价，夜间开场，景况比首日更盛。

那位卷首作《念奴娇》词的乌有先生，在家中吃足了鸦片烟，到春和戏院已过十时，进门寻着自己的前排票位坐下。这时台上正演着于凤林和邵悔初合演的《八大锤》带《断臂说书》。于凤林的陆文龙，擦了一脸白粉，涂颊描唇，完全照旦角化妆，行头更漂亮得刺目，比海派还海十倍。由他的诱惑性的装饰，就可测知他得到诱惑的结果。此际正打着八锤四将，且打且喘，满脸流汗，把脂粉多冲掉了。哮喘之声在前几排隐隐可闻，脚下浮动，摇摇无根。最妙的是用枪挡住四将的当儿，跟包就过来递手巾拭面，递茶壶解渴。四将在旁边恭候半天，等他歇息够了，方才再打。哪知陆文龙转到下场门，又照样地抵住四将，拭面饮茶。好容易这一场快要对付完了，陆文龙下场一个亮相，右腿抬起一转，左腿竟不愿独支危局，也要跟着离开台板。他急忙向前抢了两步，方将右腿收住落下，把左脚挽留住了，寻着重心，平衡了身体，勉强站稳，但那两条腿都似受了电气，哆嗦个不住。台下见他这亮相只做了一半，并未完成，而且陆文龙小小年纪，竟如此虚弱无力，不由在哄笑声中夹了许多倒好。但在池座中间和楼上一角，也有许多热烈掌声和出于衷心的喝彩。但那都是女性声音，微弱不扬，不问可知是于凤林特约捧场的同行姐妹。

乌有先生不愿再看，也不忍再看，就燃支雪茄吸着，举目四观，看看今日来顾曲的都是些什么人。好在乌有先生也是社会名人，交际素广，认识的人甚多。

先看楼下，只见第一排正中，坐着一位尖嘴缩腮干瘦的老头儿，身上还穿皮大衣，戴着皮帽。旁边坐着一个小头小脸大鼻大嘴的女子，却只穿着薄春烟绉旗袍，头上围着土耳其式红纱巾。两人一是春行冬令，一是春行夏令，差了半年节候。那是当地大诗家郝怀仁和他的干女儿花美容，花美容原也是个不成气候的女伶，在小戏班里唱花旦。自从认了郝怀仁作义父，经郝公竭力揄扬，又给设法荐入大班演唱过两次，满拟从此平步青云，却不料倒弄得无人邀聘，没班可搭，一直赋闲。和郝怀仁维持着父女关系，借以生活。至于这父女有无疑案，据郝怀仁自言，他的干女儿是清清白白，叮叮当当的。但他本来痰喘旧疾，据医生诊断是支气管炎，自认了干女儿，倒别无显明情形可资异议，只于气管炎日益加重而已。这郝公当日曾做过任府西宾，弄得不欢而散，所以今日前来观光，是当然的事了。

再看第二排，左右两端各坐着一位女伶，左边一位是业经退休，嫁给一位落魄财主外号穷大爷做妾的江秋莲，带着女仆同来，望着台上笑得直不起腰。右端一位是现尚在职的红女伶杜妙兰，和一位衣饰豪阔的大块头中年男子并坐。那男子想是她的捧客，小棒槌似的手指还戴着黄豆大的钻戒，夹着酒杯粗的雪茄，在那里顾盼自雄。钻戒随着他身体转动，流光四照。杜妙兰假装大家闺秀的派头，顾视清高气深稳地端然正坐，不露轻俏。那大块头屡次对她说话，都淡然带答不理。乌有先生知道杜妙兰的端庄态度完全为着拒绝那大块头的殷勤，倘若换个翩翩美少年，恐怕她就有说有笑了。但她既讨厌这大块头，何以又肯陪他同来看戏？当然另有情由。看来这大块头的肥肉，便不完全被她消化，只怕手上钻戒也要不保。

　　想着再瞧后面，居然有许多任家的亲戚和任旭初的门生故吏，还有受任旭初一手提拔，由行伍荐至专阃地位的郎贵德，也带着两位姨太太，左右夹倚而坐。第五排中间，有一堆服饰摩登的妇女，正开座谈会。她们简直和在家中一样随便，忘了这是公众娱乐场所，唧唧咕咕，吵吵嚷嚷，忽而哈哈大笑，忽而嗷嗷乱叫，旁边坐的男性观客，被吵得不得安坐。因她们是女性，不好干涉，全都疾首蹙额。乌有先生认得那群女性中间有一个也是女票友，也是宦家之后，还是一位大学教授的未亡人。她本姓是洪，父亲做过海关监督，颇称富有。她自幼娇生惯养，长大嫁了位做大学教授的清贫留学生，对她爱情既深且专。无奈她习于挥霍，又好交际，丈夫经年所入，还不足供她衣履之费，只得另谋生财道路。每日白天到校授课，晚上就翻译西文书籍，卖给书店。勤苦终夜，译上三两千字，每月所得全部供献太太，也不过供三两日的花费。而且每当他独支长夜，伏案苦干之时，太太正在酒绿灯红的交际场中，以贵妇风仪迷醉少年，陶醉自己呢。这样过了结婚周年纪念日，她丈夫精力体力都已消耗殆尽，但仍毫无怨言，甘为爱情牺牲。哪知她忽然又改变兴趣，抛弃西式交际的舞场，改入国粹娱乐的戏院。渐渐又交些票友，加入票房，学会几出戏，就想在义务戏中登台。起名醉红轩主，决定唱一出戏，要用一件蟒，一件披，一身靠。她为出风头，都要自出花样绣制，并且外加一套桌围靠垫。依她本意，连守旧也要自备，才可比拟名伶，压倒名票。为体贴丈夫的财力，只可委屈着把守旧取消，但仅行头围垫，已需五六百元。她丈夫不敢违拗，只可把一家书局预定两月交稿的一篇译文赶在十日译成，好换钱供太太玩票。哪知眠食不息地赶了五天，就因劳呕血，医治无效，随即身亡。她领得丈夫的寿险费，先去定了行头，然后料理丧事，在出殡后一星期，她已穿了新行头登台。结果虽然丧夫，未误唱戏。以后竟因孀居无俚，以唱戏消遣，更算票出有名。她的芳名在内外行人口中，常与一位男票友梁泽九并举，但她的声誉却与絮萍楼主对峙。这一楼一轩，颇为势均力敌，因而互相嫉妒。醉红轩主的私事，常从絮萍楼主方面的人宣扬出来，絮萍楼主的新闻，常由醉红轩主方面的人广播出来。据人议论，这二位票界女杰，都似夏天海滨浴场的游客，已穿好浴衣，站在跳板上踊跃作势，早晚都得下海一游。但絮萍走在前面，先跳了下去，醉红就有得说嘴，可以票友资格，对絮萍嗤笑了。

今日此来，当然并非捧场，而是有如刻薄人知道旧朋友落魄，做了小本生意，特去明着照顾，暗着奚落的心理。她还带着一群很不庄重的女友，同坐在池座中间，大说大笑，把吃剩的水果皮，嚼开的瓜子壳，随手乱丢。旁边有一个男客，被橘皮掷压头上，实在忍耐不住，就对同来友人说："你瞧，这儿没薛平贵，王宝钏就抛彩球了。"这句话被醉红听见，大怒之下，对那人臭骂一顿，几乎陪着台上唱起了娘子军。幸被别的座客劝住，给那挨骂的男客换了较远的座位，才算了结。醉红还不依不饶地直念闲杂儿。好在又出了解劝的人，这次却非邻近的座客，而是台上的王佐先生。

这时邵悔初扮的王佐正演到断臂的精彩节目，他大约是身上没有武功，手上没有尺寸，痛快些说，也许没学过这出戏，不知管事的和他玩笑还是于凤藏书室要他奉陪，竟派定这个角色，临时攒锅，冒险出台。到断臂时，他本不想使什么吊毛，什么抢背，什么老头儿攒被窝，只打算用宝剑一拍桌面，跟着栽倒地下，打个滚儿，把假臂和宝剑扔出去就算。不料站的部位不对，又加心慌气促，猛然向下一倒，恰撞在桌角上，把他撞昏了。扬手一抛，只抛了宝剑，及至打个滚儿，才想到假臂还在手里，急忙又扔出去，这回使的力气过大，假臂直飞出台外，落到第三排中间，砸在一位艳装小姐头上，吓得嗷嗷地叫起来。台上王佐这时神志已清，听得台下狂叫娇啼，知道自己用力过猛，要了出手。急忙爬起来看，却又忘了掩藏他那已断之臂，弄得王佐成了三只手。台下一阵哄笑，同时夹着哗啦乒乓之声，原来很多人笑得前仰后合，把茶具都撞落摔碎了。王佐窘得只恨台上没有地缝可钻，左右乱转。其实大可仍旧躺下，招呼检场人搭进后台，作为王佐受伤过重，送入医院救治，下一场见陆文龙说书，算是病愈出院，也未为不可。但也没有这样改革旧剧的魄力，只可在台上乱转。偏巧打鼓的也会凑趣，随着他的身段，打了个"应弦赴节"，简直开了搅。台下跟着起了哄，有人喊着说："这戏比贾波林的电影，万人迷的相声还加倍开胃醒脾。"幸而有位善士从地下拾起断臂，掷上台去。王佐如获至宝，接了过去，才得着节骨眼儿，马虎下场。

13

乌有先生自己笑岔了气儿，还被邻座的人喷了一身茶水，一面捶着腰骂晦气，却又想倘然天天有这样好戏，情愿定长座来听，借以开胸顺气，必得益寿延年。及至王佐进了后台，便又举目向楼上观看，见熟识的名人甚多，第一二厢是大来银行所包，一厢是行长夫人和许多孩子，一厢是大腹便便的行长和两位小姨太太。由看戏的座位便可看出他的家庭是分作两个党派，划疆而守的。

　　第五厢是一位前朝武官，现代名士施曲厂，向以捧坤伶出名。凡有女伶到津演唱，他便先邀请吃饭，吃过饭便托人示意，认那女伶为义女。一行大礼，女伶必有礼物奉献，他也有礼物奉还。他的礼物并非首饰衣料，而是他撰的剧本。虽然全是由旧小说传奇套来的陈腐故事，不出公子做八府巡按，小姐住十载寒窑的范围，但他居然撰了五七十种，以备投赠义女之需。这种艰苦卓绝的精神，也算难得。故而人们称他对待女伶的举措为施曲厂三部曲，女伶对三部曲前二部的邀客认父，尚无痛苦，唯有第三部，却是痛心疾首。因为接受了他的剧本，他便逼令排演，而且亲任导演之责，和义女镇日缠磨。到排好演唱，照例不能叫座。所以女伶一听他说赠给剧本，便吓得望影而逃。而且此公家中开着变相赌局，凡是义女，都有被请陪宴，替代招徕的义务。现在絮萍楼主下海，他来观光，大约也有收归膝下的野心。

　　再看第九厢，是一位三十多岁的美貌徐娘。满身珠光宝气，端然正坐地看戏。但她身后还隐着一个油头滑脑的男子，两人不住地低声说话。认得那徐娘是已故欧阳将军的遗妾，后面男子是给二路须生席本成拉胡琴的黄大眼。不禁摇了摇头。第十三厢是本院组织财东吴韵之和几个朋友，十五厢是在絮萍玩票时代便崇拜万分，常在报上竭力揄扬，被旁人称为想吃天鹅肉的大观报主笔汤朗三。还带了十多位朋友同来，挤得厢内重重叠叠，好像做叠罗汉的游戏。十九厢里也是一位爱慕絮萍和汤朗三不相上下，却比汤朗三广有家财的富翁李幼怀。其余还有些汽车阶级人物，由座上一瞧，便可测出门外汽车总有五六十辆，虽不及梅兰芳在津的风头，但也是与程荀谭马媲美。

　　这时因为将近十一点，正戏将要上场，楼下无一空位，包厢也都有了人，只有挨近上场门的第四厢尚在空着。乌有先生心想，看今日上座情形，绝不致尚有空厢。这个空厢的主儿好大的架子，到这时还不来。

若非吸鸦片的阔人，便是用心思的捧客，我倒要注意看看是谁。想着忽听背后有人喊叫，回头看时，原来那位醉红轩主和她的一个穿大红旗袍的女伴离座而出，别的同伴高声喊叫，问她上哪里去。醉红回答说我们上后台看看，座中又一人应声而起，说我也去，便追着同行。乌有先生心想这个轻狂好事的女人，又进后台去，说不定就许闹起风波。大约她是絮萍最不欢迎的客人，一见就要头痛。想着见醉红和两个女伴已走进通后台的门去了。

　　按下前台不提，且说醉红进了后台，向里一转，迎面先和满面金光的金兀术撞了个满怀，吓了一跳，又看见宋朝的岳帅和才打好脸的不知出何朝代的狄龙康，并坐在大衣箱上聊天儿。金邦的巴图鲁和岳云附耳低言，有所接洽。这后台中有一种特别臭气，由于房间不甚透光透气，颇为潮湿，再加行头上的汗气、油漆和颜色杂味，很不好闻。醉红和同伴急忙在一群花脸净脸的武行丛中穿过，到了通主角化妆室的阶级，鼻中忽闻着一派清香，如入花窖。注意看时原来在阶级上下，摆满了鲜花篮，约有二十余只，都是茉莉白兰和山茶玫瑰合扎而成，甚为名贵，但价钱可也不轻，而且看二十余只，式样全同，看出是一人所送。向来名角登台，偶然有人赠送花篮，不过几只，便有多数，也是众人凑成，向未有一人送这许多。看来絮萍必有了多财的捧主儿，我倒要问问是谁。醉红对于絮萍下海，本抱着鄙薄的态度，对人常发出丑诋的言词，似乎她自己将以票友终其身，绝无下海之日。但今天见春和戏院上座奇盛，心中竟感觉酸溜溜的滋味，大有同行相嫉的意思，好似恨絮萍走了先步，争了先着。这时又见了许多花篮，心中盘算，起码得十几元一只，合计为价不赀。絮萍竟有了这样阔捧客，真是风光。少时压轴戏下去，往台口一摆，是多么大的气派？明儿报上一登，更露足了脸。我不能看着她独出风头，总得设法破坏。想着眼珠一转，立刻得了主意，决定少时出去就散布流言，说这些花篮是絮萍自己出钱购买，假充别人所送，来欺蒙观众的。

　　她且思且想，走上阶级，见化妆室房门关闭，门旁贴着闲人免进的红纸条儿。醉红跑惯了后台，向不受这种限制。举步直前，推门而入。见房内并不似票友上台时的拥挤，只有七八个人，一个跟包，一个女仆立着伺候，絮萍正面内对镜而坐，自己擦粉贴片子。后面站着个著名梳头人狗老四，替她梳头。化妆桌旁立着两位青年小姐，看她化妆，想是絮萍的朋友。南玉琮已经做成了完整的卢昆杰，正倚墙而立，吸着纸烟。絮萍身上穿着浅紫的小袄，那尚未妆成的瓜子型脸儿，由镜中反映出来，显得光艳四流。一只手抹着弯眉，一只手伸到旁边椅上，掐了一朵珠白色的大花朵，送到鼻间闻了闻道："这花篮真好，可到底是谁送的，真闷死我了。"

说着似由镜中看见醉红，就向镜中皱了皱眉，然后笑道："哟，洪二姐，哪阵风儿把贵人吹来？你坐在哪儿了？"

随转脸向醉红那个穿红衣女伴招呼了声毛小姐，又望着另一穿灰风衣笑问贵姓，那女伴回答姓方。醉红见絮萍大刺刺了，并未起身尽其主人之礼，又添了几分不快。趁势从中介绍道："这位方芷小姐，是位女画家，新近才进群咏社。我们俩正做着交易，她跟我学戏，我跟她学画。可是她太聪明，已经把戏学去两出，我的画觉还没动过笔，真不上算。"

又指着絮萍，向方芷道："这位就是大名鼎鼎的任意琴任老板，玩意儿没比。你瞧这一炮打得多么响？六点钟就挂了满牌，听说一张包厢飞票，有人花二百块钱买。瞧这威风，简直红冒了烟儿。往后还有章遏云新艳秋她们的饭哪？"

絮萍听她直呼自己任老板，并且以内行相比，言语也是对伶人的口气，明是当面揭破自己下海，大肆讥讽。不由沉下脸光，冷笑道："我可称不起老板，你别这么高抬。我玩几天票，也不会挤得人家内行没饭。那只有等你洪二姐有朝一日……"

醉红接口道："有朝一日干什么？下海啊？我么……也许……不过到那一天，我准实话实说，告诉人不在岸上了。并且另外起个做艺的名字，不论叫溜溜旦、山药蛋、火腿蛋都好。既卖头朝外，绝不能还顶着轩主的好名儿，教人骂又想吃又怕烫。对不对这话？我的任大姐。"

絮萍被她讥嘲得面红耳赤，想要回敬，一时得不到话柄，就咬狠嘴道："这话一点不错，不过到那时候，二姐你的名儿一定很响亮，不是叫程什么就是叫丁什么，对不对？"说着咯咯的笑起来。

醉红知道她言中隐指自己亲近朋友一个票友一个伶人的姓，这真是丑诋阴私。心中大怒，方要变脸，忽又改为笑容，摇头道："哟，我的

16

傻妹妹，还用到那时再改？我从去年就叫南什么了。你还不知道呢？"

这二人互相对答，互相讥诋，都是北京妞儿声口，和《四郎探母》道白一样，珠喉呖呖，恍如弄舌黄莺，双鸣花底，说不出的悦耳好听。幸而那管事王七因事进室，听见二人斗口，恐怕要吵起来，就上前打岔。先向醉红称呼一声洪小姐，醉红自丈夫过后，不愿再顶着未亡人的标帜，早把夫家姓氏取消，自称洪小姐，宛然仍是璇闺待字之身，借以自重，所以这时王七如此相称。他又向絮萍道："我想查那位花二百元买飞票的是谁，可是那包厢到现在还空着，没有人来。"

絮萍这时已忍了方才的气恼，装作心平气和地道："前面唱到哪儿了？"

王七道："《断臂》还有两场，时候不离了，老板快扮吧。"

醉红听着，咯的一笑。絮萍狠狠地瞪了王七一眼，王七称呼内行惯了，不自觉地说走了嘴，及至明白，本想替絮萍解围，反弄成代醉红帮腔，大为窘急，只得自骂自道："我真该死，简直满嘴是腿，把小姐会叫成老板。八成要长走马牙疳。"

絮萍没好气地道："得了，别打背躬了。我问你，到底这些花都是谁送的？你怎连影儿也不知道？"

王七道："送花来的时候，我正在后台。这二十四只花篮是花局子的伙计用汽车装来，搬进后门。我迎着就问谁送的，送谁的，那伙计把一张纸条儿给我，上面只写着'做成务于今晚九时送至春和戏院后台，絮萍楼主小姐收'，并没别的话。我问是谁教送，伙计说他也不知道，只听柜上说，今儿早晨有人去交了三百块钱，定扎二十四只花篮，柜上问可要在挂的绸条上写字，那人说不用，只留下这字条儿教做成了准晚九点送到。我又问定花的人不知姓名，难道连住脚也没留？伙计笑他叫往这里送，还留什么住脚？我问你们送到，也不得给买主个交代？那伙计说还用交代，花篮送到，还会不摆出去？摆出去，还怕定主儿看不见？我听着也笑了，只得上来告诉你。再出去，那伙计已经搁下花篮走了。这个我倒怪愁的，少时到了休息五分钟，把花篮摆出去，自是威风，无奈红条上没有人名，教人瞧着……就就……就许纳闷。"

絮萍道："可不是纳闷？今儿尽遇见新鲜事儿，你瞧这个。"说着向旁边椅上一指，醉红才看见那椅上放着一大束洋种鲜花，花朵十分整齐，都有酒杯大小，每朵六瓣，甚为雄厚，好似白色剪绒所制，但在灯光下微泛藕荷色，背影处又似闪蓝。花蕊伸出瓣上，银簪似的细茎，顶着红黄相间的花粉颗，那种美丽难以形容。而且清香四溢，迥异俗卉气味。醉红认得是西洋一种最名贵的花，以前在某富豪督军嫁女时，曾见新娘拿着这种花。当时惊为创见，向一位外交官打听，才知道这种花出在澳洲某一部分，欧洲各国设法移植，因气候土地关系，都遭失败，只有法国香水城稍得成功，但也数量极少。每年收不到半公斤花精，所以这种花制成香水，卖到百余金镑一两，而且都被几个美国富豪常年预定，轻易流不到外间。这种鲜花一年未必有几束来到中国，因为由澳洲或法国，万里海程，运这种娇嫩的花，势必半途残毁。幸而有人发明方法，把花冻入冰中，放在冷藏库里，才能运到。因而价钱极贵，每十朵的一束，便要一二百元，非西洋人开的大花店不能有，但也不能常有。在开花季节的两三月中，至多能到两三批。据说某个贵为总理的阔人和一位华侨富女结婚，为等这种花，竟把喜期推延了几个月。可见名贵至于何等？想不到絮萍登台，正赶上天津恰有这种花出售。当然是在小白楼维尔司花店买的，那里东西贵得要命，一束红石竹，就得几十元，这花更不知如何昂贵。居然就有人肯出重价，搜寻来赠给絮萍，真是令人可气。她空得到这贵重赠品，还许不知叫什么名色呢？但自己想了想，也忘了花的本名，只记得它的别名，译作中国字是重圆花。意谓即使一对恋人已经爱情破裂，反目成仇，男的若肯买这种花去赠女的，女的由花的美丽和价值，感到男子的意厚情深，就可转变芳心，重圆旧好。

醉红看着，正在既羡且妒，又暗地自矜识货，笑絮萍外行，王七已上前嗅着那花道："好香，太好看了。这又是谁送来的？"

絮萍道："也一样不知道，真闷死人。"

王七问："怎么回事？"

絮萍方要说话，那梳头的狗老四不知怎么使劲猛，絮萍哟的一叫，说声："轻点儿。"才又向王七道："这把花是前台茶房送进来的，据他说是听差模样的人，烦他送进来给我。他也曾问是谁所送，那听差只说句是我们主人教送来的，你交给任小姐就知道了。我又何尝知道是谁呀？"

王七道："真新鲜，今儿好像捐妙峰山茶棚路灯的助善单子一样，满眼全是无名氏。不管那些，送到就收，好在是给你添风光。可是这把花怎么往台上摆呢？"

絮萍笑道："别外行了，这不能往台上摆，在外车的名角登台，她的朋友或是有关系的人，常送一束花去，算是朋友私人的祝贺，用不着给观众看。就是送花篮，也不一定必须摆出去。只是我们向来把这个看成露脸的玩意，定要陈列给大家看。若不然，送的主儿也要生气。"

王七道："是啊，谁肯把肉埋在饭里？"

絮萍道："好，你就把那二十四块肉摆出去，这一束放着别动。我要带回家去插瓶，怪可爱的。"

王七诺诺连声，又说："小姐快着点儿，光景《断臂》快下来了。"

又招呼醉红道："洪小姐正戏就上，您几位也前台坐吧。"

醉红听他代絮萍逐客，甚为不悦，仗着以前唱义务戏，他当碎催，常受自己赏赐，就想骂他几句，无奈王七已经拉住南玉琮走了。再看絮萍正在赶着化妆，不理不睬，正要退出，却见跟包的已把崭新的行头由自带帆布箱中取了出来，放在椅上，或是搭在箱盖上，以备絮萍穿着。醉红细看着，忽然摇头微哂。原来醉红在以前某一时间，曾发疯似的下过苦功，练习装跷，居然有志者意成，故常自言为唱旦女票友中唯一有跷工的人，认为最得意的绝活。此际见跟包亮出行头，就想到曾听人说絮萍也有练跷的志愿，但不知已否练成，今日是不是显露，就加以考察，只见并没跷，却有一双颜色鲜艳、绣工精致的天足花鞋，在椅上放着，当然是为上台所用。她看着就微笑，表示鄙薄。忽见跟包离开打水去了，她口中正吸着一支纸烟，就暗地向那双鞋面上把烟头儿挨着，烤得焦黑了，便移开另烤别处，须臾那双鞋已烤得斑驳不成样儿，她觉得小惩絮萍，稍解胸中嫉恨，才搭讪着向絮萍告辞，和女伴走了出去。

一到门外，就向女伴叫道："别教她吹唢，三岁孩子也不信，世上向庙里捐钱有无名氏，给唱戏的送花篮还有无名氏呀？要真这样，过些日她姘个老斗，也是无名氏了。咱们眼里不下沙子，教她赚别人去。这明是自己买的花，硬说是别人送的，装这虚好看。"

那两个女伴也附和着，出后台到了前台，醉红还故意大声念叨，惹得座客无不注目。回到位上，恰值台上那受罪的王佐像背书似的说完了书，陆文龙也未曾辞别金兀术，这出戏就算告终。台幕一下，挂出休息

19

五分钟的牌子，台下的人立见活动。醉红觉得这正是制胜机先的时候，就大声咯咯的笑了一阵，引得四旁观众全都看她，以为这个女人犯了什么毛病。其实醉红好比弄猴人在未要之先，敲一阵锣，引人围拢来看一样，内行人谓着拢黏儿。她见众人都注意自己，才向女伴且说且笑地道："方才我们去后台去，看见一档子稀稀罕儿。"

一个女伴问道："什么稀稀罕儿呀？"

醉红拍手道："好样的絮萍楼主，莫怪人家一唱就红，真是出手儿的。办出事来，咱们办不到也想不到，想到了也舍不得。好家伙，真下本儿啊。"说着用手比划着道："我进去看见这么高这么大的鲜花茉莉花篮，后台摆二三十只，在这时候，二十块钱一只，未必买得到。我纳闷这进哪位捧主儿这么上劲呀，等到仔细一看，上面并没有人名，打听后台人，才知是絮萍楼主自己掏腰包买的，为得摆出来瞧着好看，说着好听。只恨花局子耽误晚了，这当儿方才送到，来不及往上写假人名。哦，你们瞧不是摆出来了？"

众人随着她的手向台上瞧，果然有五六个碎催，正由后台提出花篮摆到台上，来回三四次，方才摆完，靠着那半圆开的台上短栏都摆满了。楼上下的观客看见这种胜况，都鼓起掌来，只有醉红附近听她说话的人没有鼓掌。醉红见自己宣传政策收了功效，暗自欢喜，数了数没鼓掌的，约有七八十人。据数学家计算，在夜间零时，发出一个消息，告诉两个人，教这两人在五分钟内把消息各向另两人转告，而被告诉的四个人也在五分钟见各自传给两人，如此继续传播，不到天明，全世界就都知道了。现在有了七八十架广播机，大约明天总可教半个天津的人，都听到我方才的话，也相信我的话。絮萍声誉必然为之大减。

哪知醉红所料并不尽然，坐在她前面几排的乌有先生便深知絮萍是为贫而伶，下海才一两天，还未必赚到这二十多只花篮代价，何能做此牺牲？而且她本已唱红，只仗色艺叫座已自绰绰有余，何必弄这无谓玄虚？但有几位听了醉红宣传的座客，竟亲身去台前实地考察，循着台帮走了一遭，回来向人说，确见每只上都无赠送人名。乌有先生才有些怀疑，向来给伶人送屏幛花篮的，一半为着捧场，一半也是自己出风头，本是人之恒情。还有变本加厉，近日有位名士，每逢酒楼戏院开张，伶人鼓姬上台，无论识与不识，他必送一副对联去，请求张挂，借以自炫。虽然文糟字劣，十成中有八成是骂名，但已总算名下无虚了。社会有许多爱好虚荣人，恨不得姓名日日见于报端，传于人口。便传名虽有种种途径，无奈做官没有资格，做强盗没有胆量，做商伙监守自盗，或携款潜逃，也可在报上登载照片，做经年累月的宣传。无奈人没有机会，因此就逼得只有在戏院挂块玉貌珠喉的缎幛，大书某某敬赠，借着伶人的光，以求观客顺便看上一眼。倘然伶人带着幛子出演外埠，就可附丽而扬名国内。若能像梅兰芳出游欧美，那就可以海外知名了。至于送花篮的，当然也是一样用意，所以花篮上面的红缎条儿，是最重要的部分，好比科学时代的报条，慈善家的大匾，万不能不表而出之的。如今竟有人送了如许花篮竟不露名字，实在不合人情。虽未必果如醉红所言，却也有些奇怪。

乌有先生正在纳闷，忽闻锣鼓重报，垂幕复开，原来五分钟休息时间已过，大轴的《得意缘》已经登场了。这五分钟的休息，虽然是很便利的新方法，但可另一方面想，似乎暴露了戏班的不平等与不合理。这五分钟是无形中教观众活动身体，出清便溺的暗示，过此以后，不许再活动和便溺。又暗示在此以前的戏码，无须乎也不值得专心一致地听。这是对前场角色的一种侮辱，而且主角似有对观客禁止活动管制便溺（和欧战的灯火管制一样）的嫌疑，这且不提。

台上头场下去，第二场便是教镖，絮萍楼主扮狄云鸾出场，绣帘一开，美人涌现。台顶台侧的几只电灯同时亮了起来。其实无须开这许多电灯，絮萍珠光宝气的容颜，已足照耀四座。使全院人的眼光都受到她的照射。絮萍扮相实是俊美绝伦，那一双妙目，静止时好像变成液体，秋水双泓，幽深澄澈，时时像要流动。但在流动时就变成两道白热的射线，恍如电闪飘瞥，向台下一扫，观客都觉得被什么实质物件在身上扫了一下。而且她那善表情的脸儿，有曲线的身体，再加上轻灵的步法，出台向前走了几步，楼上下的彩声已合成春雷一震。醉红看着，眼中出火，颊上通红，好似观客给絮萍喝彩，就是给自己打通；给絮萍鼓掌，就是向自己打嘴巴。又见絮萍脚步移动和腰肢款摆，合成曲线波纹，好似三春弱柳，俏弄春风，而且飘飘然流风回雪，脚步如不着地，说不出的美观。醉红原是内行，一见便知有异，立起向絮萍脚下细瞧，竟踩着跷呢！这真太出意外。她原来暗地也练好这手功夫，而且比自己在上。

这可无以胜她，只有眼看竖子成名。方才自己使的促狭，也徒劳无功了。想着正在难过，台上絮萍开口一唱，清如鹤唳，娇似莺啼。腔调的悠扬婉转，说不出是梅派，是程派，是新派，是老派。只觉得销魂荡魄，悦耳动心。台下又闹天价叫好。醉红听着，一阵焦心失望，好似虬须客看见太原公子褐裘而来，知道中原有主，不可与争，自己只有图王海外，废然而去的光景。但醉红岂有虬须客那等胸襟，看着絮萍，听着彩声，眼睛一辣，鼻孔一酸，不由低下头哭了。好在女伴们都神注台上，未曾觉察。

这时台上正演到教镖，南玉琼扮的卢昆杰，虽然扮相颇美，行头极新，但被絮萍的潋滟容光把他欺得黯然无色。虽然他也工于表情，长于说白，但被絮萍的活泼丰神，流利口齿，把他比得成了呆公子。南玉琼本也是个漂亮人儿，常受女性欢迎，此际和絮萍配戏，竟大减成色。众人看着，都觉狄云鸾嫁给卢昆杰大有彩凤随鸦之感，更值不得费许多心机，耽许多惊恐和他同逃。但絮萍却无此感想，在台上表演得细腻尽致，泼辣处极泼辣，温柔处极温柔。目语眉言，传神会意，简直似在台上做出个粉红色的氛围，画出新婚中的意境，把她和南玉琼包入其中。观客全看得直了眼光，很多人啧啧称羡，说絮萍实有演剧，四大名旦也没有这么美妙的表演。能够尽情尽意，而竟不觉过火，不涉淫邪，实是难得。

但旁边的乌有先生却看得有些伤心惨目，因为他认识絮萍的家人，知道絮萍的身世，觉得这样表演，在女伶实可赞美，可是以絮萍便可感伤。她是何等身份，竟在大庭广众之间，和男伶人谈情说爱，作媚弄娇。固然作戏不能当真，无奈看着胸中终觉如有梗塞，便违抗了便溺管制的不成文法规，立起来到盥水室走了一遭。立在入场口，燃了一支雪茄吸着，才徐徐走回原座。

台上这一场已经下去，他走着举首眺望，见汤朗三那包厢又增加了一倍人数，合计总有一打半之多。前面横板坐的也是人，两边板壁上骑的也是人，楼上坐着的上面还叠着一层人，厢门后面还站了数不清的人。在他们隔壁的观客可算遭了大殃。这位文化巨子舆论前锋，居然破天荒包厢请客，当然要来这许多人，以见其广交游而擅经济，并不足怪。只是包厢是否花钱所定，尚是疑问。乌有先生想着，又向旁瞧，忽见那只一直空着的包厢已经有人在内，注目一看，不由诧异得几乎叫出来。

原来那厢中只有一人独坐，是个面目清秀，风度端正的少年。身上穿着笔挺绿灰色西服，一顶呢帽放在横板上，态度颇为悠闲。倚着板壁，双臂互抱而坐，却将一手支颐。乌有先生看他的气度，便知是位贵公子，再看他的面庞，更认出是自己的一位老贤侄。固然这位老贤侄未必认识自己这老姻伯，但却教老姻伯吃惊不小。即便成千论百的老贤侄全来此间，也没什么奇怪，唯有这一位实是惊人。因为他不该来，不能来，无论何人也想不到他会来。戏院虽然是公共娱乐场所，只要出钱，就有权利高坐看戏。这老贤侄当然不能例外。但他到这娱乐场中，并不能娱乐，又何苦来？至于他何以不该来，何以不解娱乐，那就因为他不是该在这里发现的人，不是赞成这种娱乐的人，而且是没资格听絮萍演戏的人。而他居然在这里发现了，乌有先生怎会不疑惑万分？

但疑惑的又岂止他一人？后面的醉红轩主因絮萍风头过盛，气得暗自掉了半天眼泪，但又怕人看破，用手帕拭干泪痕，向台上再看。絮萍一颦一笑，一举一动，都得着台下的彩声，尤其絮萍的玉肤花貌，射出宝气珠光，都好似变成锋利的细针，直刺醉红的心和眼。她不愿再看，也移转目光，向楼上眺望，也瞧见一直空着的厢内，已有西装少年坐着。这少年虽不认识，但是相貌秀整，衣饰华楚，很能留住女人的视线。醉红看了一会儿，忽见那少年微一俯身，向裤袋内取手帕拭鼻，现出襟上挂的一朵鲜花，在灯光下白中微显蓝紫，花瓣肥厚，柔润如绒，远看疑是人工所制，但醉红目光尖利，一见便认出这便是在絮萍化妆室所见的重圆花。又转想也许絮萍室中的花，便是这少年所送。他以无名氏送了花去，却留下一朵自己挂在襟上。但是这少年又是谁呢？

醉红以外，还有比她纳闷的便是后台管事王七。王七在后台忙着张罗，屡次听前台鼓掌喝彩，喧闹如雷。他知这是絮萍表演优美所致，心想絮萍算已红起来，这戏班算已兴起来，自己更抖起来。这一宝真是房契押孤丁，揭盖就发了财。想着心中高兴，就不断由帘缝外觑。看到座客色授魂与热情欢腾的状况，觉得自从二十年前自己给田雨农跟包时，看见刘喜奎有这样风头以后，今日方才重见替人。当时我羡慕刘喜奎的当手沈大疙瘩，能伺候那样阔老板，真是有名有利，又得顺气儿，又得烟儿抽。想不到今日之下，我王七也会傍红角儿，混得一把大拿。正在得意，忽见楼上那只空厢，是自己久在注意，要看是何人花二百元飞票听絮萍的戏。这时厢内已有了人，是个西装少年，灶王爷独座儿。并不认识是谁，也看不出这人阔在何处，会花二百元听一出戏。心中纳闷，就指点着告诉后台的人，问他们有谁认识。内中有个包唱三路老生的王洪奎，在天津久住多年，常给阔票友说戏，兼做帮闲，出入大宅门很多。本地的富贵豪绅以及官场人物、社会名流，无不认识，常常满园观客，能认识一半。半悬在一只厢内，能辨明哪个是某宅大小姐，某宅二姨太太，某宅某太太跟前的几少爷几小姐，称得起梨园旧人，歌场故侣。眼是阅过无限沧海桑田，胸中藏着一部乾坤两性的缙绅。但他对楼上二百元包厢内的少年，端详许久，也摇头说不认识。并道："不说本地好玩好乐和好捧角的阔少，我敢说没有一个不认识，可是凭这位少爷的气派和二百元买飞票的举动，哪能是无名白丁？我会不认识，这真怪了。也许是外省新来的，对了，你没见报上登着，本地新换了市长么？新市长叫什么毛仲温，以前做过财政次长。财政次长还会不是财主？这少年一定是毛仲温的儿子，谁不信，咱们赌一顿狗不理的包子。"

正在说着，前场已经下来。絮萍一进台帘，王七早已把大拇指挑得笔直，摆好加工，迎着絮萍，像划拳似的伸到她面前，哑着嘴叫道："二小姐，今儿可真露足了脸，光说不算，我在梨园行混了三十多年，还是头一回看见这么热闹的场子，真把内行给比没了。四大名旦、八大坤旦都教他们滚蛋，就是梅兰芳今儿在北洋打对台，他也是白饶一回，白栽一面。啧啧啧，我实纳闷，二小姐您是怎么练的？就凭这点儿跷工，行家看门道，我不用奉承，前后台内行多了，翠花不是跷工出名么？她若能赶上您一半，票价还得加两块。哼哼，简直盖了。"

絮萍一直向里走，他跟在旁边且走且说，絮萍只抿着嘴儿笑，也不言语。王七又道："二小姐上去歇歇儿吧，我教前台抻着点儿，你先喝茶。"

说着喊了一声，告诉前边抻着点儿，身后许多人答应，这时有跟包跑过来，递过一把雪白热手巾，絮萍接过，一面登梯，一面拭了拭手，又丢给跟包，进了化妆室。女仆迎着，扶她坐在沙发上，向后仰靠。女仆由跟包手内接过小金茶壶，注入了温凉可口的茶，才送到絮萍口边，等她喝了几口，便放下壶，又取了一支茄力克纸烟，插入翡翠烟嘴，送到她口边衔住，又给划火柴燃着。絮萍靠在椅上，眯缝着眼儿，纹丝不动地受人伺候。方才在前台翩若惊鸿宛若游龙的活泼精神，已不知消归何所，好像气力全尽，一息奄奄了。其实并非真个如此，只是一种名角的劲儿。昔日有些老伶，年纪过大，在前台卖边力气，进后台已不能支持。如杨小楼等老武生唱戏，后台常放着一把大椅。在前台表演有如生龙活虎，一进台帘，便气短身颓，投入扶持的人手中，放在大椅之上，哮喘如吼，汗出如浆，连眼也睁不开，话也说不出。跟包人这个替他拭汗，那个给他进茶。在夏天还得两人挥扇，真如救护病人。看情形真已不能再动了，但到应该上场，立又跃然而起，挺身而出，到前台仍是个勇悍从容，精神饱满的大将风仪。这并非有意装作，实用力太过，必需在极短的时间内谋求体力的恢复，不得不作此态，因此还能看出老伶支撑忍耐的功夫。但以后就渐渐有人认为名伶派头，加以仿效。本不劳累，也要装出样儿，以自矜其娇贵。一个过场，四句摇板，进后台也要连扶带架，半死不活，真是表示品行不端，身体亏损而已。

絮萍这时并不劳乏，所以如此，却并非仿效名伶虚弱，只于表现小姐娇柔，有人伺候乐得舒服。王七在旁不知怎么找话巴结才好，等一阵乱过去，才笑道："二小姐，你看见楼上十五厢了么？"

絮萍衔着烟嘴儿，发出娇情而含糊的鼻音道："我没留神。王七你难得还记得我是二小姐，到这没人时才叫，当着外人倒叫我老板。"

王七惶恐说道："我一时走了嘴，您别生气。"

絮萍这才懒懒地抬手拿开烟嘴，喷出一口烟儿道："谁生你的气？往后说话留神，你不知道醉红跟我是仇敌么？"

王七连声引咎谢罪，絮萍道："不用说了，你方才说十五厢怎样？"

王七道："花二百买飞票的就是那个厢，我盯了半天了，直到您上去，那厢里才见了人。是个很漂亮的年轻小伙儿，一个人闹了个独座儿。"

絮萍笑道："这大概是个气迷心。"

王七道："我可欢迎这气迷，倘然座儿都像他一样，咱们的票价可以加三十倍，前排四十，中排三十，后排十五，包厢二百，两场戏下来，二小姐盖洋楼，我也弄所小三合房。"

絮萍笑道："你想着吧，也许有那么一天。这气迷心是干什么的？"

王七道："就是这样奇怪，人们全不认识。好像外边新来的。有人猜是本地新市长的儿子。"

才说到这里，跟包进来催上场，絮萍立起把烟嘴儿递给女仆，盈盈走出。王七仍自陪着，到了下面，才知还要等一会儿。王七拉着门帘，挤出一道微隙，向絮萍道："您瞧，就是那个独坐的，正划火吸烟呢。王洪奎硬说是市长儿子，还要跟我赌一顿肉包。"

絮萍向外一看那厢内少年，初觉面熟，继而恍然有悟，认出他是何人，不由芳心一动，跟着银牙一咬，回头向王七微作冷笑，却颤着声音道："跟他赌吧，保你准赢。这不是市长儿子，也不姓毛。"

王七忙问是谁，絮萍已随着家伙点儿走出去了。王七怔了半天，才去寻王洪奎打赌不提。

且说絮萍在前一场只顾聚精会神地表演，无暇注意到场中观众，即使偶然目光四下注射，也是视而不见。这本是在舞台上历练未久的通病，故而直到王七因为打赌，把二百元飞票的包厢指给她看，絮萍才瞧见那个少年。一瞥之间，不由勾起旧情宿恨，心里初从惊讶中生出疑惑，继而怨恨感到悲怆。就人情来讲，大概人人对于初次发生，首先遇到的事，最易在脑中刻下深痕，例如儿童时初次受责，首日上学的景象，长大时初次离开乡井，初次遭遇患祸的情形，都能记得很真。直到老年，幻象仍不漫漶。尤其青年男女的初度恋爱，更为深刻牢固。即使情爱极滥的荡子，在秦楼楚馆，受尽粉黛三千，金屋红闺，坐拥金钗十二，像当年的胡雪岩，对自己的姬妾并不认识，只以名签召幸，又如近代的张宗昌，连姨太太数目都和兵枪一样，归入三不知之列。但若问他们第一次所爱的女人姓名模样，缱绻情形，必可以不劳思索，历述无遗。便是白头老妓，一生阅过无数芸芸众生，她对于当时的生张热魏，转眼都幻作虚花泡影，虽然表演过万种恩情，但过去就模糊得如一般面目。和大商店的售货员一样，招待过多少主顾，看着全是花钱购物的人，哪能记得谁是谁呢？但在几十年前，当芳年三五，初落烟花，第一个坏毁她的贞操，也就是第一个使她领略人生滋味的人，却能久忆不忘。所以白乐天《琵琶行》上说"夜深忽梦少年事"，不说"五陵年少学缠头"。当然少年事常印心中，才会发而为梦，否则她何以不梦浮梁买茶的商人呢？由此可见初恋的神秘性和绝大魔力。

絮萍和楼上那个少年，虽还不到恋的程度，却曾有过初的关系，但就一种特别心理观察，初字里面，就是包含着恋字了。原来楼上少年的面貌，是絮萍以前时接于目，常萦于心的。因为这少年的照片，有一个时期曾在絮萍绣闺妆台之上，占过极优越的位置。后来虽已抛弃，但景象早印入脑中。近一年来虽已渐渐模糊，终是难于消失。这时一见少年的面，脑中立似灌了显影液，把旧时影像重复显明，同时心上也好似插着一口利刃，把旧日伤痕重又刺疼。至于何以如此，就因为那少年是她初次被芳心收容，初次生终身观念，曾经预备托以终身，而结果被他休弃，害得失去骨肉，离开家庭，到如今落得唱戏谋生，他就是那么狠心无情的朱绣虎啊。絮萍此际对这突如其来的朱绣虎，在情在势，似乎该只有怨毒在心，绝无恩义之念。本可以望着他喷口唾沫，掉头置之度外，但絮萍却不自禁地芳心颤动起来，一则因了由订婚至离婚，二人虽除了一次相看以外，未曾晤面，但朱绣虎的俊雅风神，在絮萍心中寄容已久。此时相见，便无恩义可言，顾有故人之思。二则絮萍由朱绣虎身上，想到自己，生出今昔之感，身世之悲。因此便不觉对朱绣虎切齿痛恨，这一恨反似有些触起旧爱了。因为她心中若已对朱绣虎冷若死灰，此际竟可以熟视无睹，毫不萦心。只把他当作一个观客就是，何必多此一恨？既有此恨，便可知古井之泉未涸，经风又作微波了。

她到了台上，心中还念念不能放下，一面唱做，一面偷溜秋波，向楼上瞧着。心中暗骂无情无意的狠心小子，你既对我那样绝情，那样狠毒，并且你离婚理由是为我唱戏，怎今天来看我的戏，莫非故意来羞辱我？想着羞辱我，哪天不成，又何必定择今天，花二百块飞票包厢？难道你没了日子，明天就要死么？

絮萍心里骂着，眼中瞧着绣虎雍容态度，潇洒风仪，又觉心中乱跳，似悔不该这样毒口咒他，又转想他便真死了，还不给我解恨，关着我什么？絮萍这时心有所思，精神涣散，表演自然失了许多精彩。好在台下观客的热烈情绪本不易引起来，但引起来就不易落下去。絮萍虽走了神儿，幸而观客并不失去兴致，鼓掌喝彩仍然相续不绝。只要台下有人热烈捧场，台上伶人的坏处就可全变好处，明是走了板，外行还以为新腔，明是出了错，外行还以为创作。絮萍虽然表演和前两场大差天渊，却幸未露出错误。台下似乎并没有看出她的真相，看出来的仅有两人，一个是早已寻瑕觅隙的醉红轩主，她见絮萍忽然改了样儿，就向女伴道："你们看，絮萍怎么了？好像有什么毛病，莫非踩不惯跷，脚疼了吧？那又何苦来？"说着哈哈大笑，希望有人附和。但众人全未答理，醉红愤愤地闭上口，瞪眼瞧着台上，盼望絮萍最好一脚跌倒，自己狠狠喊一声，通通气。另一个是乌有先生，他倒冷眼觑破真情，觉察絮萍的精神忽然涣散，是因为看到楼上朱绣虎的缘故。不由心中纳闷，他二人既已离婚，感情坏到不可收拾，朱绣虎当时因絮萍玩票而离婚，今日反高坐堂皇，前来看戏，已然令人不解。絮萍和他仇人相见，至多加以白眼，却怎的神不守舍起来？说她见了朱绣虎害羞，绝无此理，说她害怕，对已离婚的陌路人，怕从何来？说她气愤，神情更是不像。这可真奇怪。难道她对绣虎有情，故而一见神魂颠倒，不能自持么？这尤其不能想象。乌有先生实在想不出所以然，只可暗替絮萍祷告，上天保佑圆满终场，不要失魂落魄闹出笑话。

乌有先生这样替她祷告，絮萍仍然几乎闹了笑话。她正对着狄家人表白嫁夫从夫，誓同卢生下山，央求放行。正念到半截儿，她那眼光忽然向厢中一扫，恰值朱绣虎立起欠身，猛见他襟上簪着一朵花，恰和自己今晚所得的那束无主无名的花形状完全一样，由这一件微物的偶合，使絮萍脑中又受绝大的冲动。猛然思境一变，悟到那束花必是绣虎所送，所以不露姓名，就因恐怕我知道是他，不肯取受，所以这样遮瞒。却又要在我收受之后知道是他，就簪一朵在身上示意。由此看来，那二十四只花篮，也是由他而来。想到这里，随即悟到他今日破费巨资，定要包厢看戏，必也有和送花一样的深心，自己疑惑他是有心来羞辱我，一定是错冤枉他了。这些转折回环的思想，在絮萍脑中不过经了三数秒钟，但只这两三秒钟的深思出神，已使她那不能两用的脑筋发生顾此失彼的状态。她这段念白，本已熟极而流，心中想着绣虎，口里仍滔滔地念下去。手和眼也跟着机械式地动作。除了脸上没表情，并无大疵。这就因她对这出戏唱得极熟的好处。但没想她近日正在新学一出《能仁寺》，词儿也正念得极熟，这时因为神思外驰，脑神经失了管制发声器官的作用，不知怎么竟串了词儿，把何玉凤对赛西施的念白，搬来给狄云鸾做对付郎霞玉之用。只说出一句，台前的座客都听出来了，大家正

28

在错愕，台上的配角当然更听得明白，对她使眼色，低声招呼。絮萍却看不见听不见，正在没法挽救，眼看一个哄堂大笑或是倒彩就要降临，幸而五行有救，那热心好事的乌有先生正注意着絮萍，听她忽然串词，当时生出急智，将面前的一只茶杯用手猛向上一抵，那茶杯越出铁圈落在地上，摔了个粉碎。这巨大的响声，把全院顾客都惊动了。很多人立起向这边一看，乌有先生嗷嗷叫了两声，现出惭愧抱歉的样儿。女招待也循声而来，看一看损失，要求赔偿。

台上的絮萍早已惊得略一停顿，旁边配角便趁着机会提她一句，絮萍方才醒悟。及至观众的耳目再回到台上，絮萍的嘴早已由能仁寺回到山上老家了。这一下真替絮萍脱过一场大险。台前的人倒疑惑方才自己是否临时失聪，只恨无法向空气中重寻已逝的音波，加以分析。连那早已张开嘴，预备喊通的醉红也因失去机会没喊出口。此际也不能再追加个后补倒彩，只有暗骂摔碗的人闯祸不捡时候，但哪知乌有先生这面，时候准确到万分之一秒，正自喜得心应手，因时制宜呢？

一阵乱过去，絮萍在台上已足吓出冷汗，越想越怕。若不亏有人恰巧摔碎茶杯，自己这场羞辱定然难免。当场先给嫉妒的人解恨趁愿，明日报上一加宣扬，还有什么脸再唱？想着就在提心吊胆之中，更加聚精会神，一面提防再有疏失，一面找补过去的疵病，不该再向朱绣虎那边瞧看，也不敢胡乱寻思了。

这时已有男茶役来打扫乌有先生脚下碎杯破片，女招待也来收取赔偿费。絮萍才看出摔杯的是一位幼时常见的父执，如今虽久未相晤，但那清癯面貌、疏秀髭须尚还依稀可识，立刻悟到他的动作是出于有意，挽救了自己一番奇窘大辱，不由心中万分感激。但一时想不起他的姓名，只可默识于心。同时还有看出这番情景，暗地感激乌有先生的，就是楼上的朱绣虎。他对于戏剧很少研究，但对心理却能观察。初见絮萍精神散漫，又听她念白似乎忽然溜嘴，大不连贯，台前许多人现出惊愕之色，有的张口举手，将要有所表示。心里便知道絮萍出了错误，正在代为着急，忽闻台前发出一声音响，立即转移了众人的注意，把絮萍的错误轻轻遮掩过去，不由暗叫运气。随又见出资赔偿茶杯损失的，是一位曾与老父交往的通家老伯，心中便想到此人虽忘却姓名，但既与老父为友，必是名扬旧人，和任献丞想也有着关系。方才他这举动，也许不是出于无意。

朱绣虎这里注意乌有先生暂且不提，再说台上的絮萍，觉得危险，自知侥幸之后，就丝毫不敢大意，兢兢业业地演唱，又博了无数彩声。这一场下去，进到后台，王七接着道："二小姐，这回场子紧，您不必进化妆室了，我预备了一只躺椅，您这边来歇会儿。"

说着将絮萍引到衣箱夹缝的静处，已放好了一把卧椅，絮萍坐下，跟着女仆跟包全都过来伺候。絮萍呷了口茶，才笑道："我今儿差一点丢大人，不知怎么说到海里去了。"

王七听了，做了个《空城计》中老军报司马退兵，孔明举手挥汗的身段，叫道："我的二小姐，您还说呢？我在文场那边站着，听您忽把词儿串了《能仁寺》，我的膝盖都软了。只觉头顶呲的一声，好像有股子气儿钻了出去。大概这就叫灵魂出窍。哎呀，我的妈妈，我的佛爷，若没有台下这一响，把我的魂儿惊回来，就许完了。好险呀好险！台下那个老头儿摔的真是当口，简直积德行善。这老爷子准得七子八婿，寿活二百多岁。"

絮萍笑了笑道："那位老爷子是我大爷的朋友，不过忘了他姓什么。这回也许成心帮我。"

王七道："那可得谢谢人家。我说二小姐，您是怎么了？"

絮萍脸上一红，还未答言，跟包已过来催上。絮萍方才立起，忽见一个穿白大褂的茶房直走过来，手里拿着一封信，挤到近前，低声说道："任小姐，这儿有您一封信。"

絮萍走着问道："谁给我的？"

茶房也转身跟着答道："是楼上一位座儿，教我送来的。"

王七在旁申斥那茶房道："你竟敢乱往后台递信？知道任小姐什么身份？你可是不想吃了，趁早拿出去。"

那茶房诺诺连声，就要退去。

絮萍却似想要问个明白，叫住茶房说道："到底是谁教你送的？"

茶房将信递到她面前道："北面五厢里一位年轻少爷，我本不答应……"

刚说到这里，跟包又催道："二小姐快着，别说话了。"

絮萍哼了一声，举目向那茶房手中看看那信封上面写的是"任意琴小姐亲展"，下款是"负荆人朱绒"，在上角还有一行小字，是"千祈速阅"。絮萍一看，立即知道是谁，也立刻忆起旧事，眼中射出无限的光，继而秋波一转，又变作幽思神色。

这时王七在旁顿足道："外面空了半天，您还……"

话未说完，絮萍猛由茶房手中将信夺过，就翩若惊鸿地一直走了出去。

王七见她拿着信出场，心想这出二黄《得意缘》又要弄出昆曲《寄简》了，狄云鸾带信封出去，算是给谁的呀？就急得跟着叫："二小姐，你把信留下，我给收着，别带出去。"

哪知絮萍一面望外走，一面把信藏入衣襟，塞在彩裤里面。她因方才受过教训，再不敢思索这突如其来的信，但对寄信的人却忍不住不看，偷眼向楼上包厢一瞧，那五厢已然空虚无人，不由心中诧异，他怎么会走了？又想也许出去方便，因为这一场是下山恶战，全剧中最为紧张，最要见好的节目，便暂且不去理会，专心作戏。过一会儿，母亲枪挑元宝而来，她告别致辞，恰正面北跪倒，忍不住又抬头瞧看，那厢中已有了人，却是茶房收取壶碗，这明是客人已去的表示。这客人花二百元买飞票，到大轴上场才来，大有捧角专家的派头，但只听到半出便行退席，却有些违反捧角的惯例。旁人看着都觉莫名其妙，絮萍尤其纳闷，对于藏在身上的信，更增了好奇的心。当时真有些不能禁止脑中对绣虎的思量，幸而剧情甚为紧凑，使她精神必须贯注，欲外骛而不能，因此这一场演得毫无疵病，极见精彩。这一场下去，夜戏也就在欢呼中闭幕。

絮萍进了后台，王七也首先迎着，贫嘴淡舌地连道辛苦，连夸绝活。絮萍觉得精神身体全感疲乏，而且踩跷的脚也承受不往，便扶了女仆，像打了败仗似的拖拖曳曳地进到化妆室。坐到椅上，教梳头的先卸头面，又伸开腿教女仆卸跷。这本是跟包的差使，但絮萍顾着小姐身份，以为头部平日在理发馆中，已被男理发师修理惯了，所以无妨令男梳头执役，至于足下，除了偶然在鞋店定制新鞋，被男店伙划样，那也只是用铅笔间接触，演戏装跷，难免着手摩挚，万不该使用男子。就不惜重资，特别训练了一名女仆，司理跷的装卸。

这时上下都有人伺候，她自己很悠闲地吸着纸烟，等头部和跷都卸

31

完了，她才立起更衣洗面，不料忽然楼梯脚步杂沓，进来一群男女，是从前台而来，内中多半是她的女友和女友的丈夫、女友的男友，大家像麻雀闹林似的，各进赞扬之辞。絮萍觉得，世界上不知人甘苦的，莫过于这班热心捧场的人们，专在角儿疲倦欲死，急需休息的时候前来搅扰。大约向来舞台名伶厌倦歌舞生活，多半起源于他们身上。心中虽不耐烦，还得勉强赔笑应酬，乱了一阵，幸而内中还有一个懂事的，见絮萍尚未换装，就提议男宾退席，这才散去大半。但有几个还悻悻不满，长脸凸嘴而去。几位不带男伴的女宾，自以为有资格停留，仍包围着说长道短，这个约絮萍下装后同去舞场，那个约同进夜宵。絮萍一面婉词谢绝，一面自换戏装。在脱彩裤时，无意中把那信封落到地上，一眼瞥见，急忙拾起，藏入内衣口袋。但已被一位女友瞧见，调侃她说："任二姐上台还带着情书，谁寄来的呀？"絮萍也不理她，心中暗恨这班没眼眉的人，自己想快些看这封信，好明白朱绣虎是什么意思，如今被她们打搅，一定得回家才能看了。

当时换完衣服，洗完了脸，草草扑了层粉，就向跟包问车来了么，跟包说车早就来了，絮萍披上短外衣，向女宾说声对不住，我今儿头痛得很，失陪先走一步，明儿再见。就留跟包在那儿收拾残局，自己扶着女仆，姗姗出了化妆室，下楼由后台小门出去。穿过小巷，到了大街，接她的汽车正在巷外停住。大街便道上，还立了许多的人，多是气迷心的观客，散了场还不回府安歇，竟安心在街上受个把钟头的冷风，尽其捧角儿家站班的义务，等待絮萍出来，看她上车，至于看完之后，回家是否能增加食欲，多做好梦，生意兴隆，疾病痊愈，那除非局中人才能知道，局外人却以为是徒自苦也，无乃劳乎？

其实这种情形，自絮萍登台便已成为惯例，不过絮萍在昨日看着，觉得有这许多神魂颠倒的人，正足以反证自己的魔力，颇有得意。但这时心中有事，又因那些女宾从后台跟随出来，在旁七嘴八舌地絮叨，好像特意在街上卖弄她们和自己相熟，引以为荣，心中更觉讨厌。急步走到汽车之旁，钻了进去，等女仆上来坐好，也不招呼一声，便令车夫快开。呜的一声，汽车已飞驰绝尘而去。街上空留下许多伸脖腔的人，怔了许久，才你看看我，我看看你，在无聊冷淡的空气中，徐徐走散。

且说絮萍坐在车内，走向归家之途。这个家并非她正式的家，只是临时的寓所。在长春路苧梦村中，租了一座小楼居住。这村居是近年新兴的一种风光，表面是复古，实际是摩登。起初有个财主，将自己地皮盖了一片出赁的高等楼房，和普通甲等巷并无大异，只在中心辟一块广场，种些花草，围以剪平头的松树矮垣，就起名叫某某村。许多高级职业的无产人士，因长年劳于工作，困于尘嚣，得不到一点大自然的享受。忽然在闹市中见了村落，虽然有名无实，但觉这有山林气的名字，也可以消涤尘襟，就争先恐后地租住，做那洋式的村夫。风气一开，便是不好风雅之士，也追随时髦，以村居为荣，贪图在朋友面前，说一声敝寓某村，便能表示出高贵的身份，风雅的性格，于是都要移作村居。既有需求，自然便有供给。许多新建房舍，都模仿着相似的式样，题上漂亮的名字。十里洋场，居然添了千村万落，就连旧式里巷，也会稍加涂饰，改名为村。但因此也曾闹过笑话，有的村主，请诗人题名，诗人当然捡取典雅而与村字关联的名儿，如红叶绿杨等等，俯拾即是。却不料把村名刻在坊上之后，竟然桃源有路，问津无人。却原来这风雅的题名，和三不管的平康曲巷犯了雷同。三不管下等聚处，类如北京莲花河那种地方，从二十年前，便已有了绿杨红叶翠柏杏林等村，把典丽的名儿，早已变成臭腐。如今竟要移到贵族化居住区，人们自然避之若浼了。

絮萍住的村子，倒是名贵而合身份，苧梦本是西施浣纱之处，给她这样美人居住，实是人地攸宜。不过她只占有村中百分之一的地盘，因为住在楼上，还不能说地盘，只能说百分之一的空间。而且她的二房东是个特别的家庭，只有一对夫妇，都在三十多岁，男的是个艺术家，善于绘画。女的是经济兼演说的，长于辩论，工于嫉妒。男的倚卖画为生，又教着十几个学生，以补家用之不足。学生中有几位女性，都是富家小姐，束修甚丰。老师要对得住丰厚的修补，自然特别尽心教授。师娘当然也和老师具有同心，不过看着丈夫对待女生教诲不倦的情形，竟发动女人天性，没来由地感觉嫉妒。但不敢得罪女生，闭塞财源，只好和丈夫争吵。她又天生健谈，整天整夜地吵，絮萍就在这种环境中和他们生活。好在絮萍这边既然常有女友前来说笑拉唱，又每天有长时的遛嗓。和二房东也算旗鼓相当，互相扯直。

当时絮萍坐车归回这个纷嚣而又寂寞的家，在途中还思索朱绣虎的事，心想他当日那样对我鄙弃不屑，今日又如此卑辞厚币的巴结，而且行踪诡秘，举动离奇，真测不透是什么意思。想着就把那信封掏了出来，拆开信封，抽出信纸，虽只一笺，但全写满了。想借窗外路灯的光看看，但是经过的街上灯丝光暗，又因车行太速，闪烁不定，只可摸着车上电门，开车顶的小灯，哪知按了几下，只不见亮，问车夫时，车夫回答灯泡坏了，还没换好。絮萍赌气把信重放回身上，这时身旁的女仆忽哟了一声道："坏了，我忘记带那把花回来，丢在后台，不定被谁拿去。您不是还怪爱的，曾嘱咐带回家。这怎么办？再回去一趟吧。"

絮萍已知那花是朱绣虎所赠，闻言就道："你真是记性不大，忘性不小，我巴巴儿还叮嘱你，现在也不用回去拿，跑包老石还在那里，到家跟着给他打个电话好了。其实老石不用告诉也许给带回来，他倒心细。"

女仆听了，凸着嘴没说话。倏觉车子颠顿起来，已到了苧梦村口外，转弯上坡，进了大院，便在寓所前停住。絮萍下车，女仆先叫开了门，便一直飞奔上楼去打电话。絮萍因演戏踩跷时候甚久，初卸装时尚不自觉，在车上歇了过来，这时才觉腿脚颇为酸痛，腰肢无力。很想叫人搀扶，无奈女仆已先跑上去了，只得缓缓地走。她穿着平底缎鞋，行路无声。走到楼梯下，忽听二房东的起居室内嘈嘈哓哓，似在口角，知道他们夫妇又起了交涉。一面循级上楼，一面侧耳偷听，已闻男的声音说道："你可教我怎么是好？以前初教她们用笔，你嫌太耳鬓厮磨了，现在我跟她们对面而坐，把画室变成讲堂，起码保持三尺距离，你还挑刺儿。"

女的呸了一声道："你别瞎扯闲篇，我就问你，今天你给她们讲古时女画家，有多少讲不得，为什么单讲管仲姬？管仲姬不是什么出名的，讲她也罢了，为什么还扯上赵松雪？赵松雪也罢了，为什么还念那套淫词？什么'一块泥捏个你，捏个我，打碎了再捏，捏了再打，你里有我，我里有你'的，这可是教画范围里的话？请问你安的什么心？"

男的说道："安什么心？不过看见温素馨带来给我看的管仲姬的一张花卉，我才触景生情地讲起来，以赵松雪自比，把管仲姬比你，教她们知道咱们一门风雅，琴瑟和谐。"

女的大声呸道："别胡说了，谢谢你，少抬举我。我知道你是爱上那个王淑兰，为着逗她对你一笑，好看她的白牙。你不是夸奖过她的小白牙么？那丫头也是贱骨头，专爱凑到你跟前，说这个问那个。还有她那像伤风似的从鼻子里说话，一听她叫老师，我的气就不打一处来。若不看着她一个月六十块钱，从拜师那天就给骂出去了。"

男的接口道："着呀，我也是看在钱的分儿上，才哄着她们。你总不知道小姐都小性儿，不哄着哪一个也不成。你现在骂我跟她们太和气，明儿得罪跑了两个，你就又怨我给你破财了。"

女的叹气道："谁教我嫁给你这光蛋，得教画儿吃饭呢？有时我气起来，真宁愿饿死，也不愿看你跟她们的样儿。就说那个温素馨，还是巡抚的小姐，那臭美的酸劲儿，自觉比天仙还天仙，尤其对你的神气，我瞧着脊梁发麻。"

男的叫道："哟，人家温小姐又怎么了？她真是稳重大方，毫不轻狂。你这是从何说起？"

女的道："我就从稳重大方，恭敬知礼上面看出毛病。她对老师表面极尽恭敬，寡言少笑，好似非常端庄，其实含情只在不言中。只看她那对铃铛似的眼儿常常盯在你脸上，就……"

男的不待说完，就拍案说道："请你住口，这样侮辱人也未免太深文周纳了。我给她讲说画法，她的眼不看我看谁？你竟胡思乱想到这份儿，真岂有此理！我以前只觉你嫉妒得可笑，今儿才明白你糊涂得可怜。不过我非常原谅你，这是女人变态心理，由此也可以看出你对我相视很重，相爱很深，若轻视我不爱我，就根本没这种糊涂想头。譬如某笔记上说，有位好古董的官儿，得了一件假古董。认为是无价之宝，只怕被人偷去，百计防护，其实人人知是赝鼎，只觉好笑。一天来了伙明火执杖的大盗，把他的家产劫掠一空。他全不在意，只抱着那件假古董不放，被贼首夺了过去，他舍命要去夺回。哪知盗首也是识家，看了看便掷还给他。笑着说你家产全失，却不着急，倒为着不值分文的假东西拼命，好不可笑。那官儿听了，反跟盗首分辩，定说是真，并且引了许多证据。盗首大笑说，你自己认是宝物，就好生保存吧，不过我们不要，倒白费你一番苦心了。这段寓言就是说糊涂无识的人，以为别人必也和自己一样的爱，都要前来争夺，闹得疑心生暗鬼。其实你当作宝贝，旁人看着还不如粪土，丢在路上并没人拾。你也是一样道理，把我看得太重，好像是外国明星盖伯尔、泰隆鲍华似的，世上一半女人都对我害单相思，一出门就不知被谁夺去，你想得未免太肉麻了。就是现在你所猜疑嫉妒的几个学生，我若稍有一点言语失检，管保立刻卷堂大散，跟着还来问罪之师。人家巨室朱门，青春美貌的小姐，哪一只眼能看上我们穷画师？我便是偶然叫她们说笑，也只为引起兴趣，好长久束修以上，赚了钱供你看戏打牌。以后请你再莫说这无聊无耻的话，尤其对于女学生。像温素馨那样的好姑娘，即使背地侮辱，自问良心也觉有愧。而且她也不会长久学画，或者三五天便要退学了。"

女的作惊愕声道："怎么？你怎么知道？"

男的道："大约她正提着亲事，昨天我在施曲厂宴请女伶吴碧兰的席上，遇见那好管闲事的房祝三，他向我打听温素馨的才貌如何，又说有朋友想托我画四扇大屏，他打算后天陪来跟我面商，并且参观我的画室。我答应了，叫他约定时间，他竟问温素馨什么时候上课，我听着觉得有异，就问这朋友未必真要买画，别是为着温素馨吧，这要得请你说明白，否则请你恕我不能接待。房祝三才说是为亲事问题，现在媒妁正在奔走，男家想要面相温小姐本人，怕明着要求女家不允许，温小姐又深居简出，难得见着。打听得她在你府上学画，所以托我们先行奉恳。你若帮忙，男家必有报酬，大约百八十的画，总得买几张。我一听这是好事，就答应了。约定后天上午十一时前来。"

女的笑道："这也不错，总可以弄几百。我的翡翠腕镯有着落了。不过昨天的后天就是今天的明天，我们也应该预备预备啊。"

男的道："不用预备，我的画儿早就挂着，只请你临时帮一下忙。房祝三陪人来到画室，你借个事故喊温小姐一声，好叫他们认明白。"

女的道："那很容易，莫怪今天手心发痒，果然真有财喜。不过温素馨若订了婚，一定退学，我们就要短一笔常川进项，统算起来，还未必抵得上呢。"

男的道："没关系，她走了还有补缺的。"

女的道："谁补缺……哦，你说的是楼上任小姐吧……"

絮萍在楼梯上听他夫妇在爱情利欲中间搅个不清，觉得十分有趣，故而听了许久，及至听到嫉妒已被金钱所解，战事告终，不免腰酸腿痛不支，正要转身走上，忽听他们谈到自己，不由又止住步，听那女的微一停顿，又接着说道："她虽然是个阔小姐，现在已然唱戏了。你还真要收个女伶做徒弟？再说她一天忙忙乱乱，也未必有工夫学画。那天也许只是说着玩的。"

男的道："那倒不然，她只因下海唱戏，所以才要学这风雅事儿。这是由很多年传下来的风气，伶人照例得会写会画，好接近士大夫。现在也仍是她们的必修科，一则可以提高身份，二则可以用作应酬。社会上很有一班人，把梨园行书画看作宝贝的。那任小姐既然下海，自然也得仿效前辈行事。所以她学画之事，倒不会是信口之谈，我想她不久就要自行束修以上了。我们要的是钱，至于她有没有工夫，能不能学成，根本无须理会。她交了钱，不来上课，我们岂不乐得省事？"

女的沉吟着道："可是那任小姐目飞眼动，简直狐狸精似的，我实有些……"

男的接口道："你怎样？又教我肉麻么？"

女的哼了一声道："肉麻不肉麻，反正我是命中注定，永远要担心生气的了。"

男的哈哈大笑起来，絮萍也呸了一声，转身扶着楼梯，直向上走。心想这女的真是嫉妒成性，发犯无时。无端会扯到我身上，你也不看看尊夫那副尊容，这才叫刻画无盐，唐突西施，你也不用担心，我以后要真学画也要另投名师，束修绝不会上到你们手里。

想着到了楼上，进了自己的住室，女仆恰从室中出来，回说："电话已打通了，现在澡盆已放好水，小姐就洗澡么？"

絮萍觉着身上汗黏不适，就点点头，坐在楼上。女仆伺候她换了浴衣拖鞋，她才走入浴室，跨入盆中。洗了一会儿，就躺着把全身浸入水里，悠然休息。觉得把疲乏都恢复了，心闲体适，看看窗外一轮明月，悬在中天，清光照满半边窗子。因为浴中的灯是幽暗而又温和的紫色，并不欺压月光，反把月光衬托得分外美丽。絮萍看着，不由心房微一动荡，口中忽唱起《武家坡》的词，先念了句"全凭皓月当空"，接着又低声哼着老生的老大嗓儿道："八月十五月光明，薛大哥在月下修写书文……"

才唱到这"书文"二字，突然想起自己在后台接到的书文，就高声喊叫女仆，那女仆进来，絮萍吩咐她把衣袋里放的一封信拿来，女仆须臾取到，交给絮萍，自退出去。絮萍拿着信，先看封面，见是用墨水笔所定，字迹甚为挺秀，又看看上下款，觉得这"负荆人"三字用得很好，教我不用看里面言词，便已知道是封悔过书。你这混小子，既有当初，何必今日？事情到了这步田地，你悔过又将如何？负荆又将如何？想着方要抽取信笺，忽然眼光一霎，看出下款五字的排列似乎有异，那"负荆人朱缄"本该互相连贯，但他竟写成三段，"负"字和"荆"字之间，"人"字和"朱"字中间，都有不到半个字的空隙。絮萍看着诧异，这是什么格式？继而看出"荆人"二字相连，成为一个名词，立刻恍然大悟。他用这"负荆人"三字，有着双关的意义。乍看起来，只是"负荆"二字相连，用以形容"人"字，当然是廉颇蔺相如的故事，又像《丁甲山》的李逵，背着一束荆树条儿，向宋公明请罪。但若"荆人"连在一起，就另成一个名词，是丈夫称呼妻室的惯用语。和贱内、内子、拙荆、寒荆、敝房、敝房下、家里的、孩子他妈一样意思，加上负字，就是说亏负了太太的朱某寄。这样写法，直把我还当作他的拙荆，好像我已经嫁了他似的，未免存心侮辱。但这小子有此心思，倒也刁钻有趣。想着抿嘴一笑，便抽出信笺，一看上面，原来在第一行上方画着一个小小人形，双膝齐屈，直挺挺地做拜跪之状，背上居然还背着荆条，笔致很为生动，而且脸上还画了两串眼泪，下面才是正文。写的是：

　　罪人朱绣虎惭愧慌恐，拜上意琴贤妹妆次：我今日给你写信，真是没脸。右手一提笔，左手就打自己嘴巴。我有什么脸再给你写信？并且知道你也不会看我的信，但是我终于写了这封信送给你。倘若上帝保佑，月老降恩，就使它入到你的眼中。你看着慈悲上帝，千万不要撕毁，请忍着气，细看一遍。知道我现在已得到报应，受到惩罚，也许可以平你的气。以前的事，我实是鲁莽荒谬，万死不足蔽辜。不过求你原谅，我做错事的缘故，一则因为我们的婚姻是由于父母之命，媒妁之言，你我二人并没有接触，没有情感；二则因为我年纪太轻，不禁激刺，没有忍耐。在你初次登台演戏的第二天，报纸对你的记载言词，实在有些轻亵。当时便有知道你我关系的同学，拿报纸给我一看，并且说了许多讥讽的话。我一时忍不住这自认为绝大的侮辱，就跑回家去，对父亲商议。我不敢对你说一句假话，离婚解约的提议，实在由我发起，我父亲就照着我的意思办理。结果是你知道的，就无须细说了。

解约之后，我听说你脱离了家庭，境况似乎不佳，已经很是关心。接着又听说你常常演戏，近来竟要鬻技谋生了，更是良心痛苦。以为我若不和你解约，你就不致脱离家庭，不脱离家庭，就有慢慢改过的希望，绝不致这样堕落。我不敢说演戏是堕落，也许你的演戏，完全由于爱好艺术。用现代眼光看来，是十分正当的行为。不过以你的家世身份，却是太可惜了，而且也太自苦啊。我被这种思想痛苦了许久，但总觉得没有办法再转圜了。便有办法，也没有勇气。

直到这次外间传说你下海登台的第一日，我从早晨便失魂落魄地过了一天，到了晚上，好像鬼使神差似的，走进春和戏院。我来到太晚，已经找不到座位，跟茶房通融，站在楼上包厢后面，看了你一出。在这很短的时间里，竟把我的命运决定了。我也没法说明缘故，更不能用笔墨诉说当时心情，只能对你说，我在归家途中，几乎发了狂，觉悟自己做了天大错事，觉悟你是我的生命，我却已经把生命线剪断了。我知道若不能重得到你，我只有死。至于何以一见你竟发生这样情感，我也不能明白。天啊，教我怎样办呢？

当时回到家中，就忍着羞耻对我父亲重提任家亲事，我父亲把我骂了一顿，说绝无此理，而且现在给我另提他家亲事，已将成议。我竭力央求说，若得不到旧人，恐怕父亲要换去一个爱子。我父亲看出我的情形，就婉言劝导说，破镜重圆终有裂纹，而且意琴脱离家庭，更没有接洽的门路。我听了猛然醒悟，这事不能依赖家庭，只有我自己进行奋斗了。我寻思一夜，才打好主意，希望在戏院和你先见一面，教你知道我的意思，再给你寄信。因为恐怕你对我没有一点新的感觉，只存旧时印象，就未必肯看我的信，一切希望全要消灭了。但是我去买票，已经售罄，费了许多周折，才得到一张厢票。我就买了

39

些花篮给你送去，又亲自到维尔司花房，想买一束名贵的花，祝贺你的演出成功，并且表现我以前反对的错误。恰巧花店新来一种最美丽的花，别名重圆。这是多么可贵的名字？我知道得着好兆头了。就买了也送给你。大约你接到之后，因为不知谁送的，一定很是纳闷，但绝梦想不到是我这个罪人吧。

现在我的信只可写到这里，时间到了，我要佩着重圆的花，去见希望重圆的人。只求上帝保佑我，你可怜我，原谅我，使我实在重圆的希望。倘若不能，我的前途就渺茫了。

倘若你能原谅我，还求你散场后跟我立即见面。因为事情太凑巧了，近日家父极力替我张罗亲事，有一家已经说到八成，媒人大宾约定明天早晨陪我父子去看姑娘，倘然我父亲看中，立时就要放定了。我说实话，在昨日以前，我对这亲事没有赞成，也没有反对。只由父亲做主，自己甘做被动。及至昨夜在戏院中见着你，我才明白以前对你铸下何等大错，现在对你又是何等需要。若得不到你，我这一世就完了。别人即是王嫱西施，也挽不回我的悲惨的命运。可是我觉悟得太晚，危机变局也悬于一发，现在只有求你拯救我，在散场后立即到二十九号香岛食堂来跟我见面。我的希望是委屈你跟我回到家里，咱们俩双双地在我父亲面前一跪，不用说话，老人家就会明白我们俩已然重圆，不能复分。自然就把明日相亲的约会取消，以后我俩同度快乐的时光。我只求能常做你的装台奴隶，绝不敢再挫折你爱好艺术的心情。即使你登台演戏，教我做那背着暖瓶的差使，我也认为荣幸。

这也许我希望太奢了，尤其是教你回家去见父亲，对你是很大的屈辱，在我也自知是荒谬的想头，恐怕万不可能。但是你若真能原谅了我，也许不成问题。倘然你能谅解，而只反对这一节，也可以另商办法，只盼你能来香岛食堂，就是我希望的开端，幸福的起始。我肚里还有万万句话，没法写出，也不知怎样才能感动你的心，只有祷告上帝，可怜悔过的人。

我预备托人递了这信，就到香岛等你，请你务必早临。香岛照例每夜两点半休息，倘然到闭门时，还只我只身孤影，那就是你已经宣告我的死刑了。

罪人朱绣虎

絮萍看了这么长的一篇陈情之表，谢罪之书，不知是信中词意足以动人，还是絮萍旧情未断，一触即发？起初看时，还从鼻中哼着冷笑，自语道："你现在又后悔了？又爱我了？可知道我……"

说到这里，不知看到一句什么话，竟把底下言语咽住，不忍说出，喉咙微作叹息，继而持信的手竟颤抖起来。看到后半幅，心中跳了，眼圈红了，再看至那"不知怎样才能感动你的心，只有祷告上帝可怜悔过的人"，可再忍不住眼中热泪直涌，落到那浴缸内，发出两点扑池之声。她勉强着支持到末了，猛然把手一挥，不料把水面打得澎湃作响，水点乱飞，把信全湿了。她急忙抖去水滴，放在旁边凳上，举起手来要看时间，但腕表已在入浴时脱下。就高声喊叫女仆，自觉声音有些哽涩，发不出高声，连叫数声，女仆才来，絮萍问是什么时候，女仆慢条斯理地出去，又慢条斯理地进来，言说外面的钟表还不到十一点半，想已停了。絮萍骂道："混人，你不会……快拿我的手表。"

女仆鼓着嘴取来手表，絮萍看已两点一刻，就霍地立起，水淋淋地走出缸外，披上浴衣直跑出到寝室，坐在妆台前，又将浴衣脱落，教女仆用干布拭擦身体，自己急忙对镜理妆，望着镜中人影，好似忘记是自己，竟怔怔地点头道："我原谅你，我原谅你，我有什么法儿不原谅你呢？"

女仆听着她说话，以为吩咐自己，就问："小姐说什么？"

絮萍似没听见，并不答言，忽然回头说道："他回来了么？"

女仆问："您说谁？"

絮萍着急道："还有谁？我问跟包。"

女仆道："回来了，才进门不大工夫。"

絮萍道："叫他来。"

女仆连受申斥，满腹是气，就走出去。须臾同着跟包进来，那跟包一脚才踏入门内，猛见絮萍未着衣服，吓得哟了一声，向后倒退。絮萍这时的心已不在腔里，猛听一声叫唤，才看见自己镜中形象，急忙拉起浴衣，遮住半边身儿，又窘又怒，骂女仆道："你发昏了？也不看看就叫他进来？今儿是受了什么病？"

其实女仆今日并非是受了病，而实是倒霉了，接二连三，尽撞在野火头上。絮萍骂完女仆，向外说道："你打电话，叫辆汽车，越快越好。"

跟包答应走去，絮萍向女仆道："你怎还怔着，可快给我拭干了啊。"

说着自己擦脂抹粉，描眉涂唇，心中忙得不了，恨不能抹两下，就着衣出门。但又感到一种不该草率的理由，就在细中加快，快的程度比她平日理装，减少三分之二的时间，但已费了十多分钟。修饰完了，急忙跳到床上，穿好衣服，也只用了很少时间。就在穿上大衣之后，平日必在穿衣镜前来回顾影二十多次，这时也只照照前面，照照后面，就算完事。取起手皮夹，向女仆道："你给听声门，不要打盹儿，我去一会儿就回来。"

说完就推门而出，匆匆跑下了楼，直奔出去。见街门开着，到门外一看，空空荡荡，冷冷清清，并没汽车的影儿。不由得顿足大怒，急忙叫了两声，不闻跟包答应，只可又跑上楼，去问女仆。才知跟包不在楼上，就跑下来，到了门外，只见远远有辆汽车飞驰而来，到门外停住，跟包由车上跳下。看这情形，应说明白，但她心中似乎迷乱，竟骂跟包道："你干什么去了？"

跟包道："我打电话没打通，怕误您出门，就自己跑到车行叫了来。"

絮萍听了心想我怎这么糊涂，就不再说话，跳下台阶，进入车内坐下。车夫问到哪里，絮萍道："二十九号路香岛食堂。"

车夫闻言，看了看她，似乎诧异，到这时候还去吃饭，香岛几时改作通宵营业了？就开动机关急驰。絮萍心中麻乱，竭力镇定心灵，自己寻思，绣虎这封信写得好教我看着难过，足见他是太后悔了。且奇怪，他以前也在相亲时见过我一面，后来又在王省长寿筵上见过一面，再说我的照片又在他家里，并未是向未觌面，却何以去年他听说我唱戏，就大怒离婚，昨日看见我唱戏，就又后悔得要命，迷惑得要死，非我不能活呢？这是什么道理？莫非我便装并不美丽，到扮上戏才分外可爱？可是他起初讨厌我唱戏，怎会又为了看见我唱戏又发了狂了呢？见面真得问问他。不过这也许是我跟他姻缘有定，鸳鸯棒打不分。只是我平时恨他，今夜见着他倒恨不上来了。再知道他花二百元买飞票，看见襟上的花，我竟心慌意乱，几乎当场出错，丢了大脸，就可以看出是月下老人在暗里拨弄着呢。再说我接着他的信，怎那样关心，看了怎又那样感动，竟不自禁地替他酸心流泪？以前的仇恨都不知哪里去了，直好像已经结婚的夫妇，有过无限的恩情，中间因争吵分居，可是有一方低头服软，另一方就立刻伏受不住似的，这不是该着我归正路，去做人家媳妇，命里不该吃唱戏的饭么？其实倒是很好，我何尝不知自己是宦门小姐，何尝不知玩票已嫌放纵，下海更是丢人。只于以前仗着一冲的性儿，不服拘管，以后被朱家休弃，以致一步步向下堕落，直到脱离家庭直到今日下海挣钱，前半截是自己闹出来的，后半段是环境逼出来的。仔细想来，又何尝不难过？何况这年余窘也把我折磨得知道好歹，阅历得知道甘苦了。今日与绣虎的意外遇合，也许是我的转机。难得他如此相重相爱，我也就趁此结束了荒荡生活，重归正果吧。但是由方才想到的休弃二字，又觉心中不忿。对绣虎爱中生恨，不过这种恨是由有而生，并非真恨。只于想到自己的不上算，他当时大爷一犯脾气，就把你休了，我也只忍辱含羞，无计奈何。今日大爷一高兴就写信叫我，我也就俯首帖耳，应召而来。这真未免太已做小伏低了。

絮萍想着，并非下令回车，仍然前去赴召，不过心中都把热情竭力压制一下，打算见着绣虎先把自己的真心隐藏起来，待他痛哭流涕，经过一番哀恳之后，然后装作无可奈何，俯如所请。这样便可维持自己身份，免得被他轻视。但又想自己对他该用什么态度，该作何等说词呢？在他那面看来，我若无情于他，接着信很可以撕毁不看，便看了也可以置之不理。既然看了信便来赴约，当然是未忘旧义，欲拾坠欢。我若没有令他相信的特别理由，只用冷淡的态度对付他，他定然看出我是装作。因为我的心倘也一样的冷，又何必前来赴约呢？我必得想个对他并无留恋，而赴约是别有原因的理由，才能使他相信。想着忽然得计，暗道，有了，我到了食堂，见着他也无须过于严厉，只表示前来对他交涉寄信的事，任他如何殷勤，绝不吃饭。只先对他责问，我们关系已断，你不该又给我寄信。并且我现在已成了女伶，更应当守身如玉，不能同男子有些微交涉，否则名誉一败，前途也就毁了。所以我接了你的信，本想写回信对你警告，只因不愿把笔墨落到外面，日后惹人口实，就亲身来对你面谈。你不要误会我赴你约会，我只是来警告你，劝阻你，要你明白并没有权利给我写信，给我写信真是妨害我前途，请你收回。至于那些花篮，也请你赶快派人取去，倘若不取，我也要抛到街上。我说完了站起就走，他必竭力拦阻央告，我再随机应变，渐渐把口气放软，给他留条希望的路。不过今夜万不能轻易表示宽恕，只在无意中露出我的住址，便可走开。明日他必到我家去接着恳求，我起码也得折磨他三五天寝食不安，出完了以前的郁气，摆足了小姐的身份，才能教他遂心如愿呢。

絮萍想得了这个主意，就好似新排一出新剧，自己研究怎样念戏词，怎样排身段，什么地方该使巧腔，什么地方该动眼神，务求表演精彩，好教观客颠倒贴伏。不过这出戏的观客只有一人，而且兼任配角，和普通情形有异罢了。

她正在盘算，忽觉车子徐徐停住，知道到了地方，但抬头向外一看，满眼黑黢黢的，只有路灯的光远远射来，近处并无灯火。正在诧异，车夫已下来开门。絮萍道："这是哪儿？"

车夫道："您不是上香岛食堂么？"

絮萍哟了一声，跳下车来，立在便道上，向对面细看，果然是香岛食堂，但已灯火全熄，实无人声。再向左右瞧看，不但食堂这一家，整条街上都已入了睡乡，更无一处有灯光外射。只要相距不远的街角上，有个卖煎饼油条的挑子，一灯荧荧在夜风中摇动，有如鬼火。小贩袖手倚墙而立，偶然吆喝一声，但街上并无行人，他也知道枉费喉咙，所以声音十分微细，不过是习惯性的虚应故事而已。絮萍看着，心中非常怅惘，举起手看时刻，但出来匆促，忘了把腕表戴上，就问车夫现在什么时候，车夫倒是"代表人物"，看了看答道：三点二十五分。絮萍不胜自怨自艾，看完他的信还只两点一刻，满以为赶得上跟他见面，谁想整装着衣竟费了一点钟的工夫。他信上说香岛二点半钟闭门，料想他在临行时望我不见，不知多么难过，必认为我真的宣布他的死刑了。想着不由暗自顿足，又想他在香岛上门以后，未必舍得便走，也许还在街上等了会儿。但他决不能等一点钟啊。

絮萍心里焦急，不自觉地用手抓挠皮夹，把新购的皮夹抓得破蚀，忽觉指头作疼，方才住手。就向车夫道："你等等，还送我回去。"

说完向香岛食堂窗上看了一眼，似乎把那玻璃当作备客留言的板子，再见上面有绣虎的留言，但那玻璃上十分干净，什么字也没有。她又向地下看看，才走向煎饼的挑子。那小贩见她过来，就问："小姐买几套，可要带鸡子儿的？"

絮萍道："给我一块钱的，什么都成。"

那小贩得了大批主顾，满面春风地巴结道："小姐，都摊带鸡子儿的，多加个油条，好不好？"

絮萍取了一元钱给他道："好，我问你件事，那边香岛食堂上门以后，可见有个穿洋服的年轻人在这儿街上站着？"

小贩看看絮萍，点头说道："有这么个人，在这边便道上走来走去，好像等人似的。好几回走到这儿摊前面，借着灯亮儿看表。"

絮萍插口道："他跟你说什么话来？"

小贩摇头道："他没跟你说什么，我看他直把文明棍打地皮，也像挺着急的样儿，知道不是照顾主儿，也没敢问他。"

絮萍道："他在街上站多大工夫？"

小贩道："刚走不大会儿，他临走丢下个烟头儿，我拾起来还没吸完，您就来了。"

絮萍听着，知道绣虎直等了将近一点钟，还只说在街上，不算在食堂里的时间。可见他心意的诚挚恳切，真太苦他了。不由自悔迟误，自恨缘悭。猛觉鼻头发酸，眼眶发湿，忙转过身便走，到了汽车旁，拉开门便坐上去。

那小贩看见，忙叫道："小姐，你可等着拿煎饼呀！"

絮萍回答道："不拿了，不要了，钱送给你了。"说完便教车夫开驶回家。

在路上，芳心辗转，反复思量。先骂自己因循误事，又骂那几个到后台看卸装的男女，若没有他们在旁包围，我很可以在后台先看这信。最后又骂二房东画师夫妇，只顾你们半夜吃醋吵嘴，引得我偷听半天，因而误了大事。但骂了半天，事情已经误了，骂谁也没有用。应该急谋设法挽回才好。绣虎对我如此热情，不见得为这一次失约便灰了心肠，不再理我。所怕的是他信中末一句话，我不赴约，他便认为宣布死刑，这话该如何解释？莫非他要自杀？那倒不至于，只是精神上的打击太重了，我实有些对不住他呀。

絮萍越想越觉不安，及至车到家门停住，下车叩门，跟包出来开了门，絮萍进去，一直上楼，进到卧房。见那女仆正歪在自己床上，吸着自己的高价纸烟，悠然自得，大有婢学夫人之势。絮萍正在满心野火，兜头把她骂了一顿，气愤愤地自己脱了衣服，坐在椅上。那女仆屡遭申斥，恐怕失宠之后继以失业，急谋恢复主人的好感，小心翼翼地奔走伺候。絮萍只顾发怔，对于这个眼前来往的活人似乎并未瞧见。过了一会儿，女仆低声问："小姐可要吃点心？"

头一句没听见，第二句只稍稍长些弦儿，哪知竟把小姐吓着了。絮萍在深思中突然打了个激灵，大怒着说道："你叫唤什么？差点没吓掉我的魂儿。你忙了，催我快吃点心，吃完了你好安歇去。我就是不吃，你要睡请便。"

那女仆满心冤苦，心想今天是什么日子？这样倒霉？小姐向来也没有这样闹脾气，别是我的人缘饭缘要满了吧？但她不敢回言，仍站在旁边伺候。絮萍忽然说道："去，把电话本拿来。"

女仆跑出外间，取来递上。絮萍一面翻看，一面寻思，现在只有这个办法了，我本不想把真心透露给他，但又不忍教他过于痛苦，只叫打电话跟他说声，仍把我所预备的词儿简单表明，告诉他说，我因为要阻止他再来信，所以到香岛去，但去时太晚，他已走了，故而打这电话。这样便可叫他知道我并未宣布他的死刑，他必要求我再定期会面，我就拒绝说没工夫应酬，他自然请求到我家里来，我就说家里因为某画师同住，大家需求安静，向不招待客人。这样他由二房东便可知道我的住址。因为画师是在报上登着润例和招生广告，写明住址的。想着见已翻到朱字部分，寻找朱乃文、朱绣虎两人名字，俱都无有。但并列着十几家朱公馆和朱宅，不由暗骂混人，这样的宅和公馆叫我怎样寻找？正在着急，看看下面，又觉得自己糊涂可笑，宅馆虽易相混，地址却有分别，谁是混人？简直我是混人。就是纤指按着细看，一家注着宾南路十七号，知道是了，拿着本子走出外间，坐在椅上，移过电话机，拨动号码。初闻耳机内嘶嘶作响，知道没打通，再拨一次，仍是照样。她捺着性儿，径拨了十多次，可再忍不住，气得把耳机一掷，砸破了写字台上的玻璃面儿，跳起骂道："这缺德电话，今儿也跟我怄气。"

但是气也无可奈何，在房中走了一回，又打了一次，仍是不通。她料是朱宅电话损坏，直已没有希望了。想要设法补救，只有自己亲自到朱家去访绣虎，面诉一切。但这样未免太谦恭太屈节，无以维持自己的身份。而且自己原定的步骤，也要完全紊乱，没法实行。何况我以朱家休弃的媳妇，竟半夜又寻上门去，求见曾经休弃我的男子，若是被人知道，将要弄成多么大的笑柄？这是万不可行的事。又转想写一封信派人给绣虎送去，也是一法。但仔细寻想，送信和亲往，也如是百步五十步之差，而且这信也极难下笔。太热烈了，教他看得我久已希望覆水重收，接着他的信，受宠若惊，才这样急忙作覆，仍是无以维持尊严；若是写得太冷淡太矜持了，仍是等于宣布他的死刑，又不如不写。

絮萍芳心辗转，费尽思量，终于不得主意，只得黯然叹道："我也没法了。"说着嗒然若丧地又踱了几步，忽见床上抛着绣虎的来信，忍不住拿起重读了一遍，不料眼圈儿又红了，心坎儿里又热了，又走到写字台前，取起耳机，心中祷告阿弥陀佛，这次可教我打通了吧。哪知佛爷是哲学宗师，电话却是科学产物，两下风马牛不相及。佛爷任何神通广大，也不能修理电话，使其畅通，又哪有深知机械学的佛爷呢？絮萍拨了号码，仍是不能，她心想莫非朱家电话坏了，我何不问问电话局，可有补救方法。便拨了〇九号询问，对方迟了一会儿，方才答复说，那号码的电话并未损坏。絮萍听了又得了希望，以为方才几次都是恰巧朱家向别处通话，就又拨了起来，一连十几次，费了半点多钟，仍是只听耳机里发着短促的声音，好似病人断气时的微细呼吸。絮萍气得要死，一把将电话匣推到地下，顿足骂道："这倒霉电话，成心跟我怄气，摔碎你也不解恨。"可怜电话匣受了这无妄之灾，实在冤枉，因为非其罪也。

至于朱家电话并未损坏，何以半夜工夫竟不能打通，当然也是疑问，教人不易猜想。但作者用透视眼观察，竟发现一件很凑巧的事。朱宅的电话设在前宅客厅内，实未损坏。而且那电话机下面的矮榻上，睡着一人，正是渴望得到絮萍电话音讯的朱绣虎。然而絮萍屡次通话，竟不能接收，真是咫尺天涯，失之交臂。而所以致此的原因，就为着朱绣

47

虎在香岛食堂久候絮萍不至，失望归家。心中已懊恼至极，又恐回寝室被父亲叫住再受絮叨，就在客厅睡下。才就枕不久，恰值有人打电话，接听方知是一个姓房的打来了。他平日对这姓房的感情尚还不错，但此际不知怎么，一听语声就觉心中冒火，一言未答，就把机关拨上，教他不能再来音讯。连他馨香祝祷的爱人纶音，也给一例隔绝。这当然是他梦想不到的。絮萍更梦想不到朱家的通讯机关竟是绣虎堵绝，自己这边发去的电力，到得朱家的电话机中的某一部分，就被阻回。而那般盼她消息的绣虎，正睡在话机下面。她怅怅惘惘，气气愤愤，又坐立不安地过了半晌，回头见女仆在旁侍立，望自己发怔。知道自己的半疯状态都被她瞧见了，不由羞窘生怒，指着她道："你瞪着我干什么？快滚出去。"

女仆挨骂，忍气说道："小姐还没吃点心呢。"

絮萍道："不吃了，你快去。"

女仆道："我也得给您铺好了床。"

絮萍叫道："用不着，教你走就快走，怎这么烦哪！"

女仆赌气走出，絮萍又坐坐躺躺，走走踱踱，一颗没着落的心尽力折腾着不能自主的身体，直到天将黎明，窗上透露鱼肚白的曙光。她身体疲乏，萧然意尽地坐在椅上，望着地下的电话机，似乎对这无知之物的急恼已消了些，自思我何不再试一试，就把电话机重拾起来，放在桌上再拨号码，仍是不能，而且耳中静寂得可怪。仔细一听，才知那断气的呼吸声也已消失。原来电话机已然跌坏，根本没有通话可能了。她把电话机又推到地下，自己颓然由椅上溜落，伏在地毯上面，不知是被朱绣虎惹的还是被电话机气的，竟嘤嘤啜泣起来。过了半天，方才有气无力地爬起，双足如跛，强曳着身体一溜歪斜地到了床前，扑地倒下，也没盖被子，竟昏昏沉沉地睡着了。

睡了不知多大时候，忽被一阵器声惊醒，蒙眬中睁开倦眼，见日光满窗，亮得耀眼。但电灯尚在发着暗黄的弱光，窗上绒帘全未拉闭，房门也开着一道隙缝，不由暗骂女仆该死，从我赶她出去，就未再进来过，房中一点没有料理。又听门外面道上步履杂沓，似有多人行走。而且多半穿着皮鞋，又夹有说笑之声。说话的是画师夫妇声音，另有一人每说一句话必继以哈哈大笑，重浊刺耳。由那声音就可猜出是面目可憎

48

举止俗鄙，却很善于交际的黑胖子。不由气骂缺德讨厌，又抱怨画师不该在早晨领人来上楼搅扰。想着就看看桌上的钟，正指着十一点二十分，忽地忆起昨夜偷听画师夫妇谈话，曾说今晨十一点有人来相看他的女生温素馨，还买他的画作为酬谢。现在想必是那群人到来，相过了温素馨，又上楼来看画了。原来这楼上是絮萍所赁，但有一间小屋，仍由画师占用，做藏画之所。絮萍本用不了许多房间，又因藏画不同住人，对自己没有妨碍，就任其自然。今天还是第一次感到搅扰，初觉愤慨，继而想到相亲一事。她因以前看见过温素馨，想要瞧瞧她这位未来夫婿是何等样人，就坐了起来，不料忽觉头上发沉，身上发冷。低头看时，原来未盖被子，恐怕要冻着生病。心中又痛恨女仆，急忙拉了幅被盖上。这一来把高兴完全打消，也不想再出去看，倒下又睡了。

她以后的变局就差在瞬息的时候和须臾的动静，倘若她这时忙起身由门隙向外张望，大约立时便有故事发生，以后的局面全要改变，不但她本身的前途急转直下，收到美满的结果，就连著书的笔头也要改弦易辙，换作别样的布局。不过那样也许太平凡了，只顾成全了絮萍，未免委屈了著者，还是宁愿她继续安眠，不干预外事的好。

但絮萍虽未起床，一时也难睡着，只听那群人去进画室，过了一会儿又走出来，立在画室门外说话。只听那个爱笑的理想胖人哈哈笑着，称呼画师的法号道："半半千室主人的画谁人不知，哪个不晓？在街面上满有行市的。这张风雨归舟足值五百，那张梅花芭蕉也值二百，可是时候不对了，梅花芭蕉怎会画到一块儿呀？"

絮萍听着，不由启齿而笑。她自初次听到画师这个别号，就笑不可抑。画师此号，明是表示宗法龚半千，自谦只及半千工力之半，却忘了半千是五百，半千之半，正好是二百五。这时听人作这称呼，又忍不住好笑。随闻那画师笑道："祝翁你这可少见多怪了。古人有雪里芭蕉，就许我画梅花芭蕉。雪跟梅花不是一样么？"

接着又有一个清脆少年男子语声说道："我就因为这张别致，所以挑下了。"

那理想胖子又笑道："我看老弟你不是爱这画别致，是喜欢它吉祥。取个口彩。梅花不是比作妻么？你得了这画，就算老婆到手了。"

絮萍听着，便明白那柔和声音的男子便是温素馨的未来丈夫，同时又明白这理想胖子必是中间的媒人，故而如此取笑。

随闻那少年男子道："你胡说，梅花是老婆，芭蕉又是什么？"

那理想胖子啊啊了几声，才又哈哈笑道："老弟我不是跟你玩笑，这叫箭在弦上，不得不发。芭蕉是绿的，将来可以给你做一顶帽子。"

说着似乎自觉语妙天下，得意非常，更纵声大笑起来。那画师拦着道："祝翁矮点弦儿，不要扰乱他人。"

那理想胖子闻言，方才止住。但余音犹自唏嘘不绝，好像笑不畅快，就变成哭了。

随又有个齿不关风的枯涩声音问道："宝眷在楼上么？"

画师道："不是，我住楼下，楼上是邻居。人家睡得很晚，现在大约还在高卧未起。咱们还楼下坐吧。"

说着又一阵步履杂沓，经过门外，下楼去了。

絮萍也就睡着直到下午三点后才醒，起床之后，觉得身体尚还倦乏，入浴一次方觉稍振。正在一面吃着等于午饭的早点，一面数落着女仆，忽听外间有人咳嗽一声，说："小姐早起来了？"

絮萍听声音知是琴师杨铁腿来了，给自己遛嗓子，就道："杨先生你早啊。我夜里没睡好，这才起来。"

杨铁腿道："是啊，我十二点多来过一趟，听小姐没起，出去吃了饭才又来的。今儿吃了王洪奎一顿，他打赌输给王七，约着今儿早饭吃狗不理，拉我作陪。哪知王七变了卦，定要吃洪宾楼，三个人一顿饭花了五块，把王洪奎的汗全吃出来了。"

絮萍听着，触及昨夜的事，心中一跳，就扬声问道："就为昨儿晚上打赌的事么？"

杨铁腿道："可不是？那十五号包厢花二百买飞票的阔少，王洪奎硬说是新市长的少爷，王七打听出不是，就跟他打赌，可是也不知是谁。后来还是从那阔少的汽车夫口里探出他姓朱，是一位老太师的儿子。平常不爱听戏，这回不知怎么竟犯了戏迷。园子里茶房们看座儿张三发了外财，大家却红了眼，全打听门径，想给那朱少爷留厢。还是张三机灵，昨儿给朱宅汽车夫找了个好座儿，烟茶水果，一路张罗，把朱宅的住脚探出来。今儿早晨他就跑了去，托汽车夫替他转达，说今儿晚上是全本《樊梨花》，又给少爷留下包厢了，请少爷早临。他本打算再弄二百，哪知汽车夫传下来说，少爷没工夫，用不着包厢，以后也少往这儿来。张三扑了一鼻子灰，垂头丧气地回来了。"

絮萍听着，头上轰的一声，心想绣虎竟表示再不到戏院看戏了。他看戏本为看我，不去看戏，就是不愿再见我了。当然是因为昨夜我未去赴约，他已灰心绝望，觉得花不随水，水也无须恋花了。这少爷的脾气真大啊。不过我知道是他希望太切，故而失望愈深，很应该原谅。只是我本料着他绝不死心，今夜必仍到院中看戏，或者还有第二封信给我，我一俯就，就算转圜了。现在听杨铁腿一说，这预料竟然错误，由他那一面已无望转圜，除却我下口气迁就他，这事就要冷下去了。

想着心中怅惘，就又问道："你怎么知道的呢?"

杨铁腿道："王七在饭馆里告诉我的，他说早晨十点多钟，张三就找他去借钱。您知道前台的人有三成是王七的亲戚，这张三是王七的内弟的姨侄的姑夫的叔伯兄弟，走得挺近的。当时王七一听他借钱，很是纳闷，就问他昨儿才落了二百的巧字儿，怎今儿就借钱? 装穷也装得早点儿。张三哭丧着脸说，昨天因为得了外财，腰里折腾得慌。就上了俱乐部，压了一回滩，二百变成四百，又压一场牌九，四百变成七百。乐得心里却开了花，打算回去把钱往柜子里一存，慢慢寻个等钱用的好主儿，按大加一放出去。每月算起来，每月干落七八十，足可以抱胳膊忍了。早晨提着笼子遛遛鸟儿，晚上寻大酒缸闹两盅儿，吃饱了上茶馆，沏壶九毛六的高末，听听评书，不就是小神仙么? 可是觉着七百还少些，顶好凑上一千，日后放利息钱，每月就能过百。那就可以在酒缸茶馆以外，再饶一回小茶围，乐子更大了。想了想就是这个主意，大着胆子坐下推庄，本打算趁着壮运，连搂几把就走。哪知连赔了三四通庄，把钞票出去多半。到第二方起了副天杠，赢了上下两门五六十元，对门下得顶多，共有二百多块，一翻牌是对长三，把本儿全干了。打算马虎着推下去，万一上天保佑再赢几条，仍有捞回来的指望。谁想牌神势利，向不可怜穷人，跟着下一条，三门全不过两点，他看见念一声佛，瞧自己的牌，竟是虎头配花九。这一输可就站不起来了，把钱都赔出去，还欠人家八十多。挨了一顿臭骂，还得央人担保，立了借字，定在次日清还。他还指望朱少爷再包厢听戏，不但可以还债，连捞稍也不愁没本儿，哪知竟给撞了回来。他被债主逼得没法儿，只可跟王七张嘴。

王七怎肯花这种没小辫儿的钱，白挖苦他一顿，给驳走了。现在张三还不知上哪儿转磨呢？穷人发财如受罪，一点也不错。"

杨铁腿这里说得滔滔不断，津津有味，岂知絮萍在隔室只听了起首几句，就怔怔自思己事，神魂飞越到无何之乡。杨铁腿这一篇赌徒忏悔实录，竟完全白说了。

但也不算白说，旁听的还有个女仆。那女仆正在起居和卧室的中间，似乎有话要跟主人回禀，因为絮萍和杨铁腿正在谈着，不敢搅扰，就立在门旁等待，渐渐对杨铁腿的演讲入了神，竟忘了她自己的事。到杨铁腿说得告一段落，她才走入卧室。见絮萍已吃完点心，就拧了一把手巾递上，絮萍接过拭了拭手，就吸支纸烟，端着自用小茶壶，走出卧室。女仆跟着道："楼下尤太太问了两三回小姐起床没有，我告诉她说小姐昨天睡得晚，还没起呢。她说小姐起来告诉她一声，她要上来跟小姐说话。"

絮萍听了，忽然心有所触，不由扑哧一笑。原来这位半半千室主人姓尤名效之，太太娘家姓常名叫爱贞，大致情形前文已经表过。这位尤太太据说娘家还是世代簪缨，在绮罗丛中生长。但她天生有着嫉妒的根性，发于爱性的嫉妒，并不奇怪，所可怪的是她对于事事物物，无所不用其妒。因而由嫉妒变成小气，只怕旁人有长处，把她比下去。同时她自己一有得意之事，就必炫耀出来。旁人看她假有精神病态，她却并不自觉。自从絮萍优居此间，她因絮萍是位阔家小姐，恐怕瞧不起自己这穷画师太太，就常常自加矜持。每逢絮萍穿件华美衣服，她也必翻箱底寻出旧时嫁衣，穿上和她比赛。若是絮萍由外面坐汽车回来，她也必设法飘着一位阔女学生坐汽车来伴她出门，连接带送，上车下车之时必借事高声喊嚷，教絮萍看见她的风头举动。诸如此类的事，不胜枚举。最妙的是一次絮萍烦人卖了件首饰，得价洋七八百元，送钱来时，恰值尤太太在楼上闲坐，絮萍自然得当着她点点数目，尤太太却以为絮萍对她夸富了，想要比赛一下。无奈卖画生涯清苦，没有许多积蓄。只得别图制胜之道。串通了丈夫，等着絮萍来她家闲坐，半半千室主人假装由外面进来，把一叠百余元的钞票递给太太，说这是借给李家那笔款子的本月利息，方才送到。这一来便可表示利息已有此数，本钱当然最少至二十倍以上。尤太太又接着装作不高兴地说道："怎么只来这一笔少的？

孙家跟赵家那两笔多的，也已过了日期，你怎不催去？"这样又凭空添出两笔巨款，教人知道起码有几万资产，真是妙计。只可惜一面固然教絮萍看重了她的豪富，但一面也教絮萍看低了她的品格。艺术家何等清高，怎该做金利盘剥的放债生活呢？尤太太却是思不及此。近月以来，絮萍组班，有人投资相助，生活更加富丽。例如一件皮大衣，价值数百，一只钻石价格逾千。尤太太实在无力比赛，只好仍在钱上摆布空城妙计，表示钱财甚多，只是不好穿戴，终比虚有其表者强胜多多。常常把家用各种开支完全积压不付，等积有成数，就在絮萍面前查点钞票一次。完事以后，再拿去还债。有时向女学生讨取一张空白支票，任意填上几万几千的数目，给絮萍看。絮萍起初想不到她会心劳日绌地做这无益之事，虽信以为真，便从小生于金钱堆中，所见已惯，并没被尤太太吓住。而尤太太的马脚竟不能久隐，渐渐显露出来。一则因为她积压日用款项虽对絮萍露了脸，好像她这财主空有家资，却对柴米油盐费感到措手艰难；二则她夫妇时常为家务发生龃龉，她到气愤时便不能自制，常把寒酸本色泄露于口角之间；三则尤太太待人刻薄，她的女仆不肯给主人圆谎帮腔，反而常把真相随时揭发，絮萍渐渐明白她的家财万贯，只是牛皮一张，觉得十分好笑。平日和朋友仆役已把尤太太引为酒后茶余的消遣谈料了，这时一听尤太太要请她说话，便想起早晨的事，知道绝无他故，只是把方才售画所得，在自己面前报个数儿。这巨大的款子，在她真是人生能得几回有，当然不肯放弃夸耀的机会。想着不由笑着说道："好，教她着会儿急吧。我得等够时候再去检阅。"

说着到了外间起居室，杨铁腿立起恭恭敬敬地叫声小姐，又坐下拿过胡琴套道："现在遛两段么？"

絮萍道："好，今天还得把《樊梨花》紧关节要的唱工都着实遛遛，我夜里没睡好，又受了点凉，脑子发昏，嗓子发皱。今儿夜戏真有点揪心。"

杨铁腿道："不要紧，至不济咱们挂个带病上台，嗓音失润的牌子，凭您的人缘有什么可怕的？"

絮萍微笑不语，忽见靠窗月牙桌上雨过天晴小胆瓶中插着一只鲜花，正是由戏院中拿回的重圆花，不由心中又有所触。走过去见寻花的颜色比昨夜灯下开得更加美丽，就低头闻了闻。这时杨铁腿已把胡琴拉起来，絮萍摆手道："先矮些儿。"

杨铁腿松了弦儿，拉两下儿，看看絮萍，直到她点了头，才正式拉了个过门。絮萍喝了口水，放下小茶壶，便背身望着窗外，轻启朱唇唱了起来，一连遛了两三段。她所立的窗子，正可望到下面的街，忽见有一辆汽车驶到窗下门外停住。絮萍心想尤效之几个阔学生的汽车我全认熟了，这辆车子竟未见过，不知来者何人，莫非是来访问我的？就探身近窗，向下细看。却见由车上下来两人，走入门内，只看着后影儿，那车子却是白牌子的出租汽车。就不再理会，仍自唱下去。又唱了两三句，忽听胡弦声戛然而止，絮萍因他住得不是节骨眼儿，不由愕然回顾，却见跟包老石立在背后，手里拿着两张名牌叫道："小姐，外面有人拜您。"

絮萍说声谁呀，就接过名片瞧看，只见一张上印着扈仁甫，官衔是小雅报记者，一张印着曾秀夫，官衔可多了，能有六七行，一行是水西诗社社长，一行是戏曲电影研究会主干，一行是南京大观月刊特约撰述，一行是小雅报名誉编辑，一行是前家庭出版社顾问，一行是名流联欢会主席，一行是水灾赈济书画会出品人。絮萍看着不由一笑，心知此公平日善在报纸上出风头，曾有许多笑柄流传众口，我却只是闻名未曾领教。今日一见这张名片，才知人们说得不错。只看这七八条官衔，好像起码也该是简任职以上的。哪知细看，竟没有一条值得印在上面，由此可想见其为人了。但不知此公来访我做什么？至于扈仁甫，却在我登台前宴请新闻界筵上曾见过一面，十分的卑微猥琐，尤其常凑到我跟前没话找话，把人讨厌死。今日他陪了这曾秀夫同来意欲何为？料想没有好事。就皱眉向老石道："这两人啊？你说我在家了么？"

老石点头道："我说您在家。"

絮萍咳了一声道："你怎么就……知道我愿意见不愿意见？"

老石道："您在楼上遛嗓子，他们在下面已经听见了，我怎么好……"

絮萍顿足道："遛玩意也犯私了？明儿得坛子里遛去？你去请他们上来，让在对过小客室里坐。"

老石应声走出，絮萍向杨铁腿道："搅局的来了，我也没工夫再遛，晚上园子里见吧。你早些儿，我还有点不清头的地方，得跟你对对。"

杨铁腿听了，眼珠一转，啧啧两声，一面把胡琴放入套内，一面赔笑说道："小姐我有件事求您，我的大舅子昨儿死了，到今儿死丧在地，还没有化出衣裳棺材。我跟他这样亲戚，怎能看着？无奈实在挤兑不出来，没有法子，只得求二小姐借给我几十，救我过这道关。"

　　絮萍听了道："我听人说，你的太太不是前年死了，到如今还没续弦么？"

　　杨铁腿道："是啊，不过人死亲没断。大舅子终是大舅子，我不能看着呀。"

　　絮萍心一转，方才明白，暗想你这吃生意的居然风义过人，但是恐怕未必。就是你的太太在世，大舅子也难望受此优待。这不过是因为我说了句晚上的戏有不清头的地方，要跟你对对，你就抓住机会，跟我借钱，难为你的脑筋转得真快，谎话来得真熟。就也不点破他，微笑说道："好吧，不必说借，我帮你二十块钱。"

　　说着取钱给他，杨铁腿道谢而去，自到烟馆喷云吐雾，给外财寻出路去了。

　　这里絮萍回到寝室，对镜又理了理妆，扑了扑粉，换了件漂亮旗袍，才向外走。口里叨念着吃戏饭真不易，还得应酬这班讨厌鬼。我在玩票的时候，就没理过他们。这回王七定要我联络，一顿饭吃得我头疼两三天，想不到烧纸又引来鬼了。

　　叨念到小客屋门口，方才停住，勉强做出个笑脸，推门进去。见扈仁甫和一个四十多岁的人，正坐在迎面沙发上。见她进来，急忙起立致敬。絮萍笑着点头道："请坐请坐。"

　　扈仁甫做出对絮萍十分厮熟的样儿，叫道："任小姐，我给你引荐这位大名鼎鼎的大名士曾秀夫曾二爷。"又指着絮萍道："这就是我们大家佩服的戏剧天才任小姐。"

　　那曾秀夫很是善于交际，立刻鞠躬磬折，发出一连串的赞美之词，仰慕之语。这曾秀夫向来是利用交际的途径，达到爱好虚荣的目的。除自己千方百计地出风头不计外，尤其善用时机。只要社会有了某个风流人物，他必设法亲近，攀尾附骥，以求增荣益誉。譬如由上海来了位名伶，他就设法请吃一顿饭，报纸上登载名伶起居居住，势必把他的大名列入。再如由北京来了位画家，他必竭力联络，起码也得合照一张影片，送到报纸上发表。所以他的交际应酬，是有作用的。因为习于交际，故而对各种各式的人都有一套专用词句，和做文章堆砌词藻所用的事类统编一样的内容繁富，分析精当。他把这种言不由衷的习用套语，能够一遍拆洗一遍新，说得好像发于肺腑，却也实在不易。

絮萍听着，只有连说："不敢当，您过奖。"

接着大家落座，絮萍看那扈仁甫，仍是穿着那身一九零几年式的最新式西服，头发光得流油，可惜剪得好像旧时小孩儿马子盖一样，一见便知是小剃头铺手艺。脚下皮靴也光可鉴人，可惜和街上警察所穿的式样相同，还在前面长了两只圆眼。所以他常把两只脚缩到椅下。再看曾秀夫，却是衣服华丽，曾具官派阔气之长。在烟气弥漫的虚肿脸上，擦了很厚的雪花膏。说话时常用手抚摩下颏，好像摸索胡楂儿是否剃得干净，其实是卖弄他手上一只钻石戒指。絮萍初不注意，继而看他用那只手到自己面前取火柴，手儿平平伸出，徐徐缩回，似乎奉呈台览，请看端详。才看出那戒指是很小的四块碎钻石拼成，不由好笑。心想这样东西，我家的老妈都不肯戴，亏你还卖弄呢？

这时曾秀夫又继续捧了絮萍一阵，并说自己前昨两夜连在春和包厢对絮萍的艺术佩服到五体投地。絮萍笑道："您太过奖了。昨天您可是跟汤朗三先生在一个厢里么？"

曾秀夫确是昨天应汤朗三之约，去看一夜戏，并未自行包厢。不过牛皮吹得惯了，凡是可以给脸上贴金的话，常能不打草稿，就做出文章。本来吹牛既无须上税，又不犯法律，乐得说着好听。絮萍一行提起，他想到汤朗三那包厢超过法定人数，大有取巧之嫌，恐伤自己名流身份，就摇头道："不，不，不是。我是在正厢里，不过也到汤朗三那边周旋了一下。因为我们很好，他常常求我给他报上写文章。据说报上只要登上我的诗文，总能多销几百份。那倒真是奇怪。"说着哈哈笑了一声，又道："昨天他还托我做一篇捧任小姐的文章登报。我说我极佩服任小姐的艺术，跟他们任府上又是多年世交，还用你托么？"

絮萍听他居然跟自己论起世交来，心想这可向未听过，就道："您跟舍下哪位常见啊？"

曾秀夫道："您的令伯大人近年常……"说到这时在，忽想起她的令伯久已去世，不由红了脸，吃吃地道："近年……他老人家故去，不常见了……"

说完才觉更不像话，意欲提出任府一个活人解嘲，无奈他并不认识一个，吃吃半天，才想起一位任府远门本家，久已落魄的荡子，就道："我跟府上那位仙韶九爷倒还常见。"

絮萍笑道："仙韶啊？你别是在烟馆白面馆见他吧？他虽是我的侄辈，其实差不多出了五服。那孩子太不学好，从三年前偷了我父亲一件古玩儿，就不许再上门了。"

曾秀夫想不到套交情反倒给自己抹脸，不由把烟容粉面上羞得红上加红。扈仁甫在旁打岔道："曾二爷昨天看了你的戏，佩服得赞不绝口。今儿教我给他光容，要来登门奉拜。我说任小姐是老朋友，没有说的，用不着光容，就立刻带他来了。"

絮萍一听，心想假冒世交的方才断完，你这才见一面的老朋友又出世了。二位真不枉是同道来的，想着正要说话，曾秀夫已挺起腰板，现出诚恳忠尽的态度，郑重说道："我对任小姐实是钦佩万分，自愿做你没齿不二的忠臣。如有美遣，千万不要客气。我一定忠则尽命。以后关于宣传等项，不劳嘱托，我自会全力办理。兄弟微名，谅您也有耳闻，若用我的贱名替您宣传，一定事半功倍。以前像冯小春黄玉如和唱梆子的花凤莲、唱大鼓的文金子，都是兄弟一手捧红。仁甫兄都曾亲见亲闻的。"

扈仁甫忙点头咂嘴地道："一点不错，曾二爷名气太大了。曾二爷是我们天津新闻界头一位大权威，再说他又是资产阶级，不同我们寒酸，只要动动笔头，加些口角春风，真有生死人肉白骨的能力。莫说给人捧场，这真小事了。难得他这样钦佩任小姐，这也是任小姐的红运。"

絮萍听着不由脸上一红，心想姓曾的自命不薄，已经肉麻得够受，再加你连吹带捧，真有些教人头晕。而且我现在虽然暗使黑杵，却仍用票友头衔登台，并未声明下海。你竭力夸张曾秀夫的捧场力量，又说我的红运到了，简直指实我下海了，我可不能吃这个。又转想这扈仁甫与醉红轩主熟识，莫非是受她指使到这儿来讥诮我？要不然就是窥探我的情形，捉着漏洞，好登报攻击？不由沉下脸儿道："谢谢吧，我上台唱着玩，说不到这些闲白儿。人家内行教人捧起来，才算红运呢。我一个票友，别要屈了人家捧场的好心吧。"

扈仁甫听着，脸上也一阵发红，似欲反唇相讥，但看看曾秀夫又咽住了。曾秀夫脸上也有些讪讪的，咳嗽一声，才道："任小姐，我今儿拜访，还带来一点小意思奉赠，虽然微物浅浅，但也许能给您稍增声价。"

说着打起官腔，喊了声来，立刻门外有人应了声嗻，絮萍才知道，他竟自带跟班呢。但造访女友，把男仆带到人家的内室，未免不大合理。随听曾秀夫拿腔作调地道："你去到我的汽车上把那两个纸包拿来，就在汽车后边座位上放着。"

门外仆人又嗻了一声，便腾腾地下楼而去。絮萍看着曾秀夫的做派和说话，几乎笑了出来，急忙低头忍住。心想自己方才明明看见他坐的是出租汽车，他却自称我的汽车，好像告诉我是个人所有，真不要脸。而且凡是坐惯汽车的，都把汽字省掉，只说车字，他竟口口声声指明汽车。就如乡下老妈跟太太坐过两日汽车，回乡开嗙定要把汽字咬真，以表并非普通车辆一样。而且此公的没有自备汽车已有公开的实证。去年中秋节，报上曾登载曾秀夫为欠明记汽车行几百元的债，被汽车行控告的新闻，我现在记忆犹新。他又跑到我跟前装蒜来了。想着就见一个穿蓝大褂青坎肩的仆人，探进头叫道："二爷，取来了。"

扈仁甫连忙接过，递给曾秀夫。先打开一个较大的包儿，里面原来是一对很好对联，扈仁甫帮着展开，手擎木轴，向絮萍道："任小姐请看，这是曾二爷亲作新写的对子，词儿太好了。"

絮萍只得立起瞧看，只见是大红洒金笺的四尺对联，材料颇还不错，只是字体古怪，笔画忽粗忽细，结构丑恶。样儿很像棺材头上的别派宋字。神味又似旧式剃头铺所挂的市井非白体。再看上款儿，写着"絮萍楼主登台纪念之喜"，下款是"何处相思明月楼主人福慧双修容浣花旧侣曾秀夫熏沐敬书"。联文是"歌喉飘荡风中絮，舞袖蹁跹水上萍"。絮萍对于旧学因幼时曾经一位前朝翰林的老师教授，颇有根底。这时看了对联，立刻用手掩住了嘴，心想这样不像人话的词儿，难为他还写出来，挂出去不知要笑掉多少人的牙。大概他嵌上"絮萍"二字还自以为巧夺天工呢。再有这下款竟连用了三个别号，真是不嫌麻烦。"熏沐敬书"好像是城隍庙匾上的口气，最可怪是上款楼主之下，登台之上，竟有两个字的空白，不知是什么格式。想着就听曾秀夫得意扬扬地道："这副对子是我今年最得意之作，很费点脑筋。先义父方大山在日，以制联驰名海内，他就只赞成我。常说中国无我，君当独步。方先生是不轻许人的。不过方先生有时过于轻率，我却以为传世之文怎可草率，常是力求精整。像这一联要嵌入任小姐的芳篆，很费推敲。我居然举重若轻，嵌得这么工稳，无怪仁甫兄佩服到五体投地，早早就抄去登报了。"说着哈哈一笑。

扈仁甫跟着点头哑嘴地道："实在是好，实在是好。任小姐你瞧，絮对萍，中对上，风对水，简直神妙。尤其用风水二字用得巧极，暗含着说你在春初上台，风水太好。唱戏跟园子风水很有关系的，你说是不是？"

絮萍更把口掩紧，暗骂好一位名记者先生，对联里居然讲出风水来，但不知是否该请位阴阳先生看看方向，老爷们真叫人哭不得笑不得。但因扈仁甫连声询问，在理不得不随着赞美两句，道谢一声。无奈心中实觉讨厌，就指着对联用话打岔道："谢谢曾先生，太费心了。只是这上联空着两个字，是什么意思呢？"

曾秀夫听了，忽然瞧瞧扈仁甫，扈仁甫也看看曾秀夫，二人似乎用眼珠互相通了一道密电，曾秀夫把另一个扁平的纸包递给扈仁甫，扈仁甫接过打开，取出三件红色纸头，看样儿既像旧式婚书，又像兰谱，又像请客帖子。絮萍方诧异这是什么，扈仁甫已把三件东西摆在她面前，指着道："这对联上空的两字，得听你的意思再补写上去。任小姐，我来代达曾二爷的意思吧。他实在对你太器重了，太钦佩了，很想跟你发生一种亲切的关系，时常来往。他一定担负捧场的责任，教你前途光明。你知道曾二爷京津沪汉都有朋友，只要登高一呼，准能响应。你走遍天下，红遍天下，那是多么大的乐儿？至于曾二爷呢，跟你这名门千金艺术小姐有了相当关系，在外场也露个虚脸儿。这叫作美人名士，相得益彰。任小姐当然十分乐从的。"

絮萍听着，忍不住插口说道："扈先生，你的话我不大懂，什么发生关系？"

扈仁甫见她面色不悦，知道自己措辞欠妥，引起她的误会。扈仁甫本是受曾秀夫雇用，来做说客，事成可以得到十元赏金。这时尚未说到正题，已见风头不顺，心中一急，嘴里就更乱了，指着红纸头说道：

"任小姐请看，这是三份帖子，我替你预备的。一份是认义父的帖子，曾二爷快五十岁的人，论年纪论身份，都够得上了。一份是拜门帖子，你拜了他，就是曾门弟子，不但当时可以身价百倍，将来也能依着他的大名，流传万古。就像当初……当初……什么……什么园……张园……陶园……也不对……是……是……"

扈仁甫越说越不对，急得涨红了脸，偷眼望着曾秀夫，似乎求救。曾秀夫也好像梨园行排演新戏初次上台，拿着提纲提示各角色唱念词句的人一样，用手挡着嘴，低声说了个随字。扈仁甫才哎了一声，接着说道："对了，随园，随园女弟子一样，万古流传。到如今谁不知道林黛玉、薛宝钗呀？"

絮萍听他把《红楼梦》中人居然归入随园篷帐之列，可再忍不住了，只得把笑声变为干咳。又见曾秀夫因扈仁甫又出了错儿，急忙以目示意，就知道这篇演说词是出于曾秀夫手笔，扈仁甫不过代他背诵罢了。

扈仁甫搔了阵儿头，又接着道："还有一份是拜蒙古兄弟兰谱，这是曾二爷自谦，倘然你不愿自居晚辈，也可以和你结为忘年小友。这三份请你挑一份递给他，曾二爷收受以后，你们就算有了名分，对联上的称呼也就补上了。曾二爷预备明天在丰泽园广召京津名流，代你举办拜师大礼。哦，哦，我以为你最好选业业帖子，所以说拜师大礼。这场事不论花多少钱，都归曾二爷担负。行礼以后，跟着就宣传起来，你不用操心费力，只承好儿吧。"

絮萍听着，才明白他们的意思，心想世上竟有初次登门，就硬要认人家做干女儿徒弟的，那兰谱不过是陪衬之笔，实际他是希望我拜门认师，扈仁甫已把意思透出来，真是奇想天开的不知自量，不要面孔。我任意琴现在虽落魄唱戏，小姐的身份仍在，若想认干老儿，尽有大官大老，想拜师傅尽有学者名字，想拜义兄弟，尽有朱门阀阅的小姐少爷上赶着我。退一万步，也挨不到姓曾的。亏你还老着脸，用宣传两字引诱我。若是传出去，教人知道拜你为师，我就永别抬头了。再说是我借你的名头宣传，还是你借我的名头宣传呢？

絮萍实是想得不错，曾秀夫相要利用她，以宣传自己。方才串通扈仁甫前来面讲。曾秀夫这人若说是好名，还算高抬了他，实际已成为一种好出风头的恶癖。长年累月，狗苟蝇营，只做出风头的打算，若问作用目的，却又没有。不过看到社会上班实至名归的人物，觉得羡慕，想要追踪，无奈本名实力太差，凭借太薄，做不出实际的事情。好在他稍具聪明，又受了上海滑头码子的传染，以为社会上人都是傻子，容易欺骗，由表面的矫饰和虚伪的宣传，也未尝不能成为名流。于是抱定风头主义，拼命向上巴结。看见阔老坐自备汽车，他也坐出租汽车。看见阔老邀名伶办豪华堂会，他也邀票友唱义务堂会。看见陈散原郑苏戡作诗，万众传抄，他也自己作诗，自己登报传名。看见名士如樊山诸人受伶人崇敬，文章揄扬，歌舞生色，他也尽力和伶人联络，一面作诗文篇对请求伶人赏脸收受，日子长久，渐渐把自己本来面目忘掉，俨然以阔老诗人名士自居。只苦力量不够，时常闹出举鼎绝膑的笑话。例如坐多了汽车，被车行节关逼债。吃多了酒席，被饭馆止赊不赊。作诗出笑柄受教训，捧角撞钉子吃没趣，诸如此类的事，层出不穷。若在旁人也就可以穷途知返了，但他仍是肉麻当有趣，乐此不疲。

这次因见絮萍以华族名闺，崛起歌场，成为当时对众目所注的第一流风头人物。觉得这正是个好机会，自己该去跟她联络，以收相得益彰之效。絮萍现在暗地下海，鬻技谋生，正需要自己这样名人捧场，当然竭诚欢迎。自己从她身上取得一种相当名义，就可以跟着大请其客，对外声明双方关系。这一来报纸当然认为绝妙材料，争先刊载，社会上对絮萍注目，见我居然成为她的义父，或者老师，众口阔翻，凡有注意絮萍的，没个不同时注意曾秀夫，真是增名头抬身份，百年难遇之机，怎可错过？于是拼费大洋十元，雇用名记者扈仁甫帮办此事。他到絮萍家的一切举动措辞，都是事先排演过的。他预备帖子，也是仿效旧时官场中甲种身份的人，想对乙种身份的人联络，依照官阶年纪，本以通谱为宜，但施者故示谦恭，就送两份帖子过去，一种拜门，一种结义，请受者任择一种。大概受者总是受其兰谱，而把拜门帖璧回。曾秀无原意也想只用两种帖子，一种收为寄女，一种纳入门墙。但又恐过于狂傲，惹起絮萍不满，就又添上一种兰谱。其实他很知道男女通谱不甚名正言顺，不过借以陪衬而已。至于絮萍未必肯于认人作父，他也了然于心，所以希望只在拜师一帖。

这时扈仁甫历乱错落的，因为曾秀夫所许酬劳尚未颁付，恐怕事情失败，自己的进益也被勾销。就仍竭力挽回颓势，向絮萍道："任小姐，你几时到曾二爷府上去呢？"

絮萍淡淡地道："我当然要去，不过日子很难说定。我人懒事忙，恐怕说出日子失信，倒不好了。"

扈仁甫还想再说，被曾秀夫由后面在腰眼儿上打了一拳，捣得他闭口无言。当时曾秀夫说了句"打搅了，对不住"，就和扈仁甫向外走，絮萍随后相送，心中想着方才自己言语尖刻，也觉后悔。自己正在唱戏，何苦得罪人？不给他递帖也就罢了，何必还挖苦他？想着就强展笑容，说着道谢的话，又邀他们几时有暇，到春和看戏，可以给留包厢。

曾秀夫一面和她应答，一面向外走。絮萍本想送出房门为止，但为挽回感情，就多走几步，预备到楼梯口，他一请留步，便可止送。哪知到了楼梯口，曾秀夫并不说留步的话，絮萍只得随着下楼，到楼下曾秀夫仍无表示，反而没话找话地说个不休。絮萍想曾秀夫进退揖让，礼法纯熟，是个交际通才，却怎么连这一点俗礼全不懂，竟教女主人送出很远？想着已走近大门，扈仁甫忽然疾行数步，跑出门外。絮萍以为他是巴结曾秀夫，先出去通知车夫伺候，因而联想到曾秀夫或是故意教我送出门外，看看他确是坐汽车而来，也未免太鄙陋了。哪知絮萍竟然猜错，及至送出门外，忽见扈仁甫奔到阶下，由那个出租汽车中唤出个穿敝旧西服的少年人，手里拿着只照相机，举在胸前，便向大门这边对光。扈仁甫招手叫道："任小姐请向外站，我们给照个相。"

絮萍这时方悟曾秀夫要自己送出门外的缘故，不由心中大怫，但已无法退避，只得绷紧了脸儿，又见曾秀夫已整衣领，摘下帽子，凑到自己身边，做出个风流潇洒的姿势，预备和自己共有千秋了。正要向旁躲闪，已听那摄影机咯的一响，扈仁甫已举手喊道："好了，好了。"曾秀夫也向絮萍鞠躬，道声再见，走下台阶，便和扈仁甫先后上车。那照相少年也上到前面，与车夫同座。絮萍方知曾秀夫是特由照相馆带来的摄影师，预备照这合影。心中甚为不悦，想要向扈仁甫要求不要把这照片披露报端，但转想曾秀夫费心伤财，照这相片不为登报出风头，又为什么？我若阻止，岂不得罪了他？就任从尊便也罢。

想着见车子已开动前行，曾扈二人还在窗内举手致意，只可报以微笑，口中却忍不住自语道：还是曾秀夫法力高强，我虽尽力防护，不教他利用我做出风头的工具，哪知他终于贼不走空，仍把我利用了。这张照片大概至晚后天见报，旁边一定注上曾秀夫与名女票絮萍楼主合影，还得附篇小文，先把我捧一顿，再说名士对我深知奖掖，我对名士的道德文章万分钦佩，闻将投拜门墙，故先合摄一影，以为纪念云云。这人也总算善用机会，善用心思，虽然可笑，却也可服。本来三代以下唯恐不好名，好名并非坏事，只是这样蝇营狗苟，巧取豪夺，未免令人齿冷肉麻。自己真是倒运，今儿心里已然够乱，无端又被他来鬼混一阵，这都是哪儿的事？

想着见汽车已经走远，正要转身回入门内，忽听自己身旁有人叫二小姐，絮萍转面一看，原来是南玉琼。不由一怔说道："你从哪儿来？冷孤丁的把我吓了一跳。"

南玉琼笑道："我从北边来的，你只向南看，所以没瞧见我。吃了饭么？"

说着就拾级升阶，要向里走。絮萍素日对南玉琼情感甚佳，却是惹得外面流言纷起。实际南玉琼善于巴结，说话甜甘。絮萍对他很是喜欢，有时在习歌之余，小作清谈，有时当出外走票，同车过市。但絮萍也是举止疏放，不检细行，落到旁人眼中，便成了话柄。其实她不过把南玉琼看作高等仆人、亲信清客看待，并没有一点不正之心，不谨之行。至南玉琼对于絮萍是否具有野心，不得而知，但他向来未敢有过越礼言词，越轨行动。就情理上想，以一个未受教育，没有高尚思想的生意人，时常接近絮萍这样仙姿月貌的高贵小姐，又岂能不起贪色图财之念，然而他竟能一直规规矩矩，这当然是他看出絮萍在艳如桃李之中，还隐有冷若冰霜清高之品。俗语说光棍眼，赛夹剪，生意人久历江湖，深通世故，当然成为光棍，必是看出有不可侵犯之处，才不敢侵犯呢。不过他器具伶俐，又会小意殷勤，每次前来，都很得絮萍欢迎。常常听他讲说伶人票友的消息，历时不倦。虽知外间颇有蜚语，也不加理会。

今日南玉琼到来，自觉是个受欢迎的人，也不待絮萍相让，就向里走。哪知絮萍今日不知怎的，一见了他，忽想起由他而生的流言，竟觉得人言可畏了。就叫住他道："南先生，今儿你不能上楼。楼上有我几位亲戚坐着，都是女客。"

南玉琼听了，急忙止步后退，为状甚窘，脸上讪讪地道："有女客啊？我不知道。"

絮萍道："对不住，你有事么？"

南玉琮说了声没事，又咳嗽两下，吞吞吐吐地道："我，我有句话跟小姐说，我……我本不愿意说，可是又想小姐素日待我太好，我知道不说未免太对不住小姐。"

絮萍道："你就说吧，什么事啊？"

南玉琮道："方才我听说昨儿晚上邵悔初跟王七吵起来了。因为王七给他的分儿打了厘。"

絮萍道："昨晚十二成的座儿，怎还打厘？"

南玉琮道："打厘还分怎样打厘。"说着伸了个手指道："他给邵悔初这个成头。"

絮萍道："那是多少？"

南玉琮道："四块钱。"

絮萍大愕道："王七对我说，邵悔初一出四十呀？"

南玉琮道："所以我说是一成了，前天也只给了老邵十块钱。昨儿因得老邵台上出一笑话，所以狠上加狠。老邵因为除了开发私房胡琴，剩下还不够抽一顿烟的，才跟他吵起来。听说王七要辞了他，另约那个瘸腿的假刘鸿升。大概一会儿就跟你商量了。不止老邵，班里人都没拿过整份儿，大家全气不忿。可是我知道账上开销的都是整份儿，小姐你可得打算打算，这样下去，简直给王七唱长期搭桌。"

絮萍听了点点头道："我知道了，你回去吧。"

南玉琮见这一状告得毫不挂劲，心中颇为失望，但也不便再说，只可告辞而去。

絮萍因听了南玉琮的话，十分抑郁，自思南玉琮所言，虽未必尽实，但王七的操纵蒙蔽，营私中饱，自己也早看出来了。这种只贪近利没有远识的混人，简直不能合作。固然他如此行为吃亏的只是资本家吴韵之，我只当搭班唱戏，拿有数的戏份，他总不敢过于剥削。只是班中配角已然糟得够受，还要离心离德，恐怕我这戏班命运难长，自己也许白染一水。想着不由后悔，这次下海过于鲁莽。就要唱戏谋生，也该寻个好人合作，只为未能审慎，竟被王七利用。倘能长久，自己就拼着戏上吃亏，受他利用也罢，无奈他行同强盗，戏班必难持久。将来一散，丢人现眼的只有自己，真是铸了大错。便又转念这次唱戏虽是错误，却也有件巨大的收获，那就是朱绣虎的爱情。倘能惹得重寻，就和他一双两好，双宿双飞，再不唱这牢什子的戏。不过我昨夜误时失约，绣虎还不知对我作何感想？虽然杨铁腿方才说案目去朱宅送厢票遭到拒绝，好似绣虎对我已经灰心，再不作相思之想。但传言终不足凭，那样热情，又何至倏然冷却呢？我今晚到戏院看他是否在场，若是不在，那就莫奈何，我只好拼着损失尊严，写信约他会面了。

想着就向里走，方上楼梯，忽听客室中一阵电话铃响，随闻有人跑出叫道："任小姐，请来接电话。"

絮萍回头，见是半半千室主人尤太太，不由诧异问道："是找我说话么？"

尤太太点着那鹤颈般长脖子上的圆球形头儿道："是找你的。"

絮萍心想是找我的怎打楼下电话，就转身走入尤宅客室，到东墙上拿起耳机，问了声方谁，对方说道："你是任小姐么？我是王七，楼上电话怎么坏了？只打不通，我才借你房东电话。"

絮萍想南玉琮说得不错，果然王七来鼓动我了，必是辞邵悔初的事。老邵本用不得，可是要我跟一个瘸腿老生配戏，我可不干。就问："你有什么事？"

哪知王七所答竟出意外地道："小姐，是吴韵之吴三爷叫我跟你说，今天晚上有位马督办在上林春请客，请的有赵省长、黄署长、毛总理的兄弟毛三爷、大生银行的胡行佛塔、施曲厂施大爷、郎德贵郎二爷、英三爷也在座。他们大家想见见您，托吴三爷务必邀您去。晚上七点，上林春，你记着，别误了。"

絮萍作诧异声道："他们好些男人吃饭，邀我去干什么？"

王七答道："小姐，管他那么，您去一趟，应酬应酬这些阔人，往后还愁捧场的么？"

絮萍猛然醒悟，大怒骂道："放屁，你问问吴韵之什么东西？教我跟他应酬陪酒去呀？这些阔人当初多半是我家奴才，姑奶奶伺候不着。"

王七那边呕呕嚅嚅，又叫了声小姐，絮萍骂道："你来说这话，更是混蛋。滚开。"

说完就把耳机挂上，才回去头来，见尤太太正立在身后，就忍怒笑说："尤太太没出门呀?"

尤太太拉着她同坐在沙发上道："任小姐，两天没见了，我真想你。看今儿报上说，你的戏唱得太好了，真出足了风头。"

絮萍口里答着："不过玩玩罢了，有什么好?"

心里却仍想王七所说的话，十分气恼。吴韵之竟要利用我做阔人的工具，王七还怂恿我前去，简直把我当作女伶看待。又转念我现在已下海，不是女伶是什么? 既是女伶，就得阔人，以前许多女伶，有几个能逃出阔人的侮辱? 因而自惊自悟这碗饭实吃不得，自己还是及早回头，寻个正经归宿吧。想到正经归宿，立刻在眼前幻现了朱绣虎的影子，同时望着电话机，心想我何不就打电话约他一晤。

当絮萍寻思之际，善谈的尤太太已然说过五六十句话了。她见絮萍神情不属，就推着她说道："任小姐，你说怪不怪，夜里我梦见身上压着一只白碴儿棺材，早晨起来就进了一笔大财。你看你看。"

絮萍见她手中捏了一叠钞票，用斗纸牌的手法捻成扇形，原来是每张百元的大票，共有六张。尤太太摇头说道："进了一千六百元，我把整数存入银行，零数打算给我们先生买件皮大衣。谁教是他卖画儿赚的呢。"

絮萍一听，春天置皮大衣，未免和小大姐裁裤子，同有过早之嫌。心中好笑，又想起昨夜所闻相亲卖画的话，就问道："是谁这么佩服尤先生，花千数百块钱买画?"

尤太太笑道："这个跟效之的画无关，简直是笔外财。你知道我们学生有位温素馨小姐吧? 她快出阁了。今儿男家到这里相看她，因为打搅我们，所以买画酬谢。"

絮萍随口道："酬谢真不少啊? 那温小姐我常见，很俊很大方的。"

尤太太道："而且她父亲还是大官儿呢。男家也称得起门当户对，是做过尚书的朱乃文的儿子，叫朱……朱……什么虎。"

絮萍听到这里，猛然颜色大变，双目直瞪，冲口接着说道："绣虎。"

尤太太眼正瞧着钞票，并没注意絮萍，闻言点头道："对了，朱绣虎，你认识啊? 他们父子全来了。朱绣虎真好漂亮小伙儿，和温小姐天生一对。"

絮萍直着眼儿，唇吻连动了几动，才颤声道："这亲事成了么？"

尤太太摇着钞票道："成不成我哪能知道，不过你看这些钞票，就是姓朱的有钱，也未必这么舍得。若不是相看中意，心里痛快，就肯花六百……不，一千六百谢我们了？"

絮萍听了，猛然立起，踉跄地夺门而出，好像奔命似的，向楼梯攀爬而上。尤太太方才大惊，追出问道："任小姐你怎么了？"

絮萍口应一声："我没事。"就直奔上楼，进到卧室，把门扑的关上，三脚两步奔到床前，将身儿掷到锦衾之上，头儿埋在软枕之间，昏天黑地地嘤嘤悲泣起来。

正是：吹絮任春风，飘茵落溷同无定；飞花随逝水，欢意浓情两不收。

后事如何，下回分解。

第二回

燕子人家烟霞笼粉黛
梨茶院落星月斗婵娟

　　话说絮萍这一哭直哭得草木为愁，天地凄悲，至于她的悲情思绪，前文已经交代明白，不必再行细写。但是她的周围情景，都可以用电影法映摄出来。第一景，先照出她腮边情泪，流泄如珠，跟着她映出所居楼窗的外面，也正落着纤纤细雨，枕上檐前，隔窗共滴，合成一片凄凉之色，一样断肠之声。好像天公多情，也看她哭得洒了同情之泪。这时天色慢慢地已入黄昏了。第二景，照出春和大戏院门首，风斜雨细，灯火稀疏，在絮萍楼主的霓虹灯名牌下，新挂了一只"主角因病告假，临时回戏"的木牌。这木牌就是前两夜的客满牌，将就使用，背面还残留着"客满"字样呢。第三景，重回到苎梦村絮萍所住的一角红楼，她住室的侧面楼窗，正临着马路，窗中暗无灯火，只路旁的街灯发出清冷的光，映照着一平如砥的雨地，把地上存的积水和天上落的雨滴，照成万条金钱，一桁珠帘，光景十分幽美。而且在潇潇雨声之中，偶然经过一部汽车，车辆碾着雨地，发出沙沙声响，也别有韵味。倘然这影片是有着最新发明的味道，那么还可以嗅着一种清妙的香气。这香气是发于马路中央一排迤透无尽的松垣草地，由雨的腥味、土的湿气和草木芳香合成，很足够人领略。但此际街上寂寞无人，连值岗警士也消失于烟雨迷蒙之中。

　　就在这清寂萧寥的时候，忽然由絮萍卧室那黑树楼窗之中，射出一团白光，飘飘地飞在空中，纷纷散落，到了地上，已是缤纷狼藉。原来那是十几枝带绿叶的白花，花朵在灯光中还闪着蓝和藕荷的浅淡颜色。这许多美丽的花，曾放在春和后台的椅上，曾养在絮萍卧室的瓶中，但瓣还未萎，色尚未褪，竟被人抛掷泥涂，玉颜溷于尘土了。想是因为它名重圆，而实际并未使人重圆，有名无实，纯盗虚声，故而遭此劫数。

便也许是因为它的主人已逢镜破钗分之惨，势不能不请它落劫，以符电影象征手法。哪知花的劫数尚自未完，从窗中掷到地上，浸在雨中，还未逾五分钟，忽由南面跑过两辆人力车，那车夫又岂解惜玉怜香，竟把泥脚从花上踏过，车辆从花上辗过，到两车走开，这堆花已花残叶碎，不复成形了。可怜绝代容华，曾久历繁华锦绣之境，受尽世人钦仰羡慕的，如今竟粉烬香销，拖泥带水，只待清道夫前来收拾，与垃圾同腐了。

这且不提，只说那两部辗过花儿的人力车，向北直行，虽然车辆人脚尽染花香，但却没有蜂蝶相随，因是雨中没有蜂蝶，也由于两车坐的是一对带有特别气味的人，足以使得蜂蝶远避。若有透视眼，看穿了车上的雨篷，就可以瞧见车上是一对少年男女，容貌都丽，衣着鲜华，真是十分配合的两口儿。然而像这样的少年鸳侣，当这样的情人天气，正该在家厮守，无论是小窗对雨，绣户调琴，或是挑灯闲话，对酒清谈，都有非常乐境，却为何在黄昏落雨之时，反而由家里奔了出来，是做什么去呢？

十分钟后，两部车子已在一座金碧辉煌灯火通明的大建筑物前停下。建筑物门外的横匾竖额，都刻着大中饭店的金字招牌，显见是家规模宏大的旅社。那车中男女下得车来，直向里走。一个拉崭新洋车的车夫取出两张角票，给一个拉旧车的车夫，想必一辆是自用车，一辆是临时雇用的散车子，但是坐自用新车是那位少年男子，而那女子却坐的是散车。按诸优待女人的摩登习惯，似乎不大相合。而且这男子头发梳得倍亮，脸儿擦得雪白，身上穿着蓝灰毛葛驼绒袍，罩着青缎坎肩，坎肩的第二个纽孔垂下一条镶翠的金表链，垂成半圆形，落入左方的小口袋内，不问可知袋中有着金表。手里拿着金箍的长雪茄，擎在口边吸着，于是手指戴的钻戒就闪烁放光。至于身上的香气，足以弥漫方丈之外，谁看见也得怒目相视，夸一声漂亮，但是这种漂亮，好像在时代上已经落伍。据科学家说，鸟兽虫鱼的皮毛鳞介，所以长得美丽，都是为着引诱异性，准此而推，人类的衣服讲求华美，除却蔽体和夸耀以外，自然也有引诱异性的作用。像这少年男子的衣着可以说是十分八九是希望作引诱异性的目标，但他这样不大方不英武的打扮，绝不能被高贵有知识的小姐所赏识。大约只能适合娼妓和姨太太的眼，可见必是个荡子无疑。

但可怪的是他同行的女子，打扮神态完全不同，生得长身玉立，秀发垂肩，只在发尾烫作波纹形。一张未施脂粉的清水脸儿，在灯光下显得清娟秀韵，映发玉光。一双柳叶弯眉，一双凤眼，一管悬胆鼻儿，一张樱桃嘴儿，合起来好像十七世纪意大利名家雕刻的女神石像，美丽到无可形容。尤其眉目间显现着一种庄严淑静之气，叫人看着真欲膜拜。身上只穿一件青光剪绒长旗袍，脚上一双黑漆皮鞋。头上手边，毫无饰物，反显得更雍容华贵。只是她眉含幽怨，目蕴深愁，玉容清减，意态萧瑟，似乎有什么心事，抑郁在怀。只低着头走路，并不仰视。和那少年男子的得意扬扬，高视阔步迥不相同。她的左臂之上，还搭着件浅赭色华达呢大衣，尺寸甚长，叠作两折，搭在臂上。这又是件可疑，论理男女同行，女子外衣天然该男子代携，怎么教她自己拿着？但再细看，那大衣竟是男式，长度上可以证明是那男子之物，这可更奇怪了，谁能相信在大庭广众之前，男子竟令女子代携大衣，而且女子竟将牺牲优越的社交地位，反替男子执役呢？

饭店门内出入的人看到这奇怪情形，无不诧异。这男女二人一个是荡子行径，一个是天人风韵；一个浮薄油滑，一个婉淑端庄。岂不像一家人一流人，简直不像一国人，不像一个世界上的人，然而竟在一处走路，竟一同进这藏污纳垢的饭店，已经够人纳闷，而且两人虽亦并肩同行既言语不交，而又神情不属，中间常保持三五寸的距离。少年满面春风，笑容中隐藏着冷酷的意味，女子面容冷静，冷静中又微露羞赧，羞赧中又露出坚忍的神情。

及至这二人走进升降梯，那机生都认得那少年，迎着叫了声"温四爷"，那被称为温四爷的少年，似乎不屑于跟他点头，但是礼无不答，只那么微一颔首，其实脖颈并未怎样动弹，倒是他口中衔的雪茄，代表着点了点头。落下几点烟灰。那女子却只低着头，立在梯中一隅，寂然不动。那司机偷眼看看她，面上微现怜恤之色，又看看仰面吸烟的温四爷，转过头去撇了撇嘴，似乎有所不平。但他似乎知道温四爷的目的地，开到三楼，便自停住开门，叫道："四爷，三楼到了。"

那温四爷便大步走进，女子跟着，向东甬路转去。电梯的对面恰有一个负责引路旅客的茶房坐着，招呼那司机道："老九，坐下喝碗。今儿清静。"

司机因没有人上下，也就走出电梯小门，接过一碗茶道："谢谢你，今儿下雨，除了烟鬼，下刀子也得顶着铁锅出来，平常客人到底少些了。"

那茶房转脸看看，见温四爷和女子已转过屋角，就撇嘴说道："你瞧，这荒荡鬼又来了，下雨的天儿，不会享舒服，偏得出来闯丧。可惜了儿的这样一位好太太，竟跟着他出来，抛头露面地受罪。真不知道为什么许的。"

那司机听着，好似被他触犯疼处，瞪起眼说道："二哥，你不知道这位太太跟温四爷的缘故么？我以先也不明白，只觉得奇怪。昨天才听九十七号伙计小马告诉我底里原因，气得我直想打温四一顿。你知道温四的爹做过挺大的官儿，家财万贯温四自然是位不掺假的阔少。他这太太娘家姓杜，也很有听头儿，她的哥哥现时正做着也不是哪一省的厅长，只是老家儿全不在了。听说这位太太识文断字，心灵手巧，简直没比。只可惜一朵鲜花插在狗屎上，嫁给温四这个狗少。过门二三年，没过一天好日子。凭良心说，像人家这样人品，找遍天津能有几个？温四这小子却满不理会，总是出来乱嫖。这位太太用尽心机，也劝不听。大概在人口多的大宅门里，当媳妇的得脸受气全在乎男人的好坏。男人一不学好，太太就得听公婆絮聒，受姊娌欺侮。温四那样狗食，太太又怎会抬得起头？幸而还有位小姑，跟这位太太不错，要不然就苦死了。温四却是越闹越不像话，家里没法管他，只好捏住了钱不给他花。温四并不在乎，只一出门，就是十天半月，到回家时候，跟着债主就围上了门。家里无论怎样发恨，终必替他偿还。温四挨打受驾，全不挂心，抽冷子还是溜走，内中受热的就只这位太太。每逢温四拉下账惹了祸，她必被糊涂婆婆排揎一顿，埋怨她没有好命，没有能为，不会管丈夫，简直把温四的罪过，全归太太担承。你说上哪儿讲理去？可是这位太太别看外表也很摩登，敢情还是一肚子的贤孝节义，这样受气，对公婆并没怨恨，跟丈夫还是满有爱情。连那又混又狠的温四也曾良心发现，跟烟馆里朋友说我很知道太太样样全好，莫说心地行事，教我自觉对不住她，就只论模样儿，准保本地大小明暗中的姑娘，没一个能比上她一半。只是她的劲儿跟窑子姑娘不是一派，拢不住我。再说我守在家里，也总觉不如在窑子里安心，这也是没法儿的事。"

正说到这里，忽听电梯铃声连响，急忙跑进去把电梯开到下面，接上来一位身穿蓝呢大衣，头围土耳其式纱巾的艳装女人，也开到三楼，这女人也向东面走去。

司机仍向那茶房道："你认识这人么？"

茶房道："怎不认识她，是有名的女票友醉红……什么……"

司机接口道："轩主。"

茶房道："对了，人家都叫她洪小姐，也是九十七号的座儿。"

司机笑道："好样儿的小姐呀，从她到这里来，我看见的就换过十几个陪驾的客人。"

茶房道："不用管她，你且接着说温四。我对于这位太太纳闷儿的不是一天了。"

司机道："方才说到哪儿……哦，对对，温四口说对不住太太，可是一点对得住她的事也不做。去年年底，温四在三和金店骗了五副金镯，几乎闹成官司。结果还是他家赔偿了事。温四回家，并没受什么处分，太太却遭了大难。公婆对她交代了许多不讲理的话，竟说温四荒唐，她不会笼络，老家儿给儿子娶了媳妇，就算把责任交代出来，不能尽跟着生气受累。从此以后，把温四交给她全权代管。再有荒唐行为，唯她是问。若再塌下债务，也要她自出私房赔补。这真是糊涂爷娘不下雨的天，不要把人难死么？这位太太无奈，只好背地央告丈夫，给她留条活路。温四当时居然答应了，可是只在家待了一天，次日就闹着闷得要死，又假装害病，向太太说出门疏散一两点钟，必然准时回家。太太心里一软，放他出门，这一下，竟疏散了二十多天，还是被债主揪着回家的。太太又受公婆一阵排揎，无可奈何，自己变卖首饰，替他还清了账。温四好像良心发现，对太太说了许多抱愧的话，自誓永不出门。哪知没过两天，又闷得要病了，想要出门，太太不许，他就溜溜瞅瞅地想要偷跑。太太气急拼了出去，说道：'你若止于疏散，我就跟着做伴。'温四装作问心无愧，约她同行。二人从那天就一同出门，不论听戏看电影吃小馆，都尽力哄他高兴。温四终嫌不便，一次和太太走到市场，假装上厕所，从便门溜走，把太太直顿了半天，差点气死。各自打听寻找，过了五六日才听人说他在某处烟馆。太太亲身前去，把他找着。他见着太太，反倒理直气壮地说，因为上了烟瘾，到了时候身上难过，又觉得不便带太太上烟馆，所以不辞而别。太太问他说，可能家里置份烟具，在家里过瘾。他回答说在家无效，必须烟馆方能过瘾。太太气横了心，就说不管什么地方，我都跟定你了，果然从此寸步不离。温四见太太把守严紧，再溜不脱，就变着方儿折磨她。除了澡塘没有去过，什么难堪的地方都领到了。而且三天两头要在烟馆打腻。据九十七号小马说，温四带着太太来时，常常待着个整夜。温四吃喝说唱，外加足抽，自然不显工夫，太太却找个墙角坐着，一动不动，一言不发，像木雕泥塑似的，从来到走不离地方，连茶也没喝过一口。你想这是什么罪孽？烟馆本是光棍堂，人没好人，话没好话，可是每逢温四带太太一来，人们居然起坐都有规矩，把杂言碎语也免了。实在因为她不但可怜，而且可敬。若换个别的女人，长得这么漂亮，大家早起哄了。"

说着喘了一口气，道："二哥，你瞧可气不可气？我真想给报馆写一封信去，把温四臭骂一顿。"

茶房道："老九真格的，你识文断字，乐得打个抱不平。"

司机摇摇头低声道："用不着我了。他已经惹出抱不平的人，就快报应了。你知道那个常在烟馆赌局拿钱儿的阴阳界韩七，有一天到九十七号拿钱，看见温四跟他太太的情形，也生了气，说不定哪天就收拾温四一下。可是韩七也并非好人，谁能道他是真样看不过竟犯混脾气，还是知道温四是少爷，想借题吃他一水呢？"

茶房道："不管怎样，温四吃回苦子也是应该。那小子太不够料，在娘儿们身上肯花钱，跟我们只会摆架子，一毛不拔。从他到九十七号抽烟，我赶前蹩后地叫了几百声四爷，并没见他一个小钱。"

司机笑道："原来你有你的心思，我又何尝见过他的钱？就连九十七号伙计也因为他太过吝啬，明知韩七要毁他，并不透信教他躲避，只等看笑话。"

说着铃声又响，司机连忙开下去，到下面一看，又是九十七号烟客。听这时外面的雨下得更大了，不由好笑，人们都说烟鬼懒惰怯懦，但由今天看，竟较旁人特别精勤，特别勇敢，冒着这样大雨，仍要准时到来。尤其这位瘦如枯骨的妇人，居然在这春天穿了皮袍、皮大衣，戴着毛线帽，好像要旅行北冰洋似的，拼命前来。当时向她问了声："这天儿您还出来？"那妇人似乎连说话的气力也没有，只默默点了点头，踉踉跄跄地直奔东面去了。司机暗自计算，从黄昏落雨以后，到三楼的来客颇为稀少，总共不过二十多人，但内中却是十分之七八是九十七号的顾客。正式旅客和冶游客人只仅十之二三。若按比例计算，这三楼中散居着二十六家旅馆小姐，烟馆却只九十七号一家。今天旅馆的小姐，十人中未必有一人开张，但烟馆却已人满为患。至于楼下中西餐两部，更没做一点生意。由此可见圣人所说食色性也的话，在这里得完全推翻，世上魔力最大的终让鸦片烟居上。这固然由于九十七号这贵族化的烟馆声名远震，也由于鸦片烟鬼道德崇高，比老饕和浪子能守信用。这时九十七号大概已经坐无隙地，成为这饭店最热闹的房间了。

他猜得实在不错，九十七号果然有着空前盛况，比他所想还加繁华呢。原来这座饭店虽然有藏污纳垢之能事，便最初并未取得开设烟馆之许可，所以开创以来，楼中只闻莺燕飞禽，不见烟霞胜境。无奈在这时烟霞癫疾的人太多，几乎有普遍的需要。尤其在娱乐场中，至成为一切享受的兴奋要素。这饭店中既然饮食男女无不具备，而独缺这一种娱乐，人们久已感到不便和必须了。只是烟馆在这地方若没有大力量，是难望成功的。有许多认识这发财机会，竭力谋营，都遭到失败，铩羽而去。

直到去年秋天，才有个能人出来，运用手腕，钻营门径，得了这饭店中开烟馆的长利许可。这能人姓杨，号叫无我，真名却是隐而不彰，仅以字传，却实抱负非凡，常对人说，由祖父大名，只有用在功名场中方不辱没，现在开了烟馆这样卑贱营生，虽然无法隐姓，却是应该埋名，只用号来应世，省得有辱前人。但他半生的光荣历史是什么，可惜无人知晓。他也不肯对人讲说，只于偶然似有意似无意的露出他在军阀时代曾待各路诸侯，做各位大将军的构客，并且在洪宪时代曾操纵政局，几乎有分茅裂土之望，可惜功败垂成。当时有位流落天津的陈二小姐，久历风尘，屡事贵显，芳龄垂暮，艳誉犹张。杨无我每听人谈起她，便做叹息不胜之态，暗示曾和此人有过一度因缘。这样教人自去猜想他是大名鼎鼎的杨度杨晰之，但若向他询问，他必不肯承认。因此有很多人更认他确是杨晰之，大生敬金玉忱。他本来善于交际，又欲借着迷离恍惚的资格声誉，竟在社会上结交很多上流人物。虽然有此明白人看他年纪不符，形色不对，他现在只有四十多岁，难道在弱冠以前，便成为政治家？虽然袁项城曾称杨帮子为旷代奇才，但对十几岁的孩子，便付以旋转乾坤的巨任，也未免太奇，真无怪洪宪要失败。而且杨度是湖南人，即使早离乡国，久做东西南北人，也该在南腔北调中稍存乡音，怎能像杨无我这样满口北京土语？持这种种理由，本可以辩证他并非杨度，无奈从他自己口中并未说过自认杨度的话，只是一般无识的人这样猜测，竟是无从反驳。杨无我就在人们疑真疑假之中，渐渐由善于肆应，在交际场大见活动。又加时运齐来，竟因偶然机会，认识下飞野的某省督军郎德贵，刻意殷勤巴结，渐成知友。

这郎德贵曾盘踞某省五六年，从他下野以后，某省就年年闹水，变成泽国。据当地学家研究，原是因为郎德贵把某省地皮刮得太多，以致土不藏水的缘故。郎德贵自将某省地皮卷到天津，就把财产分作三份，一份买田置舍，一份存入银行，作为不动产。这不动产并非按普通说法，当作田地房屋解释，而是望文生义，直作永远存置，宁死也不动用的意思，另一份用以经营商业。但因他手下并无正经商业人才，而他的亲信将弁却多有做过低级营业的，就怂恿他出资，各自回复本行生理。于是除了郎德贵六姨太太的令兄，旧日曾以转售伪钞票为业，因而领东开了家银号，还较为正当外，其余如九姨太太的表叔领东开了家九间门面的大妓馆，副官处长领东开了家备有女招待的饭庄，卫队团长领东开了澡塘，军医处长领东开了花柳医院，夫人出资，开了家新衣庄，二姨太太的女仆也得主人帮忙，给她丈夫新盖了一座落子馆。这样开设了三十多处买卖，所用还不过存款的半数。

郎德贵因为英雄无用钱之地，时常引为憾事。杨无我既知道他的财势，又窥破他的心事，就早想设法进步，弄他些钱干回生意。恰巧听人提起这饭店百事俱备，只欠东风，若有人开设烟馆，势必发财。杨无我就亲去查勘，认为确实有望，就寻个机会，向郎德贵进言。郎德贵天性就喜爱这种不正当的营业，又因本身又有极大烟瘾，若开设烟馆，也可借给自用烟土，免得受人剥削。当时允诺，就问需用资本若干，预备如何办理？杨无我说需资本二十万，郎德贵以为小小烟馆，何用如此巨资？杨无我解释说，因为这饭店设在碧眼紫髯种人的辖界之内，凡有情托，非钱不行。以前失败的人皆是苟且欠丰的缘故，我们既志在必成，当用巨资运动，这二十万只以四分之一做资本，其余四分之三都要开做贿赂，只求成功，敢保二年内本利还家，以后每年干赚一二十万，这是何等利润？郎德贵本来钱太多了，把万字只看作常的一字，又被杨无我说动了心，允诺出资，交他全权办理。杨无我施展手段，百计钻营，居然得到特许开业的执照。就在饭店三楼，辟了三间大房，正式开幕。把两间打开，安设床榻，作为烟客之所，一间作为账房，存置货物和招待特别贵宾。杨无我多财善贾，把房舍家具弄得十分精美整洁，货色特别提高。他又善于交际，常使顾客满意。外间烟客知道这旅馆新设了贵族化烟馆，纷纷前来观光。只一来到，就被各种优点吸住，感到宾至如归之乐，以后自然排日前来上课了。杨无我又善于揣摩烟客心理，大凡吸烟的人要被看作堕落分子，无论在家庭在社会，都遭到轻视。但杨无我却把仆人训练得恪恭恪敬，趋跄有节，使烟客受到从未受过的尊敬。又限制来宾资格，价钱既然定得昂贵，使穷人不敢问津。又对衣衫褴褛、举止村俗和面生可疑的人，都不优待。因而凡被招待的人，就如被什么权选机关甄定了资格，成为高贵人物，自觉荣幸非常，越发地不忍离去了。所以这九十七号无论黑夜白日，严寒盛暑，都是人满为患。

今日的缠绵春雨，或者在战场上能阻止交绥，在旅途中能阻止舟车行程，或竟在市廛内能阻止人们名利的争夺，在闺帏内能阻止情爱的进展，但却阻不住九十七号的客人。可谓自有烟馆以来，未有若是其盛者也。

欲知如何盛况，就请随着这瘦妇人去看。

她走到一连三间房子，两间不钉号牌，只一间标明九十七号的门口，便立住了。一闻到由门缝中透出的烟味，如同远行客归到故乡，立刻精神倍长，弯曲的腰也直起来，伸手一拉屋门，只觉一片浓厚的烟霞，像远岫出云似的，和着喧哗笑语的声音，直扑了出来。她这时不知是被屋内灯光所炫，还是被烟气所熏，突然精神大震，伸直了弯曲的腰，抬起低俯的头，睁开了半闭的眼，这种表情，若移到舞台上唱《烟鬼叹》，必能大赚彩声。当然著名武丑张黑，最初在天津是借这出独有名剧《烟鬼叹》，扮着烟鬼魂灵出台，台步斜敧，歌声低哑，直似一个真烟鬼一样。观众却以为虽然很像，但这种半死不活的表情，未免太无意味，几乎都要临时告便。哪知烟鬼到了灵堂，她被那正在上祭的未亡人用烟灰一洒，烟鬼立即眼睛大睁，精神抖擞，歌声清唱入云。观众方才赞许他表演逼真，调侃入妙。但这瘦妇人既非有意演作，也不想调侃谁，只是一种精神作用，发生于不自知。就如欧战中的遭难人民，跋涉长途，历尽危险，好容易到了边界，望见邻国的土地，知道再进一步，便保住性命得着安全，他那疲困欲绝的身体，不由便生出活力，长了精神。

这瘦妇人从她家里来到这九十七号烟馆，似乎比波兰都城华沙到罗马尼亚边境，还为道途辽远，跋涉艰难。好容易到了目的地，自然便有异样的感觉。她睁目向里一看，初觉烟雾迷蒙，看不真切，但目光随即便适应了环境，生出透视作用，看到里面三丈多长，两丈余阔的通合房间，对面两条顺着房间长的烟榻，上面都已躺满了人。两边榻上的烟灯，排成两条火龙，每二人成为一组，隔烟灯相对而卧。但每人都和后面的人成为合演推背图的式样，两边烟榻间的走道，也放着许多凳子，上面坐着等候补缺的烟客。只左旁近门处少放了一只烟榻，空出地方，安放着账桌。掌柜杨无我正坐在桌旁，和烟客们高谈阔论。房中还有许多提篮抱盒的卖零食和玩物的小贩，供给烟客们瘾足茶罢的享用和消遣。

这瘦妇人望着里面，里面的人也瞧见了她，杨无我就高喊伙计王三快扶着施太太。及至这位被称为施太太的瘦妇人走了进来，杨无我看看左右，已没有空闲座位，急忙立起让位。施太太坐下只自喘气，杨无我立在旁边道："施太太，这样天气您还出来啊？"

施太太眼陷口张，气息急促，连摆了两次手，好像人到临终之时，望见绕床儿女，心中有许多话要嘱咐，只是心乱气短，不能出声似的，但她终于挣命似的说出话来道："瘾死我了……快给我……快……"

杨无我一见便知就里，眼看人命关天，怎能不救？向四下看，座位都已被人占满，账桌旁边的一只烟榻，左面是温四爷，右面去是温四爷的朋友褚二爷，那位受罪的温四太太却坐在账桌和烟榻中间的椅上，垂肩收足，竭力紧缩身体，使其不出椅面的范围，低首含颦纹丝不动。那褚二爷的后面，是那位游手好闲，职业不在三百六十行以内却又管三百六十行的事的特种名流黄鹤楼，跟黄鹤楼脸对脸儿，给他烧烟的是那位别号醉红轩主的女票友洪小姐，再向对面榻上一看，靠近房门躺着的一对，是那牛皮专长长舌博士，一张嘴说得世界五洲都属于他，中国四万万人都不如他的皮道周，和那位十年前就下野的总统府卫队长赵大光。和赵大光背对着背的，又是一对两口儿，男的是曾开过汽车行，现在行已关闭，车已拍卖，而仍充作财主的袁九爷，和他那由妓女而变成的袁九太太。

杨无我看看这几位虽未必都是富人，却全有些财主脾气，就不敢指派哪一位稍让须臾，只可空嚷着道："众位，哪位让一让，叫施太太抽两口。"

叫了几声并无一人答言，还是那位温柔的温四太太，看着施太太奄奄一息，直似性命交关，觉得可怜，就低下头向温四耳边说了两句，温四不知怎的，居然也大发慈悲，从善如流，虽然很不乐意地瞪了太太一眼，但居然慢腾腾立了起来，向杨无我做了个手势，杨无我还未说话，那施太太已一溜歪斜地扑倒榻上，有气无力地叫道："快拿烟来啊。"

杨无我应了一声，向那伙计附耳低声数语，王三就给递过一盅茶去，施太太看着他道："烟呢？快拿呀！"

王三低声道："施太太，咋儿说的那笔钱，您给带来没有？掌柜的说您的账已经写过了头，日子也太多。您请跟别位打听，这屋里烟座儿，写账没有过百的，还都是每月一清。您已经是三百多了，这几个月还没见您的钱，掌柜说若是他自己的买卖，莫说三百，三千也得供着，凭您施太太还有错儿？无奈他还得跟东家交代，不敢差大格儿。并且东家昨天查账，已经说出话来了。您今儿一定得给拆兑。要不然账是实在不能再……"说着嘴里稀溜稀溜，有音无字起来。

施太太听着，额上汗珠已有黄豆粒大，哑声说道："你怎单这时挤……挤对我？等抽完再说成不成？"

王三道："我们掌柜得听您个话儿。"

施太太怔了一怔，才咬牙说道："好，我今儿一定给钱，快拿烟来。"

杨无我在旁看着，知道她是说谎敷衍，绝对不能践诺，但却对王三使个眼色，王三就装着深信不疑的样儿，取了烟来，蹲在榻前，赔笑说道："我给你烧。"随即动起手来。

杨无我在施太太身上下了伏线，便向赵大光高谈道："赵大爷，您要提当年那位师大帅的赌，可真是叫人眼晕。我见过多了，就在袁项城当国时代，我常跟梁财神那样的人同赌，那可以算是到了全国赌的最高峰。可是还不及民国十三四五年，各位大帅的豪兴，邀我吃几方狗肉，我简直不敢奉陪。实在输赢太大了，一月千八百块的薪水，哪够下一注的？大帅还常笑我，把杨哲……杨某人当年的豪气哪里去了？这才叫不知穷人甘苦。人必得有钱，才能豪得上来。在项城时代，我一身兼七处要差，筹安会内经费归我一手支配。项城还每月送万儿八千，那时怎的不豪？到穷途落魄，做个又冷又穷的乡客，每月一点钱，就玄些真不够当时我跟文弟……跟女人玩一天的呢？”

　　说到这里，紧接一声叹息。那对面榻上的皮道周在他说话时，早已坐起，眼睛直瞪杨无我的嘴，只等他稍一停顿，便把自己的牛牵出来吹。说也奇怪，这吹牛一事，本与拍马同为实用的技术，许多人借以达到做官发财的目的，本来没有资格，硬自夸有资格，本来没有学问，硬自夸他有学问。倘能技术超妙，也很能得人信任，受人敬重，因而得到躐等的成功。这种人固然手段卑鄙，但是总算有所为而然。当此浇漓之世，也就未可厚非。只有一种人却教人莫名其妙，把牛带在身边，不择时，不择地，逢人即吹，并且毫无目的，毫无作用，只好像成为一种癖好，非此不乐。即使牛皮吹破，受人讥笑，仍是神色自若。这种人在社会上随处可见，大约因为吹牛为法律所不禁，神鬼所不察。既不上捐，又不上税，还是一种强分赴身体的运动，一种发达口齿的练习，当然好之者多，乐之者众。

　　这时皮道周趁杨无我稍一缓气，就赶忙说道：“咳，掌柜实在说的不错，说起赌来，我真伤心。昨儿在我上王督办家里闲坐，正赶上一群阔人都在那儿，什么林总理、郭总长、朱军长、李市长，乱哄哄地正推牌九，硬拉我入局。我说没带钱，王督办给我一万块筹码，没几方全输了。马行长又借给我一万五，妈的手气真背，又输个净。想走又被他们拉住，只好舍命陪君子吧。哪知推下去，手气越来越坏，到了散局，算了算输了十四万。别人的账却好说，唯有朱军长和我并没有交情，欠他的一万五不能不还，只可开了张支票给他。这姓朱的简直白做了军长，没见过世面，愣敢不收我的支票。我一气极了，直想抽他顿嘴巴。无奈既欠他钱，当时这口气总得要争，只好把手上的一只钻石戒指给他作为

79

抵押，说定两天里还钱收回戒指。哪知过两天我带钱去还他，他竟狡赖起来，说那戒指已经抵债，不能赎回，说急了真要动手枪。我没奈何只得回来，到家被贱内骂了一顿，因为那戒指原是我的老泰山在前清做英国公使时，维多利亚女皇赏给的，本是一对，每只有一千九百四十二克拉轻重。后来就给贱内做了嫁妆。这东西在中国找不出第二、第三只，朱军长倒是内行，看出真货，就揞住不还，我也没法儿跟他讲理。贱内骂了我三四天。从那时起，出门再不许我戴戒指。你看倒运不倒运。"说着伸出他那只瘦如鸡爪的手，叹息不已。

众人听他越吹越没边儿，却暗地撇嘴。对座的褚二爷向有困灯之癖，整天不大睁眼。这时忽撩开眼皮，坐起问道："皮兄，你方才说戒指多么重？"

皮道周想了想："大概是一千四百多克拉吧？"

褚二爷笑道："皮兄你的记性可不大好，怎么一会儿就落了行市，从一千九落到一千四？这种东西可差不了这么大的分量。大概近年皮兄因家里存得太多，既不再买，也不会往外卖，所以不大打听行市。告诉您吧，昨儿我还上当铺当了一只，只两克拉半重，光头还不大好，居然当了四百多元。你算算，一千几百克拉该值几十万？再说我听人家讲究，世界最大的钻石在英车国王的皇冠上，只五百多克拉，已经是无价之宝，全世界都没对儿。却不知还有两只特别大的，早被女皇送给您的令岳了，这倒是一件新闻。幸亏是皮兄说的，要是别位，我们真不敢信，因为实在太离奇了。"

话才说完，众人才将久忍着的笑发出声来，东也哧哧，西也哧哧，皮道周情知牛皮吹破，被笑得脸上发热，正在没词遮饰，却不料已来了救命恩公。只闻旁边当啷哗啦一响，一只茶杯从榻上滚到地下，接着便有女人声音哭喊起来。众人看时，见是袁九爷的姨太太，又对袁九发威。这种事大家却曾司空见惯，已失去了刺激的力量。何况在他夫妇进门以后，就一直听女人载笑载言，跟袁九特示恩爱。人们是料到闪电之后，必有巨雷。凉风之后，必有暴雨了。而且天气无日不闹，故也视为故常，不甚注意。只杨无我独自留神，怕女的犯脾气摔砸东西，好上前救护。不想今日这一场闹得特为出色，几乎来了外带新型开打，众人才凝神倾视。

原来这位袁九爷是位富家少爷，颇有阔名。近年营商失败以后，所余无多，若能节俭自持，还可温饱无忧。无奈少爷终是少爷，世上的狗或能在不饿之时停止吃屎，却很少见少爷在挨饿以前停止挥霍。这位袁九爷不管家境如何，仍自保持原状，干他花天酒地的生活。不料在娼门遇见五百年前风流女冤孽，就是这位现充他姨太太的妙妃林娘，两人居然在那青楼之地谈起了爱情，订了终身之约。在袁九倒是有些真情，知道自己家业已改，嫖运将终，走马之乐也不能继续长久，不如趁此尚有余力之时，娶一位可意人儿，回家厮守。日后使他长辞章台，困居家中，也不寂寞。他想得倒是不错，只错在对妙妃钟情太深，求得太切。只恐妙妃知道了他实际经济状况，不肯下嫁。竟加以隐瞒，未曾声明在案。至于妙妃所以要嫁袁九，实在因为厌倦风尘，而所以厌倦风尘，却因为家累太重。她虽是自由身体，便比不自由的罪孽还大。论起来她倒是有福的人，不但父母俱全，兄弟无故，而且上边还有老祖父，平辈有两个哥哥，两房嫂嫂，一个阿弟，三个阿妹，晚辈有三个侄女，一个侄子。附带的有她父亲在自立挣钱时娶的姨太太，随拖油瓶一只。她母亲的娘家守寡弟媳，随带小囡两个，连大带小，合共二十人整。而且祖父和父母三支鸦片烟枪，姨娘和阿哥两架海洛因高射炮。她一人支持供大家庭开销，自然常感万分竭蹶。所以逼得生出择人而适之心，实际却是做嫁祸东吴之计。自结识了袁九，见他举止豪阔，又知袁府富名久著，就视为鹄的，全力进攻。袁九受了她的迷惑，以为遇着风尘中第一多情人。及至议及嫁娶，两人俱有私图，自然一拍即合。妙妃还特表真情，只要求了另立外宅和资助家庭两个条件，索讨了很少的钱，还清债务。袁九不知她家庭真况，更认为捡了天大便宜。

　　在外面赁了一座小楼，就把妙妃接出同居。因为家中还有正太太，所以妙妃身份只是姨太太。便妙妃却以为是他的大太太未经自己承认，起码在这外宅里不能存在。故而仍以正室自居。哪知同居三天过后，妙妃就向他讨钱，给家中做度日之用。袁九以为妓女出身寒微，家庭用度必甚轻简，但为故示大方给了一百元，虽未说明，却在无形中定为月给制度。哪种只过了三四天，妙妃又向他要钱，袁九以为有什么特别支出，仍然付给，只数目大加减少。再过两天，妙妃的小妹来到，向姐姐报告，罐里没米，厨下缺柴，房东来讨租钱，跟阿兄吵架，归区成讼了。附近的杂货店止账不赊了。袁九听着出了一身冷汗，但也没说什么，取钱付了。又过了一天，妙妃阿弟跑来，说祖父没有烟吸，已经饮食不进，母亲正守着烟灯哭泣。姨娘欠下海洛因的债，被白面馆里的人把衣服剥光不能回来，托人送信，教带钱去赎她。妙妃听着，只对袁九翻白眼，袁九一声不哼，把身上的钱尽其所有的交出来。如此过了一两个月，袁九除了陪伴爱人，享受艳福以外，所余时间都费在奔走挖掘之中，以谋应付丁娘十索。无奈他的财政有如垂熄之烛，光焰已微，将涸之波，来源有限。虽然把正太太那面的应得供给都挹注过来，又将以前典当出去的产业找价卖绝，但有时杯水难救车薪，有时远水难解近渴。妙妃家中用度本已浩大，这时家中因妙妃已嫁阔少爷，以为掘得金矿，人人想要尽情享受，越发费用繁多。袁九虽拼命张罗应付，并不能得到她们的满意，妙妃也有些怨他吝啬。日子一久，袁九竟捉襟见肘，应付不来了。

有一次妙妃的娘到亲戚家行人情，为要夸耀女儿嫁给富人，一切不能从俭，就讨索制衣费若干，打牌本钱若干，袁九并没敢驳回，只多推了几天日子。妙妃本已疑他有心抑勒，便趁这当儿哭闹起来，向他说你既是财主，怎对这一点钱还推三阻四？一定是跟我变了心了。袁九劝慰许久，不得结果，心想来日方长，总这样隐瞒下去，实不是办法。她不知我穷，只疑我变心，日久岂不影响爱情？不如径直对她说明，她既对我如此恩爱，自不以贫富为意，或者能发生同情，反去拦阻人家的需索，也未可知。他这样一想，自觉顿有把握，就对妙妃把实话说了。妙妃听了，直如一脚跌进冰窖里，但还有些不信，恐怕袁九故意相试，或是藉日推托。就向他百计探问，最后证实了他所言不虚，心中悔恨非常，真要大兴问罪之师，声讨欺蒙之罪。便妙妃终是风尘老手，心计特深。暗自盘算，这一家二十多口，便如一辆载重大车，本是由自己驾曳拖拉，只为拉不动了，才寻求袁九，教他来做牛马，替出苦力。如今虽发现这匹马腿疲力弱，竭蹶不胜，本该把他赶走，另觅精壮的替人，但哪能一时寻到这样忠则尽命、孝当竭力的继任者？若贸然把他赶走，自己就要责无旁贷，不如照常敷衍着他，更加以鼓励，令其甘心效命。纵然车上人不得适心如意，但总可以有所倚持。至于如何吃力吐血，以至累死，那只是马自己的事。怨他不知自量，罪有应得。到他血汗都尽，倒地不起的时节，大约我可以另寻着驾辕的人了。

妙妃真是老奸巨猾，主意打定，便装作毫不在意，反现怜惜之色，抱怨袁九太不知道她的心，嫁的是人，非是嫁钱，你既家道中落，怎不早对我说，我还可以早想节省的办法。现在我既然知道，就不能再由你浪费了。于是她就献议，把小公馆即日撤销，粗重家具完全变卖，随带着袁九和一些细软回归母家，匀出一间小屋同住。从此妙妃就成为袁九家中道附属分子，在他还感恩戴德，以为妙妃替自己打算，至矣尽矣。她不但毫无劳凉之态，反而更极尽体贴之诚，真是风尘知己。大概古时的苏三花魁，也未必如此钟情。因而感激涕零，恨不能捐糜图报。可怜他尚不知已降为娼门中元绪一流。

妙妃既回到母家，已失却姨太太身份，仍恢复了娼门头衔。袁九随待同来，在表面上看作妓女的绿巾丈夫，而实际已成娼家的附属。比久嫖落魄，倚食娼门的奔拉苏还自不如，因为奔拉苏人在趋走之余，百不开心地吃着闲茶淡饭，但袁九却仍须供妙妃全家生活之资，对妙妃恭执子婿之礼。而且这一移居，更成为近水楼台，都可以向袁九直接讨索，无须再经妙妃转达了。老祖父拿张当票到袁九面前，叹息两声说，天气已寒，老羊皮袄尚在当铺保存，颇有咫尺天涯之感，袁九就得给他去赎。舅母抱着个病孩子，到袁九面前哭啼一阵，就孩儿病重，医药无资，倘若夭折，便得断绝香烟之痛，袁九只好给钱治病。姨娘没钱买白面儿抽，却不跟袁九去直接交涉，只与丈夫暗造活局，故意吵架，闹到拿刀动杖，袁九以新亲而兼娇客的资格，怎能旁观？势必过去解劝，劝到战事平息，无论胜败属于何方，赔款割地的，总是处在中立地位的袁九。阿哥阿嫂阿妹，对袁九总是亲热，时常表示特殊好感，赶上他们等钱花用，就由两位阿妹一位阿嫂，和袁九凑八圈麻将，桌上做竹城之战，桌下交图肤之兵，闹得袁九昏昏迷迷，如醉如梦，常常用一对白板去撞红中，或是五万六条硬吃七筒。等不到散局，袋里早空空如也，结果还得挂欠。所以女将军们常为袁九的债权人。至于泰山泰水，却是特别疼爱女婿，总说他身弱，恐怕他害病，时时讲说鸦片有防病除疾之力，消热化痰之功。见袁九咳嗽劝他吸两口，见袁九饮食稍减，就说他怕有胃病，食粮稍增，又说怕要胀饱难过，也要劝抽几口。日子一长，袁九自然上瘾，上瘾就得买土煮烟。他一煮烟，泰山泰水自然再无须自行购买，可以把孝敬之款移作别用了。

袁九移居岳家，本为奉行妙妃的减政计划，却不料移居之后，所费更多。他倒也认命自安，不喊冤枉。只拼命去罗掘钱财，来填这无底之窟。因为发掘太急，时常做出稀奇古怪的行为。例如他有一所房子，原值一万，以四千元典给某人，这时因需用孔亟，托人关说，想找了赎绝。论理该找回六千，方为公允。但对方知道他的情形，尽力抑勒，只出三千，他居然答应了。只要求立时付钱，对方故意推延，到经月之后，他竟情愿以减少数百元，做即日成交的条件。中人又借口要挟，于是三千减为二千，又谢中人三百元。应得六千的，竟只得了一千七百。又如他出卖祖坟，议定的价目，对方又付了些许定银，要他自行把坟内原埋灵柩移出，方能立契付款，正式成交。他又等不得，居然愿出雇工之费，求对方代为掘迁。对方认为这是违法的事，不肯答应。他只得多许以违法保障金，对方才点了头。又问掘出埋在何处，他既没有第二座祖茔，又舍不得花钱另买一块小地安葬，就说可以埋到丛葬地方，或是随便抛在哪里都成。对方又认为这是缺德的事，一定不肯。到袁九央告得对方又点了头，已把地价损失了三分之一，作为缺德赔偿。诸如此类，不胜枚举。但袁九家中的妻子却已被他罗掘得将近断炊，想得他一钱供给又不可能。为博得妙妃的欢心，任他如何张罗，来源的数量总不及去路阔大，来源的速度，也不及消耗敏捷。故而袁九费尽心力，总似对不住岳家诸人，常难免于自歉。因为自歉，就觉心虚。因为他心虚，就自觉渺小，看得分外伟大。气焰越来越高，渐渐露出泼妇本色，跟他吵打，加以虐待。却也并非一味虐待，忽而喜欢，就有说有笑，恩爱异常。忽而恼怒，就又打又骂，残酷无论。简直喜则人，怒则兽。雨露雷霆变幻莫测。袁九被她制伏得驯如羔羊，每日除了奔走金钱，就是承望颜色，仍然乐此不疲。

妙妃却已深深厌恶了他，想要出去寻觅继任人才，以便除旧布新。却因袁九皮骨尚未榨干，暂时还有需要，不愿惹他灰心，以致成为脱羁之马，就暗自向旧是搭住的妓馆商议停妥，照旧悬起芳帜。但她每日只晚间来做两三小时生意，不在乎挣钱，只为寻访人才。便每天晚上出门，恐怕袁九疑心，就使个调虎离山计，向袁九说居家郁闷，应该出去开心，把他引到杨无我的烟馆。袁九一到这别有洞天的地方，离开岳家众人的包围，呼吸着自由空气，自然感到身心舒适，渐渐流连忘返。妙妃却借着他出门时刻，到妓馆去玩票。无奈合选人才既可遇而不可求，妙妃希望又高，对于平常走马之客也懒得应酬，因面生意甚为萧索。她也意绪无聊，有时到妓馆去一会儿，便出来到烟馆陪伴袁九，自言从家中出来。袁九不知她的私弊，尚感她缠绵情意。但妙妃凌虐他惯了，在人群中也照样地任性施为，说打就打，说骂就骂。他俩对众烟客自称是袁九爷袁九太太，俨以结发伉俪自居。但妙妃的风尘气味已大书特识于眉目口齿之间，众人都看出她来路不正，至多是个从良的姨太太。只这姨太太对老爷太已凶悍，令人莫名其妙。不过妙妃在人前虽竭力装作良家，但到和袁九吵嘴时，就忘了掩饰，把一切事情全声张出来。所以众人渐渐全知道他们的底细，对他们的争吵也司空见惯了。

今日妙妃因天雨未去妓馆，和袁九一同前来，对灯吸烟，谈笑甚畅。今天妙妃善待袁九，另有个缘由。袁九把产业卖尽，最后仅剩两所房子，一所是妻子所住，他要出卖，就求太太领着女儿回娘家去。太太颇有刚气，言说穷如此，宁死不上母家去讨白眼。袁九就说你若不回娘家，只好去住西马路的房子。原来袁九产业已经变卖净尽，而居然尚有一所房子，存留到这时，能容太太移居，却是另有原因。因为那房子是出名的凶宅，二十年来，一直空废。以前也曾有人住过，据说某人全家七口，同住进去，经年之后，死得鬏龀不留，只剩一个老仆活着出来。某人住到里面，夜夜有鬼声啾啾，围着床奏哀乐，吓得连忙移出。某人带着一妻一妾同住，一夜听窗外有人大笑，次日妻妾因事龃龉，吵打之后，同时在各人卧室自缢而死。至于这些事是否真实，袁九并不知晓，但自家产传到他的手中，向没见有人要租这房子，因为凶宅之名已然传播遐迩，日子越多，越是定案难翻。袁九在出卖房产之时，也曾屡次想到这所凶宅，无奈购主听了，便掩耳急走，连纤客也从不过问。以后妙妃得知他有这产业，劝令减价出售，便是值十得一，也胜似货弃于地。袁九依言把售价减到极低，仍然无人理睬。所以久已看作废物了。这时袁九卖去身下住房，赶太太回娘家，太太不肯，袁九就教她到凶宅去住，这明是故意逼迫，有心谋害。哪知太太负气竟带着女儿移到凶宅去住，妙妃听了这个消息，以太太必为鬼魅所噬，倒对这事生了兴趣，时常探听，想要知道那一双可怜的母女作何死法，以供谈助。不料太太住进新宅，一直好几个月，竟是风平浪静，毫无意外发生。不知是这凶宅的传说根本出于迷信的妄谈，还是太太境遇太已艰苦，惹得鬼魅也对她能生同情心，不忍加以伤害。但凶宅的多年秘幕，似乎已因太太的平安无事，证明不实。妙妃就又生心，以为房子既已证明不凶，当然恢复了它本来的价值，应该可以重提出售的事。袁九自从移居岳家，无时无刻不在窘乡，急需用度。自然服从妙妃命令办理，四出托人寻求购主，哪知风声传出去以后，固然也有人想要收买便宜产业，跟他接洽磋磨，但却惹恼了几位凶宅附近的好事邻居。他们颇知袁家内情，平日袁九逼他太太拼命来住凶宅，已觉深为不平，这时又听袁九用太太做试验品，证明凶宅不凶，又将出售，这一来太太更无存身之地。于是大动公愤，暗地给散布流言，说袁九妻女来住凶宅，是一种计策，教人们相信房子并不闹鬼，居住平安，好诱人购买，把废物出手。其实他的妻女每日白天在宅内居留，一到日暮，就由墙上跳过邻家借宿，邻家也是跟他串通了的。这流言一传出去，肉制广播机比新闻报纸还散布得快，不久就吹到购主耳中。袁九如容易寻得了一个销路，正在满心希望，又已把喜信报告妙妃，博她欢喜。至于妙妃家人得知将有巨款进门，更把眼瞪圆，泰山泰水已刷净烟锅，只等钱来买土大煮。老祖父更是心急，把身上穿的破棉袍又入了当铺，先行买烟痛吸，等钱来了，另做新衣。姨姨更妙，知道一两天卖房钱就可以到手，不愁受窘，也先把身体押在白面馆，尽量过瘾，等钱来了自可赎她回家。至于阿嫂阿妹，也因有了指望，竟向放高利贷的借了许多钱，言明利息每三日照本加番，譬如借十元，过三天就是本利二十，过六天四十，到半月就变成三百二十元。因为她们决定三天内房价准可到手，花大利钱也是出在冤桶身上，并不在乎。若问所借的钱做何用项，大约不是听了蹦蹦戏，就是打了花会。

大家都在如大旱之望云霓，不料袁九不能作脸，到了昨天，忽然霹雳一声，购主打了退堂鼓，拒绝接受。任袁九让价让到只要碎砖烂木的钱，购主仍掉头而去。袁九惊愤之下，知道这事不好交代，只得暂且隐瞒，不使妙妃知道。昨儿忍了一天，到今天午后，他借事出门，到有钱的亲戚家卑礼哀辞地借到手几十元，又顺手偷出一件玉器，卖给古玩店，合计共得百元以上，回去交给妙妃，作为暂搪一阵，实际也有将功赎罪的意思。岂知妙妃一家人人心里都烧着极大的欲望之火，岂是这戋戋杯水所能熄灭，不过借这笔钱的力量，也居然给每人脸上都涂了一层笑容，连妙妃对他时表好感，所以晚上肯冒雨出门，到烟馆来开心。并且和他人前喁喁，做了许多恩爱的表演。但妙妃别有心事，渐渐由闲话引入正题，先说母亲五十整寿，又将到来，应该庆贺一下。庆贺必然用钱，教了赶紧催购主交钱。

袁九心中盘算，这件事终不能隐瞒到底，不如趁着她这时喜欢，从实告诉。就把购主变卦不买的话说了，妙妃听了大怒，就变脸和袁九吵将起来，骂了一阵，袁九才说了句："我又不是不卖，房现放在那里，没人肯买，我也没法。"这句话更惹恼妙妃，把胳膊抡圆了给袁九一个嘴巴，打得他颊上红肿嘴角冒血，把增加美观的新式眼镜也给打掉，落到痰盂里。众人都像看戏似的瞧着。

妙妃手指袁九大骂道："你怎么不死呢？像你这样的臭料，还在世上活着，真教野狗夕，早晚也是狗嘴里的食，乐得早喂它们。你们爹娘养你的时候难道就没看出是个谬种，怎不趁早掐死，留到这儿气我。你说你不是不卖，可为什么卖不出去？昨儿不是还跟我说，那头递到一千一，大概一千二准没跑儿，为什么又会跑了？你说那头儿变卦，我看是你变卦，那房子不是还住着你的亲娘么？你怕卖了房子，你亲娘没处住，失了孝道，就不管我们了。我们一家子辛辛苦苦，伺候着你，连碗饭都吃不着。你小子当我嫁你的时候，怎么说的？拍着良心想想，你的心掉在粪里了？你的脑子配兔脑丸了？"

袁九听她愈骂愈凶，又见众人全注目相视，觉得脸上挂不住，就低声道："得了，有话家里说去，干什么给别人看笑话？"

妙妃更高声喊道："我就不怕笑话，你亏心才怕。我正要说出来，教大众听听，给评评理。你当初没娶我的时候，自称是袁九少爷，家财万贯，连天上月亮都能买来给我玩，如今才几天就现了原形，原来是个头等光蛋。穷得只剩一所闹鬼的破房子，还舍不得卖，教我跟你饿死呀？"

说了又骂，骂动了气又乱捶乱打，袁九见她大动雷霆，知道自己若一答言或者走开，都更要不可开交，除了瞑目坐受，更无别法。真难为他二十多岁的人，自幼娇生惯养，连父母都常常忤逆，对旁人更是占上风，如今因和妙妃结合，虽然未必共君一床睡，胜读十年书，却已是胜养十年气。居然在打骂之下，平心定性，双手抱头，一声不响。而且脸上不敢露出一点怒色。妙妃骂了很久，嘴也累了，想要收煞，却苦下不得台。因为满房的人没一人上前劝解，连掌柜杨无我也一直袖手旁观。他知道这场战事不便无碍营业，而且可以给座客作为一种娱乐，柜上的无线电收音机昨日损坏，尚未修理，恰可用她来补充代用，旁的烟客也抱着同样的心理，享受视听之娱。

只有一个人起感慨，这人就是对榻上和醉红隔灯而卧的黄鹤楼。这位黄鹤楼名叫在中，外号人称黄河套。这是个有学问人替他起的，因为他是个市井豪侠，在昔微时，什么偷鸡摸狗，作恶倾人的事全干，但只有一种好处，就是财看得轻，脸面看得重。所以许多受害的人恨他，也有许多受益的人捧他。及至渐渐够了身份，在社会上有了势力，他越发自己尊重起来。表面上似以折节为善，暗地里与旧营生仍有关联，却比先前好得多了。他也做着几种事业，不过有明有暗，明的如公司董事，或者在什么机关挂个名和，却向来不曾到差问事，暗的事业据说很多，还是他发财养命之源，只是没人能知真相。他在社会上交游广阔，自巨宦富贾文人学士，至于流氓地棍，旁及于僧道优伶。管的事更宽，有时为政界旋转局势，为商界支持危难，为普通人介绍门路，排解纠纷，以至于给伶人说合搭班，为妓女荐引挪店，真是佃大不捐，辛苦不辞。而且他做这些事，只是出于热心好事，并没丝毫贪图，还常为管闲事自受损失。所以人们敬重他品格，越发望重名高，一言九鼎。像这样的人，自然是个好人了。但有深知底蕴的谈论，说他只能算是个豪侠的人，不能算是好人。因为他在向阳一面，人格固然很高，行事固然很好，但在阴面还另有一种人格，另有一种行为。那面的人格却不甚高，行为更是于人大大有害，若把阴阳两面互相抵补综合计算，他在社会上还是个害多利少的人。就如同黄河横贯九州，到处泛滥，自有史以来，不知损害了多少生命财产，但在河套一带，却单独受到它的灌溉之益，成为富饶之区。所以历来有黄河百害，唯富一套的古语。黄鹤楼也是一样情形，他作的恶比善事还大若干倍。譬如一天里帮助了十几个人，而暗地却毁了几百人。不过他行善出于亲手自为，作恶却是别人代庖，所以社会上的人就如同河套内的居民，只看见黄河的好处，唯有对它赞颂了。于是有人就把河套二字，作了黄鹤楼的别号。黄鹤楼对这别号的隐意也颇有所感觉，当作一种憾事，常思勉力消除阴面营生，以自洗涤。无奈内中尚有许多牵制，一时难得如愿。所以这河套的别号仍不能脱离他的头上。

他这时正用手摩挲着丰满红润的肥颊，注目望着袁九和妙妃，旁边躺着的醉红正烧好一筒烟要递给他，却见黄河套眼瞪着对面，口中衔的雪茄不住上下颤动。她知道雪茄颤动由于嘴唇颤动，却是他动感情的预兆。醉红自数月黄河套替某个场中伶人邀内外演桌戏，被邀帮忙而结为朋友，常到这烟馆访他闲话以来，已经屡次看到他一有这种现象，就是内心动了感情，跟着便将有所动作。现在必是看着妙妃凌虐袁九，心中不忿，又要管闲事了。就把烟枪轻轻触了他一下，黄河套回头看看醉红，点头道："我先不抽，你请用吧。"

醉红向他招招手，黄河套就倒回枕上，醉红道："黄大爷，还可不必管这种闲事，我看你又有点忍不住了。"

黄河套摇头道："我才不管，他们周瑜打黄盖，一个愿打，一个愿挨，碍旁人什么事？我只于看着今天的情形，明白了一种道理，心里有点感动罢了。你瞧袁九受妙妃虐待，不是太教人气不平么？谁也骂妙妃太凶，把男人蹂躏到这步田地，真是罪大恶极，连我起初也恨不得打扁了她，替我们男子汉出气。"

醉红接口道："不用说你们男子，就是我也看着有气。"

黄河套笑道："你先不须有气，请转过脸来，瞧瞧温四夫妇一对儿，那位温四太太本是大家闺秀，宦门少奶奶的身份，竟被温四摆弄得到这下流地方来受罪。看她那缩作一团，低头闭眼的可怜样儿，再看温四睡在床上，困灯舒服样儿，不要气破人的肚肠？大概天亮以前，温四未尽肯赦旨，饶他太太回家。可是你把这两件事合起来看，妙妃不是正给温四奶奶那样女子出气，温四不是正替袁九那样的男子报仇么？"

醉红咯的一笑，又小声道："你真想得妙，只是拉不到一处。妙妃便杀了袁九，也不能教温四优待他的太太，温四就算把太太折磨死了，也挡不住袁九受罪。"

黄河套道："我这是总而言之，由此可以看出上天甚为公平，一切事都有个盈亏消长，互相抵补。从此以后，我若再看见有丈夫打老婆，就想世上还有许多妙妃，看见老婆打丈夫，就想世上还有许多温四太太，自然永远心平气和，不犯肝火了。"

醉红不知是否已听明白黄河套的哲学讲演，只吃吃笑个不住。黄河套道："你笑什么？我讲的是真理。可惜这时候才见到，若早些儿，今儿白天就可以有话对付献丞，省得被他絮聒那么半天了。"

醉红愕然道："任献丞？任献丞不是现在正出风头的絮萍楼主的父亲么？他跟你有什么交涉？"

黄河套道："并没有什么正经事，他只是心狭量小，庸人自扰。你知道本地有家久升纱厂，已经成立七八年，里面大股东是任献丞朱乃文李幼怀马伯亮等人，我也有小小股份，跟着凑热闹。大股东们向来各分党派，互相争斗。大概起首章程定得不好，更容易引起人们争夺权利。因为董事长有指派经理的特权，自然人人都想被选作董事长，好全部操纵把持。不过历来朱乃文一派势力最大，任献丞一派虽然可以抗衡，只是还稍差一些。又因为两人是儿女姻亲，任献丞还是女家，不好公然倾轧，只可低头让步。"

醉红听着插口道："不对啊，朱任两家亲事不是早散了？任意琴已然下海唱戏，还论什么亲？"

黄河套道："我说的是去年以前的事，到去年局面才变。两家一解除婚约，任献丞就没了顾忌，尽力活动，竟在选举时候把朱乃文打败，被选作董事长。他一朝权在手，几乎把纱厂翻了个过儿，并给前任许多难堪，好似借题报复退亲的过节儿。我在里面照例做个不管事的监察董事，永远袖手旁观，不问他两家的兴废。朱乃文怨恨任献丞，屡次拉我合作，反抗老任，我都谢绝了。哪知今年董事选举，就在前天举行，朱乃文居然又把任献丞打败，做了董事长。到昨天就指派新经理接事，把任献丞手下的新政又完全推翻。朱乃文的私人又按着献丞行过的事照单回敬，任献丞气得要死，所以今天前去找我，求我帮他跟朱乃文捣乱。我劝他半天，他还不服，很不高兴地走了。我若看到袁九温四的情形，就可以按这道理给他讲讲，他现在尝受的滋味，就是去年朱乃文失败时尝到的滋味。他今后从朱乃文身上受到的难堪，就是前一年里给予朱乃文的难堪。这样一说，也许能教任献丞心平气和，以后不再跟朱乃文争权了。"

醉红听着星眸一转道："你黄大爷真是爱管闲事，任他们争锋，来个坐山观虎斗多好。"

黄河套道:"不管怎样说,天下人管天下事。再说他两面都跟我不错,怎好不管?"

醉红娇呻一声,向他眯缝着眼儿笑道:"你这热心,别尽对旁人,也分给我点儿成不成?"

黄河套道:"洪小姐你有什么事,尽管说,我一定帮忙。"

醉红道:"其实这件闲事,就为任献丞女儿,那个絮萍楼主。你知道她以前常同着我们一块儿玩票,如今竟正式下海了。头两天的座儿不错,立刻愣发财不认老乡亲,瞧那狂劲儿,真把人气死。我实在不服所,她也只仗着任家的名头,引得不开眼的人起哄罢了。若说到真正玩意儿,她啊……"说着从鼻中哼了两声,又吐了两口唾沫,才接着道:"还差昨远呢?我本不想怄气,只是她太狂了,教人受不住,我非得给她个样看看不可。无奈个人力量有限,黄大爷得给帮帮忙。"

黄河套似乎对她的话未甚入耳,慢悠着道:"哦,你是跟……絮萍楼主,打算怎样呢?"

醉红道:"我打算也成个班儿唱唱,把她压下去。黄大爷你对内外行都熟,又有力量,总得帮帮我。"

黄河套看着她,慢慢摇头道:"我看你这气不用怄了。"

醉红见黄河套并不热心,暗自失望,原来她自认识黄河套以来,知他有财有势,早思设法引诱,和他发生亲切关系,好利用他实现自己种种欲望。无奈黄河套却似流水无心,对她常保持相当距离。醉红知道这终南捷径闭塞不通,就又变更计划,把媚惑改为矜庄,只保持正当的友谊,利用他豪侠好事的习性,由正路向他身上谋求利益。所以近自在黄河套跟前,装得十分规矩,博取他的重视,好相机取事。但醉红却没想自己打着闺秀的旗号,却到烟馆流连,任凭如何装作,也不能被人看作淑女。何况黄河套虽然表面上嘻嘻哈哈,像个好先生,实际却是世故甚深的光棍呢?醉红却没看清这层,以为黄河套易与,但初意也不过想弄一点钱用,并无很大贪图。醉红自丧夫以后,经济完全失却来源,母家虽稍有补助,还不够一衣一履之费,又怎能供她在交际场中挥霍?但她却一直维持着相当富丽的生活,未显窘态,全仗她自己运用手段,所费于交际场中的,仍向交际场中觅取补偿。如借着玩票,出入大户人家,借着实际跳舞，结识男女朋友，到处留心，逢人注意。遇着资产富厚的人，就特别联络，竭力要好。等到男子有了关系，女的渐为知己，她就要施展手段了。但手段还分多种，要随机应变，因人因地而施。较为常用的是把朋友请到家中小饮、密谈。在欢洽之际，她就拿出一张大数目的期票，言说票子尚未到期，眼前忽有急用，无可奈何，想跟朋友通融，把五千元期票，暂押一千使用。或是拿出一件形状古怪，实不值钱的古玩，却说价值几万，想用以作押，托向银行借笔钱用。那朋友既和她感情到相当程度，又正谈得水乳交融，自然会慷慨送钱给她，连借字都谈不到，更没说收受抵押品了。若遇着特别阔绰的人，她就设法引到珠宝店，购件重值首饰，却托言未带现款，托朋友暂垫一下，这种钱自然永世不会归还，即便遇着不肯吃亏的人，向她追索，她最多约对方到旅社作一度会谈，也就可以顺利解决。除此外，尚有许多方法。她就借这些方法，稳度着豪华生活。这些日子正把全神注在黄河套身上，想要选一种最好方法敲一笔值得的数目，还未及实行，恰遇着絮萍下海登台，她满怀着嫉妒，又打听着絮萍唱戏是吴韵之做后台老板，不由把思想落到黄河套身上，想到自己何不趁这机会，在他身上寻些生发？既出了气，还可以发笔小财。于是特地到烟馆寻黄河套来，假说和絮萍怄气，要他帮忙组织戏班，料着黄河套向来脾气爽快，必然能够应允。即使稍有碍难，也总要教自己过得去。哪知黄河套听了，竟说出那样的话。

醉红感到失望，又觉不解，只可问道："怎么呢？难道我就甘心受她的气？"

黄河套道："不是这个意思，因为今天对我谈到絮萍楼主的，你是第二个人。在白天还有一位人来托我，是上海大新戏院的邀角人，在天津已经住了两个月。本是来接张小霞，因为张小霞忽然出了事故，不能去，只可别邀别人。无奈又没有合适的角儿，正在为难，恰巧前天絮萍上台。那邀角人知道她是下海，前去看了两天，认为玩意儿真好，打算接她去上海。只苦于没人接头，辗转着托到我这儿。我因为跟任献丞虽然熟识，跟絮萍却没有一点渊源，这种事自然不能对任献丞说，他父女已经断绝关系，我去向任献丞商量，请他女儿到上海唱戏，不是讨没趣么？所以我就驳了他们，教去另投门路了。不过我看接角人心气很盛，一定要接絮萍去的。絮萍既不久就离了天津，你又跟谁怄气呢?"

醉红听了，不由怔了一怔，心想怎赶得这么巧，我本料着可以准敲黄河套一下，却不料有了这样的口实。他所说倘是真的，絮萍一下海就有上海戏院前来聘请，更算露足了脸，以后从上海回来，地位越发稳固，我更没法争竞，只有看她得意。但絮萍问题尚非切急，现在我最盼望的事，竟被黄河套轻描淡写地给了个应无庸议，这可实在于心不甘。

想着正要抛开絮萍，另觅必须组班的理由，向黄河套再行申请，不料忽听前面有人拍桌高喊道："你不要这个，就要我的命。我是他的老婆，还能有错儿呀!"

醉红看时，原来是那位施太太这时和初进门光景大不相同，已由榻上起来，坐在账桌上，两眼圆睁地向杨无我说话。原来这施太太在吸足了之后，把地盘让给原主，移坐椅上喝了杯茶，又跟伙计要半两烟带走。伙计自然重提讨债的事，施太太点了点头，从身上摸出个尺许长的纸卷儿，递给伙计。

伙计见这纸包尺寸不符，世上没有这样宽大的钞票，就问施太太这是什么，施太太道："你打开瞧啊。"

伙计交给杨无我，打开一瞧，原来是四条山水屏幅，不由翻了白眼道："施太太，这是什么意思?"

施太太道："你不是跟我要钱么? 这就是钱。你看看，这四张是我们老爷画的，从他死后，压了这些年箱底儿，一直没舍得出手。上月有人递过五百块钱，我没答应。今儿没法，只好拿这个跟你抵账。还按五百吧，把账还清，剩多少还给我现钱，我有用项。"

杨无我听着不由笑了，他知道这施太太底细，她丈夫施退龛生时还做过四品官儿，和施丁曲是堂兄弟。退龛以绘画著名，在世时作品已有很高价值。宦囊画润，颇积存些财产，死后遗下这位由妾扶正的施太太，和她亲生一儿一女。施太太本可以衣食无忧，坐享老福。哪知她本身有着很深的烟癖，儿女偏又生着崭新头脑，深受非孝学说传染，借着反对吸毒，表面上对她尽心供养，衣食丰足，但把家产把得紧紧的，使她得不到一点钱财上的供给。她又烟瘾甚大，有着不能缩减的开销，起初只得借用利息钱，暂济燃眉。无奈借了不能偿还，日积月累，更在利息上受了很大压迫。有时她被逼急了，也向儿女索讨，但所得戋戋，无济于事。以后实在无法，居然奇想天开，借她死去丈夫骗钱。她丈夫去世之时，也曾留下几千张亲笔画儿，内中一部被儿女收藏起来，一部被施太太卖出。因她不知真正价值，几乎当烂纸出手。及至知道外面有几百元一幅的行市，方才懊悔，无奈已卖得一幅不剩了。她只可贼起飞智地另想办法，寻一位无名画家合作，模仿施退庵的笔致，画上几幅，由施太太出去售卖，假称是先夫遗作。社会上哪有许多真正法眼，见是退庵家人出售，便认为绝非伪品，纷纷购买。所以施太太还很赚了几个钱，不过也都送给烟馆里了。但是好景不常，她因为外面颇有需要，就竭力增加作品的数量和速率，有时一天可以售出两三幅，比施退庵在世时出品还加数倍之多。因为艺术家大都性情疏懒，施退庵在日，既不恃卖画为生，只是十日一山，五日一水，借以陶情。所以有时经旬累月，不成一幅，才越显得名贵。如今人死了，反而有许多遗作出来，未免不合情理。所以外面已有人疑是赝鼎了。又偏巧有一天，施太太把一张山水卖给一位赏鉴家，那位赏鉴家说曾在某处看见施退庵画的一幅松鹤，十分精美，可惜所见只此一幅，想是偶然兴到之作，现在若能再有那么一幅，我情愿高价购买。施太太一时脑筋简单，竟答以我回去寻一下看，或者能有。就去和合作的画家商量，画了一幅松鹤，给那赏鉴家送去。不料那赏鉴家正是怀疑她的人，借此相试。一见她居然成了山东饭庄堂倌的口头语，要什么有什么。就更断定有伪作，不但不收这幅松鹤，连先前的都给退回。这风声传播出去，施太太的卖画生意大见惨落。但她还不知就里，反疑是画得不能像真的，被人家看破，竟对合作的画家大表不满，把应付的成头，改充罚金，不肯付给。双方吵得不可开交，几乎成讼，结果散伙大吉。施太太从此又失了经济来源，但她不忘旧日吃过的甜头，把剩的几张伪画带在身上，四处兜售。无奈不是对字画具有癖好的人，绝不肯买，而有着癖好的，差不多都知道施退庵伪作充斥，愈是从他家人出手的，越不会真，人人加以拒绝。施太太碰了许多钉子，已经把这条心死了。今日因料着杨无我必然讨债，若没个应付办法，势将不得烟抽。就带了这四扇屏来，搪塞一下，倘能折债，自是如天之福，否则可不把今儿对付过去。

哪知杨无我耳目甚灵，早就知道施太太做这种生意，今儿居然对自己施展骗术，不由觉得好笑。但还不揭破，只向她说，烟馆卖的是现钱生意，并不收押东西。

施太太气愤愤地道："除了这画，连一文钱也没有。你这里敢说不押东西？我亲眼见某人不能还账，你留下人家金戒指，又剥下某人的皮袍子。怎到我这儿不成？"

杨无我道："戒指和衣服都是能换钱的，你这几张纸儿，能值什么？还说五百六百。"

施太太叫道："还是自称是有资格的人呢？连这画儿都不知道。你去跟人打听，我们老爷施退龛的画儿什么行市？这四张送到当铺也当二百，凭买总得过千。你敢说不值钱？"

杨无我忍不住说道："值钱倒真值钱，可是得亲笔画的。这四张……哼哼。"

施太太红了脸，发怒道："怎么着？你敢说不真？"

杨无我道："是真的，值钱。你怎么不换了现钱还还账？就是找不着主儿，上当铺去当二百来，今天不清账也可。施太太，我们这是将本图利的生意，你别这么办啊？"

施太太听着，知道他必已晓得自己细底，骗局无望成功。因为心中有病，不敢和他争吵，就道："我若找着买主儿还跟你费这些话？好，我就先当了还你，可是现在三更半夜，当铺早关门了。我先带回去，明天下午当了钱给你送来。"说着把画儿包起，又叫道："快给我半两烟，我要走了。"

杨无我沉下脸，摇手道："不成，您施太太这么走不成。"

施太太道："怎么你不给我烟哪？"

杨无我道："烟是不能再赊，您也不能这么走。"

施太太道："哦，你还不放心，把画儿存在你这里成不成？"

杨无我道："我留那假画儿干什么？施太太，你这一走就不定哪年再来，我们没法找你。你痛快还了钱再走吧。"

施太太怒叫道："你想把我扣留在这儿呀？"

杨无我道："我们不敢扣留，不过你请想，这一走准不再来。府上跟这里又隔着租界，我们讨债去也不方便。实在没法，只可请你在这儿待一会儿，我们派人到府上，请你的少爷带钱来接你。"

施太太大约很怕她的少爷小姐，而且到这里来必是背着他们，所以杨无我一说，立刻变了脸色，颤声说道："你不能这样办，我明天一定还账，一文也不少给你的。"

杨无我道："对不住，施太太你今儿若不拿这假画骗我，还倒好说。你既跟我动这手儿，可就不怨我了。"

说着向伙计王三道："你认识施太太家，赶快坐车去，就提施太太在这儿，教她少爷带着三百块钱来接。"

那伙计答应着就穿长衫，施太太已急得哭起来，顿足叫道："别叫他去。"说着奔了过去，一手拉住王三，一手向杨无我拜着央告，三人扭作一团。

黄河套看着，忽然把雪茄一丢，立起来走了过去。醉红似乎知道他过去管闲事，必没便宜，说不定还许破财，为表示特别关切，就连叫："你回来。"

黄河套只作不闻，走到账桌前面，就开口说道："杨掌柜这算什么？施太太你也放手。"

杨无我一见黄河套，忙赔笑叫声大爷，同时肘了王三一下，教他静听复命。施太太瞧见黄河套出头说话，知道来了救星，便放开王三，向他说道："黄大爷看他们不太恶了么？我抽这口没出息的烟，向来瞒着闺女儿子，他偏要派人到家里要钱，一天也不肯缓。"

黄河套道："你先坐下，不用说了。杨掌柜自然够厉害，可是没有你的卖假画，也招不出他的厉害。得了，今儿算我说着，杨掌柜且莫逼她，施太太你也说实在的，有钱还债没有？不要空言搪塞。"

施太太嗫嚅了半晌才道："我暂时没有，得等卖了这画儿。"

杨无我接口道："你还提卖画儿哪？那假东西要是一百年卖不出去，我也一百年收不到钱。"

施太太道："你说是假的成么？"

杨无我道："我说不算，黄大爷最爱收藏字画，见多识广，请他看看。"

黄河套笑了笑，就把包儿打开，取出画来，教杨无我拉着一端，展开瞧看。忽然愕然动色，似乎有什么发现，把四幅都仔细看了。杨无我看着他的神情，纳闷说道："大爷，难道是真的么？施太太卖假画的名气可是远近皆知了。"

黄河套又看了看，递给伙计卷起，向杨无我笑道："怎能不假，简直假而又假。不过这人画的却不在施退斋以下，天资比施退斋还好，只是有地方显得很嫩。好像画的人还很年轻。"说着又转向施太太道："请你告诉我这是谁画的?"

施太太道："我已经告诉你了，这是我们老爷画的。"

黄河套笑道："施太太，你不必再瞒哄我，我既出头来问，就打算把账替担起来，现在我看见这假画儿画得不错，想知道是谁的手笔，你怎还不说实话，那么我就不管了。"

施太太红着脸嗫嚅说道："黄大爷你……你别……这个……你上这边来，我跟你说。"

黄河套道："你就说吧，无须乎背人。谁都知道，施退斋死后又有了代笔的人。你再有假画也卖不出去了，何必还瞒着?"

施太太无可奈何地道："黄大爷我说了你准替我还账呀?"

黄河套道："那是一定。这四扇屏归我，你欠柜上多少就作价多少。"

施太太咳嗽一声道："谢谢黄大爷，您是君子人，说话没个不算。我告诉你，这画是个年轻人画的。"

黄河套接口笑道："我说不错吧，一看就知道是个年轻人笔墨。无论天姿多么高超，学力终是不够。你说这年轻人他姓什名谁，什么情形?"

施太太道："我跟他也不很熟，可是提起来还有个故事哪。你知道有个罗汝增，当初做过省长，又做过内务次长，现在老了，久不做事，在佟楼村盖了座花园住着，养老享福。"

黄河套道："不错，罗汝增的花园叫作罗园，养的菊花很出名。"

施太太道："岂止菊花，四季花儿什么全有，我们老爷在日，跟他相好，常在一块儿盘桓。到我们老爷死后，我那没孝心的儿女，不肯管我抽烟，我有时逼得实没法儿，就上罗园跟罗汝增摘借几个。罗汝增真念老交情，知道我的景况，就答应按月帮我几十，每逢初一去取。可是罗汝增常常出门，我去了赶上他不在家，就在园里等一会儿。他的家眷在城里另有住宅，他一年也只在园里住春夏秋三季，一出九月，就回城

97

里住宅过冬。所以我到那园里，并没有女眷陪着，只有看园子的把式老王，常陪我说话。今年夏天，我去取钱，又赶上罗汝增出门应酬，那老王拿了个园里自种的瓜，放在藤萝架下石桌上，切开让我吃。我正吃着，就见在小桥后面靠花洞旁边，放着张案子，有个年轻人在那里提笔画画儿。我就问老王，你们这里还住着亲戚哪，老王知道我是问那年轻人，就摆手说不是主人的亲戚，倒是他的旧主人。我听了就问怎么回事，老王还不愿意说，禁不住我紧自问他，才把实情说出。原来那老王是山东人，十多年前在济南一家做官人家做花园把式，那年轻的就是他的小主人，从小看着长大的。以后那主家败落，把花园出场，老王被辞，才离开济南到天津，仍仗本身技来混饭。罗汝增盖了花园，他就被荐进来做事，一晃也有六七年了。直到本年春天，他有一天走在河边，看见围了一圈人像看热闹，挤进去一看，原来是一个投河的，被人救了上来，已经救治清醒，有几个好事的人正在七嘴八舌地盘问劝解。老王仔细瞧那跳河的人，才只二十多岁，仪表堂堂，不像穷苦的人。又觉十分面善，想了半天，才想起是济南的小主人，就上前相认，把他带回园里，询问情形。那小主人才说起家业败落以后，人口也死丧将尽，只剩下他和母亲。因济南不可复居，就奉母移居北京，上学深造。他因性情所近，上了艺专学校，专习绘画。不料学业未成，资财已罄。只得托人谋事，又移转到天津居住。做事余暇仍投师深研绘画。哪知过了不久，到去年冬天，母亲又染病身亡。只剩孑然一身，伶丁孤苦。自己又勉强挣扎着，度过几月，感觉没有生趣，才投水自杀。老王听了他的话，竭力劝慰，又留他在园里暂且住着将养。那小主人因为和园主素不相识，不愿无端叨扰，坚辞要走。老王没奈何，只得强留他将息三数日，他才答应。哪知第二天他就病倒了，一直住了一个多月，方才痊愈。老王已把留人同住的事，告诉了罗汝增。罗汝增为人豪爽，也很愿意帮助这失路的少年，又从老王嘴里知道了他小主人的情形，以为他的自杀未必只由老母亡故，失却生趣，也许别有原因。若放他出去，仍是孤身无侣，容易再生厌世思想。就劝老王留他同住，但老王知道小主人性情有些耿介，绝不肯倚赖仆人情面，在陌生人家寄生苟活，病愈势必离去，万不再留。就把这意思对罗汝增说了，老罗真是好人，居然自己去看那小，先发生了友谊，又看他病中闲涂的画，认为极好，就约他做个办文墨的书记，并且另备出一间净室，供他作画。老罗担任介绍出售。老王的小主人才在这情形下做了罗园的客人，每日只替老罗办些信件，或是陪他谈谈，有暇就画几张画，由老罗拿出去卖了钱给他。他却都送了老王，向不自用一文，也不出门一步。一晃由春到夏，已经三四个月了……"

施太太说着咽口唾沫，喝了几口茶，这时许多烟客都围拢过来，像听评书似的听她讲说，连那位妙妃也结束了战争，把袁九抛在一边痛定思痛，她却自己来听施太太讲演。这就是烟馆里的一种特殊魔力，有些烟客宁肯放弃家中锦帐绣帏，娇妻美婢的享受，甘愿跑到这拥挤嘈杂、乌烟瘴气的地方来，就因为这里是整个人生社会的缩制版本，能够见到稀奇古怪的妙事，听到中外古今的趣闻，足供平常人的消遣娱乐，有学问人的体会研求。古时苏东坡常在山寺草堂置酒邀人说鬼，蒲松龄也好在大道旁设置茶具，以一杯清茗，换取过往人说一段故事，做成他的聊斋。他二公若生在现代，大约要成为烟馆的常出顾客，以收集他们的材料。作品的名字，也恐要欲为"烟馆志林""土膏店志异"了。

且说施太太喝了口茶，又接着道："听老王他旧少主人的事说完，我就走过桥去看那少年，见他生得相貌俊雅，好体面一个学生。又瞧瞧他画的山水，我虽然外行，可是我们老爷画了半世，我也见得多了。觉得他画得很不坏，可是当时也没理会。说了两句话，正巧老罗回来，我就走开了。以后又过些日，我一时穷得没法，卖了几张我们老爷的真画，吃着甜头儿，再想卖几张可惜没了画儿，就打算寻人仿张假的，换钱应急。无奈一时寻不着人，忽然想起那个少年，就去跟老王商量。那少年也曾见过我们老爷的画，罗汝增那里还有两张真的，可以照仿。无奈那少年不肯做假，还是老王怂恿着，他才答应了，说好十块钱一张，这钱也全归老王享受。几个月也总共画了三四十张，起初销得很好，以后不知怎么教人看出假来，都不肯要了。大概他是手头没准，行好行坏，才把我的财路给堵塞了，我一气就不给工钱，老王还跟我吵，到底讹去一半。"说着哼了一声道："你还说他画得好么？若是好怎会教人看出假来？"

黄河套哈哈笑道："我玩了二十年的古董字画，若连这个都分不出真假，未免太对不住花的银钱，费的心力了。这造伪画的人，天资功力都是好的，只于气韵稍差。而且画得太用力了。施退斁晚年作画，绝不肯这样加工。所谓老手颓唐，有时古拙疏散的好处，就出在这颓唐上面。这是年纪和造诣的关系，不能强求。施太太既说这造假画的年纪很轻，可以证明我看的不错。不过此人现在已经有些火候，将来更是不可限量。我很想知道此人是谁，施太太说了半天，还没提他的姓名呢。"

施太太沉吟道："这人姓成，名字叫个汝……什么……汝……汝玉，对了，他叫成汝玉。"

黄河套应了一声道："哦，成汝玉，这名儿很好，可是没听说过……"

话未说完，猛听身旁扑通一声，有人从椅上跌落下来，同时又哎哟一叫。黄河套听了吓了一跳，转脸瞧时，只见那位温四太太已由椅子上跌了下来，一膝屈在地上，一脚方才站起，上身却仗在施太太的膝上，正在向上挣扎，施太太正低头拉她。旁边榻上的温四爷也闻声坐起，看见他太太的狼狈情形，并不扶掖慰问，反发出呵责的声音问道："这是怎么了？"

那温四太太皎如玉雪的脸儿已羞得红似朝霞，挣扎站起，用手拍着膝上灰土说道："我，我也没留神，不知怎么就摔下来。"

温四道："你没半死不活地打盹儿么？有上烟馆打盹儿的？真是笑话。"

黄河套听温四并不说自己带太太来烟馆受罪不当，反而当着众人对太太施以声色，就大声说道："温四爷你太太本不抽烟，在这里一陪你就是几个钟点，还怨她打盹儿？我看你过足了瘾，也该回府，不必教太太跟着受罪了。"

温四听着虽然不悦，但不敢怨黄河套，只可应道："我也就快走了，谁教她受罪？是她自己放着福不享，偏要出来跟我裹乱呀。"

温四太太这时打了盹儿，从椅上溜下来，虽都暗骂温四混账，却都没看出温四太太的倾跌，是另有原因。原来那温四太太每到此处，都坐在这同一座位，保持同一姿势，在椅上竭力收缩肢体，并且防着和过往人相触，照例把双足缩到椅下，借着那一根横木遮拦，不使伸出。方才她本是清醒白醒，听着施太太对杨无我的交涉和黄河套的声述，借作无聊中的自遣。不料黄河套问到那造假少年的名字，施太太回答说是成汝玉，温四太太听了这三个字，猛觉有动于中，精神上受到激刺，愕然一抬身，手足同时伸张，那一双缩在椅下的脚猛然前伸，却不料被横木挡住，竟因弹力作用，把身体带得从椅上溜下来。虽未跌重，但觉当众出丑，又受了丈夫的呵斥，不由羞得要哭。而且心中更怕别人把倾跌恰在施太太说出成汝玉名字之时，连起来加以猜想，所以更窘得不敢抬头。

至于温四太太何以听到成汝玉三字，便受到偌大震动，却是有着原因的，但不是关于她本身的私情，而是为着别人的隐事。前文已然表过，这位温四太太因为丈夫荒荡，久已失欢于翁姑，只和她小姑说得来，常常受小姑安慰。她的小姑就是半半千室主人的女弟子温素馨小姐，这素馨虽然是独生女儿，被父母爱若掌珠，她又性情婉淑，向无越礼之事，非分之求，论理很可以在父母运中要度幸福岁月了。但只因为有一件事不得意于顽固愚黯的父母，以致和这位四嫂落到同病相怜的地位，由同病相怜渐渐两心相印，发生极亲密的情谊，比同胞姐妹还要知心互惜，这也是家庭境况造成的。不过嫂嫂只遇人不淑，常受气恼，需要小姑同情安慰，暗地周全。那位素馨小姐却常有重大心事，需要向嫂嫂跟前诉说，常有大量眼泪，需要向嫂嫂跟前流洒。女孩儿的重大心事，当然离不开情爱问题，除却情爱也惹不出女孩儿的大量眼泪。

事情是在去年发生，素馨在北京艺专上学，年假回到天津家中，就病倒了。成天闷闷厌厌，饮食少进。延医诊治，都说没什么大病，只于肝胃失调，吃几剂药就可痊愈。但连治了多日，总不见好。温四太太日常看护着她，瞧出情形有异，就暗地盘问，素馨才把她的心思说了出来。她的学校中在暑假前考入一位同班男生，名叫成汝玉，品貌学问全都出人头地，在短期内已和她互相认识。又赶上一次两人同时得了绘画上的荣誉奖，跟着校中举办纪念展览，又同被师长委任做筹备委员，相处时候渐多，就发生了友谊，又由友谊酿出爱情。不过素馨因是女子，无论内心如何热烈，仍得保持自己的女儿身份，等待对方表示。但那成汝玉虽然对素馨十分倾倒，十分爱慕，却总是有所畏怯，每每到了极热烈的当儿，忽然悬崖勒马，突而变为冷淡，教人没法测试他的真意。在这种情形下，直过了很长时候，到了暑假之后，班中又考入一位男同学。这位男同学和素馨略有戚谊，深知她的家世。因为取媚于她，时常对人夸述素馨的门第财势。那成汝玉听到耳里，突然对素馨加倍冷淡起来，有时竟躲避不见。素馨莫名其妙，十分纳闷。最后忍耐不住，就写信去询问他变态的原因。成汝玉竟置之不复。素馨还以为自己近日和那有戚谊的男同学踪迹稍密，惹起他的嫉妒，就急忙和那男同学疏远，表明心迹。哪知成汝玉仍置若罔闻，素馨气得哭了几次，也无可奈何。

又过了些日，竟出了一件奇怪事情。素馨在北京上学，向不住校，只住在自家东城一座楼房里。这座房子本由同族借住，素馨仅占楼上一角。这天夜里，楼下忽然电线走火，焚烧起来。素馨由梦中惊醒，知道着火，奔出房外，见楼梯已被烧着，无法越过，只得又回房里，想要由楼窗跳下，又怕跌伤，慌乱中只可先开窗向下看看，不料窗才开放，忽瞥见窗外正有人循着水管向上爬，把素馨吓了一跳。窗外的人已爬到窗口，跳到房中，素馨才看出这人正是不理自己的成汝玉。心中纳闷他怎会恰在这危急时候，赶来救我？但当时也顾不得问，那成汝玉也不说话，动手撕裂床单布被，结成长绳，一端系在床柱，一端系在素馨腰里，很快地把她抱出窗口，慢慢落到地面。成汝玉还替她掷出了几个箱笼，才随后坠了下去。素馨得了命，惊心稍定，忙拉住他问怎知道我家着火，前来相救。成汝玉苦笑着回答，今天恰巧经过这里，看见着火，所以入窗相救。素馨又问他怎知住在此地，成汝玉说并不知道，只于由此经过，恰巧看见着火。素馨觉得他巧得过于离奇，就又问你便是恰巧由这时经过，又怎会恰巧爬进我住的窗子。成汝玉不答，只问她还有什么要紧东西需要往外抢救，素馨答说没有了。这时楼中人已纷纷逃出，街上警笛乱鸣，救火车飞驰而来，成汝玉就劝她暂且避居旅馆。素馨想了想，自己一个女子留在此处无益，只得教得借住的戚族去办善后，就教成汝玉代提箱箧，找到邻街一家旅馆，走进去开了房间。

素馨进到房中，成汝玉却没跟进去。素馨还以为他去干别事，料着不久便来，自己还有许多话要和他说。因为素馨由成汝玉突如其来的救援自己出险，便料到他近日对自己形迹虽疏，但爱情并未稍减。只由于一种不可明言的隐衷，在外竭力避免接近，而暗地他却仍息息相关。他必然早就访知自己的寓所，而且每日……便非每日，也是常常在自己窗下徘徊，遥望窗中人影，以解相思之苦。否则世上便有巧事，也不会一巧至此。我的寓所着火，他就恰巧无意中走到近前，就恰巧爬上我的住房，恰巧钻进我的楼窗。而且他自言看见着火，就入内救助，好像只是见义勇为，并不管里面住着何人，却为何只救出了我一个，再不管别人了呢？素馨想得明白，自以为确切不移，内心十分感动。就决定等成汝玉进来，对他点破，盘问近日疏远自己有何苦衷，并且要把自己心中久蕴的热情，对他赤裸裸地表示出来。哪知等了一会儿，只见茶房进来送茶，并不见成汝玉的影儿。素馨便问茶房可看见同来那位先生，茶房回答没有看见。素馨大疑，就跑出去到楼下向看门人询问。那看门人却说那位先生把箱子交给账房，便自出去了。素馨心想莫非他又去火场救人，就跑出旅馆，重回寓所。才转过街角，已见火焰冲天，全所房子都燃烧起来。许多救火车和消防队都包围扑救，更有警士拦阻行人，不许走近火场，以防危险。素馨不得近前，只得在看热闹的人丛中来往寻觅，却不见成汝玉，喊叫出不闻答应。挤了半天，已是娇喘微微，不能支持。又想或者成汝玉已回到旅馆等候自己，就又跑回旅馆，到了房中，只见仍是空无一人，问茶房时也说没人来过。素馨才感觉事情有异，想到成汝玉也许悄悄走了。他救了自己，仍行避开，这是什么缘故？难道他具有不能爱我的隐衷，绝没有通融的余地？所以这次救我之后，立又悄然远避。他的隐衷是什么呢？只悔我一时疏忽，以为他既把我送到旅馆，定要尽其扶助弱女的义务，代为安排停妥，才能离开，就没有留神看住他，这一来竟把询问他的机会失去了。想着万分悔憾，但也无可奈何，只得从宽着想，明日到学校还可见面，我定要把他叫到这里，细谈一切。他就照旧假意避我，我也不容他逃遁了。想着又在心中打了一篇沥心披胆的热情演说词草稿，才上床睡了一会儿。

次日早晨起来，梳洗完毕，便出了旅馆，直奔学校。在路上看见行人虽如常日的熙来攘往，便却没有骑脚踏车夹书包的学生。她以为自己出来早了，哪知到了学校，见景况清寂，并无一人，瞧礼堂大钟却已过了上课时候，她纳闷之下，再一寻思，才想起今日是星期日，自己竟给忘了。只得慢慢回去，在怅惘中过了一天。到次日早晨再到学校，因学生都在班上上课，却单独不见成汝玉的影儿。素馨初疑他因事迟到，及至到了正午仍不见来，就盼他下午能到。哪知下午成汝玉仍没有来，素馨虽然着急，还疑他因事告假一日，明天必可见面。到了明天，不料还是照样，如此连过了三四天，素馨也连盼望了三四天，才听得同学传说成汝玉已经退学了。素馨不啻受雷震，几乎晕倒。自己怔了半天，想向

103

同学询问他退学原因，无奈同学的嘴大都尖刻，自己以一个女子向人显露对男子的特殊关心，恐怕未必能问得实情，先要贻为笑柄，但又不能听其自然置之不问，就跑到注册室，假说自己有本画谱被成汝玉借去，尚未归还，现在他已经退学，所以前来询问他的住址，好写信讨要。课员便把成汝玉的住址说了，素馨记在心里，又随口询问他退学原因。课员却说成汝玉是因为环境窘迫，要退学去就职业。校长因爱他资质不凡，曾加挽留，许以免费，却辞谢了。素馨谢了课员，便匆匆出校，雇洋车便奔所询问住址而去。

到了北京，这天正赶上秋雨淋漓，经过几次打听，几次往复，淋得通身俱湿，才在一条漱溢的小巷内，寻着门牌。上前叩门，出来个白发婆娑的老太太，问她找谁。素馨才说出找姓成的，那老太太便上下打量着她，问道："小姐可是姓温么？"

素馨听着一怔，才答出"不错"二字，那老太太就说："请里面坐吧，别在雨地淋着。"

素馨只可随她向院里走，心里却想这老太太想就是成汝玉一家，我可寻着他了。他不在家，这老太太必不会让我进去。只是成汝玉怎会知道我来，先留下话呢？就问老太太贵姓，那老太太回答姓张。说着已进到院中，只见院子是狭长的一条，东西两面各有一二间房子，都很低隘，而且西房窗纸破烂，垃圾堆积，显见里面无人居住。素馨方才叹息汝玉那样英秀的人，却在这种地方居住，莫怪说环境不好。想着那老太太已推开东房的破风门，让她进去。素馨进入房中，满拟可以看见汝玉，却不料房中并无男子，只有一个梳盘头着短衣的少妇和两个方会走路的小孩儿。再看房中陈设也极简陋，现出贫家景象，而且污秽不堪。素馨不由诧异，心想难道这里就是学艺术的人的居室？汝玉便穷，又何致这样？

想着就问："汝玉可在家么？"

那老太太先让素馨坐下，才道："成家已经搬走三四天了。温小姐还不知道么？"

素馨一听，立刻颜色惨变，似觉身下坐的椅子忽然向下沉去，头上却轰的一声，似有什么东西由顶门升到半空，瞪目半晌，才吃吃地道："他，他走了？走了？"说着心中纳闷，汝玉怎会走了，为什么走了？

他走了这老太太贸然把我让进来，又怎会知道我姓温呢？

她想着还未开口询问，那老太太已给她解释疑惑，开了长桌上的抽屉，向里面翻腾了半晌，才拿出一封信来，向素馨说道："成先生跟他的娘就在这院南屋里住，前四天才搬走了。临走时留下这封信，对我说若有位温小姐来找，就把这封信交给她。"

素馨听了，才明白了这老太太知道自己姓温的缘故和成汝玉确已远走的消息，只可怀着满腹失望，满心疑惑，瞧着那封信。信上只写着温素馨女士玉展几字，随即拆开取出信笺，只见上面是一篇半行半楷的小字儿，字体挺秀飘逸，和成汝玉的人很为相似。素馨只瞧见"素馨小姐妆次"的开首称呼，便觉眼睛忽然被什么遮蔽，有些模糊起来，急忙眨了眨眼，再向下看，原来是文言的信，上面写着：

素馨小姐妆次：

同学半载，倏忽分襟，今日将别，殊难为怀。仆来自异乡，居京甚暂。对此古都良无系恋，异地朋友亦复绝少。行即行矣，然将行尚病危回顾，怆恻迟徊者，则以此古都中尚有女士在也。

仆于女士不敢知仅为同学，抑为朋友，或于同学朋友之外，别有情谊。然女士夙昔关垂之意，仆固铭心刻骨矣。暑假后踪迹突疏，曾蒙致函下问，仆未即答，罪实万死。昨夕尊寓遭火，仆幸得一尽绵力，而倏即离去，未能始终随侍。女士当深怪其行止过于飘忽，意致近于轻慢，仆固知罪无可逭，唯区区寸衷，实有私隐，颇难言说。今兹离京他往，悠悠此别，重逢似已无期。仆始敢申言释疑，兼以告罪。

自我入校，辱蒙不弃，许为道义之交。谈文论艺而外，从未言及家世，女士不知固蓦人也。祖居历下，世为耕读之家。迨及仆身，祖宗余荫已薄，遭以兵荒，遂致败落。故里不可复居，乃奉母北来，旧京暂寄。思以一艺图生，以性近美术，因入艺专。荏苒经年，余资垂罄。然以有老母在，甘旨之谋，不可或缓。兹为谋食，不得不废学流转远方矣。唯当在校共处之时，仆亦不知女士门第高华，乃敢妄厕侍从之列。迨闻人言阔

105

阅，始惊天壤相悬，是以悚然退避。谨固知女士襟怀皎洁，略无贵贱贫富之限梗于胸中。矧古昔天子不薄贫交，将军尚有揖客，仆乃自薄，宁非无谓，且亦有伤女士高朗之怀，荒谬直无伦拟。然此事有非常理可喻者，古今时代不同，男女性别有异，相交止于朋友，固美满无疵，然人为不知足之动物，倘一旦不能自制，不知自量，妄思更上一层，则前途荆棘丛生，艰困立至。此意或至荒唐无稽，然仆则自知为自制能力薄弱之人，与其自苦于将来，曷若知机于先日乎？女士见此，或不免哂其狂妄，仆亦不知女士相视如何，唯倘仆之行止，有为女士认为辜负雅意者，则此函要为陈情之表，否则亦请怜其愚痴，视为神经有病可也。

　　仆今将行，忽有狂想，以为女士或念友谊，欲询其退学之故，或怀厚意，欲酬其宣力之劳，竟尔访迹寻踪，至于敝寓。仆固不敢望劳玉趾，然以女士性情笃厚，或不免此一行。故留书邻媪，烦其代呈。亦愿女士一览仆环境情况，因知其退避之隐衷，且谅仆非草木无情。所以如此，盖有万难言说者也。

　　仆行矣，此后居趾难定，会晤无期。惭形自隐，虽咫尺亦似天涯；而旧梦难忘，虽天涯亦同咫尺。幸女士勿更以仆为念，而仆无论至于地角天涯，亦将终身为女士祝福。每当月夜风宵，女士仰首星空，即知有人双目睒睒上仰，祝女士如最明之星，而遥遥膜拜。与在京时每夜过尊寓门外，望红楼上文窗绣帘而顶礼时同也。临颖神伤，欲言者多而可书者少，不胜怅惘。亦仅怀此怅惘之心以俱行矣。

　　伏维珍摄不宣。

成汝玉拜

　　素馨看了这封信，心中惨痛，不自禁珠泪潸潸。她和成汝玉本未曾有过爱情的表示，而且相处日子并不甚久，形迹也不甚密。在外面说来，连朋友的程度还未达到，只能说是同学。但在素馨这女孩儿幽隐的心坎中，却已把成汝玉当作极知心的情人，或者更进一层，说是已结婚

106

的丈夫。这时听说他已经走了，又由信中看出他的意思，以前突然疏远，只是因为知道自己家世，既感齐大非偶，有自惭微贱之意，又料到缠绵下去，必无好果，竟毅然决然，自行退避。他信上也说自古贫富贵贱相反的例子很多，他如此介介，未免轻视自己的心术，但终这样做了，是什么缘故，他虽未曾说明，但由字里行间，可以看出他已经发生爱情，恐怕日后难于自制，才不得不早日见机，忍痛一割。由此看来，他这人虽似固执，但是心胸的高洁，志趣的远大，更可由此看出。他虽决意地抛舍我，我因他的抛舍，更增加十万分的爱情，宁死也不舍他了。可是由这信上看，他已奉母远行，海角天涯，不知去处。而且那"惭形息隐，虽咫尺亦似天涯"的两句话，明说他即未远去，也不肯再和我见面，这不坑死人么？

素馨悲痛已极，竟忘了那陌生的老太太在侧，低头看着那信，珠泪由眼中流到鼻尖，聚成大珠，再坠到信纸上，簌簌有声。那老太太在旁看着，错愕不知如何是好。那地下的两个小孩本已凑到近前，瞧看素馨，见她哭着，一个小孩竟高声叫道："奶奶，她哭了，她哭了！"

素馨听见，才悚然失惊，赧然生愧，急忙摇摇头，把脸上泪珠尽皆摇落，又假作伸臂，将袖子向面上一抹，将泪抹干，咳嗽一声，强自支持着道："谢谢老太太，你知道成家搬到哪里去了？"

那张老太太道："我没听他说。只在搬走那天，好像听他教车夫把行李拉到前门。小姐你还要找他们啊？这信上没提搬到哪里么？"

素馨摇摇头，心想她说搬到前门，是前门什么里巷，还是前门车站呢？但知由这老太太口中问不出什么了，而且自己悲痛难支，恐怕忍不住再流泪，被她们见笑。就告辞道："打搅老太太，教您麻烦。"说着向外就走。

那老太太还说："再坐会儿，外面还下雨呢。"

素馨说："不坐了，我还有事，改天再来瞧您。"

那老太太送她走出到院中，还指着南屋道："那就是成家住的房子，现在还没主儿呢。"

素馨向那房门看了一眼，想走近瞧瞧，但又把牙一咬，就直出院门。听那老太太在后面说"慢慢走，道上太泞"。素馨觉得搅扰她不当，就取出几元钱递给她道："给小孩儿买糖吃吧。"那老太太才要谦让，素馨已把钱塞进她手里，就大步走开，任那老太太叫喊，她既不听也不理，一直向前走了。

在路上迷迷惘惘，直偿知怎样回到旅馆。自己悲泣了许久，对成汝玉恨一回想一回。恨的是他思想固执，想的是他品格高洁以及种种好处。如此反复思量，脑中结念愈深，心中情感愈厚，越发放他不下。只是汝玉已然一去无踪，看他函中意思，即使近在咫尺，也不会再行相见。自己又有什么法儿能寻着他，把一片心情表白呢？

素馨真是情之所钟，不能自已，在深悲极恸之际，居然想得方法，拼出有伤闺阁身份，竟在报上登了个广告，上面只写着："汝玉鉴：前访尊寓居，人去函留，怅甚。现余精神甚苦，倘得一白私衷，虽死无憾。请来一晤或通信，余仍寓当日兄送居之旅馆，愿鉴耿耿之诚，勿存硁硁之见。幸甚盼甚，馨白。"这段告白虽然语意隐曲，旁人看了莫名其妙，但素馨知道汝玉只要见着必然了解。不过告白登了出去，一直没有功效。不知是汝玉行踪已远，未能看见，或是看见了仍置不理。素馨每日盼望，却一直既未见人也未得信。但也微有功效，就是素馨借着这一丝希望，由今日盼明日，由明日盼后天，得以勉强支持着倦烦不振的精神，厌厌如病的身体，对付着过了深秋。到了寒假，她从秋风初劲时，看到树叶凋落，就悲悼汝玉的踪迹和自己的前途，都像落叶一般缥缈无着。到重九陪同学去登高，旁人兴致淋漓，她也只凭栏远望，垂首凄然。望着远处的无尽云山，斜阳平野，东西南北都是遥遥无尽，就又悲叹莽莽天涯，茫茫人海，不知汝玉已到了什么地方，可怜自己怅望天涯，连个准方向也没有，该向哪一面望他呢？及至隆冬酷寒，大雪漫空，素馨在旅馆中披着皮衣，开着暖气管，临窗望雪，便又想到汝玉，此际不知漂泊何方，是否职业所入足以自养，在这风雪寒天，是否能像自己一样的饱暖，莫非正受着饥寒？她时常因这样思想，竟关了暖气，脱下皮衣，或在夜中只御薄衾，甘受着无人知的情罪，在精神上和汝玉同甘共苦。其实她脑中绝不是因为汝玉曾经相救，怀着报恩的心，也不是把汝玉当作情人，只做相思之梦。她直是神经有了固定的印象，认作和汝玉名分已定，关系已深。她已属于汝玉，汝玉已属于她。这时只是失去了固有的汝玉，只待有日归来，便可仍归自有。无奈汝玉归来的希望一天比一天渺茫，但她盼望的心情，却一天比一天炽烈。因为内心太热，而每日所得都是冰冷的失望，各种感情时时攻击她的柔脆的心灵、娇弱的身体，她曾渐承受不住了，到冬季已害起病来。但她为等待汝玉，还守在北京，连带也挣扎着把本学期的学业勉强修完。到放了年假，她可不能支持，并且她素日要好的四嫂也由来往函信中得知她抱有微恙，早已派人到京接她。素馨既觉病体难支，又因每逢寒暑两假，照例回家，这次破例恐怕惹人猜疑。而且料着汝玉重来的希望已很少了，就随来接的人回到天津。

素馨虽被父母钟爱，但在精神甚为隔阂，兄弟情分也都平常，全家知心的只有一位四嫂。她的病本在心里，外面只见容颜清减，精神颓弱。她的父母未甚理会，只四嫂却感觉妹妹这次回来完全变了样儿，往日活泼的态度，明快的性格完全消失了。初尚疑为因病所致，以后越看越不对了。素馨也见沉软，卧床不起。四嫂察觉她的病不在身体上，就在一天夜静无人之时，对她盘问。素馨对于四嫂向来无话不谈，四嫂学名叫杜若芳，这若芳两字，便是夫妇之间也不能呼唤，只在姑嫂间各以小名相称。可见她们的情感。素馨被若芳盘诘，初觉羞涩。但凡人心中藏有隐痛或是快事，虽极秘密，若遇着知心人，无不以倾吐为快。女孩儿纵然面皮娇嫩，心思邃曲，不过在这种地方，也不会例外。被若芳诘问不过，就忍不住哭了起来，慢慢把自己和成汝玉离合经过和盘托出。又把成汝玉留的信给若芳看，若芳看了也深佩汝玉的志趣纯洁，抱怨他的心思拙滞。素馨又说自己已把前途的希望完全寄托到汝玉身上，但是汝玉一去无踪，好似已不应在这个世界上了，所以自己也意冷心灰，觉得一切全成空虚，发生了厌世的念头。

若芳深知素馨性情静淑，心意坚定，绝不是浮薄女子可比。向来也没听她谈过男子，更不要说爱过任何男子，如今既然和成汝玉发生如许纠缠，当然不易解释。那成汝玉既种了爱情在她心中，又因贫富悬殊，自行退避，并且把自己的贫寒真相，教她看见，这种办法对现时爱好虚荣、习于浮华的摩登女子自然容易收效，骂一声穷鬼就可以万事皆休。但对素馨却是错误，她虽在阀阅之家，向无势利之念。成汝玉用贫富问题做离弃她的理由，更使她发生反振的弹力。好比用油救火，火势越盛。他留下的信，本为向素馨诀别，哪知这封信倒变成一条强固无比的铁索，把素馨缠住，永远纠结不解了。

若芳心中为难，知道劝素馨忘却汝玉万不可能，况且她在病中，更不能以不入耳之言来相劝她，只可赞助她和汝玉的结合，成汝玉的人品性格，也很配得上她，足称佳偶。只是赞助也不是一句空话，她的心事又岂是空话所能安慰的？不说空话，又上哪里去寻成汝玉呢？再说即使上天相佑，能把汝玉寻着，家中顽固的父母又岂能容爱女和穷人论婚？若芳想着觉得难题重重，心中麻乱，踌躇许久，终因疼爱素馨想竭力宽慰她，就不顾如何困难，姑且把担子放在自己肩上，使她希望加多，病体减轻。对素馨先把成汝玉夸赞一阵，说这样男女才是理想的好丈夫，并把自己做比喻，若是父母不看重门第家业，只注意男子本身品格学问，我又何致落到现在这样苦境？所以你的选择自是正当。成汝玉因知你是富家女，自行退避，固然不免世俗之见，但由此更可看出他是好男子，所差的只是你对他未曾有过深切的表示，他并不知你的为人，以致弄得这样参差。现在我看这问题很好解决，成汝玉便是走了，也不会走得太远，不过避着你罢了。你只好生养病，病好了咱们设法寻他。我一定尽心帮助，自始至终，把你们成全到一处。能看着你称心如意，到了好处，我就是替他受罪吃苦，全都愿意，也不枉咱们要好一场。反正只要找着他，他就跑不了。以后的事，完全有嫂嫂我担当。还要托我母家兄弟代为访寻，你只安心调养，至多一年，我准可以教你和那成汝玉完了心愿。同时又说了许多安慰和负责的言语。素馨见若芳如此热心，就把心肠宽了许多，希望增长许多。若芳又每日到她面前劝慰解释，素馨既得着她的同情，又依赖她的帮助，于是病体渐渐减轻了。过了些日，便痊愈起床。

但是开学之期已过了很多日子，她既不能断定成汝玉仍在北京，就也不愿再到那伤心之地去了。在家闲居半年，秋后才入了半半千室主人的画室，专心研究图画，以消遣闺中无聊岁月。但她思忆成汝玉的心无时或释，常常和若芳提起。若芳只有劝她少安毋躁，到以后因为温四荒唐，公婆逼迫，致使若芳时常跟踪丈夫到外面乱走，素馨看着不平，曾要向父母和哥哥面前替若芳说话。若芳以为自己正好借着陪伴丈夫到外面走动，顺便可以打听那成汝玉的踪迹，就劝她不必。但是若芳随丈夫在外跑了很多日子，受了很多苦恼，既未把丈夫感化过来，也未将素馨情人的下落探知。

光阴荏苒，到了今春，素馨对着庭院中盛开的桃树，感慨年华似水，东风又到人间，自己的青春又有一部将要被她带走，而那个能使自己珍重青春的人，却不能随着春风回到自己面前。至于寻访他的希望，虽已全部托给若芳，但至今倏然经年，仍无消息。若芳为自己的事，没个不肯尽心，只是机缘不遇，也是无可奈何，自己怎好对她催促。但盼上天鉴我的精诚，早赐如愿吧。素馨这里只顾把全副心情都放在找汝玉身上，却没想到另起了岔头。

　　忽然一天温四在外面客厅里听到一桩消息，回到宅内对若芳说，现有一个惯给富家帮闲的房祝三，来见父亲，给素馨妹妹说媒，男家是前清做过尚书现在经营实业，成为巨富的朱乃文的儿子朱绣虎。若芳听了大吃一惊，恐怕素馨得知受不住这刺激，就教温四不要声张，自己暗地寻思，这朱乃文的儿子论门第家世自然都比成汝玉胜强百倍，倘能使素馨成就这个婚姻，便可以解开对成汝玉的扣儿，但只怕素馨不肯回心改节。就寻个机会，用言语试探素馨的心意。哪知素馨对成汝玉的心比以前更加坚定，若芳不敢把实情说出，自己又寻思几天，觉得素馨既然守志不渝，朱家这桩婚事只有给她打击，增她痛苦。自己既知不能强她改从朱家婚事，就该设法替她打消，以免日后落到不可开交的地步。当时就壮着胆量，去见婆母。却并没敢说素馨意中业已有人，只说素馨常对自己谈说，还要继续求学，在二十五岁以前，不愿出嫁。而且听说朱家这位少爷性情习惯和她完全扞格，恐怕做了亲，将来也是痛苦。依儿媳的意思，不如暂时搁置。若芳这番苦心所得的结果，只是被婆母骂她是多管闲事，毫未听受。而且老太太很是聪明，若芳所未敢说出的，竟被她猜出了。以为素馨或是在外做了逾越闺范的事，结识了情人，所以听到家中说亲，就托出嫂嫂代为劝阻。这种疑心，犯了老太太的大忌，但因女儿年岁已长，不能破脸呵斥，只可隐忍不言。便暗地却挂了倒劲，决定女儿终身要由父母包办，就把对朱家的亲事，不使素馨知道，在秘密中进行。若芳也自知弄巧成拙，甚为焦急，但仍不敢告诉素馨，只有暗地祷告上天，使这件亲事发生阻碍，不得成功。

　　本来旧式婚姻，因为忌讳甚多，纲目太细，偶有一事不合，便易破裂。俗称旧式婚姻为买卖婚姻，但这买卖却是手续繁琐，十有八九不能顺利成功。尤其是富贵人家儿女，家长自恃财势，带有囤积居奇，不求速售之意，所以成就更难。若芳观察向日旧例，料着未必一说便成，或者发生枝节，得以幸免。却不料这次竟出于意外，素馨父母一则爱慕朱家门第，二则由若芳的谏言生出疑心，感到女大不可留，想要了却这桩心事，就暗地不动声色，加紧进行。连若芳夫妇也不教知道，素馨更蒙在鼓中，只等办成了再发表出来。由老太太在内做主，老太爷对外接洽，先由房祝三引领老太爷在一处赛球场相了女婿，跟着又约定日期，由房祝三引领朱家父子到半半千室主人画室去相看姑娘。所定日期，就是今天。

早晨朱家父子在画室见着素馨，朱乃文十分中意，所以很高兴地买了几张画儿。出门之后，便向房祝三切实定妥这桩婚事。素馨不知不觉已被父母把命运判定了，若芳也不知进行如此之快。在晚间她随温四上烟馆时，还不知丝毫音讯，只在出门时，看见前院客厅中灯火辉煌，由窗外偷望，见是那个房祝三正和老爷谈笑。若芳骂声讨厌，就走出来，也未介意。及至烟馆，她在枯坐无聊中，看了许多趣剧以后，却不料意外地由施太太用假画抵债，惹出一场口舌，竟发现了成汝玉的踪迹。若芳对成汝玉虽素不相识，素无情愫，但因素馨的缘故，已把他的名字存在心中。经过年余之久，此际突然听人说出，猛然精神震动，身体也因连带关系，失了自制力，以致跌倒在地，出了那样大丑。她羞惭之余，又替素馨欢喜，自思居然不负妹妹重托，成汝玉替她寻到了，就急想回家向素馨报告。恰巧温四也受了黄河套几句排揎，自觉无聊，过了一会儿，便起来整衣，向若芳说我们回去吧。若芳如闻恩赦，就替他拿了外衣。这烟馆虽是秽浊之地，却是礼让之邦。无论多么疏狂的人，到这里也会学得彬彬有礼。温四将走之前，对着各位同志一一让着说："二爷坐着……五爷还待一会儿？……八爷再见，失陪失陪。"众人也一迭声致其欢送之词，好像大家都有身份，都有深交。若芳却是看着伤心，觉得丈夫在此际宛然是个知礼懂事的好子弟，但可惜只在烟馆里表演，一换地方，就是不他了。

二人出门，经升降梯下楼，到了街上，见雨已住了。温四喃喃骂着他的父亲："老刘彪十天也未必出一次门，却把住汽车不教别人坐。妈的大雨天，多不方便？我这少爷简直越来越没行市了。"

若芳知道他所谓刘彪，就指着老翁而言。因为老翁须髯蓬蓬，颇似法门寺里的刘彪，就起了这个别号。却忘了刘彪是何人物，受何罪刑，也忘了他的饮食服御以及阔少的声势、挥霍的资财，全由刘彪而来。倘然他老翁真是刘彪，他这时还不定在什么地方当叫花子呢。若芳不爱听他的话，就叫了一声车，随见包车夫拉车从对面檐下过来。若芳道："你还得再叫一辆啊。"包车夫放下车，就喊叫洋车再来一辆。温四不声不响地上了包车，舒舒服服地吸他的雪茄。若芳仍立在旅馆门前，等那车夫唤来了车，说好了价，才也上去。二车一前一后，同就归途。

若芳心里只盼快快回到家中，对妹妹告这快心之事。但这现雇的散车，拉车的竟是个老人，虽看不出高寿几何，但既可算四十岁的病夫，也可算七十岁的矍铄者。走着一步一喘，前面包车还得等他。温四屡次呵斥，若芳心慈，就劝说他上年纪走不动，就慢慢走吧。好在也没有紧事。温四反唇相讥，说："你没紧事，我可还得回家抽烟。在烟馆一点也没过瘾，身上难过，敢情你不在乎。"

若芳心想，你在烟馆没住嘴地抽了半夜，那些烟却到哪里去了？但也不和他辩驳，不料温四已赌气喝令车夫快走，抛下若芳如飞自去。若芳知他必是回家，不会中途脱逃，就向车夫道："你不用忙，慢慢走吧。"

那老车夫巴不得这一声，就放慢了脚步，又犯了老年好絮叨的毛病，先说还是太太懂得可怜穷人的感激话，又诉了些儿子投军十年未回，大孙子在车站偷煤被车轧死，现在家中老少九口，都仗着他拉车养活的苦楚。且说且走，愈走愈慢，前面包车早没了影儿。若芳虽不耐烦，也无可奈何，但是脚步虽慢，只可向前走，也终有到时，居然磨蹭得快到家了。若芳的车一转街角，已遥遥看见自家的厦门，耳中忽听得轰隆一声，知道这是自家铁门关闭的声音。因为在附近数十步内，并没有铁门能发这样声音，是她久已熟悉的了。她心想温四车快，不会和自己前后脚儿回家，这又是谁回来谁出去呢？想着已见自己家门那边走过了一辆洋车，渐行渐远，和自己的车交错而过。这时雨虽住了，车上的雨篷却还支着未落，又加路灯甚暗，所以双方车上的人不能互见。若芳虽疑对面车上的人必是由自己家中出来，但看那车不是自家燃电石灯的包车，又想在这半夜车三更，不会有人出去。想要叫唤一声，又怕叫错陌生的人，不好意思，就默着而过。

到了门口下车，先按按门铃，随即取出一元钱给那车夫。比应给的价多了四五倍。哪知那车夫看见宅门的势派，又见若芳出手大方，竟不道谢，反更央告道："太太你可怜可怜，再赏几个吧，我实在太苦了。方才不是跟您说，儿子跑了，孙子死了，老伴儿病在床上，小孙女害干血痨……"若芳听着，不由有气，心想真是善门难开，人心无足。我若一直不理他，还催促呵斥，到地方照原价给他，他大约连话也不说就走。只为我一惜老怜贫，才惹他得寸进尺。如今若不允他请求，就把多付钱的好处全消灭了。反不若起头只付原价，倒少惹他怨恨。但若允他请求，再行多付，于心实觉不甘。

　　所以这种情形，常是古今来贫富两方时常发生、永难判曲直的悬案。贫人总说富人心狠，但富人的狠心，也有几成是被贫人贪得无厌逼迫成的。所以有很多富人，对人表示不发善心的理由，就因为恩惠没个止境，人心因之也没个满足。就像《孟子·梁惠王上》所说的："万取千焉，千取百焉，不为不多矣，苟为后义而先利，不夺不餍。"世上又有几个见利思义的穷人呢？所以《大名府》戏里，卢俊义在雪地上救了李固，以后害卢俊义的就是李固。又如报上常载某乙因借贷不遂，杀死朋友某甲。某丙因做事不力被辞，杀死主人某丁。若详细考察，必是某甲时常接济某乙，最后因不胜其扰，加以拒绝，便致凶祸。某丁也必有一时看重某丙，聘请相助，以后看他不够材料，才辞退他，以致结仇伤身。譬如卢俊义以前有个某人在雪地里曾看见李固将死，却掉头不顾而去。李固绝不会害那个人。在某甲周济某乙以先，某乙先曾去向别的朋友借贷，却吃了闭门羹，某乙了不会因为一次拒绝，就去杀那些朋友。某丙在被某丁任用之先，曾一别处求职，屡被拒绝，他也不会杀尽那些家经理。这若是研究起来，卢俊义被害，就因为他救了李固，某甲某丁的被杀，就因为他们接济过某乙，任用过某丙。这样一想，岂不令人毛发悚然？世上谁还敢做善事？而且人与人的交涉，也要因各怀虞心，完全停顿了。这固然不可一概而论，但前人洒土，往往迷了后人的眼。一人作恶，往往坏了全体的名。平心说来，富人知道善门难闭，而自始不开，也是有理由的。并非完全由于天性悭吝。但有时矫枉过正，就变成了残酷，以致引起贫人的怨恨。至于贫人的贪求无厌，就是使富人畏惧悭吝的原因。以致两方千古来永远对立，发生许多风潮。这真是道德教育以及社会上的大问题，很难解决。由这车夫讨钱的小事上，便可以知道了。

当时若芳被车夫絮叨，立把慈善家的好心，变成了少奶奶的脾气，身儿一扭走上台阶。恰巧仆人已开了门，若芳迈步走入，立刻那铁门轰隆一声关了，把车夫隔在门外。他只有望着那黑漆的铁门，怔怔地自己走了。若芳本来想要进门问问方才有谁出去，却被车夫搅得忘了，一直走进内宅。到了房中，见温四已倒在床上，一个房中女仆正替他点灯。若芳也把外衣脱去，先向女仆询问，可曾把四爷的茶水点心都预备好了？女仆回答预备好了。若芳便向外走，想要去看素馨。

不料走出房门，却听身后有脚步声音，同时又低唤四少奶奶，若芳回头一看，只见是本房女仆管妈跟了出来，就立住了问有什么事，管妈低声道："少奶奶您上哪儿去？可千万别上前楼。"

若芳知道她所谓前楼就指公婆住室而言，不由一怔问道："为什么不教我去？"

管妈道："你出去这几点钟，家里都吵翻天了。老太爷老太太把大小姐叫过去说话，不知怎么说翻了，老太爷把房里家具砸了好些。吓得大小姐跪着央告半天，还是老姑太太进去劝解，才把大小姐拉回后楼，大概这时还哭呢。方才二少奶奶到前楼去，恰巧撞上老太太的邪火儿，无故给骂了一顿。二少奶奶回房就犯肝气疼，疼得滚床。二少爷还是不敢声张，悄悄地请来李大夫，打了一针才好了些。现在您就别上前楼填限了。"

若芳听得素馨受责，十分关心，忙道："我不是上前楼去，你知道老太爷为什么跟大小姐生气？"

管妈道："我方才问过给老太太烧烟的蔡姐，她也闹不清楚，只说好像为提亲的事。老太爷对准了男家，大小姐不愿意，不知说了什么顶撞的话，老太爷就闹起来。"

若芳听了头上轰然一响，怔怔地道："我去看看大小姐，你快回去伺候四爷。"

说着就直向前行，心想莫非朱家亲事已经说妥了，公婆对素馨正式发表，素馨不愿，才闹出这场风波？自己正要把成汝玉的喜讯告诉素馨，怎竟恰巧同时发生这事？真教人难于处理。素馨在这时候，成汝玉的发现，一面固是惬心的消息，但一方却变成要命的刺激了。我可该告诉她不呢？想着心中委决不下，但脚下已穿过一道间隔的楼门，转过布置盆景的小方厅，到了素馨闺房。她脚下微一停顿，便掀开绣花门帘走入。见房中灯光犹明，只寂寂不见人影。素馨爱好美术，所以她这间起居室收拾得非常幽雅，但此际四壁琳琅的画幅照片，都暗暗沉沉，看不真切。因为房中只开着临窗小写字台的台灯，而灯又是葡萄紫的罩儿，故而光线只照在台上，他处都被灯罩遮得阴暗，却幽然带有诗意。若芳却不暇细看，一见没有素馨，料着她必在卧室里面，紧走几步，穿过房中，推开卧室的门向里张望，忽然忍不住咦了一声，原来卧室中也亮着牛乳色的悬灯，照见妆台寂寂，帐帏沉沉，依然没有人影。若芳诧异非常，还疑素馨坐在隐处，就进去绕床走了一转，才走了出来。心想：素馨哪里去了？她和别的兄嫂都说不上来，莫非在老姑太房中？正要喊伺候她的女仆出来问，又想素馨习于早眠，今日不过偶然破例，她的女仆必已睡了，正在踌躇，忽然转脸瞧见那灯光照射的写字台上，碧绒玻璃中心放着一小张白色的纸，上面似写着字，就走了过去，低头细瞧，才看出是一只藕荷色信封，上面用铅笔写着四个字，是"芳嫂手启"。若芳一见上面是素馨笔迹，知道是给自己的信，心中猛然感到不好的兆头，急忙把信拿在手里，那手已经抖颤起来。她定一定心，坐在旁边沙发上，瞧那信是封上的，就撕开一角，抽出信笺，见那浅绿色的笺纸上写着：

芳嫂，我遇着一件意外的打击，不得不自己想奋斗的办法，现在要离开家庭了。我在家中唯一依恋难舍的就是你。可惜你恰巧不在家，我只得留几个字向你道别。今天饭后，父亲和母亲把我叫过去，突如其来地说，已经替我定妥亲事，对方叫什么朱绣虎。是什么大官儿大财主的儿子，并且对方父子已经在今天早晨到半半千画室把我相中了，现已完全议定，不日就要过礼。我听了就想起来，果然今天画室曾去过一伙陌生参观的人，原来就是去拨弄我的命运的。芳嫂你是知道我的，我如何能够答应？当时就对母亲说，我还要继续求学，暂时绝不愿谈到婚嫁问题，求她把这朱家亲事打退。我自觉说得很委婉，谁想父亲一听，立刻怒骂起来，对我说早已听你四嫂说过这样的话，我知道是你托她讲的，你不用打算，既是我的女儿，就得听我做主。想要背着我在外面由性儿胡闹，宁看着你死，我也不答应。我不明白父亲的话，芳嫂你可曾对他们说过我不愿出嫁的话么？也许你早已听到朱家提亲的事，曾要替我打消。我真感激你，可是你怎不早告诉我呢？当时我见父亲发怒，说出无理的话，就回答说女儿向来不曾胡闹，只是不愿嫁人。就是将来嫁我，也不愿只图富贵，嫁给志趣不同的人。父亲听了我的话，立刻气疯，把房中家具都砸毁了。母亲也自打嘴巴，骂自己生了现眼的女儿。她的口吻，就好像我已经做了什么坏事，这不把人冤枉死么？可是我知道没法讲理，也怕真气坏他们。只可跪下谢罪。不过只是央求，绝未吐口答应朱家亲事。幸而老姑太太听见，赶去把我救出来。我想寻你商量，但又没在家，就自己打定主意。芳嫂，你当然明白，父母那面绝不会就此作罢，我又誓死不能答应，再闹下去愈弄愈僵，恐怕永没解决办法。所以我趁早自行解决。现在离家走了，任凭旁人说长道短，我都拼出去。只求世界上有一两人能了解我，体谅我，就够了。我此去要仗着自己的能力，在外面自立谋生，以求达到我的光明前途。这前途你是知道的，并且你以前允许我的事，还得继续帮忙。只是我们这一分别，也许要隔很久才能再见。你不要难过，我现在还未到必须离开家庭的地步，只要看命运的安排。我出门以后，先做一次冒险试验，若能成功，事情就有转圜，我不到天明就悄悄回来，把详情报告你，以后仍然和你厮守，那自是如天之福。若不成功，我就一直走下去了。你不要怕我颠沛流离，只想我是去追求幸福，自然便不伤心了。我的事和我的信，你千万秘密，永勿教人知道。因为父母已在疑心你跟我通同一气，若是再落个知情罪名，你就更苦了。亲爱的芳嫂，请静待我的消息，并长久替我祝福。

妹馨留字

若芳看罢，又惊又惧，脑筋麻木了半晌，才能运用思力。心想朱家的亲事成得真快，竟被顽固的父母把素馨逼走，这可怎么好呢？自己应该急去禀告父母，派人追回她来，还是听其自然呢？自己若去禀知父母，把她追回，岂不加重她的罪孽？而且以后也仍无法收煞。又想她说事情或有转机能在今夜回来，虽不知她所谓转机是什么，但自己更要审慎，倘若张扬出去，而她居然回来，岂不弄得全盘俱僵？而且她劝我不要卷入漩涡，免受牵累，也实是正办。现在只得作为不知，静待她的消息了。

想着就把信藏在身上，悄悄走出，回到房中。见温四正躺在床上，一只脚跨在床栅，一只脚踏着床下锦墩，四肢都尽力松弛，好像才干了什么卖力气活儿，急需休息。床心摆着精致的烟具，旁边还另放着只小瓷盘，盘上放着孔明灯，灯上架着一柄小银壶，壶内的茶被灯火烤得作龙眼沸，水泡连续作破裂声。这是温四的习惯，每吸一口烟，就得饮一口沸茶，至于喉咙何以不怕烫，那是他自己生理上特殊状态。若芳进门见他正吸着一口烟，就不敢上前搅扰，自立在旁边。温四吸完，抛下烟枪，拿起灯上小壶，猛吸一口，将壶放下，立刻发生奇观。他先仰面朝天，把四肢蜷缩，随又猛伸，连做三四次伸缩运动，忽又向旁一滚，伏身向下，又把四肢蜷缩，口中并发呻吟之声。这时若有生人在旁，定疑他是害热病不能发汗，才憋得折腾挣命，必要打电话请大夫救治。便若芳已看惯了，知道这是他的常态。据他说必需如此运动四肢百骸，连手指脚趾都抓挠，才能使烟力普及全身，否则仅及中枢，不及边远。就等于昔日帝王时代，皇恩雨露，文章教化，只及于内地，忽略了边陲，于是夷狄蛮貊都难免要造反入寇，连累内地不得安宁。他这样挣命，就是对全体溥施德化，使其无远弗届，利益均沾。这道理倒是很对，推之可以成为大政治家，只惜不能达则兼善天下，仅得穷则独善其身，在烟榻上推行他的治道。还是只能行于家中，在烟馆既没有孔明灯和宽大的床榻，他还要保持少爷的官体，所以不能十分过瘾，必得回家补足。而且当他举行普及运动中，若被人家打搅中断，那就前功尽弃，还得重来。故而若芳等他运动告一段落，躺着喘气之时，才敢近前。

温四见她回来就道："你干什么去了？快给我烧口大烟。今日下雨，我身上不得劲儿。快着。"

118

若芳知道这是吸烟人的通常毛病，总有很好的理由，作没出息的辩护。今儿事忙，身体劳乏，多吸；明儿没事，闲得难过，多吸；遇喜事精神兴奋，需要平静，多吸；遇愁事精神颓丧，需要振作，多吸；刮风下雨，腰疼腿酸，多吸；风和日暖，心旷神怡，多吸。简直无往而没有增加的必要，若是减少，那就只有穷到没钱购买一种理由，更无其他了。

当时若芳笑了笑，便倒在对面，替他烧着，随口应道："我上澡房去了一趟。"

温四道："我当你上妹妹房里去了呢？她没在家。"

若芳一怔道："你怎知道？"

温四道："我看她出门的。你的车太慢了，我到家你还不见影儿，大门正开，看见一辆洋车停在檐下，妹妹正坐上去，我问她上哪儿，她只叫了我一声就走。这半夜里她干什么去呀？"

若芳心中猛然一跳，立悟在归途转过街角所见的洋车，正是素馨所乘。自己竟跟她交臂错过，不由心中恨那老车夫，若不是他在路上耽误，便可以和素馨见面。她见了我必然诉说一切，我便不能拉她出去，起码也可以知道她是何主张，如何行事，免得这时着急纳闷了。想着只可一面漫应着，一面寻思素馨所谓出去有所谋干，成否全凭命运决定的话，是什么意思，何以成功便可当夜归来，不成便将一去不返？她去做什么呢？

想了半晌，忽地恍然大悟，但同时也悚然大惧起来。她想到素馨所以出走，当然为着婚姻不得自由，而决定她是否出走，自也以婚姻能否如愿为前提。她所谓成功便可回来，成功指着什么，自然指着打消朱家婚事，她是自己设法打消婚事去了。但是怎样打消呢？是寻说媒的大宾交涉么，还是直接去跟朱家交涉呢？这两种办法都太冒险了，而且不是女孩儿该做的。素馨那样娇柔静淑，可会这样厚脸么？但也难说，她虽表面娇怯，内心却潜伏着很大的毅力。遇到这终身幸福的紧要关头，也许被迫得铤而走险。不过她自己出面去跟男子交涉婚事，终是极艰难可怕的工作，教人不能想象，素馨是否真能办出来呢？

若芳想着心内终是犹疑不定，但哪知素馨竟真的不出她的所料，仗着自己的坚心勇气，去挣扎自己的命运去了。她自从和父母怄气被责，回到房中，哭了一会儿，因寻不着若芳商量，就自己打了主意，决定离家自立，再慢慢寻访汝玉的消息。但对于这样大事，尚觉踌躇不定，就又想了个试验命运的办法，自己拼着抛头露面，直接到朱家去见那朱绣虎，把实情相告。倘能得他谅解，由朱家那面提议打消原议，自家父母也就无可奈何，就可以免却家庭革命、骨肉分离的风波。若是朱绣虎不肯谅解，那就说不得，自己只可从此逝矣。主意打定，就给若芳留了那封信，料着她归家到自己房中必可看见。随即取了些零钱和自己银行存款的存折，带在身上，披上夹呢大衣，就下楼到了门口。见牛毛细雨仍在蒙蒙未停，就叫门房开门。门房见小姐出门，就问可要叫车夫开出车去，素馨回答不用，门房就跑出叫来辆洋车，拉入门内。素馨坐上去恰见温四回来，心想若芳必在后面，想再等一会儿跟她见面，又转想既已决定行止，再多事商量，徒乱人意。不如趁着勇气未消，赶快去做，若芳再延迟恐怕就发生畏怯了。想着便令车夫速行，到街上遇着迎面来车，也料到必是若芳，但强制着并未招呼。

走了数步，那车夫回头问上哪儿，素馨才想起未告诉地址，好在已知晓朱家住处，就向车夫说了，车夫就跑起来。温朱两家所居都是贵族区域，但相隔一条河，过了万国桥，又转入平直如砥的长街。车行在夜风吹拂雨气弥漫之中，素馨望着铺在街上的灯光，大有夜行多路的感觉。心想自己以闺阁之身，半夜出门，去访男子做没有前例的交涉，被人知道，定要认为越礼逾闲，不知要留何等口实。好在自己问心无愧，并且实逼处此，也没法顾虑许多了。又想此去倘若不能顺利成功，就要从今脱离家庭，不可复归。以后独立生活，不知如何艰苦，并且将向何处寄居，将维何等生活？都还未及打算，真是后顾茫茫，不可逆料。现在想也难想，愁也白愁。只可仗着坚定不挠之志，委心任运，走一步再说一步吧。

想着那车夫转入一条横街，车夫放慢脚步，回头说已到了她要去的地方，问是哪个门儿。素馨虽然听说朱家在这条街上，有着很宽大的宅子，却不认得门儿。就下车付了钱道："你去吧，我自己找好了。"

那车夫拉车自去，素馨立住向左右瞧看，见这街上对面都是很华美的住宅，想到方才听父母说，朱家住宅占有三四亩地，一半楼房，一半花园，是本地有数的阔房子，大约在夜间也容易寻觅。就徐徐向前走着，注意两旁房舍，但这条街上有花园的住宅很多，而且在灯光微暗中，瞧那建筑也都大致相仿。走过半条街，疑似的竟有三四处。她又没带火柴，无法照看门牌。这些宅子的主似乎自觉声名远扬，住宅应该像车站、邮局以及中原公司天祥市场一样地昭昭在人心目，所以门首并没有张宅李寓的明显标识。素馨甚为着急，又走几步，到了十字路口，有值岗警士在指挥台上站立，素馨只得走过去，向他打听。那警士一听是寻访朱家，立做肃然起敬之态，由警士的表现便可显示朱家的财势。他抬起右臂，向北指着道："就在那过，你过去这街口，在第三根电杆那里又是一道街口，朱宅就把着右手的街角。"说着又道："朱宅今天有事么？方才也有一位堂客打听我来。"

素馨听着，知道这种贵族区域中的警士常由富户得到外快，倘逢办喜寿事，无论是小少爷做弥月，老太太认干闺女等等不值得的小节，他们也要捕风捉影去道喜献殷勤，讨些赏赐。这时必是因为连着有人打听朱家，就以为朱家有什么事了，却不想行人情的怎会半夜前来。素馨就答道："我还是头次来，不知道他家有没有事，谢谢你。"

说完便向北走去，遵着他的指示，由右手便道数到第三根电杆，果然是一道街口，将近转角处，果然有一座紫色的双扇铁门，料着这必是朱家了。但向左右端详一下，见门的两旁全是丈许高的花墙，向南直延展有两三丈长，足见这宅子地势不小，但以墙做比例，好似这门很不配合，大的房子应该有巍峨壮阔的门，方能调剂美观，这紫色的门却只和墙一样高，很不起眼地卧在墙里，也未安设门灯，简直不像巨室气概。素馨心中微觉纳闷，但也不暇细思，就向门旁寻觅电铃。哪知寻了半天，竟没有那种设备，不由更为纳闷，只可用手捶门。其实她是一时蒙住了，朱宅占居街角，在两面街上都安着门，她若转过街角，到了东西的街道上，就可以看见坐南向北的高大门楼，朱户铜环，气象雄阔，和她温府上的大门足相媲美。至于她所叩的这座小门，却是花园的侧门，白天偶然开放，夜中关闭。门内只有老树花畦，距离有人的住所还隔有数丈，任她敲到明天，也不会有人听见出来。

素馨叩门半晌，手已觉酸，仍无人答应，只得住手暂息。鼻中闻到一阵阵的清香，是由树叶喷发出来的气，夹着雨腥土味，还带着不同的花香，融合而成。素馨想到这气味是由墙内随风散出的，心想院中花木必很繁盛，只是门房的人怎都死了，这样砸还听不见。就移步旁边墙下，向棋子格的透孔微作窥探。只瞧见一片黑暗之中，却有着微小的闪光，原来是街上路灯的光，由透孔射入，照着矮树上经雨的树叶和叶上的水珠，遥望甚为奇幻美丽。又退后向上瞧看，见墙头上绿叶迤逶，是藤萝架上的枝蔓，探出墙外。还有藤萝也伸出头来，在墙面铺成数尺新绿，好似挂着一方锦褥。素馨看着也想到里面有着花园，但没想到朱家楼房和花园的布置方位，与她家的不同。她家的是楼房建在后面，前方和左右两旁都是花木围绕，所以合为一体，并无分隔。朱家的地基却是长方，分为两个方形，楼房花园各占一区，在花园门这面，距离住房还很远呢。

她的手臂缓过劲儿，又继续捶门。本来她这样捶上一夜，也不会有人出应的。但哪知事有凑巧，居然竟有人出来了。这时已将到早晨三点，若在平日，朱宅绝不会有一个醒着。但今日却例外地有一个徘徊在楼前直通花园小亭的细石甬道之上，似乎在领略雨后的清新夜所，馥馥花香，在那里负手闲吟，其实却是怀着满腹心事，有所等待呢。这人正是问题中心人物的朱绣虎。身上穿着很华贵的睡衣，可见是已经睡下重又起来。至于他为何半夜起床，却因为在一点钟以前，就枕之后接到一回电话，那打电话的人情形很是突兀诡秘，喉音也似出于装作，听不出是男是女。只说有件紧要事情，要来和他面谈。朱绣虎问他是谁，对方只说见面自知，说着不等朱绣虎答应，就把线断了。朱绣虎十分疑惑，却又发生好奇的心，决意等待这人问个明白，免得纳闷难过。又料着绝不会有什么意外危险，就也不唤仆人，自己起床等待。哪知过了半晌，还不见那人到来。绣虎等得心躁，就走到院中闲踱。他出来时正在素馨初次叩门停歇之后。他在寂静的庭院中来回走了两趟，走到甬道尽头，小亭之下，闻着亭后几株新开梨花播散清淡的芳香，正在恍然有思，停步沉吟。忽然听得花园的小门被敲得啯啯作响，他心想那个打电话的人来了，却何以不走正门倒敲园门，不是我在院中恐怕到明天也没人听见。想着正要跑去开门，忽又听门房里的电铃也响起来，响了几声，方才停住。绣虎不由一怔，以为那个人因为敲园门没人答应，所以又跑去敲宅门。但是他若知道宅门所在，何必去敲园门？而且两门相距有三四丈远，还须转过街角。他何以这样快呢？想着便跑去开宅门，方才走了几步，又听园门那边又敲起来。绣虎咦了一声，心想这人莫非是飞毛腿，又好像是神经病，宅门按下电铃，又跑回园门敲打，真似八十八扯红里的孔怀，东边撞钟西边伐鼓，我这里却是钟不响了，又响了，鼓不响了，又响了。想着又转去奔园门。好在他所立小亭距离两门都有二十多步远，不过到宅门有两排鱼缸遮阻，须要循着曲折甬道，奔园门却可以穿过树丛，直越草地，较为近些。他跑到园门，听那敲门声尚未止住，就把横的铁闩拉下，开放一扇门，向外瞧时，只见门外亭亭立着个女郎，身穿长大衣，一手插在衣袋里，一手还举起作敲门之势，见门开了才垂下来。因为背着街灯，所以看不清面目，只由轮廓阴影和风致气度，看得出是位高贵的闺秀，而且在精神上感觉似乎熟识。绣虎一瞥之间，心中已十分纳闷。自思这是位年轻的小姐，半夜三更来找我做什么？但门外的素馨却因绣虎面向外迎着灯光，看清了是他。因为白天绣虎随着父亲和房祝三曾到半半千画室参观，素馨那时虽还不知他们来意，却已见过绣虎，所以此际一见便识。心中甚喜，暗想今天居然甚为顺利，他亲自出来开门，可以省许多麻烦，避许多耳目。就在绣虎错愕之际，先已开口说道："您是朱绣虎先生么？"

朱绣虎听她直呼自己名字，就点头应道："我是绣虎，您……您……方才打电话的是您么？"

素馨听了一怔，心想这是哪儿的事，就摇头道："不，我没打过电话，是来拜访朱先生，有件事要谈谈。"

朱绣虎更为纳闷，心想她竟不是打电话的人，那么打电话的当然另有其人，她又是什么人？为什么事而来？今天怎如此其乱啊。想着口中又下意识地问道："您……您……您……是……"

素馨开门见山地答道："我姓温，名叫温素馨。"

朱绣虎一听这三个字，只觉脑中轰的一声，张开嘴长吸其气，心中直有些发昏，自己告诉自己，这温素馨不就是今天才定妥的未婚妻么？自己又回答自己，不错，是啊。接着又反问自己，她怎会今天就来了，并且半夜里来了？

素馨看着他惊惶失措的情形，忍不住微笑说道："朱先生，我是有事奉商，可以进去么？"

绣虎这时才恢复了灵性，如梦乍醒地点头道："可以，可以，请里面坐。"

温素馨便举步入门，绣虎茫然把门关上，同时把街上的光也隔绝了。他向素馨说道："请这边走。"说着自己向前走了两步，但回顾素馨仍在趑趄不前，才猛悟到这里太黑暗了，自己因走熟，所以摸黑儿也能辨路，但生人就不敢迈腿了。就道："你先候一候。"随即跳回门侧，向墙角摸索一下，寻着了电门打开，立见小亭四角都亮起来，照得远远，倒可隐约辨路了。他就指着那由园门通小亭，由小亭通楼门的甬路道："请在这上面走。"

素馨说声谢谢，向前便走。绣虎在后面随着，心想这位温小姐半夜寻我来，是什么意思？我该怎样招待？这件意外出奇的事，被家人知道，将要发生何等结果？

想着还没走出三五步，猛听得琅琅之声又起，抬头见那门房那边电铃又响。他大吃一惊，才想到宅门外面还有一个人在按铃。又见门房内仍黑暗无光，知道阍人仍未被铃声惊醒，真睡得好死。绣虎心想宅门外必是打电话的人，只可自己去接他进来。今天怎奇怪事遇到一时一地，我该先接待哪个是好？但外面的人总不能令其久候，且让进来再说。说向素馨说："请您稍候，外面还有人叫门，我去看看。"

说着就要循着墙下窄径向宅门跑去，但又转想宅门已上锁，还得唤醒阍人取匙开放，费好些麻烦，还被下人看见这位温小姐。我虽不知她为何而来，但此来终是失礼，倘若她有着特殊必要的理由，也许需要代为隐瞒。若被仆人瞧见，就瞒不住了。想着便身一转，开了园门，走将出去。很快走到街角，便见在丈许远的宅门外立着一个人，双手抱肩，向门而立，似乎才按过电铃，等待里面人出来。这人一身青色衣服，只看得出也是个女人，身材甚为苗条，但头上戴着帽子，脸儿也好似和衣服帽子同色，看不清楚。绣虎心中诧异，怎么又是个女子？我今儿好像进到迷离曲折的小说里了。便也不暇细想，只可高声叫道："你是找朱宅么？请这边来。"

那女子闻声转身向这边看看，也不答言，就姗姗走过来。绣虎才看出这女子身上穿着最新式的青色雨衣，上面有顶雨帽，和雨衣互相连系，帽檐前面垂着一片像面纱一类的东西，下端和衣领取着联络，大约是为着在雨中不致沾湿面目，而又能够透视，才加上这新的设备。但这样就把脸遮住，不可辨识了。

绣虎等她走近，就问道："小姐贵姓？您寻谁啊？"

那小姐由面纱中发出很低的声音道："寻朱绣虎。"

绣虎听她这样直截爽快的答话，不由又吃一惊，心想这女子怎如此不客气，初次相见，竟连个先生的尊称也不肯破费，就道："我就是绣虎，您……您……"

那女子应声说道："我就是方才给你来电话的人，有事跟你谈谈，可以让我进去……"

绣虎忙道："可以，可以，请这边来。"说着就转身向回走。

那女子道："怎么不让我进去？……哦，这边还有门儿啊。"

绣虎应了声不错，向前走着。自思这二位小姐同时前来，那一位已知是谁，却不知为着何事，这一位更是形迹诡秘，连是谁还不知，我可怎样应付呢？只可分别招待，但怎样分别呢？而且当着未婚妻的面，半夜把一个女子引入家中，这又如何解释？想着就问道："小姐可以告诉我贵姓么？"

那女子悄然答道："进去再说。"

绣虎又道："您有什么事？可以……"

话未说完，那女子已接口道："你怎这样忙？我的事不是能在街上说的。"

绣虎连撞两只钉子，暗自为难，问她只不肯说，教我也没法预筹应付。好在我和此人素不相识，毫无私弊，不如就把她让进里面，当着素馨面前，请她诉说来访的缘故，把她应付走了，再向素馨询问来意。

绣虎打定主意，自己徐徐向前踱着。因为小亭上亮着灯光，她就循径向光而行。虽然她是初次前来，不识路径，好在这卵石小径并无分歧，使她知道向前走，不会错误。及至走了十余步，小径一转，便看见了前面的小亭。小径两边都种着梨树，正在盛开，雪白的花朵摇曳枝头，还带着雨滴，被灯光映着，真如玉蕊琼英，美不可状。

素馨就立在这转角之处，不向前走。自己默默地思索绣虎回来如何如何交涉，却闻着一阵阵并不浓烈的清香，直扑鼻观，枝头雨滴被风一吹，也落到头了。抬头看见径旁成行的梨树，心想他们这园里的花木倒是很盛，自己家里花园近年因为没有经心，已经失去多种名花嘉树，梨花也只剩一株了。想着看看当前的树上，有一条小枝，花朵特紧，连缀成一个小花球，她因等得不耐烦，想寻件事解闷，又见花朵美丽，不由触动爱花的天性，忘记是在人家园里，而且是在姓朱的园里，就举步下了甬路，踏上土地，才到了树下，仰头举手去折那小枝。这一来她全身便出了灯光照射的范围以外，全被树影遮掩，没入黑暗之中。她身上又穿着棕色外衣，离开灯光便变成黑色。除了上面雪白的一张脸儿，下面的银灰色丝袜在黑暗中微露形迹，但若不注意也看不出来。她攀着小枝，想把它折断，无奈枝内水分甚多，十分柔韧，虽然折断，却仍连着不能分离。正在搓扭，忽听见园门砰的一声似乎关上了。她回头瞧看，只见在灯光遥映之中，有两个人影由园门那面走过来，渐走渐近，到五六步外，便已瞧见一个是朱绣虎，另一个却是女子，由那曲线丰盈的身材，袅娜生姿的步法，看得出是年轻而又摩登，不由纳闷，怎又有女子来了，这是谁啊？在这三更半夜，我来访他已自觉是稀有的奇事，怎会又跟着来了一个？难道他这里常常半夜会女客的么？想着不由就把攀枝的手垂下，转过身来望着。心中又想，我不管来者是谁，就是他的情人女友，也没我一点关系。我只要提出我的请求，现在最好请他先把这位女友让进房里稍待，我就在这里和他说话，说完便走。

素馨方在打好主意，但还未举步离开树下，朱绣虎和那女子已走到近前。朱绣虎已停步对那女子开口说话。素馨听他说出两句，立刻怔住，忘却自己原定主意，只呆呆地听着了。原来朱绣虎将这形迹诡秘的女子让进园内，心中就想到夜中有这女子来访，素馨看见必然疑心，但自己问心无愧，何必背着她，不如将这女子引到素馨面前，当面问个明白。但至进入园中，见素馨已不在原处。自思她或者循着小径到小亭那边去了？就领着那女子仍向前行。绣虎因心中有着素馨走着就注目寻觅，将近转角之处，忽看见梨树下隐约露着个人影，再一凝眸，更认出白色的脸庞儿，知道素馨在此。因心中正要她听着自己和那女子的问答，以自表白，就也不向她招呼，自己立住了，向那女子问道："小姐，我因为不知您是谁，也不知道让您进去是不是合礼。这儿很清静，您不是打电话说有要紧事对我说么？就请告诉我吧。"

那女子这时做梦也想不到在这左近还会有人，而且全身正注在绣虎身上，不暇左右瞧望，听他止步说话，就也停住步，做了个曲肘挂腰的美妙姿势，点点头儿，从鼻中哼了一声道："你不知道我是谁就这样待承，连房里都不让进去，只许在院里说话啊？"

绣虎听了鞠躬，似要道歉。那女子接着又笑了一声道："这也不怨你，因为你不知道我是谁，倘若你知道了……啊啊……"

绣虎又鞠躬道："请小姐告诉尊姓大名，并且把……"

那女子接口道："我自然得告诉你，不过……"说完略一沉吟。

素馨在暗中怔怔地瞧着，那女子面上蒙着黑纱，举止神秘，但听她的声音，好似有些厮熟。心想这是谁呢？我好像对这身材和语声并不陌生，好似最近还见着过，只是记不起何时何地曾经相逢？想着就见那女子举手把面纱下端钉在衣领上的纽扣解放，随又将手捏着帽檐，徐徐地转身对着绣虎，发出挟着感情幽怨的声音，凄然说道："朱绣虎，我也许是你最不愿见的人，现在……现在冒着羞耻来见你……问问你……"

说着猛把帽檐向后一推，立刻玉容涌现。这时亭前的灯光正穿过树罅射到她面上，只见那一张曾经在舞台上倾倒万人的俊脸儿，赫然出现在这月光灯影之下，光明柳暗之间。只是在舞台上的一团珠光宝气，此际却已消减许多，变成愁蛾惨黛，两边玉颊都已褪却嫣红，目中包着晶莹珠泪，似乎和旁边的带雨梨花成为一样风露清愁之态。素馨看着，不由目瞪口长，心想这不是半半千画室楼上住的女票友絮萍楼主任小姐么？她怎么会到这儿来寻朱绣虎？想着诧异得几乎叫了出来，但立即悟到必有奇妙的下文，自己若一作声，便要搅局。急忙举手掩住了嘴，但只这样已然发出轻微的声音，若不是被绣虎同时发生的呼声遮盖，定要被絮萍楼主听见。

绣虎看见絮萍面纱一揭，赫然现出真面，立刻顶上轰的一声，神经麻木了好几秒钟。及至清醒过来，便极惊诧地喊了一声呀，跟着向后退了一步。因为雨后苔滑，几乎跌倒。挣扎着立住，仍瞪目望着絮萍，吃吃地道："你……你……你来……你怎来了？"

絮萍望着他惨然一笑，道："我啊？我给你道喜来了。"

朱绣虎一手抚着头顶，好似梦魅初醒，怔怔地道："道喜？什么喜？"

絮萍闻言，笑得酒窝愈深，但神情也更惨了。摇头说道："你还装糊涂，今天跟温小姐订婚，不是天大喜事么？"

绣虎把头顶拍了一下，似乎要使自己清醒，口中说道："温……温小姐……你怎么知道？"

絮萍鼻中哼出笑声道："我自然知道，你今天早晨亲自到我家去报告，我还不知道？"

绣虎瞪目如痴地道："什么？什么话？我去报告？"

絮萍道："告诉你吧，那温小姐学画的半半千画室，就在我住的楼下。你上楼看画，曾从我卧室门外经过。你还在我卧室门口谈了半天尤先生的画儿，那画儿是你因为相中了未婚妻，心里高兴，方才买的，是不是？你大概觉得我一点不知道吧？"

绣虎听着，似乎过度的惊愕疑惑，神经将成麻木，瞪着两眼，立如石像，半晌没有作声。素馨立在树影之中，听着絮萍言语，十分疑讶。她本不知朱绣虎和絮萍曾订过婚约，故而心中纳闷，这位任小姐何以对朱绣虎这样说话？由口气中寻味，似乎他二人曾有过暧昧不明的关系，如今绣虎背着她别缔丝萝，她知道了就来问罪。想不到这件事恰被自己听见，真是天赐的把柄。倘若朱绣虎不肯依我请求，我就是可以提出这件事向他要挟，必可成功。素馨想着颇觉欢喜，但转念又复生疑。朱绣虎既与絮萍曾有关系，何以绣虎会不知道她住在尤家楼上，而且绣虎既知道我在这里，何以竟把他的旧情人领到我的面前，难道故意要我知道他的暧昧行为？这当然不合情理，若由绣虎最初问她姓名的情形看来，也许因她蒙着面纱，没有看清是谁，才把她领到此处。及至发现是她，已掩饰不及了，所以吓得张皇失措。但看他的神情，却又只有惊讶，没有惭愧，又是什么缘故？难道忘了我在此地听着么？想着就仍怀着满腹犹疑，屏息不声地静听下文。

绣虎那里自见絮萍露面，自然神经受了绝大激动，但随即恢复神志，立刻想到絮萍此来的用意，和附近有素馨旁听，觉得这局面很难应付。可是必然立谋应付之法，但在想法之先，得要立定宗旨，因为这二人是对立的，自己要对素馨表白，就要得罪絮萍，要敷衍絮萍，就难免素馨怀疑，或致影响婚事，这才左右为难。绣虎在此际最重要的先决问题，是决定自己对于当前二女的爱的分量，和对素馨婚事注重的程度。必得定了主张，才能表示态度，所以他怔了很大工夫。

论起绣虎，在二十四小时前本把全部心情都注在絮萍身上，他自到戏院去看絮萍的戏，突然发生了不可遏止的爱情，深悔以前离婚的错误。他那少年的旺盛情感，使他炽烈欲狂，只希望能重得到絮萍，任何事情都在可以原谅可以牺牲之列。于是费了很大心机，先给絮萍送去花篮，表示自己同意她的艺术表演，暗谢以前鲁莽之罪。又送去名贵的重圆花，表明自己心愿，暗示着破镜重圆之望。跟着又花二百元买飞票包厢看戏，教絮萍看见他。又把一封恳挚的谢罪书送到后台，约她到香岛食堂晤面。在他心中，以为絮萍见信或能受着感动，前去赴约。只要能够见面，便有八成好望。但又愁着她也许深记旧恨，不肯相谅，前途就要万分渺茫。这样抱着忐忑的心情，离开戏院，到香岛食堂等候。哪知絮萍接信之后不但深受感动，完全谅解，而且爱情比他还要炽烈，急急赶去赴约，单只为被捧场人搅扰和被半半千室主夫妇私语引诱，把信迟开了一点多钟，竟弄得阴错阳差。绣虎在香岛食堂等到上门时候，又在街头候了很大工夫，见絮萍仍然未来，做梦也没想到别有缘故，只当她仍修旧怨，狠着心肠不理，才嗒然若失地归去。但他的心尚还未冷，对絮萍虽然微有恨意，但仍抵不住那火热的爱。只想自己以前做事太过，现在怪不得她薄情。而且她即使心意回转，也要顾着微分颜面，只接一纸谢罪的信，自不肯降心相就，以后自己还要尽力追求，用真爱挽回她已冷的心。及至回到家中，住在书房，正抱着满腹怅惘，偏巧那位替温宅做媒的冰人房祝三来电话和他玩笑，说温家已经把你相了去了，明天该着你去相温家姑娘，记得早晨十点，便可以看见你那如花似玉的未来伴侣了。今夜可不要失眠，明天还要早起。绣虎听着这不入耳之言，万分厌烦。不等说完，便把耳机挂上，又听铃声仍鸣，就用件东西把机关塞住，以免再受絮聒。却不料这一塞竟隔断了相思之路，使絮萍那里音讯难通，彷徨终夜。绣虎也梦想不到自己爱人的精神，已借着电力屡次来到当头咫尺的电话机中，却都被阻回去。只心意麻乱地思想，以后如何挽回絮萍的姻缘，又如何躲避明日的灾难。无奈都想不出善法，辗转反侧，直到次日早晨，方才打了个盹儿，忽被仆人唤醒，说老太爷相唤。

　　绣虎自昨日因婚事问题被责之后，还未与老父见面，这时便知要去受训，并且预备前去相亲了。不由焦悚万分，因为绣虎天性甚孝，母亲去世已久，十余年来长与老父相依，向来色笑承欢，天价乐趣甚深。昨日受责，还是初次。所以绣虎但有一线之路，绝不愿老父伤心。不过这次为着终身幸福，又不能尽从严命，于是爱情和孝思在心中争胜，犹豫难决。但也只得浴面整衣，到楼上去见父亲。哪知这一去竟使局面大变，他竟屈服在父亲权威之下，不能挣扎了。

朱乃文一生浮沉宦海，饱历沧桑，向以手段高明著称，若干大事都办得得心应手，岂能对自己孝顺儿子还没有办法？当时绣虎上楼，进到父亲卧室，回顾不见有人，忽闻隔室朱乃文声音叫道："虎儿么？我在这里，你进来。"

绣虎知道隔室是父亲习静的密室，平常不许人进去。就应了一声，掀帘走入。进门猛觉眼前一亮，同时闻着浓重的烟气，注目看时，不禁大吃一惊。只见房间中悬了一幅影像，影中人凤冠霞帔，锦袄红裙，正是绣虎的亡母。影下案上，摆设供品，燃着香烛。朱乃文正在案旁的椅上端然正坐，面上现出悲惨静肃的颜色。绣虎看着心中万分诧异，今天非年非节，又不是母亲的生死忌日，何以把遗像悬了出来？而且年节忌日悬像致祭，也照例悬在厅堂，和祖先同受馨香，何以今日竟单独悬在私室？想着疑莫能明，方要询问，却见朱乃文已捻着苍白胡须，肃然立起，指着上面道："虎儿，你母亲在上面，还不行礼？"

绣虎自见亡母遗容，已生追慕之思，只因一时怔住，忘了叩拜。被父亲一提，立刻怀着满腹哀思，向着上面恪诚恪敬地拜了下去。叩了四个头，方挺直了腰，待要站起，忽听朱乃文发出柔和而怆恻的声音叫道："慢着，你等等再起来，我有话讲。"

绣虎听父亲命令自己继续跪着，又是一惊，知道有了大的问题，就仍跪着抬头，瞧看父亲。朱乃文又坐在案旁椅上，肘架案边，手捻髯端，先转头向上望望影中的人，才回过脸对着绣虎略一沉吟，徐徐说道："虎儿，今天我要跟你谈一件正经事。这件事昨天已谈过了，只是没有结果。我很后悔不该对你那样严厉，所以今天重新商量。因为你是孝顺明理的孩子，不像现在那般浮躁青年，动不动就讲非孝主义，起家庭革命，我才能以父亲资格替你主张婚事。不过我也不能专主，得和你商量。也不止咱两人商量，还要得你母亲同意。虽然她早已死了，可是对她爱子的终身大事，在泉下也必十分关心。所以今天请她出来，听着咱们商量的结果。好教她含笑九泉。"

130

绣虎听到这里，只觉心中万分悲感，望着遗容，眼泪直涌，把原来对絮萍的热情和因她而生的坚心勇气，已消失了多半，只觉自己应该安慰亡母在天之灵，又觉风雪残年的老父，为自己这样操心，更是不安。就跪在地下怔怔地听着。朱乃文见绣虎流泪，似也引起悲感，举袖沾沾眼角，才又说道："你的婚事现在有两条路，这两条路也就是我父子不能相同的主张。你是仍想对任家婚事覆水重收，我却是爱上了温家的小姐。你当然有着你的意见，你的理由，而且你自己娶妻，应该听你自己做主，日后才能闺房和好。当然不能像那顽固人家，忘了是儿子娶妻，只当是替公婆娶儿媳，以致弄得夫妇道苦，幸福尽失。我绝不那样糊涂。何况即使你娶妻不能如我的心，我也能够忍耐。我年过花甲，来日无多，便能活还能随你几年啊？"

绣虎听了这几句话，更如刀刺肺腑，泪涌如泉，喉中抽咽不已，身体直软瘫在地下，心中只想为自己的事教父亲难过，说出这样伤心话来，真是不孝已极，不由又惶恐，又惭愧，又焦急。望着亡母影像，似乎慈颜微现嗔怒，目中也露着责备之意。他一直不敢抬头，一句话已涌上喉咙，要说爹爹不要难过，你教我怎样我就怎样，教我娶谁我就娶谁。但还未及出口，那朱乃文已接着说道："本来在道理上，应该任凭你自作主张，无奈人对儿女总是难免痴心，我本知道可以不管，只因对你关心太切，终是想不开。所以明知也许讨你的厌，仍然要对你说……"

绣虎听到这里，可再忍不住了，哭着叫道："爹爹，您这是……太……我怎敢……怎能……儿子真太不孝了……您就说吧，我都……都……"

朱乃文却不容他再说下去，摆手说道："虎儿，我很知道你是好孩子，你不用着急，算我委屈你了。现在先把我的意思对你细说，你该明白，人到老年，看儿女比自己性命还重，你又是我的独子，在我的身上，在咱们家中，该占什么地位？你的婚姻又是你终身一件最大的事，又该有多么大的关系？我因为你是个好孩子，自然希望能够娶个端庄美秀的好妻子。咱们家中颇有财产，将来都归你承受管理，我自然更希望你能得精明强干的贤内助。那位任小姐，我不能说她不好，可是想想当初，为什么解约？不是因为她行动过于放纵，不合宜咱们的门风？现在你为什么回心转意，我还不明白，可是我看她现在仍旧登台唱戏，并且报纸上登着还有下海为伶之说。既没有丝毫改过的情形，也就是不能重为良家妇的凭证。试想这样女人，若娶到家里，要把你带累到什么地步？要把咱的家风变到什么模样？再说最初咱们和她对亲，是聘的任府小姐，现在她已和家庭脱离关系，成为一个女伶一个女票友，这样的人进咱家做少奶奶，你自觉面上光彩么？"

说着停了一停，见绣虎要插口说话，忙又说道："至于我主张的温小姐，却是和她天地悬殊。温家和咱们门当户对，这位小姐又是温宅小辈里最出色的姑娘。我向人打听，几乎邻里乡党皆曰贤。她又能书善画，修养了一副静淑性情，容貌更是一等一的。这个人啊，我觉得正是你所需要的，也是咱们家里所需要的。所以托老房加紧时行，如今已到了紧要关头，想不到你又出了波折。我当然不强迫你，不过约定相亲就是今天上午，咱们得先决定一下。倘然你决意重收任家覆水，那么就不必去相看温小姐了。"

绣虎听到这里，又要开口表示愿从父命，无奈朱乃文仍不许他说话，又接着道："你且听我说，我的意思，咳，这是很不好讲的。在道理上，我不该管你，可是在我做父亲的爱子之情，又实不忍不管。我自然是昏庸老朽，不能像你那样有新学问新思想。不过我多活了几十年，对于人情世故，比你阅历多些，就只亲眼见到的各种各样的婚姻，幸福的和痛苦的夫妇，少说也见过几百对了，常常思考他们成功和失败的缘由，也就有了经验。所以今天用我的经验，来判断你的婚事，敢决定你若定温家婚事，必然幸福。若是娶任意琴，那就只有痛苦。固然我不是神仙，不能未卜先知，也许那任意琴不如我所料，居然能成为你的贤内助，但是我都不敢那样指望。倘然我不关心也罢了，任意琴便是不好，咱们的家产她在三五年内也未必给完全败尽，我却未必还能活三五年。即使败落以后，我还活着，也是晚景无多，容易对付。无奈你是我独一个的爱子，我不能不关心。倘然你定了任家亲事，我对她抱定不能作家，必然败落的成见，只有替你担心发愁，从此再无展眉之日，就到死时也不能瞑目。所以思来想去，为着你的前途，为着我的晚境，还想再劝你回心，定温家婚事。不过我也知道这是无理的事，谁教我对你关心太切，希望太深呢？而且你是我和你母亲二人的儿子，你总记得你母亲

132

临逝时，在病床上叮嘱我托付我的话。她现在虽然已不在世上，我也总得替她把儿子尽力成全，引到安全的路上，才算对得住她。若是照着你盲人瞎马的任性干去，日后落到不堪设想的地步，死后可怎么见你母亲？所以今天我把她影像请出来，咱们祭神如在，只当她的阴灵在旁静听。我把一切利害都已对你说明了，你当着母亲说句切实的话，是要温家，还是要任家。你若幡然觉悟，自然是咱们朱家祖宗福泽，若仍执迷着呢，我也就尽此一言，不再多说。好在你母亲已经听见我尽心竭力，在九泉之下也就怨不上我了。"

朱乃文说着老泪婆娑，见绣虎已哽咽得说不出话，而仍要开口哀呼，就又摆摆手，接着道："这该你决定的话了，你不要担心说出要娶任家小姐的话，恐怕我和你生气。我绝不生气，至多只有伤心。好在我在北京西山还有座小别墅，很可以挪到那里去住。把天津一切事务完全辞退了，家产也全交给你。自己落个眼不见心不烦也罢。"

说着稍为停了一停，绣虎那里已听出父亲言语虽甚和平，意旨却甚决烈。倘然自己真个娶任意琴，他不但要断绝父子恩情，而且对世事也灰心了。立觉惭愧惶恐，有如万箭钻心，猛然向前爬了一步，扑到父亲膝前，哀声叫道："爹爹，您别这样说，教我娶谁……"

朱乃文握住他的手，插口说道："虎儿，我知道你是好的，不过你不要过分勉强，屈从我的意思。我要你出于本心，要不然日后夫妇不合，我又何苦害你和温家小姐？这件事现在不必决定，等少时咱们去面见温小姐，倘然你能中意，自然没有问题。若不中意，回来再作商量。"

绣虎此际当着亡母慈爱遗容，听着父亲哀惋的训言，已感动得肝肠欲断，欲念全灰，只想要尽自己的孝思，安慰父母，方能自慰良心。至于对任意琴的爱情，早已全被孝心驱除净尽，再也顾不到了。绣虎就是这种情感特盛的人，思想行动，几乎全被情感统制。只看他以前因为絮萍登台票戏，他以未婚夫身份，受了精神上的侮辱，就刻不及待地定要离婚，及至在春和戏院看到絮萍演剧，忽然爱情勃发，立又心回意转，竟忘了旧日的过节，急如星火地向她卑辞谢罪，请求破镜重圆。这都是感情用事的征象，所以这时一受父亲感动，立刻又被孝思战胜爱情，决意服从老父，把意琴牺牲了。就含泪说道："不用商量，爹爹看那温小姐好，一定是好。不管她什么样儿，我都中意。"

朱乃文闻言叹道："什么是你中意？不是为安慰我罢了。虎儿，这也许委屈了你，可是救全了我。你这一回心，我的老福算可以久享了，你母亲在泉下也得安心了。也不枉惊动她一回。虎儿，你既答应，总不致有反悔吧？也不致日后和温小姐琴瑟不调，害我担心吧？"

绣虎满口应道："这是自然，儿子若惹您生气担心，那还是人？"

朱乃文顿足叫了声："好孩子，我信你。"

随即立起，面对影像向上奠了一杯酒，拱手说道："虎儿的娘，你总已听见了。你生的好儿子，到底能安慰你。连我的老境和朱家的命运，都得了好转机。若不是把你请出来，恐怕我一个还未必能教他觉悟。难得你在世帮我操劳，死后还替我尽力。现在我谢谢你。你阴灵有知，就回去九泉含笑吧。"

说着弹肩垂手，向上恭恭敬敬鞠了三躬，说完又默立许久，面容沉肃，目光凝定，好似精神外越，正把灵魂和亡者相传于虚渺之境。朱乃文这些举动，不知是出于诚意还是故意做派，但他利用亡人来打动绣虎的孝思，使其服从自己意旨的计策，是完全成功了。绣虎已被感动得私情尽去，杂念全消，只惭愧自己不孝，以致惹起老父的伤感，惊动亡母的幽灵。只希望急速把这不快的局面结束，尽其所能地安慰父母，自赎罪愆。不但对絮萍不敢再想，不暇再想，即使朱乃文要把个灶下婢做他的配偶，他也甘心承受了。再加朱乃文那种祭如在的真切表演，更教他万分凄痛，对着亡母的遗像，不敢仰视，只长跪呜咽。朱乃文肃立一会儿，似乎把亡人灵魂送走，才像老僧入定，女巫收法似的重新恢复了活力，向上面鞠了一躬，转身抚着绣虎肩头道："虎儿，随我来。"

绣虎才拭拭泪站起，随着父亲向外走。将出门时，又回头瞧瞧遗像，见像中人也正瞧着自己。这本是很平常的现象，无论是画像或照片，只要是人物正面向前，目光直注，那么在像下的人总看着像中目光向人盼睐，并且随人移转。绣虎这时因为心理关系，更生了神经作用，觉得母亲的目光不似方才那样现着嗔责之意，改用安慰和希望的眼神凝注自己，不由悲怆欲绝。就在心中默祷道："母亲放心，我同您立誓，一定要依从父亲命令，绝没反悔。过些日我准带着那位温小姐一同给您行礼。教您和父亲全得安心。"

正在对像默祷，忽听朱乃文在外间相唤，就转身走出。见朱乃文已坐在大沙发上，吸着雪茄，向他说道："我一直两夜未能安睡，现在可舒心了。今天是我最高兴的日子。虎儿，你可谓善体亲心，勇于改过。我这一世常处顺境，夜里我还疑惑，难道到了老年，倒遇着逆境，落个伤心的结局么？现在才明白那是杞天之忧，我到底是有福的。这场小波折，更教我知道你是个好儿子，加倍可以得意了。等你结婚之后，我把事业传给你，家政交给儿媳。可要安心适意，优哉游哉，过几年真正纳福的日子了。哈哈。"

说着眼望绣虎，似乎欢喜得出了眼泪。绣虎更感到一种天伦的爱，越发死心塌地，矢志无他。

朱乃文挥手道："你去歇息一会儿，到十点多钟，房祝三来陪我们去相亲。你自己也收拾收拾。"

绣虎应了一声，方要出去。朱乃文又道："还有件事，你到了那家画室，见着温小姐，能不能中意，要告诉我一声。我好跟房祝三说话。"

绣虎心想，这件婚事虽未决定，但我为安慰老父，已算定局，又何须临时表示？但又恐这样的话说出被父亲错想，就只应了声是。朱乃文沉吟一下又道："我们去画室相亲，打搅主人，本该有点谢意。前儿已对房祝三说过，要买他几幅画。此去就以买画参观为名，那时你若当着房祝三不好对我表示，就把买画做个暗号也可。你若对温小姐中意，就挑他两张画，若不中意就只买一张。可记住了不要弄错。"

绣虎心想那画室主人倒是运气不错，准可发两张的利市，绝无变化的了。当时见父亲绝无别的吩咐，就退出回到自己房中。

进门先把书桌上的絮萍照片取起，端详一会儿，随即摇头一叹，又一顿足，便开了书桌最下面的抽屉，将照片放入里面，再把抽屉用力关上，就坐在榻边，捶首自语道："完了完了，我对于任意琴这一段姻缘，直比镜花水月还来得虚空，比电光石火还变得迅疾。简直如做五场乱梦，白留了一桩话柄。昨夜她不去赴我的约，我还有些怨她薄情。现在想来，幸而她没去赴约，否则她去了，我必对她海誓山盟，弄出许多纠缠。只要她原谅我，允许恢复婚约，我便不能负她。到今日父亲这样破釜沉舟地劝我，我又如何应付？服从父亲，便算对意琴寒盟，若坚持意琴婚约，违抗父亲，势必闹出家庭惨变，成为伦常罪人。那时进退维谷，岂不为难死了？即使我能像现在这样，以家庭骨肉为重，毅然服从父命，甘做薄倖之人，但又有何颜面去向意琴请求解约？昨夜表示那样热烈急切，今日便出尔反尔，意琴将把我看成什么人？我自己又把什么脸见她，把什么话对她？所以意琴昨夜不来真是我的万幸。固然我对她印象已深，万难忘情，只是父亲既不许我娶她，她本身又无意于我，我也只好看清事实，屈服环境，决意上体亲心，使老父安乐终其余年。我更不必自苦，从此竭力自制，把意琴的影子从脑中消除，只想她既不肯爱我，我便相思至死，也是枉然。何苦为个对我无情的人背弃爱我如命的老父？再说我在亡母遗像前已立誓，必娶温小姐，更不能使她泉下忧伤。罢罢，我只当前日未曾到春和看戏，未曾见着任意琴，把这几日的经过，当作噩梦，如今醒了，任意琴也和我渺不相关了。少时到画室相亲，任那温小姐是嫫母无盐，我也表示中意。以后娶进家来，我只尽我做丈夫的职分，使老父欢慰，就算尽了做儿子的孝道。固然父亲把温小姐夸得那样美好，料不致过于粗蠢，但我恐怕对她不能谈到爱情了。我的爱情初次萌生，便遭挫折而致夭亡，又哪容易复活呢？"

绣虎虽然心中这样决断，但是絮萍的影子终在他的眼前旋转，好似个失眠的人，睡在床上，竭力要清除脑府，不生杂念，好使心境憩然，得以入梦。但是杂念仍自伺隙进攻，不知不觉地又胡思乱想了。又如暑天的苍蝇，飞集几筵之上，用手驱逐，它飞开转了个圈儿，又落回原处了。绣虎尽力自制，再不思想絮萍，而絮萍仍时时溷入他思想之中。他驱除无效，不由自恨没有定力，怎自己竟管束不住自己的心？我意旨已决，万不能让私欲战胜了孝道。现在只有运用克己功夫，把絮萍的影像当作魔鬼，要坚壁高垒，再不许她进到心中，日久也就可以把她淡忘。绣虎想着，似挂了倒劲，自己强拗着制驭思想，只想亡母在世待自己的深恩，父亲暮年对自己的厚望，自己对于父母应尽的责任，对于家庭以独子资格，承先启后，继往开来的重担，并且向来父子之间如何慈孝相承，以后如父亲希望娶了温小姐，也许三二年内，使老人得庆抱孙，更符了他的心愿，那时又是如何融融泄泄。倘若我一步走错，就要把欢乐之家变成阴惨之境，我也许抱恨终天，后悔莫及了。

绣虎只故意捡这种事来思想，借便脑中造成一道防线，抵御絮萍。但思想是自由惯的，怎肯久受压制？便在压力之下，暂时屈服，稍一松弛，仍要发生弹性，脱却羁勒，仍去自由行动。绣虎既不能长久对思想下戒严令，过了一会儿，稍一疏神，心里就飘飘荡荡的不知想到哪里。他的脚慢慢移到书桌前，他的手开了书桌抽屉，竟又把絮萍小影拿了出来，对面看了看，猛然神志清醒，自己骂声岂有此理，把照片放下。自思我这样意马心猿，又怎对得住对父亲的诺言，对母亲的誓约？现在最好把照片毁掉，鼓励决心，断绝妄念。想着就取了照片，要划火焚烧。随又转想这样办法未免太过，絮萍并没什么对不住我的地方，只是我自己反复变化。她那里连影儿也不知道，怎能归罪于她的照片，横加践踏？只是留着又恐引诱我的感情，摇动我的意志，这该怎样处理呢？

欲知后事详情如何，请看第三回。

第三回

颦效西施捧心逢掩鼻
春销北里落月破行云

话说朱绣虎想着一阵沉冷，就在室中来回走蹰，蹰到南面窗下，立住了向外观望。天气薄阴，园中花木在早晨分外清丽。因为浇濯得宜，杨柳的新条已由黄转绿，鲜嫩如洗，迎着微风徐徐摇头，如同少女低舞柔腰。早开的梨花已在含苞欲放，蓓蕾满枝。而迟谢的桃花尚在枝头残余着小花数朵，好似繁华发泄已尽，仅存少许春光，还自恋恋不去。树下满是缤纷落英，铺地如锦。绣虎看着，感到九十春光倏然已尽，而自己心底的春也随着春光同逝了。慨叹之间，心中忽有所悟，便带着照片出房。到了园中，先向花窖窗下取了只小锄，在桃花树下刨了个尺许深的小坑。然后拾了些落英铺在坑底，才用条丝巾将照片包好，平放在坑中落英之上，更将花片盖上一层，便把黄土填满，再用锄头拍结实了。立起来揩净手上泥土，向地下端详一下，只见微微隆起，并没有什么痕迹。心想我的举动若被人瞧见，定疑是受了《红楼梦》的毒，以昂藏七尺之身，学作黛玉葬花，真是可笑。但我和林黛玉的无故寻愁觅恨绝不相同，我只是把对意琴的爱情，也就是生来第一次发生的爱情，埋葬在地下，一面也替意琴的照片寻个适宜的归宿。这并不是花冢，倒可以称为影城。影人影事一同埋在桃花树下，恰是郁郁佳城，从此算分居两个世界，各不相谋，渺不相关了。

绣虎正在临风惆怅，和精神中的意琴做永远的诀别，忽听外面有人叩门，随见房祝三由外面进来，直奔楼门而去。绣虎皱着眉头，急忙藏到树后，等他进了楼门，才溜进自己房中。知道冰人已到，少时父亲就要呼自己同行。本来懒于修饰，但恐父亲不快，只可浴面梳发，一切完毕正要着衣，忽见上衣的表袋还插着昨夜那朵重圆花，但已一半枯萎了。不由又凄然兴感，自思这朵花应该和照片一起埋葬，我当时竟未曾想到，现在只好且任它放着，回来再安置。就不去拿这件衣服，另取了一身新西装换上。才系好领带，仆人已来传命相唤，绣虎随着走出自己房间，先把心中不欢情绪尽力屏除，强装出高兴态度，使面上浮出笑容。才进到客厅，见父亲已是衣帽齐整，正和房祝三对坐，就上前周旋几句。房祝三还对绣虎做照例的调谑，口吻中颇有自居奇功之意。绣虎知道他说媒成就以后，若不向父亲借笔款子，也得向纱厂谋个干薪职位，忍着满心厌恶，只做不好意思的样儿，不理睬他。幸而不大工夫，仆人便来告汽车已开出去，朱乃文便让房祝三前行，自与绣虎随后。出到门外上车，风驰电掣地到了尤家门首。

房祝三首先下车，引导进去。半半千室主人夫妇正在引颈恭候，自不会有失迎迓。当时接神似的接了进去，先入客室稍坐献茶。当时绣虎父子受着优渥的招待，喝了杯茶，便入画室参观。半半千室的女主人早有预约，就当着他们故意寻个因由，呼唤素馨的名字，和她说话。于是素馨的倩影便入了绣虎的目中。他虽然心中仍忆念絮萍，对于这温小姐不想注意，认为不管什么模样，反正大局既定，我已决意接受，又何必多此一看？好比托人买一件东西，已经付价过手，便再看出成色欠好，尺寸不合，也不能退换，就不必详加审视，马虎着将就使用，倒可以省得烦心。但是世上真正的美术品人人看得出价值，世上天然的美人，人人看得出美好。所谓公道自在人心，不容以感情妄作好恶的。绣虎虽然对于温素馨没有好的观念，但那是在他未曾亲见的时候，这时得接光仪，眼中一亮，不由也惊得呆了。素馨的美丽自不必提，就只她的一种华贵端庄态度，温柔静淑的神理，不但由絮萍身上寻不出，也是绣虎向来看不到的。不由心中暗想，这温小姐真是天生大家闺秀的模型，父亲果然赏识无虚，我能得到这样的女子做终身配偶，岂特可以满足，真有些自惭形秽。无怪父亲费尽心力，定要我娶她。只可惜我心中先已有了絮萍，对她不能贡献完整的爱情了。想着心中似喜似忧，似惭似惧，说不出什么滋味。

这画室本没有什么值得参观，大家装模作样地看了一会儿，半半千室主人觉得朱家父子已然相看明白，就领他们上楼去看自己的画品陈列室。到了上面，绣虎梦想不到在絮萍卧室前经过，随众人进了陈列室，里面已挂得四壁琳琅。半半千室主人真会做生意，向来把每幅画的价值标在画幅后面，虽都标得数目甚大，但表面看不出来。买的人贸然选择着任何一幅，问起价钱，他就翻过后面给看。购者虽然吓得矫舌不下，无奈已不能反悔，而且还认为自己不差，所选恰是最工之作，所以价值特高。其他诸幅，或都较贱。其实若都翻过来看，哪一幅也比古画还贵，足以使人惊愈头风，吓愈痃疾，比陈琳檄文子章骷髅还有特效。所以有人讲，今世画家，工力虽或不及古人，而价值却是前无古人，实在足以自豪。而半半千室主人尤能经艺术家风，参合江湖生意，更是古人望尘莫及的了。

当时大家进了陈列室，众人都因各有心思，各有希望，无不心中跃跃而动。若请个医生检察，大多个个脉搏加速，血压增高。房祝三知道购画多少，可以测知他父子的喜怒，关着婚事成败，也就是关着自己利益大小，自然忐忑不宁。半半千室主人心中却想朱家父子能买几张，是否会因价目过大而发生变化，也是心神不定。朱乃文只把眼望着儿子，看他如何表示，心中更犹疑不定。只绣虎一个人因为胸有成竹，较为心安神闲。自己想着既已决意服从父亲，乐得给他个完满的印象，不留丝毫芥蒂，以尽人子养志之道。于是做出非常高兴的态度，浏览画幅，极口赞扬，并且立即指定购买两幅。朱乃文见儿子发出同意的信号，知道纠纷全消，姻缘已定，不由心意畅遂，借着称赞半半千室主人的画，掀髯大笑，也购买一幅大中堂。这一来半半千室主人售出三幅之多，自然欣喜。房祝三由他父子的神情和购画的兴致，知道这场媒是说成了，从此算在朱温两家播下种子，日后尽有收获。谋事借钱，全都大有把握。而且现在做成半半千室主人一桩大生意，少时转过弯儿回来，跟他要张画，借笔钱，万不会遭到拒绝，想着不禁大乐。总而言之，绣虎这一番举动，直如施行了什么仁政，受到的全都一致满意了，只他自己却在满意与不满意之间罢了。

当时朱乃文开了支票，付与主人，由画室出来，大家还闲谈着，绣虎为对父亲表示欢愉，就恣意谈论，不想竟在絮萍门外立谈了许久。他既不知隔着一道门板，里面便是他已决绝尚还眷恋的絮萍，里面的絮萍，虽然听到他的说话，却也梦想不到外面正是她挂肚牵肠的绣虎。可怜枉自对影闻声，竟然形隔势阻。倘然絮萍不是失眠体倦，起床向外张望一下，恐怕局势就要大变。她见着绣虎必然不能自制地赶上前去，说明一切，绣虎见着她的面，再受到深情相感，也怕不能忍耐，感情用事地推翻前议，或者竟实行他信中所说的话，挽着絮萍，同跪在父亲面前，请求谅解，哀恳成全。那时朱乃文便有旋转乾坤之能，也要束手无策了。但只为絮萍未曾开门张望，竟错了了时机，到她下午起床，由半半千室女主人口中，得知朱绣虎昨夜还对自己热烈追求，今日竟食言背义，别缔丝萝，未免变心太快，似乎大有可疑。恐怕他是有了误会，或是受着逼迫，于是决计亲身去访绣虎，说个明白。她因被痴情驱遣，把身份脸面全部置之度外，竟在午夜后先通了个电话安驾，随即亲至绣虎家中。但岂知只差了半天工夫，竟已事势尽翻，郎心大变了。

作者曾有句杜撰格言说，煆铁当及火力炽时，一经冷却，即千锤万击亦无成功。作诗当乘灵感来时，一经消逝，纵冥搜苦索，亦无佳句。若把絮萍的行动比拟煆铁和作诗，确是失去机会，因为火力已过，灵感已消，虽然为时甚短，然而已是锤击无功，搜索无效了。因为绣虎在这一天之中，已用克己功夫，自制能力，把心境全改变了。原来脑中容纳絮萍的地位，已渐渐缩小，而容纳温小姐的地盘，渐渐扩大。而且温小姐同着绣虎的孝思和她本人的淑美，合成一种绝大力量，好比一个人在社会上做事，或恃奥援，或仗才力，都可出人头地。而素馨兼有奥援与才力，自然发展更易，干云直上，势不可挡了。绣虎本来服从父命，断绝絮萍，在他是一种牺牲，但既见过素馨，竟然发现并非牺牲，而是意外收获。素馨的美好是有目共睹。绣虎便是带着有色眼镜，也被她的容光穿透，认识她的美点，自然心情随而转移。这原因也在绣虎对絮萍，并无深固的爱情，前日的狂热追求，只出于一时冲动，何况追求又没结果，先受了一次打击，接着受到父亲劝告，知道势不可能，更灰了一半心。再见素馨品貌更出絮萍之上，他的心更转移了。一个人应付环境，每苦不能两全，而绣虎想到和温小姐结合，既全了孝道，又得到美妻，而且对于絮萍根本谈不到负心，因为只是自己片面冲动，她并没有表示。如今自己别图姻好，自然无负于她，她还许以我不再纠缠为幸呢？这样一想觉得三全其美，心安理得。就在意识上认定素馨是自己百年佳偶，而在天良理智道德，种种方面，都要限制他对于絮萍再起妄念，他也渐渐把妄念克服，认为自己若再思想絮萍，就对不住父亲和素馨。果然时间能自然地解决问题，而既成事实更能改变人心。当朱乃文对房祝三正式缔结温家婚事，饮酒庆贺以后，绣虎的心中，也把素馨收容进去，供养起来，把絮萍摈除出去，虽然仍有余情，好像流寇似的伺隙进攻，但素馨四面有坚固防卫，就是以上所说的孝心理智天良礼教，合成一道齐格菲防线，百攻难入了。

絮萍梦想不到素馨会这样快地进据中枢要地，并且在一日之间，便已筑好防线，根深蒂固。因为前夜绣虎的信中，还表示反对父亲所主张的婚事，这婚事自然指着温素馨，今日即便已经定议，绣虎也许是受了强迫，也许是因为接不到自己答复，才灰心任从父亲主张。自己只要前去解释表白，准能重燃起他的热情，引起绝大的变化。但没想到事势发展完全出于意外。朱乃文已在十余小时中，给素馨在绣虎心中拥上宝座，筑成坚垒。她的能力已不能动摇了。更没想到在她来到之前，素馨先已到来。虽然素馨来意是请解婚约，对她有益无损，而绣虎却不能预知，只觉当着未婚妻，必须尽力表白和絮萍毫无爱情，毫无关系，以致絮萍连衷曲都难于倾吐，真可为阴错阳差，云翻雨变。

但绣虎自见絮萍现露庐山真面，心中在惊愕之余，也不免勾起旧情，怦然心动。又听她言语中带着讥诮，似乎因为自己缔婚温氏，对她寒盟背约，前来问罪，又觉有些纳闷，自思你连我的信也未曾答复，怎竟突然访我表示这样态度？不过疑惑虽然疑惑，而由絮萍的神情上，已感到她对自己必已有意，否则不会无端前来，发这无谓牢骚。只是她昨夜不肯睬我，今夜倒来纡尊，何以如此前倨后恭？莫非她因听到我和温家订婚，才忽然改变心情，那又是什么道理？我对她将要如何应付？想着就把当天经过的事涌上心头，由父亲的苦心劝解，画室相亲，自己怎样立下决心，以至温素馨现正在旁听着，都在心中转了一下，立刻悚然自警。觉得自己的婚姻已成铁案，对父亲的诺言既万难违背，对素馨的关系自必须保持良好。现在絮萍任有天高地厚之情，我也没资格接受。何况素馨正在旁听，我只有竭力谢绝，并且为表白起见，不必等絮萍说出来意，我先把实情对她说明，使其断念归去，最为上策。否则若惹素馨发生误会，闹出事端，又将累父亲操心生气，岂不负了我本来一番苦衷？现在为着保全大局，即使辜负絮萍深情，难辞薄幸，也只得忍心做去了。

绣虎这些思想，也不过发生在几秒钟间，主意既定，就发出恭敬而冷淡的声音说道："任小姐，这院里很凉，我在深夜又不便往房里让您，您来有什么事？是只为给我道喜么？那我实不敢当，您可以请回吧。"

絮萍听了，猛然妙目大张，随又缩细，面上在惨淡中添了一层疑愕之色，哆口微呼道："哦，回去，这是怎……你就这样待我？"

绣虎鞠躬道："请小姐原谅，您知道我已经订婚了。在这深夜，在这没人地方，单独接待女宾，是不大合礼的。"

絮萍听着，似乎神经感受绝大刺激，将要晕倒，口中嘘着气，低声自语道："女宾，我是女宾……"随即踉跄后退。绣虎大惊，急欲向前扶持，猛又想到被素馨看见不便，正在不知如何是好，幸而絮萍倒退了两步，恰倚到一株椿树上，未致跌倒。她身体摇动了两下，才攀着树枝立定。这时她身体半被树荫隐蔽，看不见面目，只听树叶被拉得簌簌作响。少时才闻颤声叫道："好，好，我真没想到，你的心变得这么快，居然对我这样。"

说着霍地前进一步，直注绣虎发着低颤而凄厉的声音叫道："朱绣虎，我不明白你今天这样待我，昨天怎给我写那样的信？是成心耍戏我，侮辱我么？"

绣虎心中本来只怕她说出写信的话，进到素馨耳中，不知要怎样猜想，但她既说出来，便不能不分辩清楚，对她答复就是对素馨解释，而且他虽决意和絮萍断爱割恩，无须维持好感，但絮萍所说耍戏侮辱，他却不能承认。想着就硬着心肠，正色说道："任小姐，你应该有这一问。不过我另有苦衷，得请你原谅。在一年以前，你我经各人的家长做主，定过婚约，只因你登台唱戏，有失闺阁身份，才闹得又把婚约解除，双方从那时已断绝关系了。"

絮萍听着插口道："你何必把话说得那么远？我跟你当然早已断绝关系。我只问昨天你为什么给我写那样的信？你就痛快说吧。"

绣虎心想你哪知我有不能痛快说的苦衷，旁边黑影里还藏着审判官，我若不从头供述，只回答这一节，恐怕她要断章取义，发生误会，纠纷就闹大了。便仍接着道："任小姐，请你原谅，我得从头说起。自从你我断绝关系，我对婚姻已看得很冷淡，打算暂不提起。无奈我父亲因为年纪老了，思想和我不能一样，竟又竭力操持提亲。在前几日初提温家婚事，我因为无意及此，又没见过温小姐本人，所以还抱着反对态度。无奈父亲对我发表的时候，他早已把事情酝酿成熟，大有不可挽回之势。我心里很是烦闷，那天走在街上，无意中看你任小姐在春和戏院演戏，我就迷迷惘惘地走了进去，及至看见台上的你，不知怎么一时生出狂热，简直不能自制，就做出那样的事，写出那样的信……"

絮萍听着，忽然咯的冷笑一声，抖颤着道："哦，原来你是出于一时不得不能自制，发了热昏，才写出那样的信。可是居然写得那么些字，又那么明白。哼哼，现在你已经清醒过来了？"

绣虎脸上一红，心中十分为难。既然在良心上不愿说矫情虚谎的话，而又得顾虑着旁听的素馨，咳嗽一声，方才强词遮饰道："任小姐，你不要这样说。我在写信的当时，实是真心希望和你重归于好的。不过在信上我已写着我在父亲压力之下，事机已很迫切，所以请你见信就去赴约，和我商量应急办法，把局势转变过来。若一迟延，就要不可挽回。这几句话你总记得，但是你既没去赴约也没给复信……"

絮萍听着，气得痛泪直涌，指着绣虎叫道："你这一说，错处满在我一人身上了？我很明白，你现在已经变了心，我再说什么也是多余。不过我不能平白地栽这跟头，吃这没味儿。总得明明心，把话说明白了再走。头一样我早已跟你断绝关系，今儿三更半夜平白无故地前来找你，受到你这样款待，日后被人知道，我算是什么人？你可别得便宜卖乖，要知道我是因为接着你的信才来的。你那信里说得多么好听，谁看了也得上当。你方才说怨我昨夜不去赴约，你怎么知道我没去？我不过被事耽误，去晚了些。香岛食堂已经关门，附近街上一个卖吃食的小贩，还告诉我说有个穿西装的人在香岛门口等了半晌，那当然是你。你想我若没去，怎能知道？我听了那小贩的话，心里还觉得万分对不住你，回到家中，别提多么着急，只可给你打电话。哪知你家电话不知出了什么毛病，直打了一夜也没打通，我难过得……咳，现在还说什么？"

说着声气倒咽，猛一顿足，低首拭泪，娇喘微微地叹息。

绣虎听到她说昨夜打了一夜电话，不由悚然自惊，凄然生感。自思昨夜我因厌恶房祝三啰唣，才塞住电话线路，不料竟阻碍了意琴的通讯，真是阴错阳差，太已辜负她了。但现在想来，昨夜的误差是好是坏，是福是祸，直觉无法判断。倘若昨夜她打通了电话，定然在我当时炽热的心情上更弄成火上浇油，势必不顾一切，对我父亲提出抗议。也许到现时我已成为不孝之子，把老人气得离开家中。而对于端庄静淑的温小姐也就永远参商了。

绣虎想到素馨，心中又是一跳，自思素馨正在旁边听着，一字一句都要进入她的耳里。现在意琴把昨夜我写信的事说将出来，已然够我日后解释的了，倘然意琴再对我责备，在气头上把我赠花的情形和信中的字句都信口说出，素馨岂不更把我看成浮薄的荡子？我不特难于自解，简直没脸见她。现在不如拦住意琴的词锋，请她快走。素馨仅知意琴所说的一节，我还容易解释。想着就道："任小姐你的盛意，我已然很明白了。只怨我做事莽撞，又迫于环境，不能自主……"

绣虎说到这里，猛然觉悟失言。最末的两语不啻表示仍然钟情意琴，被素馨听见，难免猜疑自己对她的婚约是出于家庭压迫，并非本愿，或将惹起误会。但在这情形之下，一言出口，真个驷马难追，便是仿效报纸上的更正，也是越描越黑。绣虎心中一急，说话更失了伦次，又接着向絮萍道："总而言之，事已至此，你也不必再说了，请回府吧。"

絮萍本低着头，闻言猛一扬脸，掬着满面泪痕，被灯光照得晶光闪烁。她气得银牙错响，不住地点头，叫道："姓朱的，这是你的好话！你这样侮辱我，连话还不许我说？我非说不可，可是你要明白，本来事到如今，我已伤透心了，你就是再跪着求我嫁你，我也不再上你的当。我只要说你骗得我多苦，还要问问为什么骗我。今天早晨你到尤家相亲，上楼看画，从我卧房门首经过。我曾听见你们几个人说话，本想出去看看，可是头痛得起不来。我头痛是因为急了一夜啊！我这一夜怎么过的……咳，姓朱的你想想。到我午后起床，才听尤太太告诉你去相看温素馨，结果美满，已经订婚了。我听着好像头上中了一雷，连滚带爬回到房里，直哭了一天。晚上戏班管事的催我上台，我要回戏，他一啰嗦，我用茶壶把他打跑了，发誓再不唱戏。姓朱的，我为什么？你再想想。我在房里直哭到半夜，才忽然想起要找你当面说个明白。这么一想，立刻就穿衣服出门，先打个电话，就一直奔了来。在这三更半夜，我一个女子，怎这样不顾身份？何况又知道你已经订了婚，怎这样不顾羞耻，还找你来？姓朱的，你再想想。拍着良心仔细想想。我是下贱得没有人要，还是世上只有你一个男子？我就至于这样？你想得出来么？"

说着又哼了一声道："你就想出来也没脸说吧？我不是因为你那信里说得太有情义，太已刺心，简直你得不到我就要死了。我信了你信上的话，才不信订婚出于你的本心，疑惑你还在等着我，才忍着羞辱厚着脸皮来的呀？世上的女子，谁见了你那封信，也不能不受感动。可是谁也梦想不到写那样信的人，隔一夜就会变了心。所以我觉得这件事，我彻头彻尾都对得住你，可是姓朱的你对不住我。我今天前来丢脸，也不算我难看，只是上了你的当。姓朱的，你记住已经欺骗我两次了。我虽是信女子，暂时没法把你怎样，反正到死也忘不了你。朱绣虎，你年轻轻的往后还要发达么？"

绣虎被她问得张口结舌，骂得面红耳赤，心中虽有很正当的理由，但只是自己的理由，对絮萍却是无可解释。就是把尊从父命的大题目抬出来，絮萍只要问一句你既有心尽孝，又何必对我钟情，就可完全驳倒。他这时心中是太窘了，想要含糊应付，对絮萍说些好话敷衍她走，又恐怕被素馨听着，更疑心自己的行为，看低自己的人格。若是为使素馨明了内情，对絮萍尽力辩白，就难免激怒她，而致更延长了纠纷，闹到不可开交。焦急之下，就向絮萍说道："任小姐，你责备得很是。我承认昨夜写信是过于任性，太对不住你。可是所以变成今日这种局面，却是因为你昨夜没去赴约，把要紧的时机失去了。你当然怨我变心太快，不过在昨夜我写信的时候，还未受到我父亲的教训，也未见着温小姐的面。你哪知道我父亲今天早晨曾把我母亲的遗像请出来劝我，教我这做儿子的有什么办法……"

绣虎说着忽又咽住，觉悟自己又说了错话。本来想着重素馨一面，怎竟口不应心，重蹈了方才的覆辙？不由心中慌乱，想要赞美素馨几句，表示自己爱忱以为补救，但又觉那样更显出自己意志不定，见异思迁。不特要被素馨鄙薄，并恐遭絮萍嗤笑。

正在急得期期楚楚，说不出话，絮萍已替他解围，从鼻中发出一声冷笑，摇手说道："朱先生，你不必说了。我想你也未必有的可说。反正事到如今，我们是完了。只于我上了一回当，那也不算什么，世上受男人侮弄的女子多着呢，何止我一个？好在你已经承认自己任性太甚，变心太快。这足可证明不是我厚脸无耻，无端前来找你。得，得，这出伤心的小玩笑戏算收场了。咱们君子绝交不出恶声，祝你日后娶到新太太，长久和美，长久幸福，并求上天保佑，不要教你再遇见比温素馨容貌更美，家世更高的人，害她像我这样受到抛弃。我以后自然永远会忘掉你。方才说的只是气话，对你记恨又当得什么？不过你给我的那封信，我要保存，一则因为写得太好，我这唱戏的，当然免不了骗人，若想教谁着迷上当，就抄你信上词句，给他寄去，准能成功。二则我也得防备，倘然日后有人传出我这节丢脸的事，我还可以把信做证，说个根本因由……"

絮萍说着，面上的悲情怨气已经消失，只浮现一层好似严冬明月一样的冷笑。她心中是何滋味，不可得知，但表面却尽量现出断绝痴情，全归解脱的态度。那意致直是花谢水流，雨消云散，"数声风笛离亭晚，君向潇湘我向秦"了。

绣虎却因她把自己骂成负心薄倖，又带着对素馨的挑拨性，心中既窘且急，仓促又无从辩白，只觉满心冤苦，但冤苦中又带着，眼看絮萍微笑的容颜和被灯光照映的粲然玉齿，仅能说出笼统而无实际的遁词道："请你随便说吧。反正我的苦衷可以上质天日，下对良心。"

絮萍听着，好似由他这两句话生出敬意，竟敛容正色，鞠了一躬道："好，你对得住天地良心，但盼天地良心也对得住你。好了，不必多说了，再见。我打搅半天，实在抱歉。"说着就把雨帽和面纱拉到面前，又道："我来得实是无聊，可是也不后悔。这一次给我长了很大见识。"说着就转身向园门走去。她口中虽说着狠话，但一转身就酸泪直涌了。

绣虎只有怔怔望着她的背影，心中既感到十分辜负了她，但觉她也害苦了自己。只顾她把我责备一顿，说出要说的话，就自走了。留下了破毁的局面，我可怎样收拾？真是糟透了，坏到头儿了。我对素馨将要从何说起呀？

想着忽听身旁一阵高跟鞋声响动，似乎向自己走来。知道素馨由树阴下出来了，立觉心跳如捣。忙一转脸，果然见素馨已由树下走上甬道，将近自己身边。但她并不对自己瞧看，只望着园门那面向前行去。绣虎这时神经有些麻木，只纳闷她怎不理睬自己，莫非因为听了絮萍的话，发生恼怒，竟要自己去了？及至素馨越过他身前数步，直向絮萍追去，同时絮萍也听见脚步声，回头瞧看，绣虎才忽然有悟，但已来不及阻止了。

絮萍见着素馨，惊得瞠目直视，说不出话。素馨向她笑道："任小姐，你总认识我，今天我们的遇合再好没有了。请留步细谈谈，我有要紧话说。"

絮萍怔了一怔，方似神志稍清，颤着说道："温小姐，你……你在这里大概已经听见我的话了，我可并没对不住你的地方。"

素馨点头道："当然，当然，不过我不敢承情。现在请你回来，咱们细谈一下。"

絮萍满腹狐疑，实在猜不出她的心意，既纳闷她今日才和绣虎订婚，怎会半夜住在这里？又恐她以绣虎未婚妻资格，向自己责问勾诱之罪。虽然自己与绣虎声明断绝，但女子的妒心，常能做出无理性的事，不可不防。想着暗怀戒心，就婉言谢绝道："我已经是局外人，还有什么可说？现在天已不早，我得回去了。"

素馨笑道："你怎能回去？你更不是局外人，我才是呢。任小姐，你不要疑心，我有极好的消息奉告。"

说着强把絮萍拉回数步，又回手招呼绣虎。绣虎此际已是心神麻木，身体好似悬在半空，直如受着催眠术的人，被施术人指挥行动。木木然走到近前，素馨一把拉住他的手，使和絮萍的纤掌互握。二人的肌肤猛相接触，全都悚然失惊，像摸着蛇蝎似的害怕，尽力向回夺缩。素馨却用两只手拉定了他们，不令分离，同时含笑笑道："你二位的话我都听明白了。我简直是一桩大误会。"

说着对绣虎道："你朱先生把事情全看左了，怎该对任小姐这样乱说？还不快向她谢罪。"

又向絮萍道："任小姐，你不要生朱先生的气，得原谅他。他是被环境逼迫，才无可奈何地牺牲爱情，勉尽孝道，其实本心是爱你的。你可不要误会。"

说着又对二人横波流盼笑道："现在你二位当然都把我当作爱情的障碍，横在中间，生生把你们隔开。朱先生因为我是他老翁主持定下的，虽然不愿，也不肯违背父命，所以忍着伤心，对任小姐表示决绝。他心里恨我把他的爱人分离了，任小姐自然也想着完全因为我这个人，才逼得朱先生改变心肠，破坏了你的幸福。总而言之，我是你们的公共敌人，你们的……"

绣虎听到这里，心中暗想她果然因为听我方才的话，生出误会了，不由着急，想要辩白，忙插口叫道："温小姐，你……你不能这样说……"

素馨摆摆手，摇摇头，笑道："朱先生，我当然这样说。现在说已嫌晚些。若不是任小姐恰巧到来，我早就对你说明白了。"

又对絮萍道："任小姐，你看我在这儿出现，一定觉得诧异。早晨朱先生才去看我，不过十几小时，我就来回拜他，这不是新鲜事么？其实我此来也是和你任小姐抱一样目的，来和朱先生磋商婚事的。痛快告诉你，这件婚事完全由我父亲主张，我本身坚决反对。我也和朱先生一样，受着家庭压迫，而且一样地出于意外。你方才说朱先生昨天还给你写极热烈的信，今天突然改变态度。朱先生也说他今天才受到老翁的严命，只可服从。我的情形也并不两样，而且发现得比他还晚些。今天早晨朱先生去画室参观，我还不知道他是什么人。直到晚上才由我母亲告诉，那个去画室参观的少年人，已经成了我的未婚夫。说来惭愧，我实不能像朱先生那样孝顺，甘心牺牲自己，博父母欢心。当时就表示反对，不过只于遭到责斥，并没得到结果。我知道在家庭方面没法说通，所以改主意来拜访朱先生，想对他说明原委，由他提议解除婚约，消释这场纠葛。我想朱先生是受过完美教育，有清明头脑的现代青年，当然明白恋爱和婚姻的原则，绝不肯娶一个没有爱情的伴侣，使双方都受长期痛苦，当然能同意我的请求。不过我才来到这里，见着他的面还未说话，你任小姐就来了。我得以听到你们二位的以前的恋爱经过，现在的困难情形。心里很是欣慰，这真是不能再好，好到教人不能相信的事。你们二位正因我在中间阻碍，不能结合，我也正因为没有跟朱先生结合的可能，受着无理的压迫。现在大家痛快说明，眼前就摆着解决的途径，只要三言两语，便可以全得到美满的结果。"

说着欣然拍手道："真是好运气，梦想不到这么顺利。朱先生你当然可以接受我的请求，解除婚约了。这婚约一解除，你和任小姐就可以顺利地恢复旧好，我们三个全变成得意的人。你预备几时对我家里提议？我希望愈早愈好。"

绣虎和絮萍听着素馨的话，都惊得瞠目如痴。这在他二人当然都觉得出于意外，大受震惊。不过絮萍心里的惊异程度还比较低些。她虽也有些疑惑素馨这奇突的表示，也许是因发现绣虎曾和自己有过爱情，因嫉妒负气，就假借缘由，意欲退婚。不过大半还信她是真话。现在的小姐到了青春正好的年华，有几个没有情人？也许素馨已有甜心，真个反对这桩婚事也未可知。只是絮萍这时觉得无论她这表示是真是假，对绣虎是离是合，自己不甚关怀。因为方才绣虎的冷淡态度，决绝言词，已使絮萍寒心。此际即使他失意于素馨，加心重寻旧好，絮萍的已被创伤的心恐怕也不能接受了。但絮萍却以为素馨突生的变化，很足以替自己消解和报复所受绣虎的侮辱，颇觉快心。就默默无言，只望着绣虎，看他如何应付。就如同一个顽皮的孩子，对着一个落水受难的小兽，看它如何挣扎，如何自救。古语说恩多成怨，爱易生仇，真是不错。絮萍对绣虎本抱着无限深情，曾为他受尽凄惶，流干眼泪。倘若没有如许波折，此际不知怎样密爱轻怜，如胶似漆？只为绣虎移情他人，竟使她爱念消，恨心倏结。就是绣虎再来爱她，她心中已冷的情焰也未必能重新燃炽。由此可见恩怨互相倚伏，人心变幻无方，以致情之一字就成为世间最无凭准，最难捉摸的东西了。

至于绣虎，却不是一样想法，他绝对不信素馨说的真话。认定她来访，虽未必由于爱情，但定然出于善意。只为听了絮萍的话，才引起种种误会，因而怀疑到自己人格，就乘机托词绝婚。这样一想，心中又惭愧又焦急。只觉素馨抓住自己把柄，倘若真个坚绝退婚，事情必然闹大。父亲对素馨抱有绝大希望，好似晚年老福全着落在这个儿媳身上。如若失去，老人不知如何懊丧。何况素馨绝婚，是由于察觉我的不正当行为，就好似以前我因为絮萍唱戏，提议解约一样。这解约就等于休弃，我一个男子竟被女子休弃，这是多么大的羞辱？父亲岂不要气死么？

绣虎既认定素馨退婚是临时发生的思想，也就认定完全是絮萍惹起的纠纷，又因素馨退婚关系重大，倘若起了波折，在种种方面，都要发生不好的结果。然而素馨已经当面提出了，自己为着老父，为着家庭，为本身对她的爱慕，总得设法挽回。无奈弄得这种局面，恐怕挽回不易。不由感到絮萍所赐予自己的灾难，对她发生了莫名的怨恨，因着对她的怨恨，更加深了对素馨的希望，决意挽回她已去之心。就向素馨叫道："温小姐，你大约是误会我了。我敢向你发誓……绝不是像你所想的那样。请你容我细细说说。"

素馨摇头笑道："朱先生，我们根本谈不到误会，而且也没有误会。我也没想什么，更没什么可谈。何况你我已然没了关系，在任小姐面前，大家都要尊重自己的人格。我看事情简单，就请你明天向我家里提出解约吧。"

绣虎吃吃地道："温小姐，请你不要这样……我实在不能解约。因为家父……而且……"

素馨接口道："哦，朱先生，你是说不好对令尊请求，怕他不肯答应破坏成局么？其实这倒没什么，只要你把详细情形说明，令尊当然可以原谅。"

绣虎道："他一定不能原谅。您不知这里面有多么大的关系，家父万万不肯……而且我也……"

绣虎底下的话是想说我也不愿，但还没说出口，素馨已摆手道："哦，你说令尊不肯？对了，老人家常是固执的，我倒深知内中困难。那么可以另想个办法，从我这面提出也成。"说着转脸向絮萍道："任小姐，朱先生不是有封信在您手里？请您交给我，带回去给我父母看看。我父母虽然专制，但是有了这封信他们也就没法再固执下去，强迫女儿嫁个已经情有所钟的人，把终身幸福毁掉。自然可以依着我提出解约。"

絮萍听了，还没答话，绣虎已经哎哟了一声，心想这一来岂不送了我的忤逆了，急得冲口叫道："这样可万万使不得！温小姐，你千万……"

素馨接口道："哦，这样不好？你以为还是由你提出好一点么？那就由你提出吧，我倒没有成见。"

绣虎摇头道："我……我不是要自己提出，我是……"

素馨道："你到底想怎样？反正得要有一方提出啊。"

绣虎急得咬牙顿足，心中有万语千言，一时说不出来，也不知怎样说是好。他若不当着絮萍，就可以破釜沉舟地分诉，或至于卑躬苦语地央求，也所不惜。只为当着絮萍不好开口。想和素馨实谈，她又不许，想把絮萍请出去，素馨又给留住。他这时真是艰难到了极点，偏偏素馨又认定解约已成定案，只商量提出的办法，连连用话逼他。绣虎心中更急，猛然把心一横，自己告诉自己，不管絮萍在旁，只当没有她，我就对素馨该说什么说什么吧。

想着还没有开口，对面素馨已又向絮萍说道："我看朱先生犹疑不定，我们不能尽自絮烦，你就把信给我，由我去办。"

絮萍推开素馨的手，向绣虎咯的一笑，现出一种轻侮的态度，好像成人戏逗小儿似的，抿着嘴儿笑道："朱先生，你现在大概是哑子吃黄连，正有苦说不出吧？我也不知道温小姐是真不明白你的意思，还是故意怄你。再过一会，就要把你怄哭了。好，我得行方便且得方便，就替你说。"

随即转身向素馨道："温小姐，你方才的话都是枉费的。你的好意我很感激，不过绝对不能成为事实。头一样儿，我的心已经冷了。不瞒你说，我从昨儿接到他的信，心里比着火还热，直到方才我来访他，都是一样。无奈他一见面几句话就给我个透心凉。现在我心里已比冰窖还冷百倍，再也热不起来了。温小姐，你也是女子，当然知道我们女子的心够多么娇嫩，可禁得这样刺激？你设身处地替我想想，就该完全信我的话。在我没进这门儿以前，实在把他看作灵魂性命一样，教我怎样牺牲，怎样委屈，都可以忍受。现在我的心已经被他毁坏，变得比冰冻的铁打的还硬，神仙也没法治了。以前我觉得能嫁他是幸福，现在我觉得能远离他是幸福，实实在在地完了。温小姐你是聪明人，无须我多说。就是你方才那句话，我已经真正是局外人了，和朱绣虎岂止再没关系，简直可说各在一个星球上面。至于他要和谁结婚，你二位是否结合，我根本不必理会，自己走开了。不过我在没走以前，还要多说句话，就是请你不要误会，以为朱绣虎还有爱我的意思，倘若你解除婚约，他还可以跟我结合，这是完全错了。我这方面当然已经不成问题，只说朱绣虎，我从旁冷眼观察，他确实真心爱你，至于爱情怎样生的，我可不能知道。他老翁也非常看重你，才竭力从中主张。他也许是起初只为遵从父命，才去跟你见面，可是一见就生出爱情来了。这并不奇怪，一则你温小姐太已美丽，我是男子也没法不爱你。二则世上这种例子很多，常有男子起初反对家庭代定的婚姻，但是受着压迫，忍着委屈，结了婚以后，竟然和太太万分恩爱，比自由结合而加倍美满。大概他就是这样情形，已经把爱情都寄托到你身上了。现在你忽然为着听了我的话，跟他提议解约，这不是要他的命么？再告诉你，方才他说的确是实话。我们以前虽曾由父母之命，一度订婚，可是并没正式会过面，前天他到戏院看戏，给我写信，也实是出于一时冲动，而且那事是发生在和你订婚以前，并不算对你不忠实……"

素馨听到这里，忽然摆手说道："请你不必往下说了，我明白你的好意，也明白朱先生的盛意，无奈现在不论你说什么，或是朱先生说什么，都是枉费口舌。我本来是要说明自己心意，教你二位知道我并非你们中间的障碍，可以解释前嫌，重申旧约，我也得以脱身局外。现在朱先生方面似乎还有许多碍难，未必能实现我的希望，那我也只可不管你们，只表明自己的立场。任小姐方才替朱先生解释，给自己表白是没用的。你完全误会了，我并不是因为知道你们的关系，才请求解除婚约，而是另有我自己的缘故，痛快说吧，我意中早已有人了。请想还有什么可说？"

说着转向绣虎道："朱先生，我知道你还有许多话要说，可是我说出这个原因，你一切都可以做罢了。咱们还是按着方才的话，请你快打主意，是由你特别帮忙，自动对我家请求解约，还是请任小姐把信给我，由我向家庭请求，跟你提出解约？请快说吧。"

绣虎从听了素馨说出意中有人的话，已经神经震动，到了麻木的程度。这时仍瞠目无语。絮萍那里却信了素馨的话，心想我果然料得不错，她已有了情人，这局面恐怕不易挽回了。但挽回与否，于我已无关系，何必枉做恶人，落个嫉妒破坏？便先向素馨说道："温小姐，我已说过，不管你们怎样，我已是局外的人……"

素馨接着说道："我也是一样，不管你二位是离是合，反正我跟朱先生万无维持婚约的可能。不过我没有你那样自由，还有家庭替定的婚约拘束着，所以必得向朱先生要个办法。"

絮萍道："你们怎样交涉，我不参与，可是方才你说要我存的那封信做要求解约的把柄，我可不能给你。你得原谅我现在处的地位，若是把信给你，直是存心破坏你们的婚姻，试问我成了什么人？"

素馨道："你又何必多想？我不是早说过了，意中已经有人，这桩婚约天然不能成立，根本谈不到破坏。我要你的信，只是做对付家庭的工具，你又何必小心眼儿？就给我吧。"

絮萍摇头道："对不住，我不管你意中有没有人，婚约成立不成立，反正不能由我手里破坏。请原谅我吧。"

素馨道："你若一定不给，我也只可求朱先生自动提出了。朱先生，你当然允许我……"

绣虎在她二人辩理之际，心中辗转思量，起初深为素馨那句绝望的话所震，大受刺激，但随即转念，想到素馨所言未必是真，也许她因为知道我和絮萍一切经过，发生嫉妒鄙薄之心，决意解约。又看我恋恋不舍，恐怕缠扰，就假说意已有属，以绝我的希望。一个男子，无论如何不好，但被女子当面摈绝，终是难堪的事。但我这是孽由自作，不能怨她。而且我自己也不知怎的，自从见到她，不但发生了莫名的爱情，并且对她寄托了重大的希望，好像我的前途全在她身上似的。此际她虽绝我，我实在不忍失去她。而且我便忍着伤心，负气允她要求，父亲那面可怎样交代？老人家失去爱重的未来儿媳，已不知如何难过，再知道是由于絮萍，以致惹出这恶劣的结果，恐怕将要气坏。我怎对起老人的厚望和今晨对母亲的誓言？现在便不为自己打算，为着老父免于忧烦，家庭免于多事，总得设法挽回素馨的心。即使忍耻受辱，为絮萍所笑，也顾不得了。

想到这里，恰值素馨索信，受了絮萍拒绝，又转向他重申前议。绣虎猛一咬牙，冲口说出第一句有力量带勇气的话道："温小姐，我不能允许你。我知道你从听到任小姐对我的交涉，把我的人格心地全看低了，才临时起意要取消婚约。这当然不怨你寡情，实在是我罪有应得。不过我有很大苦衷，可以解释。倘然你能给我机会，我想总可以得你谅解。至于你所说意中人的话，我绝不信。像温小姐这样玉洁冰清的名门闺秀，万无此理。不过借此绝我的望罢了。温小姐你这样表示，我本不当再说什么，婚姻本是双方情愿的事，有一方不愿，另一方就该自己明白，无奈我的处境不同，温小姐你对于我的本身和家庭有着绝大关系，所以我不得不厚着脸再对你说，请你给我个解释的机会。"

素馨答道："朱先生，我方才由你和任小姐的话，已经知道你的苦衷。你是很孝顺的人，所以甘心牺牲一切，竭力维持父亲所定的婚事。

就是现在要求我给你解释的机会，也是一样的心理。我很佩服你，不过我对你并没有误会需要解释。倒是你对我有了误会，就是你疑惑我意中有人的话是出于托词。完全错了，我实实在在地有人，所以此事万难挽回。你不用再说了，快答复我怎样办法？可以由你提出解约么？"

绣虎默默无言，絮萍在旁虽已自视为局外的人，旁观一出悲剧或是喜剧，可以漠不关心。但看到绣虎对素馨的委曲求全，想起他对自己的冷淡绝决，相形之下，颇感觉难堪，由难堪生出怨愤。及闻素馨坚辞拒却，仍逼他提出解约，不由心中稍快，就道："你们二位谈吧，我可要走了。"

素馨猛又把她拉住，说了声"咱们一同走"，就又向绣虎道："朱先生，你快说呀，我只等你一句话。"

绣虎徐徐摇头道："温小姐，你得原谅我，若只在我一个人，自然服从你的命令。无奈这事关系太大，我不敢冒着忤逆父亲毁坏家庭的危险，轻易答应。还希望你能……"

素馨不待他说完，已顿足道："你怎么这样黏缠？难为还是受过教育的时代青年。你不敢冒着忤逆父亲毁坏家庭的危险，来允许我，我也不能牺牲幸福，抛弃爱人来就全你呀？请你想明白些吧。"

绣虎怔怔地道："你的道理是很对的，无奈我的处境过于困难，实没有勇气做这么大的决断。"

素馨道："这样说你是拒绝了我，一定要维持这婚约了？"

绣虎道："我不敢说拒绝，不过还希望你能谅解，或是现在给我个机会，或是以后定个约期。"

素馨着急道："怎你还是万变不离其宗？我就给你机会，跟你约会又有什么用呀？我都已说明白了。真不懂你是什么意思？"

绣虎叹道："我真惭愧，不过你若想想我现在允诺解约，对父亲要负什么责任，要生什么结果？也许就明白了。在我个人身上，听到你这样露骨表示，居然还尽自纠缠，自觉很够无耻的了。可是我敢说并非这样的人，咳，我真没话可说。"

素馨略一沉吟，点头道："我了解你，你是顾虑太多，不敢自己冒昧答应。看来我今天是白来了，除了任小姐……"

说着转向絮萍道："我再恳求你，你可肯给我那封信么？"

絮萍摇头道："不能，我要保全我的人格，不亏自己的良心。万万不做这种事，你快放我走吧。"

素馨摇了摇头道："完了，这也是我的命运，我本以为抓住一个好机会，事情可以顺利解决，哪知竟变成镜花水月，白欢喜了一场。以后仍得按我原定的路儿走了。"

说着向绣虎道："你实在不能允许我了？"

绣虎謦蹙无言，素馨向他鞠了浅躬道："对不住打搅你半天，我要走了。"

说完猛然转身，放手把絮萍丢下不管，自向园门行去。

絮萍见她突然走去，想到自己要走，她拉住不放，她要走时，又丢开自己不管，明是含有微意。她对绣虎说话，要自己旁听，以表坦白无私，到她说完便急急走去，好像要教我留着和绣虎说体己话。这不但是玩笑，而且有点侮辱。絮萍想着就纵步赶去，好像后面有人似的，直跑到素馨身旁，才和她并肩而行。

绣虎见素馨因自己不允解约负气而行，心中感到万分悲凉，好似光明的世界倏然从眼前逝去，几乎要追了她去。但转念赶她去又有何话可说，也无非再受一回耻辱，自己今日把耻辱已经受够了。一个尊贵的七尺男儿，竟被女子鄙弃到这地步，真是难堪。可怜我并非为着自身，只求不负对父母的诺言，保求家庭的平静，把自尊心完全丧尽。现在教素馨把我看成什么人？絮萍把我看成什么人？我够多么冤枉？想着泪流满面。也不知是因为内心的委屈，还是因素馨离去而悲伤，但已绝无动作的能力。望着絮萍追逐素馨同行的匆忙情形，更不禁从鼻中发出悲声，但面上却现出惨笑。想到絮萍在初来时，尚把自己爱如性命。到别去时，竟已对我畏如蛇蝎，好似走迟一步，就要被我吃了似的。而且她和素馨本立在敌对地位，哪知倒变成鄙弃我的同志，携手同行，却把脊背向着我了。真是好变幻难测的女人心性啊。想着猛地用手把眼掩上，木立如痴。一直到两个女子的细碎脚步声渐渐出了园门，归于寂灭，他仍是那样立着。至于立到什么时候，却因著者笔端要追逐两个女子，就不能兼顾他了。

素馨向外走着，听絮萍由后面追来，也不理睬，一直出门。絮萍也不和她说话，只跟着同行。到了街上，二人好似伴侣一样，迈着同等步伐，都走得很快，有如因着事赶路。

素馨走在雨后潮湿的便道上，心中甚为麻乱。她这时并不思索绣虎，而只想本身的前途。自己为着坚守对成汝玉的心盟，反对朱氏的婚约，本希望用釜底抽薪之计要求朱绣虎提议解约，不料朱绣虎不知是爱上了我，还是真个别有困难，竟在好意的纠缠中对我拒绝了。他既不肯解约，婚姻仍是一桩既成事实。我在顽固父母压迫之下，恐怕无法违抗。方才临出家门，已安下决心，若是有和朱绣虎接洽成功，我还可以回家，等待局面改变。若是不能成功我就从此脱离家庭独立生活，去等待汝玉了。这意思已写明在留给芳嫂的信上。现在图谋失败，已到了解决行止的时候，我可上哪里去呢？戚友虽多，都和家中通气，既易被家人寻获，他们也未必肯收留出奔之女，自不能去。我自己又没有特别要好的朋友可以投奔，单身弱质，难道尽在街上游荡？欲待回家小住一夜，仔细思量一下，想出去处，明日再行出来，但又怕自己留给若芳的信已被发现，回去受责还是小事，倘被监禁起来，强迫举行婚礼，那可如何是好？这样一想，就把家中看成虎穴龙潭，天罗地网，不敢再做归计。其实她是想错了，不特所留的信被若芳严守秘密，未对人言。而且她若回去见着若芳，若芳必以成汝玉的踪迹相告，指引一条明路，令她前去寻觅。她能寻着汝玉，两人同心，其利断金，眼前一切难题就可以完全解决了。只为这一顾虑，竟阴错阳差，生出许多事故，也只得归诸命运。

素馨既决定不复归家，只好别图栖身匿迹之所，无奈一时想不起来。在她初定这主意时，把事情看得很容易，以为天地甚宽，何愁立锥之地？浩然长往，意气甚豪，大有海阔从鱼跃、天空任鸟飞之概。但到这急待定夺趋向的时候，莫说以前所想的长久之计，如谋求职业，自立生活等事感到毫无途径，就是暂时的栖止也成了难题。她想着不得主张，心中焦灼，偏偏絮萍跟定她同行，素馨急欲静静地思想，却被絮萍所扰，常常不自禁地分神到她身上。又听着絮萍的高跟鞋响得刺耳，更觉心乱。不由纳闷，她跟着我做什么？又想她由此返家，正是走这方向，自己躲开好了。走到街角，就向旁转弯。不料絮萍竟仍跟着过来，素馨很不耐烦，向她说道："任小姐，你回家不是向那边走么？"

絮萍道："多绕几步也无妨，跟你做伴，省得一个人害怕。"

素馨摇头道："我不怕，你请便吧。"

絮萍笑道："你不怕我倒怕呢。"随又叫道："温小姐，我想问你到底是什么意思，朱绣虎那人确是很好的，你若因为一点误会，毁了这桩婚姻，未免可惜。"

素馨白了她一眼道："你也跟朱绣虎一样，认定我是误会？这未免太岂有此理。我告诉你，倘若你今夜不来见他，我照样也要对他要求解约。你总可以想想，我在今天才由家庭跟他订婚，怎会晚间就来见他？见他有什么事呢？难道只是来跟他闲谈，看见你才发生误会么？任小姐，请你不必再说这个了。请想，你立在什么地位，说这种话自然足以表示我的宽宏大量，不过对我是没有影响的。我即使没有别人，也不会因为你一句话就改变了主意。谢谢你，请不要再说，容我往这边走吧。"

絮萍吃了这样没趣，并不羞恼，仍赔笑追随着道："这么说算我多嘴，你不要过意。我是和朱绣虎一样，从见着你温小姐就非常爱慕。现在更有些钦佩你，你不要把我还当作方才的任意琴。方才我因为受朱绣虎那封信的迷惑，说话行事难免有不尊重不合理的地方，现在我已完全觉悟，和朱绣虎也完全没有关系了，才敢以朋友关切的心，问你一声。我现在已信你确已有意中人，绝对要和朱家解约。不过朱绣虎既不肯答应你的请求，你的家庭又是那样顽固，你以后打算怎样呢？"

素馨听着摇头道："你何必管我？得了，什么朋友关切，连一点忙都不肯帮，还说朋友哪？我很明白，你也不是有什么坏心，只不过出于好奇而已。很对不住，我个人的步骤实不便对外人说。"

絮萍笑道："温小姐你还抱怨我不肯把信给你么？你也得替我想想，倘然我把信给你，我成了什么人？不过现在我还想听听你的细情，倘若你真有十分困难，我也许能够……能够……能够帮助你。"

素馨接口说道："你可以把信给我么？倘若我把细情告诉你？"

絮萍道："我这时不敢确实答应，必得等你说明了情形，我认为给你是应该的，在良心上没有亏欠，就可以给你。"

素馨道："你不成心套我的话，听完了一笑走开？"

絮萍正色道："温小姐，你别这样小看人。你是大家小姐，人品高贵，我任意琴现在虽落了唱戏的名声，可是身世也不比你低贱。你就看我这样没行止么？"

素馨怔了一怔，改容说道："我说话太冒昧了，请你原谅。我是万分希望你能给我那封信，一切事情全可以简捷地解决了。方才的话，若是出于真心，我敢信你听了我的情形，一定愿意帮我。因为你既和朱家无望结合，何如及早帮助我们彻底解决？这就好比一个人生了疮疖，既已无望消退，医生给行手术割治是仁慈的行为。"

絮萍道："好，你说吧。我这医生看察了你的病情，再定治法。"

素馨听了又踌躇了一下，本来一个闺艭，对于本身和家庭的事不宜向外人多口，何况关乎隐秘的爱情？更是讳莫如深。这时她只为希望得到絮萍的信，以为向朱家解约把柄，就不得不忍着羞耻，把一切的事说了出来。先把自己和成汝玉的遇合和许身于他的志愿说出，又将家庭景况略述，最后归结到现在。

絮萍也是个多情善感的少女，闻言颇为动色，就道："你所说的这个成某人，倒真难得，我都被感动了。你且说现在，你回家以后，打算怎样呢？"

素馨道："倘若你不给我那封信，我没有解约的希望，就不回家了。因我在出门来访朱绣虎以前，曾给家庭中留下一封信，表明不能解约我就不再回去。"

絮萍哦了一声道："你不回去，想上哪里去呢？"

素馨道："我还没有一定的去处。好在世界是大的，总不致没我一个人容身之地。任小姐你已经问够了，到底怎样？可以把信给我么？"

絮萍沉吟道："我还是不能决定。"

素馨闻言，忍不住大怒说道："你还是……"

絮萍拦住道："温小姐，你不要生气，现在我对你很表同情，已经愿意把信给你。但想到我自己身上，又发生了顾虑。我把信给你，你拿回家去给家里人看了，再请出冰人，用这信做凭据向朱家提议解约。朱家见了这封信，立刻答应，事情顺利解决了。这样也要有几十人看到这封信，传扬出去，我的名誉已经不能保持了。再说若是事情不能顺利解决，你们两家也许起了风波，闹成官司，我这封信大概就要铜版在报上登出，到那时我这人还怎能……你温小姐也许想我已经登台唱戏，还有什么可以顾虑？你要明白，就是伶人也要爱惜名誉，何况我还没正式唱戏。即使下了海，我也只有被老先生骂作玷辱家门，在新一点的人看

159

来，还说我为艺术牺牲一切，值得佩服呢。总而言之，无论我以后要唱戏不唱，反正得做人，自己总不能不谨慎，温小姐你想……"

素馨顿足道："这问题倒是关系重大。可是你怎现在才想起来，我倒不疑惑你是托词。好，我已经把一切话都告诉你了，你可是不能把信给我了。谢谢你任小姐，再见。"

说着气得面色雪白，转身就走。絮萍忙拉她道："温小姐，你不要生气。我不是决定不给，只于这么顾虑。咱们且细细商量。"

素馨道："有什么商量？只是给不给的问题。你肯给，我就谢谢，不肯给，我也不能勉强。没什么可以絮叨的。"

絮萍又婉言说道："请你平心想想，我所虑的是不是在理？不过我也并非完全拒绝你，只于想从长计议。若是想出两不伤损的法儿，岂不更好？反正我现在本心是要帮你，绝不是故意推托。"

素馨摇头道："无论你有如何的好意，我的事情总是这样，绝没有第三条路。你既不肯把信给我，再说什么也于我无益，何必白耽误工夫？快放我走吧。"

絮萍沉吟一下又道："咳，我真有些为难。现在知道你和朱绣虎没有结合的可能，实在应该帮你及早解决。虽然在我的地位容易被人疑惑，我也可以不顾，好在以后能用事实表明心迹。只是还怕把信传出去于我名誉前途都有妨害。现在咱们这样商量，你能担保只把那封信给你父母看，不教第三个人入目么？"

素馨听她话口有了转机，急忙应道："我能担保。只把信给我老家儿看，只要他们依了我的要求，就可以别托个缘由，向朱家提议解约。"

絮萍道："可是我还不放心，倘若朱家不肯依从，逼到分际也许你父母一怒拿出信做证据。我想不如你到我家一趟，把那封信重抄一篇带回去。原信还留在我手里，你拿回抄本对父母只说是朱绣虎的亲笔信。好在你说只要用做向家庭要求的工具，并不要给别人看，就是抄本也一样有用。你这样对我可以有点伸缩。你看好么？"

素馨想了想，点头道："这样也成，不过得劳你替我抄一下，我的笔迹家里是认识的。倘若看出做假，反坏了事。"

絮萍道："可以，那么你就跟我走吧。"

素馨见她如此热心，想起方才自己的冷淡情形，就道歉说："任小

160

姐你真是好人，我方才言语冒昧，你可不要介意。"

絮萍笑道："你何必客气？咱们都是女子，又都生在这个时代，这样家庭，几乎人人都有着说不出的痛苦。我们自己不互相帮助互相原谅，还指望谁呢？咱们是一见如故，我这几年由于家庭，由于婚姻，所受的苦楚不知有多少，等得闲跟你谈谈，就知道这回帮你，是由于同病相怜了。不过在这件事，我希望你明白我的心，只是因为看重你才助你，不要疑惑我是自便私图，故意破坏你的婚姻，给自己打算。"

素馨忙道："不待你说我就明白，你绝没有自私的心，由你昨天那样深切受他感动，就知现在怎样对他灰心。再说我们女子又何致这么自贱呢？"

絮萍听了，拍着素馨肩头道："你真是我的知己，这几句话直说到我心里。我这人也是不好，最容易受情感驱使，若是由于情感，什么吃亏受气，做小伏低，我都情愿。若是感情伤了，就是对我磕头央告，我也不能回心转意。方才朱绣虎对我的情形，你全看见，试想这种心上伤痕，一世可能平复么？"

素馨听着，就又说了些对她同情的话。

絮萍这人爱好艺术，虔心戏剧，所以也有艺术家和做艺人的脾气，就是情感热烈流动，做事豪放自恣，对人容易倾心，也容易反目。这时和素馨言语投机，立刻生出交谊，好像是多年心的。素馨也因她允许抄信，给自己很大帮助，心中甚为感激。二人在朱家园中还处在情敌地位，哪知只隔了几十分钟，竟改立在同一战线，情投意合了。真是天上白云苍狗，世情转绿回黄，人心恩怨变幻，都是最无凭的。

当时二人且谈且行，竟忘了路远。好在雨后清宵，正宜小步。而且也没有车子，走过铁桥，又转了一道弯，便到半半千室主的寓居所。絮萍走上台阶，去按门铃，按了几下，无人答应。絮萍甚为气恼，心想女仆莫非睡熟？也许又像昨夜那样在我的房间里享福。就仰首向楼窗喊叫。随听有脚步声由里面出来，跟着街门开放。

絮萍还以为是女仆，说了声："怎耽误这大工夫？"随即回头让素馨同入。

不料二位才踏入门限，就听门内那人叫道："任小姐才回来。哟，温小姐也来了。"

絮萍抬头一看，才见开门的并非女仆，而是半半千室女主人常爱贞，不由一惊。素馨看见师母，也有些发窘。还是絮萍应着声道："尤太太还没睡呀？对不住，惊动你了，我还当是王妈呀。"

但那常爱贞虽见素馨和絮萍同来，却想不到她二人会是一路，只认为素馨必是有事来寻老师，恰巧絮萍也从外面回来，所以一同叩门。但诧异素馨何以在夜深时前来，疑惑必有特别的事。当着絮萍不好询问，想把她让进室中再说。就把素馨当作自己的客人，向室中让着道："温小姐屋里坐吧，你先生正在里面画画儿。任小姐不进来坐坐么？"

絮萍听她自主延请素馨，开发自己，就知道她误会了，想要说温小姐是来访我，请你不必招待，但觉不好出口。这时素馨知道不能不表白了，就道："师母请安歇吧，我是来和任小姐有点事。天已太晚，不打搅您了。"

常爱贞听了，立刻瞪眼发怔起来，她知道素馨和絮萍素无来往，而是素馨今早才在这里被人相看，订了婚事，以及絮萍听自己说出素馨和朱氏订婚所表现的奇怪情形，自己久已怀疑。如今她二人竟会到了一处，而且半夜三更一同回来，更是令人难测。

她这里正在怔着，絮萍已招呼素馨上楼叫道："温小姐楼上坐。尤太太不上来谈谈么？"

常爱贞才知道素馨竟是絮萍的客人，心中万分诧异，但只得应道："我不上去了。"

说完这句，忽而后悔把话说错了，我何不上去听听她们有何交涉？但转想她们若有秘密交涉，也不会对自己说，何必白去讨厌。就接着向素馨说道："你上去坐吧。"又问可吃过点心，素馨回答道："我早吃过了，不敢打扰您，请安歇吧。"说着就同絮萍上楼。

常爱贞望着她们，直到踪影不见，最后连脚步声也消失了，想已进入房中，她还在怔怔地想，絮萍和素馨怎会到了一处？她二人又有什么交涉？但终想不出所以然，就进到房中，去向丈夫报告。

那半半千室主尤效之正在聚精会神地作画，所画的是一大幅瑶池仙宴图。作这幅画的动机也是由今日方才开始，因为急待应用，方才赶开夜工。半半千室主近来运道太亨，大有八路进财之势。在今天上午由第一位阔学生温素馨身上售出数百元的画，已是喜不可支。哪知下午又有个已毕业的女生造访，这女生是本地一位遗老寓公的女儿，本身并不甚阔。但她家的亲戚多是显达之家，所以画师夫妇向来特别优待。这女生造访先生，带来一幅自绘的千秋耄耋图，请先生指点瑕疵，并且请代题诗句。半半千室主人见画上是松树仙鹤，还有一猫一蝶，便知是把几种东西组成吉祥词句，做祝寿之用。他是很世故的，对学生也是如此。就夸赞几句，问是送谁。那女生言说是送她的姑太太。半半千室主人知道她的姑太太是曾任总长督办，现在正当要津的罗大维的德配，不由心中一动，想到那罗大维出名阔绰，自己虽不认识，正可趁着他太太的寿辰，借着女学生的门路，联络一下，日后或者大有收获。倘若他能看重我，肯于折节相交，自然后望无穷。否则他也不好白受我的礼物，起码得送一笔可观的钱。即便这一宝压空了，毫无影响，好在我的秀才人情，只有半张纸。所费的仅是工夫，赔本也还有限。当时就替那女生题了诗句，随即讲起自己昔日也曾和罗公过从，近年因他飞黄腾达，贵人多忙，才不来信。现在既听说他夫人做寿，很想作张画送礼，以尽友谊。不过恐怕他已经把我忘了，只好烦你转递，并且替我美言几句。那学生自然答应，约定隔两天前来取画，便告辞走了。半半千室主人就兴冲冲地工作起来。他选定瑶池仙宴这个题材，预备大卖气力，画工笔巨幅，把功夫精神都在纸上显露，教人一看，便知费力不小。

这是一种心理上的方策，大凡人心都是肉长的，必不忍埋没别人的苦心努力。譬如一个伶人，在台上演唱，喉音不佳，腔调没味，本来得吃倒彩。但他能尽力演唱，郑重不苟。人们看到他脸红脖子粗的样儿，知道他已尽其所能。至于唱不好，却是由于天赋，无可奈何。因而消去不满之念，转而给他捧场。半半千室主也是这样意思，以为罗府做寿，当然尽多珍物，自己送一张画，在势难使主人注意。但自己要画得特别工致，那罗大维看惯古人妙品的法眼，纵然不能赏识我画的造诣，也该怜恤我卖的力气。就像海派伶人唱十三咳的腔儿，要不倒彩，就加倍唱二十六咳，听的人就讨厌腔儿太贫，却不能不惊讶气力太费，由于恻隐之心，忍不住来声好，使他停止缓气，免得毙死在台上，伶人得这一声好就有饭了。我若得罗大维一声好，就有钱了。半半千室主人打定主意，立时宣布家庭戒严，尽摒一切杂务，对太太也婉商暂停会议，专心作画。从晚饭后就关在房里，静气凝神地工作。

常爱贞知道丈夫是在替自己变钱，看着他画笔一动，就似觉自己的存钱箱中，当的落进一块洋钱，银行存款簿上，嗤的画上一个数码，自然不肯打搅。但她那爱说话已成习惯，几分钟不开口，便觉喉咙发痒，屡次在丈夫跟前打转，要说话又咽下去，变成几声肺病式的咳嗽。最后跑到厨下，和女仆畅谈了一阵国事家事天下事，以及东邻西舍的闲事，方算稍解郁闷。恰巧絮萍家的女仆也在厨下，因为昨夜直到今日，屡次主人呵斥，自然对常爱贞说些抱怨的话，连带把絮萍的情形都说出来。说她昨夜由戏院回来，又匆匆出门一次，再回来便变了样，好像有了什么心事，十分暴躁。今天午时进房收拾，见她和衣睡在床上，房中衣物凌乱，连电话机都摔在地下。午后她下楼，回来更不成神气，直睡在床上不动，好像哭泣。黄昏后又用电话把戏院管事叫来，吵了半天嘴，到底回戏不唱了。到如今还闷在房里也不开灯。常爱贞听了，心中就思索絮萍何以如此，白天自己告诉温素馨和朱绣虎定亲，她好像受了很大刺激，仓皇跑上楼去，看那情形大似和朱绣虎有什么瓜葛。但现在听女仆说她从昨夜就改变常态，又好似和温朱婚事无关。到底什么缘故？就因好奇的心，更想探个明白，但终想不出个道理。在女仆口中，也只能问出表面情形，只好回到房中去办理自己的事。心中却一刻未忘絮萍。及至夜半絮萍下楼出门，她并未瞧见，还以为在楼上睡觉。到絮萍和素馨一同回来，爱贞因伺候丈夫作画，尚未入寝。听得叩门，出去瞧看，见絮萍由外面回来，已自吃惊，再听出素馨是絮萍的客人，更觉诧异。看她们上了楼，就急忙跑进房中，向半半千室主人报告。

这时半半千室主人正在画一个仙女，轻轻勾着脸儿，笔尖恰在仙女的鼻子上。向来画仕女面目最难，鼻准更是关系妍媸的要点，所以注定全神地画着。爱贞却是一时忘其所以，怔匆匆地跑到他的身边，用手一推他的胳膊，大声叫道："你看这件怪事……"只说出一句，半半千室主人应声叫道："你看都人碰坏了！怎么这么怔呀？"

常爱贞低头一看，才看见他所画的仙女鼻子，竟然向外展延，特别加大。当然因为这一碰的缘故，笔尖向外微移，虽然移动仅只分许，但因人物甚小，就差之毫厘，谬以千里，把个东方式的美人，变西洋的人种了。半半千室主人顿足道："你瞧多么糟糕，这一笔还很重，没法补救。再说又是主要的人物。你忙着什么？"

常爱贞才瞪了眼儿，想到这幅画是大有财源可发，而絮萍和素馨的事只是闲白儿，因闲白而坏了财路，实是绝大错误。不由自己后悔，也不顾讲说本来要说的事了，只望着画纸道："我一时没留神，这怎么好呢？"

　　半半千室主人道："我知道怎么好？大鼻子仙女，不是笑话？"

　　常爱贞道："这上面不是好些人物么，就有人脸儿差些，也没关系。"

　　半半千室主人道："若是我随便画时，自然没有关系。这不是送给阔人，有着很大的指望的么？固然只有一个鼻子大些，无奈中国画上的仕女，不许这样。"

　　常爱贞道："其实也没关系，天上神仙府第，谁曾上去过？也许有这样的。"

　　半半千室主人着急道："你简直胡说。天上也许早已是大同世界，王母娘娘兼管九州三界，瑶池开宴，哪一个星球上的人都有。那我还得画黄棕白黑各样人种，岂不更成了新闻？你别搅和了，这也只好用点白粉涂上，重新另勾。只是怕有痕迹，教人家看出来不好。也没法儿，你就快去安歇吧。"

　　说着忽又想起方才情形，就又问道："你到底为着什么，冷孤丁地推我？"

　　常爱贞听他说尚可收拾，心才一松，就把絮萍和素馨的事诉说。半半千室主人一听也拧着眉头纳闷道："真是奇怪，她俩怎会到了一处？你说的任小姐情形又觉可疑。好在没我们的事，不管也罢。"

　　常爱贞道："怎么没我们的事呢，一个是我们的学生，一个是我们的房客。她们鬼鬼祟祟的，我总得弄个明白。"

　　半半千室主人道："你有什么法儿弄明白？"

　　常爱贞听了这句话，忽然心中一转，生出急智，说了声你等着，就向外跑，先到自己卧室，换了双软底鞋，才出室悄悄上楼。蹑着步儿直奔絮萍住室门外，见房门关闭，就蹲下身将耳朵附在钥孔上，立闻有高跟鞋的声音从门内经过，又有絮萍语声说道："劳你久候，我找了半天，方才找着，还疑惑丢了呢。"

　　常爱贞心中暗自欢喜，因为这门内是絮萍的起居室，卧室还在里面，絮萍若把素馨让入卧室，隔着两道门，自己就没法偷听了。现在听着脚步起似是絮萍由卧室出来，分明素馨是在外间起居室，真乃天赐其便。但絮萍所说找着的东西是什么呢？

随又听素馨说道："谢谢姐姐，我太麻烦你了。"

絮萍笑道："何必客气？你看信吧，看他写得多么恳切。朱绣虎倒是写情书的能手。任谁看了也要认定他是出于真情，没有一点虚伪。倘若今夜我若不是亲去找他，便有人告诉他已然变心，我还万不相信。你看看吧。"

说着似乎把信递给素馨，素馨忽然说道："这信上字迹有些模糊，好像沾过水了。"

絮萍笑道："你以为是我的眼泪湿的么？我还没破费过这些冤枉泪。这是昨天我接到他的信以后，带回家中，忘记拆看，到坐到澡盆里，才想起来，就教女仆拿来，且洗且看，所以给弄湿了。"

说完房中就寂寞无声，似乎素馨正在凝神看信。常爱贞越发诧异，听絮萍所说似乎她这里有着朱绣虎的情书，那朱绣虎才和素馨订婚，如何会给絮萍写情书。哦，这当然是早先的事，看来絮萍和朱绣虎有私情，既然如此，她俩应该立在情敌地位，絮萍会把私信给素馨看？素馨现在以绣虎未婚妻资格，怎能忍受这侮辱？岂不要争吵起来？然而她两人竟如此和气，又是何故？想着不由恍然大悟，暗道：是了，这分明是絮萍曾和朱绣虎有过交谊，如今因绣虎别婚温氏，絮萍心中气妒，想以破坏为报复，就把素馨引到家中，将情书给她看。

想着又听素馨发出惊叹之声道："真不怪姐姐上他的当，这封信写得好生恳切。莫说姐姐以前曾和他定过婚约，就是素不相识的人，看见这信，也难免不动心。看来朱绣虎这人好教人难于猜测。他是什么心思？"

絮萍道："我们不必研究他了，只说我们吧。我就给你抄一篇，带回办你的事。"

素馨道："姐姐待我太好了。我真不知怎样谢你。"

常爱贞在外面听着，心想温小姐真是糊涂，她破坏你的婚姻，你还说她太好，对她道谢。只是不明白絮萍所谓抄一篇带回办事，是什么意思。

接着又听絮萍道："我已说过，咱们是同病相怜，理应互助，用不着客气。"

素馨道："我也并非客气，姐姐帮我渡过这道难关，我怎能不感激？从此以后，咱们就是最知心的朋友了。"

常爱贞听着，暗想好个知心的朋友。又闻絮萍说道："本来我在世界上，虽然被许多人包围，其实灵魂却是孤单极了，连个可以说话的全没有。有你做我的知己朋友，我真高兴。"

素馨道："姐姐我说句冒失的话，今天大约是你生命上很大的关键。倘若没有我这番波折，朱绣虎那封信里的话，完全能够实现。你的生活必然就从今天改变了。现在弄到这样局面，你受到很大刺激，以后想要怎样呢？"

絮萍停了一停，才凄然说道："妹妹，你总比我要小两岁，就叫你作妹妹吧。不瞒你说，我这放纵脾气，实是不好。自从因为爱好唱戏，和家庭脱离关系，很受了不少打击。不但亲戚朋友都对我疏远，就是社会上，虽有一班人赞成我为艺术牺牲，大多数却都认为我是堕落了，很少有正经人肯接近我。虽然一天包围我的人不少，可是若考察他们的心理，不是想架着我做招牌，自己弄钱，就是把我当作女伶一类，做不安好心的捧场。总而言之，不是想利用我，就是想侮辱我。我落在这样一个阵围中，请问是什么滋味？慢慢地自己也觉悟过来，什么叫艺术？什么叫牺牲？在戏台上装腔作势，就算艺术么？自己任性胡闹，不顾闺阁身份，去做歌舞生涯，就算牺牲么？不管算不算吧，反正我自己受的苦恼侮辱，自己知道。无奈已落到这个份儿，想挽回已不易了。而且我这人又天生爱负气，万不肯自己回头。只可将差就错，往下过一天算一天吧。不怕妹妹笑话，就是现在我在春和戏院唱戏，名为玩票，实际是被经济压迫，没有路儿，暗地挣了钱了。我虽然年轻不大懂事，可是心里也多少有些分寸。以前还不知道内里情形，自从脱离家庭，登台数次，和内外行接触多了，明白个中人的品格和社会上对唱戏的看法，现在觉得自己混进里面，实在对不住家庭，对不住自己。只是明白已晚，陷进去就不易自拔了。再加上替我办事的人，个个黑心混账，替我捧场的人，全都是别有用心，我更灰透了心，觉得这碗饭绝不能吃。然而已经吃上这碗饭，心里时时难过，就好像俗语说的那句话，没吃着鸭子想鸭子，及至天天吃鸭子，又恨鸭子了。再说我精神上十分寂寞，每天眼前巴结周旋的，全是仇敌。空处在繁华世界，实际倒像独自生活在没人的岛上。你想想我的心境够多么可怜。哪知偏巧朱绣虎就在我这样心境里露了面，所以我看到他的信，那样容易感动，就因为我已经对现在的生活过腻了，正恨不得及早脱离，寻个正经归宿，休息我的身心。就认为朱绣虎是能拯救我的人，多谢他给我一个自拔的好机会，因而一片心都落到他身上。如今经了这番变局，我倒没受很大刺激，也没什么改变，只于觉悟我的命运是不可挽回了。说句迷信的话，也许我们任家应该出这个丢脸的女儿，我本身命中注定要成为优伶，我又何必挣扎？就认命好了。从此再不胡思乱想，只老实唱我的戏，认定别个女伶走过的路，我也跟着走。将来也许唱红，也许唱黑了，也许像她们一样，被哪个阔人买去做姨太太，我都听天由命。并且从明天起，再不避讳下海的名儿，也别再叫什么楼主，混充票友，惹人说话，就教园子改写梅派花衫女艺员任意琴好了。"

说着咯的声笑道："可是我忘了，现在我还能以票友小姐资格，跟你称姐唤妹。到正式成为女伶，你就未必肯交我这朋友了吧？"

素馨接着道："姐姐，你这些话说得教我可笑。这完全是受过刺激的负气行为，亏你还说没受刺激，没有改变呢。我看你这回因朱绣虎的打击，伤心很是厉害，居然一切绝望，竟安心作践自己了。这是不应该的。一个人要禁得住风波，不能一受挫折就灰了心，只听命运拨弄。你既然觉悟自己行为错误，就该自己竭力挽救，朱绣虎这节事只当作没有。现在女子的出路虽然很小，但若努力尽心，也未见得除了唱戏就没有别的道儿，除了朱绣虎也就没有别个爱你的人。"

絮萍笑了一声道："妹妹你说的自然是正理，不过我的难处你哪能明白。一个人若是一直循规蹈矩，总保着本来的名誉身份，旁人都看重他。他无论做什么事，都能顺利，可是一朝堕落下去，名誉身份都受了损伤。就好比本来站在高坡上，一落到坡下，再想往上爬，可就难了。坡上的虽然一伸手就可以拉他上去，但是人人都怕弄污了手，谁也不肯管这闲事。你现在是纯洁无瑕的小姐，万万想象不出我的情形，才说出这有道理，却不知艰难的话。我很感激你，也很愿意照你的话办，无奈我现在好比坐在儿童所玩的滑板上，已经溜到中间，照直溜下去，毫不费力，可是若想停住再向上爬回，就很不容易，也怕来不及了。"

素馨道："那又何致如此？你说得未免太过。"

絮萍冷笑一声道："妹妹我说的并不太过，以前我还以为虽然唱戏，仍然有我的闺秀身份。现在可明白，绝不是那样。人们看我比女伶还自不如。头样女伶是迫于家计，情有可原。我却是自甘堕落，罪加一等。二则女伶是光明正大的挣钱，我却是打着票友的旗号苟图衣食，这也是实情。诚然我近来暗地里唱戏挣钱，不过我何尝愿意？只为家庭和我断绝关系，没了经济来源，不仗这个对付几个钱度日，难道还去做更不堪的事么？但是一般亲友谁能替我想呢？不用说旁的，只看方才的事，我跟你一样是世家小姐，并不低微，试看朱绣虎对你我二人的态度，就相差到天上地下。你不嫁他，他还拼着命赶着你。我赶着他，反倒吃他没趣。这不就为着我自己做处轻贱，才被人轻贱么？不但朱绣虎，旁人也是如此。只要是正经人，就不把正眼看我。至于那些赶着巴结我的，全是不安好心。捧惯了女伶，又想捧个小姐出身的女票友，尝尝新鲜滋味。这些人当然都是毁我的。不过我现在就是这么个局势，若往上走，便到处碰壁撞钉，往下走倒可以舒心顺气。妹妹你想，一个人得了重病，指望名手大夫医治，可是人家全不肯管，就是勉强请来，也只责备我为什么不自检点，得这丢人的病，臭骂一顿，仍旧不肯开方。我为求活命，只好请教庸医。庸医倒很能巴结我，给的药又是甜的，吃着既然可口，还能见效。我明知糖衣里面藏的是砒霜，久服必死，为图眼前舒服，也只可拼出去了。妹妹你我一见如故，我把你当作知心人，才把向来存在心里苦衷对你诉说，跟旁人向没提过。你听了可以明白我不是自甘堕落，只为当初一时错误，认定了唱戏是爱好艺术，十分正当，而且也是我的自由，旁人不该干涉。偏巧家里对我管得太紧，那朱绣虎父子又认为我唱戏辱没门风，打退亲事。我受了刺激，就更负气起来。宁和家庭断绝，也要上台唱戏。哪知只顾跟别人怄气，结果反害了自己。一步走错，满盘棋都输了。现在落到这般情景，没有旁人可以埋怨……"

素馨接口道："姐姐你说的话我不赞成，怎么明知是毒药仍旧要吃？依我看，你不许立时改过，完全弃绝歌舞生涯，改弦更张，规规矩矩守我们女孩子本分？就是生活有问题，只要拼着辛苦节俭，设法寻个职业，或是笔墨，或是手工，都可以养活自己。这样过些日子，人们对你的印象自然改变过来。你父母知道情形，必不忍你在外受苦，定要接回家去。那样一来，不但骨肉团圆，你的一切也全恢复了。"

絮萍听了扑哧一笑道："妹妹，你越说越对，可是未免太没阅历了。还是那句话，我明知是好话，无奈是办不到。你要想我原来从小娇养惯的，这二年又过惯了放纵生活，简直受了他们生意人的传染，一点没有节制，尽量地挥霍，尽量地舒服，过今天不管明天，有钱就忘了受窘。像我这样的人，要教克勤克俭，习苦服劳，你想可能够么？"

素馨道："我不怕你过意，这样岂不是自甘暴弃？姐姐你要往远处想，不要只顾目前。明明有着很光明的前途，偏要自己投进黑暗地狱。我劝你仔细想想，急速改变生活，受苦也不会长久，准可以骨肉团圆，恢复原来地位。否则长久在外飘荡，教你父母挂念，你又于心何忍？他们虽然和你断绝关系，起因也为着逼你学好。你现在既然觉悟，还用我多说么？至于在你转变时期，我可以尽力帮助，绝不会教你受窘。"

素馨说完，沉寂半晌，才听絮萍发出凄叹声音道："妹妹，今天交着你，真是不枉。这还是我二年来第一次听到的好话，教你说动心了。其实我那母亲是位继母，正愿意我永不回家，才拔去眼中钉。家父却自幼爱我，这二年为我生了许多气，近时时常生病。我实觉对不住老人家。妹妹这样劝我，我更不能辜负你的好意。现我组织的戏班，管事人都像强盗一样，我也很灰心。不过立刻脱离，既然违背合同，他们必不肯依。再说我也不忍教成班的财东赔很多钱，只好对付着唱满这一期，就把唱戏生活完全结束，照妹妹的话实行。至于怎样实行，还得你用些心管着我。我好像个脱缰的马，在山里野了许多年，再捉来套了笼头，背上鞍子，简直不会走了。"

素馨因劝转她，十分欢悦地道："那是自然，我一定常常和你盘桓，直到你回了家庭，才算卸去责任。"

絮萍道："谢谢你，我若从此把命运扳过来，你可真是我的福星。"

素馨道："我们谈不到这个，不过互相帮助罢了。你的事得慢慢进行，我以后常来看你，随时商量。现在你且把我的事办完了，天已不早，我得回家。"

絮萍道："好，我接着抄。还只剩一点。"说着稍为沉默了一会儿，絮萍才作娇慵声道："可抄完了，他少写点儿不好？害我费了这半天功夫。"

素馨咪的一笑，便闻折叠纸张之声，想已收了起来。

常爱贞把房中二人所说的话听了个逼真无遗，但是蹲的时候太大，觉得腰酸腿疼，立直了身，用手轻轻捶着腰，心想原来是这样一桩事，真乃离奇曲折，使人意想不到。那朱绣虎原来曾与絮萍定过婚约，以后因故解除，最近又因家庭主持和素馨议婚，偏在这时朱绣虎又回心转意，给絮萍写了情书。不知怎么没有结果，朱绣虎又服从家庭主张，变心爱上素馨。便絮萍已被他的情书勾起旧情，竟去寻他相传。哪知素馨也因心中早有爱人，寻朱绣虎去求请解约。不知在哪里三人会面，大约当时情景非常好看。絮萍信了情书上的话，竭力赶着朱绣虎，不知朱绣虎已心在素馨，素馨却只望和他解约，切实拒绝。这样转着圈儿的追逐，完全阴错阳差。料想大家明白意思以后，必各有一番说不出的难堪滋味。结果絮萍满心热望，吃了朱绣虎的没趣。朱绣虎的一片热忱，也撞了素馨的硬钉。素馨更是希望朱绣虎允许解约，而朱绣虎因为爱她，就借口婚约是家庭所定，不肯答应。于是三个人都失望了，弄到不得要领而散。絮萍和素馨本立于情敌地位，但经说明之后反而互相同情，互相帮助。絮萍肯把朱绣虎给她的情书抄一份送给素馨，做她向朱家解约的把柄。素馨感激絮萍，就把絮萍引为知己，劝她努力向上，抛弃歌舞生涯，恢复本来闺阁身份。絮萍居然接受劝告。看来以后素馨和朱家的婚约必将解除，而絮萍也将要改变生活了。

常爱贞想着，好奇心已算完全满足，但已累得通身酸乏，心中又感到不上算。自思这于我什么，竟弓身蹶臀地听了半天，比走十里路还累。接着又一转想，心中似有所悟，想到她们的事并非和自己完全无关。今儿早晨还从温朱两家的婚事上得到很大的好处，现在两家婚事行将破裂，算是白闹一场，只作成我家销了几幅画。如今虽然破裂，总不能把画儿再行退回，管他做甚？可是他两家婚事的成功，我已从中得利，婚事破裂，我怎能看着？我虽不是媒人，但也从中有关系啊？她这样一想，忽地生出妙悟，感到又有利益可以到手了。猛然将手抚膺，暗道有了，高兴得几乎叫出声来。幸而很快地咽住，就要转身下楼。

正在这时，忽听楼下一阵敲打大门声音，她急忙蹑步向楼梯走去，将下梯级便听下面半半千室主人开门和人说话，跟着就喊叫自己。常爱贞不敢答应，只得飞步走下。到了楼下，只见半半千室主人正立在画室门外，街门已开，一个仆役打扮的人立在对面，和他说话。常爱贞赶到近前，还未开口，半半千室主人已向她说道："任小姐呢？"

常爱贞道："在她房里，有什么事？"

半半千室主人指着那仆人道："这是她家里的仆人，前来报告任小姐的父亲已经去世了。"

常爱贞听了愕然，急忙要上楼去叫絮萍，却听楼上一阵脚步声，似乎有人下来。知道素馨要走，絮萍送她下楼，就向上喊道："任小姐下面有人找你。"

上面的絮萍和素馨已相挽着下了楼梯，闻声问道："谁找我，这三更半夜……"

说着已下楼梯转角，能看到下面，瞧见对面立的仆人，不由咦了一声，三脚两步跳了下来。素馨随在后面，半半千室主人看见这位阔学生，急忙招呼道："你在楼上哪？我还不知道。进房里坐坐。"

素馨还未答言，已被絮萍的呼声引去注意。絮萍先向着那仆人道："你不是我姑母家里的管家胡升么？"

那胡升应了声嗻，跟着行礼说道："太太叫我回禀您，任二老爷过去了。"

絮萍听了，猛然两目发直，面色大变，身体战颤着，向后一退两退，倚到楼梯下的方柱上，神情昏惑，随即眼泪和声音同时发出，叫道："我……我……我父亲，我父亲……"

那胡升答道："是任二爷过去了。"

絮萍将手抚头，惨号一声，向下一溜，便坐在楼梯板上。悲声号泣。旁边的素馨听着也如闻到青天霹雳，世上竟有这样不如意的巧事，她本想回心向上，图谋骨肉团圆，怎父亲就会恰巧逝世？虽然她与老父已然断绝关系，但天性之亲，终难泯没。而且又当受我劝谏，觉悟前非的当儿，对于老父正有无限亏心，待要补过。正有无穷希望，向他倚赖，而她父亲竟然死了，这才真是抱憾终天，伤心千古。看着替她难过，不由也陪着坠下泪来。那半半千室主人虽和絮萍无甚感情，但见她遭逢大故，哀泣欲绝，也不禁代为惨然。只有常爱贞心中另有算盘，眼中望着絮萍，口中啧啧叹息，心里却在盘算她自己的事。

这时素馨推着絮萍道："姐姐你先不要哭，且问什么情形，好做打算。尽在这里哭死，也尽不了你做女儿的心。"

胡升也道："小姐先别哭，我们太太还有话。"

絮萍才停住悲声，抽咽着道："姑母说什么？我父亲几时去世的，得的什么病……"

胡升接口道："我们太太就为这个给您送信儿，任宅二老爷本来早就病着，我们太太也不断去看。今儿晌午，忽然任宅派人送信，说二老爷过去了。我们太太赶了去，才知在十二点前咽气，就跟着忙起来。听二太太跟大家商量，教大老爷的孩子承重，又怎样办事，怎样安排，只没提到小姐一个字，也没听说给您送信儿。我们太太就用话点着说，可怜二老爷一世只生了个女儿，临死还不在面前。那知任二太太不答磕儿。我们太太不便深说，赌气回家，对我们说，任二太太岂有此理，二老爷只有一个姑娘，虽然已经断绝关系，可是骨肉至亲，怎能连个信儿也不送，岂止教死鬼难过，就是小姐日后也要生气。继母本来没有好心，不理你也就罢了，怎么亲姑妈也不给个信儿？所以我们太太教我来请小姐，先到我们家去一趟。"

絮萍点点头，又哭了起来。素馨扶着她道："好姐姐，你不要哭，既是令姑母叫你，你总得去一趟。也好商量商量怎样回家。"

絮萍拉住素馨的手，摇撼着道："妹妹，你瞧我这个命，真太苦了。赶得这样巧。"

素馨道："你先不用伤心，后来的事咱们慢慢地想法。现在先去见令姑母要紧。"

絮萍道："那是自然，我去和姑母商量，赶着回家奔丧。我并不想什么家产，那只是我继母的私心。我只要去给父亲陪灵守孝，我做女儿的本分，完了事我就离开。只是怕她们还执着脱离关系的话，不教我进门。"

素馨道："大约令姑母教你先去见她，也是为这缘故。你就快去吧，先上楼擦擦脸，换上衣服。"

说着扶她立起，絮萍向那仆人说道："你给雇一辆车等着。"

仆人道："我是坐宅里的汽车来的，不用另叫。"

素馨说道："好，你候一候。"就扶着絮萍转身上楼。

这楼下的尤家夫妇对怔了一会儿，那常爱贞忽然拉着丈夫进到房内，关上房门，密语了半晌。随闻外面有步履下楼之声和汽车响动，知道絮萍和素馨都已走了。这时已是残更向尽，天色将明，半半千室主人打着呵欠道："你就去么？"

常爱贞精神振奋地道："我自然要去，怎能耽误？"

半半千室主人道："你不怕和她遇见么？"

常爱贞道："没有的话，人家深宅大院，老爷有老爷的书斋，小姐有小姐的绣楼，就许隔着半条街。不比咱们这一亩三分地，来了人就打鼻子碰脸，谁也瞒不了谁。"

说着就取了外衣披在身上，向丈夫说了声："你听好音吧，我这一趟就许抵你画半年的。"

半半千室主人道："不过我寻思着有些……好像对不住人。"

常爱贞撇着嘴道："混话，我这是成全他们，怎说对不住人？你好糊涂。"

半半千室主人拱手笑道："那么你就多偏劳吧。"

常爱贞方才得意扬扬地出门，在街上走了数步，方才遇着车子，叫住坐上去，说了地名，那车夫飞驰而行。到了地方，她下车之后，走到一座高大宏阔的铁门前面，举手按铃，料想门内仆人都在睡乡之中，半晌才有人出来问她找谁。常爱贞说："我要见温树人温老爷。"

仆人说道："您来得太早啊，我们老爷早睡下了。"

常爱贞道："不会的，你们老爷吸烟，每天都得日头出来才睡，我很知道。再说我有要紧的事，就是睡下了，也得惊起来。"

仆人想不到她知道如此清楚，怔了怔道："您有什么事？"

常爱贞道："我的事若能告诉你，还能算要紧么？我姓尤，你们小姐在我家上学，你这该明白我不是没来由的，快去通报。"

那仆人似乎无可奈何地说道："那么您请候一候，我去看看。"

说着转身进去。常爱贞独立在晓风寒峭之中，也不觉冷。过一会儿仆人出来，冷冷地请她里面坐。常爱贞知道已有希望，欣然走入。那铁门轰隆一声关闭了，门外重归寂静。过了约三十分钟，天色大明，四外市声渐起，街上也有行人车辆经过，而铁门方才开了。常爱贞重走出来，面上似有喜色。兴冲冲地前行，转过街角，方才见到一辆洋车，她

174

又叫住坐上，走了约有里许路程，又停在一座大宅门前面。常爱贞下车又去叩门，这时已有六点多钟。这宅门却和温宅不同，一按门铃，便有仆人出应。常爱贞便说请见朱乃文老爷。仆人问了她的姓，又问有什么事，常爱贞仍答以要事必须面谈。

那仆人回答："老人不定起床没有，等我进去看看。"

常爱贞道："你们老爷昨天还在我家对别人说过，他每天不到六点就起床了。你别瞒我。"

仆人向她瞪瞪眼，没说话就进去了。须臾出来，延请入门，这次又耽延了半点钟工夫，她又出来，腰脊越发挺直，面上眉轩色舞。双手插入衣袋，大踏步前行。心中思想，自己成全了一桩婚姻，得了两回酬报。昨天朱家单独谢我，今日联合谢我，总计约在两千元以上。做了德行事，还得金钱，真是世上便宜事，无有更逾于此。我只听了絮萍和素馨的私情，将以朱绣虎情书做退婚把柄，我却用这偷来的秘密，向温朱两家的家长先行告密，虽不知将要如何办理，但素馨的秘计却已败在我手里。她的家长已然胸有成竹，到素馨献出情书，请求毁约，她的家长必然予以驳斥，仍逼令嫁给朱家。这一对璧人，仍旧联为配偶，我岂非功德无量？但是向温家报告，使其压制素馨已经够了，向朱家报告，都是蛇足。但不去报告，我这右面衣袋又怎能鼓起来呢？方才朱乃文听了我的话，虽无表示，不过他既知道素馨先已有了爱人，又百计千方地毁败婚约，以后是否还要素馨做他的儿媳，实难测试。所以我这是成全，还是破坏，是作德还是造孽，也还不能断定。

常爱贞这点思想，是被晓风吹拂，阳光照耀，才由晨气中生出一点天良。但从这一点天良中，必就悟到自己的行为造孽多而作德少。若是没有酬报，还可以善意成全自解，如今既利用他人秘密作成自己的利益，怎能还说是成全他人？何况这一揭破素馨的秘密，她的父母必不允许解约，朱乃文那面，恐怕不但定要解约，还要给她以很大羞辱。朱绣虎夹在中间，将要如何？素馨将要如何？而她的情人又将如何？这样想来，以后难免要有意外的事发生，完全是自己造孽。现在所赚的钱，真是带着血腥气了。

常爱贞想得不错，她这钱果然是带着血腥气的，不久就可以看见了。正是人间万恶，都由金钱而养成。海外三山，在白云缥缈之际。

175

天津市的戏院在昔年常是长期演唱，一个戏班守着一座戏院，唱起来便是一年半载。主角也是独霸一方，长久营业。例如下天仙的杨小楼，丹桂的吕月樵，东天仙李吉瑞等等。但到近年地运南迁，原来的剧院都渐渐败落，新开的剧院多在租界，风气也大为改变。很少长期演唱的戏班，差不多全是不预备一部底包，临时接京班演唱短期，以变换新鲜，号召座客。这一期是马连良，下一期是荀慧生。但遇着一班唱完，另一班尚未接洽成功之际，戏院便要空闲几日。在这空闲之际，也许有人租给演义务戏，也许由院中自行约请本地伶人或是票友杂凑一班，以补空隙。若没人租赁，本院也凑不成班，那就足可空闲下去。人们走在戏院门口，看见关门闭户，也视为故常，不加理会。若在早年，便要传说某院歇业关张了。

　　春和戏院也是一样情形，这时正当北京发生特别状况，京角儿都不能出门，所以由絮萍楼主的班子唱了一期十天，却是营业甚盛。演完之后，院方要求继续。絮萍竟坚辞拒绝，连班子也解散了。院中既接不来京角，也只可任其空闲。不过只空闲了三天，院门外又贴出戏报，到了第四天晚上，灯光重复光明。行人过去观看，只见戏报上写着是红芳社，所以角色俱和前者絮萍楼主领导的班子相同，只把主角的絮萍换成了醉红轩主。另外加了一个昆班小旦名叫谷凤鸣的。这头一天的戏码是醉红轩主的《法门寺》《醉酒》双出，谷凤鸣的《春香闹学》。人们看着纷纷议论，怎样又有票友出世了？以前的絮萍楼主还只是以票友出名，并没起什么班名，虽然外面传说她已经下海，却还未曾这样大张旗鼓。如今这醉红轩主居然与内行组班的方式，起名红芳社，岂不是明言下海？那絮萍楼主唱得正红，何以忽然停止不唱？又何以换了这醉红做主角？这醉红当絮萍盛极之后，是否能够继续呢？大家都纷纷猜疑，有认识醉红的人，更觉诧异。不解她何以突然成班。

　　其实内中却是大有原因，只为醉红天性嫉妒，因见絮萍演戏得意，大出风头，不由生出羡慕之心。想到自己也一样是票友，艺业也相差不多，如今看着她名利双收，自己望尘莫及，实觉于心不甘。妇人心窄见短，并不度德量力，只想追踪絮萍，也登台演唱，出出风头，并且在经济上寻些出路。于是去找她在烟馆所识的朋友黄河套，请求设法帮忙。在她眼中把黄河套当作豪客，恰值黄河套正陪着一位朋友说话，那位朋友姓赵，号叫梅坡，年已五十多岁。曾开过娼窑，成过戏班，贩卖过人口，私运赤鸦片。不过近年积蓄已多，洗手不干，只还开着一家妓馆，教他的姘妇经营，自己向不出面。本身却开了一间古玩铺，对外以正经商人自居，竭力装作上流人士。恰和黄河套是一流人物，所以相交甚密。当时醉红去到烟馆，黄河套给她介绍赵梅坡，闲谈一会儿，醉红又提起自己希望登台唱戏的话。黄河套使处滑头计策，便指着赵梅坡说："赵二爷成过戏班，又广有钱财，遍地朋友，是位老资格，为人更极热心。你想唱戏，最好跟他商量。"

醉红也知道黄河套是推托之词，但看赵梅坡举止豪阔，心想管他树上有没有枣儿，先打三竿再说，有了更好，没有也不费我什么。当时就向赵梅坡竭力表示好感。那赵梅坡是老江湖，敷衍人的手段十分高明，二人是甚为投缘。

赵梅坡问明了醉红的志愿，就对她说："凭洪小姐的容貌能为，上台准能大红大紫。不过现在唱戏不易，玩票有什么意思？下海呢，给人挎刀挨压受气，还没有出息。自己成班，必得人力财力，还加上运气人缘，不是冒失可以干的。不过我是这里面的虫豸，阅历多了，主意也有得是。咱们将来等个机会，我准捧洪小姐一场。您做主角，我办后台，卖卖老力气，还能干一气。至于钱力人力，您更不用介意，我一句话就有了。"

醉红听了他的话，大为欣喜。不由信赖他是个有力量的慷慨之士，必能帮忙。却不知赵梅坡只是信口开河，并无诚意。结果谈到末了，赵梅坡许着她只有可以上台的机会，便去寻他，定然尽力相助。醉红得了希望，以为凤愿将要得偿，却不想自己一个无名票友，想要上台做主角，谈何容易？若是偶然唱义务，或是票房彩排，也还可以，若想名利兼收，像絮萍那样，实是妄想。固然大家同是票友，她能办的，别人未必不能。但絮萍天赋既然超绝，而且大部号召力量还在她的高贵家世。醉红比她差得太多，想要寻絮萍同样机会，又哪里能有？那赵梅坡也是明知不可能，姑妄许之。这就等于向一个乞丐说，你若发了财，我必送你一座楼房。乞丐欣然以为有得到楼房的希望，却忘了自己如何能够发财？不能发财，楼房又怎能得到？

不想机缘凑巧，竟发生造英雄的时势。过了十来天，絮萍结束了歌舞生涯，决心退隐。班中底包等倒没什么不了，离开这里，还可到别处混饭。几个二三牌的须生武生倒很着急，因为他们艺业太差，总没他人领教。但既无法挽回，也只好听其自然。恰有那包办一切的管事王七，却是最为懊丧。他正把甜头吃得惯惯儿，絮萍这台戏，直等于替他唱长期搭桌。因为幕后财东是外行，主班台柱是外行，前后台都是他的私党，尽可上下其手。又值营业极盛，收入甚丰，每天约有二三百元入到他的私囊。他自觉走了好运，正盘算着每天二三百，每月七八千，一年十来万，十年百余万，眼看就要成为富家翁，却不料絮萍忽然发现出晴天霹雳，一声扣锣报散，把他的美梦惊断，急得天旋地转，屁滚尿流。想尽方法向絮萍央告恫吓，絮萍心意已决，又加顶着丁忧的大题目，就是补足使用合用期限的几天，也未曾真个上台，只于请人代替演唱。絮萍声明不受酬报，王七也没法奈何，只好要求她等出殡以后，仍行续演，絮萍严词拒绝。又要求三日以后，半年以后，服满以后，絮萍答以一连串的摇头，声言再不唱戏，就过十年也是不成，王七方才绝望。

但他吃得馋了，就似那守株待兔的人一样，因为在树下得着兔子，就认为树下是出产兔子的地方，坐守不去。王七因为从女票友受人欢迎，已成风气，絮萍既然成功，别人也许能和她一样。即使叫座能力差些，能抵絮萍一半，自己也能从中取利。好在有山便有柴，樵夫进了童山，也不会空手而归，捡些荒草，也胜似无柴可烧。于是他先把班中配角底包拢住，令其且莫散去，等待寻着主角，仍可演唱，一面尽力寻访自做主角的女票友。但是并非容易，能够唱两出的太太小姐，固然多如夏日的蚊子，无奈也只能唱有限的戏，会一出"起解"，半出"探母"，上过两次台，便算名票一位。有报纸不费钱的油墨，人嘴里不费力的唾沫，大家一顺情颂扬，更是不可一世。其实问真了，连那仅有的一出半，也唱不好。不过玩票容易得人原谅，便唱糟了，人们倒可以把戏当相声听，更收开心醒脾之效。但一下海卖钱，就不成了。无论不能天天早场"起解"，晚场"探母"，而且听戏的人也不肯优容了。俗语说褒贬是买主，倒过来说，就是买主也有褒贬的权利。褒固难得，贬却不易消受。何况连贬的人还未必慨赐光临呢。至于会戏多、唱得好的女票友，也有几位，只是有的身份甚高，绝对不肯下海，有的虽是小家碧玉，起初学戏玩票，就为着大出风头，力争上游。如今已收了出风头的效果，因玩票的缘故，得到金龟贵婿，大愿已酬，就不肯再纡尊降贵去唱戏。就和昔日料第中人一样，读书只为求取功名，功名已得，再教他寒窗攻苦，自然万万不肯了。

王七东访不得，西求不就，急得没法，但却没想起醉红来。还是醉红先得知絮萍丁忧退隐的消息，又从一位嫁作财主太太的前任女票友处得知王七正在访求女主角，继续絮萍的后任，不由大为动心。认为机会到了，觉得王七必然要和自己接洽。不料等了两天，竟没有来。醉红忍不住，就烦了个朋友向王七示意，王七知道醉红艺业还不甚差，颇有做女主角的资格，只是平时过于招摇，名誉很有问题，未必有叫座的魔力，持久的人缘。但是一时人选难得，只可去和她商量。两人当面计议，好似针锋遇着麦芒，尖对了尖。醉红高自位置，既知絮萍在班中所享权利，所受待遇，竟要求比她提高，起码也要相等。王七眼中的醉红却连絮萍一半也赶不上，怎肯答应？只给个漫天要价，就地还钱。醉红撒娇作态，使乖弄巧，无奈好似五行山下的猴，也脱不出如来佛的掌心。王七早看出她跃跃欲试的心意，又因她是毛遂自荐，好比人到商店去买物，只有依从商店的价格，若是商人携着货物，向人家叩门求售，虽然明是好货，主人切不肯出高价了。王七竭力折勒，醉红虽很气恼，却因虚荣心盛，又在穷窘之中，求钱心切，只要屡次让步。让来让去，虽表面也争得一点权利，但全是虚好看，实际仍就了王七的范围。大致是表面待遇和絮萍不相上下，酬报方面，每场戏只大洋二十元，脑门大洋八元。无论带几个私房随手，统包在内，不另开钱。又约定即使天天十二成满，酬报也只这些。若是上座不佳，却要打厘。醉红委委屈屈地答应了，心想你这时尽管剥削，将来上台，只要叫座，我就拿糖，你照样得乖乖儿地给我长包银。就又高兴起来，忙着找弦师遛嗓，借钱置备行头。满心希望，只等一战成功。

哪知王七第二日又来见她，本是约定立手续，却不料事出意外，他竟然表示毁约。醉红大惊，问是什么缘故。王七唉声叹气说了出来，原来在絮萍成班时，幕后财东吴韵之因絮萍才出钱帮忙，这一期戏虽因絮萍丁忧，后半期营业衰落，统算仍然赚钱。而到结束之后，王七报销却是赔累。吴韵之的老本只收回不到三分之一，自然甚为不快。及至王七约好醉红，以为吴韵之捧角有癖，必然肯继做财东。哪知一去商量，竟遭拒绝。吴韵之要捧的只是絮萍，如今絮萍辍演，又行蚀本，已然十分懊丧，怎肯再做冤桶？王七撞了钉子，知道这处伤足以致命，除了作罢，更无别路，只可向醉红声明解约。

醉红正因夙愿将偿，心中好似抱着一盆的热火，突被兜头浇了冷水。幸而她身体尚壮，又不肥不老，否则直要受急成了半身不遂之病。但也不住通身抖颤，眼泪直流。就是她以前丧夫丧父，也没有这样悲痛。当时勾起满腹心事，自己嗟伤自己的薄命，恨不得恸哭一场。王七也黯然相对，说实在没有法儿想，除了现在能另请一位财东，可是现在有钱的人都比泥鳅鱼还滑，谁肯干这个？醉红听着，忽然心中有触，大叫："有了，我想起一个人可以商量。"

王七忙问是谁，醉红想了想，竟卖关子道："我说了你也不认识，再说也不定成不成。今天晚上我去问问，明后天你再来听信儿。"

王七仍想探问她所指的是何等样人，无奈醉红只不肯说，只得约定后日相传，告辞而去。

醉红熬到晚上，便去烟馆去寻赵梅坡，恰值他不在那里，只可给他开的古玩铺打电话，才把他打了来。醉红迎头先把自己的事情说了，又提到一切安排就绪，只等登台。却不料波折横生，原来的财东竟不肯再行帮忙，因为他是捧絮萍楼主的，拿着烈女不事二夫的劲儿，说什么也不肯帮我。真正可气。我就跟管事的王七说，不用求他，别打算缺了鸡蛋做不成糕。我姓洪的也有好的厚的，肯捧我——所以我就找了大爷您来。咱们有约在先，您对我的热心，这回可用着了。好在一点不用费事，园子闲在那里，底包配角摆在那里，人马三齐，只等开锣唱戏。您拿出笔钱来就算大功成就了。说着又灌了许多米汤，抓住赵梅坡以前的诺言，把出钱的责任硬按在头上，教他没法闪转。那赵梅坡当日只是信口之言，并没真心，只为着看醉红姿色不错，才顺情说好话，博她欢心，临时享受些眼角情波，樱唇媚笑。说到捧她成班唱戏，却认为是绝不可能的事，根本无须自己推托，她先就没有这种机会。这时却不料醉红竟接了絮萍楼主的现在后场，成为万事俱备只欠东风的局面，来要求话应前言，出资相助。赵梅坡不由怔了，他若认为醉红唱戏有赚钱的把握，也许愿意做这桩生意，无奈以他积年经验观察，料着醉红名气技艺，俱都欠高，冒昧组班，实是轻举妄动。自己若出资帮她，直是掷于虚牝，当时就犯了犹疑。他倒不是无法推托，也不是恐怕食言对不住人。以他的行为而论，向来说谎变卦，连脸都不红一红，还能把亏心的事说得理直气壮。这时对醉红更无所用期踌躇。不过他是另有盘算，想到在醉红身上下一点资本，也许有法不致赔累，也许有法只教她赔累而自己不伤本儿，反而能从她身上得些利息。

赵梅坡见多识广，满腹奸谋。眉头一皱，眼珠几转，便得了主意，同时醉红的命运也就被他判定了。他满面笑容，做出慷慨的样儿，一口应允。但是提出个条件，第一他因着种种缘故，不能出面，也不能教人知道他是幕后财东，所以只能以借贷的方式帮助醉红。他先出两千五百元，由醉红书立借据，拿钱自去运用。第二他的意见，票友组班终是不能名正言顺，最好拜位内行师傅，正式下海，从此以唱戏为业。他这两个条件，第一条说得非常决定，醉红明白他是有心藏奸，不肯做无限供给的财东，而且把责任推到自己身上，营业好时，他可以照例分钱，若是赔累了，他却不受损失，仍可拿着借据，做自己的债权人。这简直是跟他借款，和原来所说的帮忙方法大不相同。醉红也知道这样做法前途十分危险，但是戏瘾太大，欲望太深，只为求荣贪利，就忘了受害，想到现在若同他们通融两三千元，总无希望，好容易得他肯借，怎能错过机会？固然借债危险，而且丢人，旁的女伶女票差不多都能够笼络一两位财东出钱成班，赚了是角得便宜，赔了却只害财东倒运。现在自己落得借钱唱戏，未免有愧于同行，对絮萍也觉没脸。但是除了这条路儿，我没法上台，也只好委屈应承。好在凭我这副容貌，这条嗓子，历年来也学得颇有些能为，混得了薄薄有些名气。这次上台，事前请了报馆老爷，抹抹他们的嘴头儿，请求大大宣传一下，我上台再洒上一气，把皮簧当蹦蹦儿唱，也足能叫几个满堂，引住些气迷心的长座儿。据他们计算，只要场场上六成座，就够开销。难道凭我连六成座也叫不来么？

醉红这样一想觉得有赚无赔，借赵梅坡这二千五百元做本起码也可弄个对成，于是就答应了这第一条。至于第二条，醉红却不明白他用意何在，但赵梅坡虽说是贡献意见，语气中仍是挟制她必须照办，否则便要影响第一条。醉红想想自己本来无拘无束，而且现在积蓄已空，亏累甚巨，眼看不能支持。想嫁人做依赖生活，无奈放纵已惯，受不了规矩管束。而且虽然接近男子甚多，无奈全是临时游戏伴侣，细加甄选，却苦没人可——再说也没人敢娶自己这样荣华的女子。若想做事谋生，又万万受不住辛苦，而且社会上女子职业大多收入微薄，怎能养得了自己。就是女权兴盛，有人请我做简任职的高官，那每月几百元的薪水，也不够我挥霍，何况也没有这种事。所以细想起来，只有下海唱戏，既合我的性格，唱红了又可供给我的挥霍。固然并没有唱红的把握，但既除此更无别路，也只可拼出去背城一战了。赵梅坡既逼我下海，我就趁坡下去也罢。至于以后是被海水淹死，还是个海底捞月，和付三台，那就看命运了。

当时主意打定，就完全依允。赵梅坡真是慷慨大方，并不问她成班的详细情形和营业有否把握，就给开了张二千五百元的支票，只要醉红立了张借据。借据也并未提及组班一字，只写某人现因急用，借到某人名下洋若干元，言明两月以内定行清还，并无利息等等很平常的话头。醉红千恩万谢地收了，梅坡又提议教她拜一位在天津专以教戏为生的内行池小亭为师，又荐举一个姓简行四的人做她的跟包。醉红只好百依百顺。商议既定，醉红告辞回家，自以为饱载而归，却不知已经带上枷锁，无形中锒铛而行了。

到了次日，她再等待不得，就派人找来王七，对他说已经寻得财东，教他预备开锣唱戏。这时她也不隐瞒了，把赵梅坡说了出来。王七久闻赵梅坡的大名，对他做这冤桶已觉诧异，尤其他拿出了钱，竟不管事，好像不知此中弊端重重，居然放心交给醉红自理，实觉莫名其妙。但他本抱着有水就有鱼，唱戏就有钱的主义，并不研究细情，只求醉红能够演剧，用他管事就成。他也知道这局面不会长久，更安了反刍动物的心，打算一顿吃得胃脏充满，日后再慢慢咀嚼充饥。当时就和醉红议定，尽量赶快开演。他自去筹办，醉红这一面就在赵梅坡命令之下，第三日便拜了师。一切仪式筵宴，都由那位新拜的师傅主张。请了百八十位客人观礼，一顿饭吃去了四百多元，醉红心疼也说不出来。

她的师傅和赵梅坡又以为既然拜师下海，正式演戏，当然应该仿效内行行事，创立社名。醉红被他们说得满心高兴，以为自己前途有望，不难长峙剧坛，和女伶中什么皇后主席互争雄长，就完全依议。但是起个什么社名好呢？眼前这群人对于文字上全都有限，于是由师傅代约了一位姓贾名小轩，别号陶然旧主的人，作为文书主任，管理宣传事宜，兼理编制脚本。赋闲多年，专以采访梨园行的黄色新闻，向报馆投稿为生。什么某女伶的裤带变色问题，某名伶的嗓音变化原因，某旦角父亲的考原，某女伶母亲的索隐，诸如此类，不署名也不敢署名的文章，就做了他的养命之源。他行为虽不甚高，但家世却是贵不可言。据他自己考据，是《红楼梦》贾府的后代，他本身是贾宝玉的八世玄孙。而宝玉当和尚之前，和宝钗一度好合，才留一根苗裔，世代相传，到了他这一辈，才算真正落魄。在前一两代，还能仗着世职俸禄过活，一入民国，才把他毁了。他又考出贾府大观园遗址就在现在的陶然亭一带，故而自称陶然旧主。至于他不称大观旧主，偏号陶然的原因，却是起于赛金花身上。赛金花死后，埋葬在陶然亭附近，他曾以陶然旧主名义，出头反对，说陶然亭是他的先代故园，若要埋人，需要先通知他。人们认为他是神经病，也没理睬，但他从那时就把这别号沿用至今。

醉红的师傅因为晚年侘傺，不能登台，久受贫苦，也生了一种神经病。每逢给徒弟说戏，说到某一架势，某一腔调，必说自己怎样有根有派，现时走运名伶都是野狐禅。于是把唱戏的骂一顿，听戏的骂一顿，哪还有说正文的工夫？徒弟只听她骂人，得不到实学，自然渐渐辞退。她的生意减少，生活更窘，因此神经病越发厉害。但和陶然旧主却是同病相怜，感情甚厚。所以这次认了醉红做徒弟，就引着他来帮忙。陶然旧主才上了任，便给醉红起了红芳社的社名，据他讲解，二字涵义甚深。第一预祝醉红芳誉远驰，第二希望她能红到梅兰芳的程度。醉红和众人听了，都哗然赞称贾先生高才，善颂善祷。就决意用这社名。

恰巧王七又来报告，一切接洽停妥，后日便可开演，向醉红讨要垫办款项，好去布置。实际希望握住财权，以便上下其手。不料醉红却因自己的钱来处不易，怎肯轻易松手？定要来个事必躬亲。王七知道她防了自己，越发怨恨。虽然表面不动声色，暗地却摆了许多道儿，教她自去吃亏。本来戏班里的事千头万绪，积弊多端，便是内行也苦防不胜防，何况醉红是门外汉？一有王七暗地使奸弄坏，虽然演戏已经决定，按部就班进行，但醉红在这一两天中，已被闹得天昏地暗，急得头晕眼花。

在开演那天午后，王七陪着醉红到春和戏院去看看后台，熟熟台面。转了一会儿，临出来走到了售票柜前，想要瞧瞧先期售票成绩如何。哪知向座位表上一看，只见划着售出的座位比刀斩斧截还要齐整，东面池座的前五排，完全划着叉形，楼上西面包厢有十间接连划着圆圈，除此以外，只西面池座前三四排有七八个叉，后排第一行有两个叉。醉红看着，不由面色惨白，心中冰冷。本来先期售票能售出十间包厢，八九十个池座，也就算勉强对付了，但哪知十间厢票和东西前五排池票，却是醉红自己要来，邀人捧场和托人代销的。并且尚未分散出去，还有少半存在手中。如今由这座位表上证明，先期售出的，连十张也没有。想到晚上开演，台下若只几十人，这打炮戏如何唱法？不由瞪了眼儿向王七说道："票怎么卖得这样糟呢？你莫非忘了在报上登广告么？"

王七道："哟，小姐，我那样不该死了么？你回去拿报看，我这回广告都是加大，多花了不少的钱。再说我托人把捧稿也全登出去了，咱们做事没漏空的。"

醉红皱眉道："那么怎会卖不出票呢？"

王七心想，你还问我，这当然是你没有叫座力量。但他虽明知情形不好，却因丢人赔钱都是醉红的事，自己只希望她多唱一天，便有一天好处。即使一个座儿不上，只唱给椅子听，自己也有法从醉红身上挤出油水。故而不说泄气的话，仍鼓舞她道："这卖票的事简直没准儿，错非梅兰芳，一贴出戏，买票的就挤破大门。别的角儿常有票卖得不好，临时上满堂的。我亲眼见过，有一回杨小楼老板在北京华乐唱《冀州城》，天到晚八点，才卖出二十几张票，后正犹疑着想回戏，教场面慢些打通。哪知忽然外面像挤粥厂似的，座儿一窝蜂地来了，没半点钟上了个满。这哪有准？"

醉红听着将信将疑，但人在无聊之时，只有一点好希望，也只好就指望着，她也只好幻想晚上能发奇迹了。哪知老天也似跟她反对，在她回家以后，外面就起了大风。中国农村天文学家有句俗语，是狂风怕日暮，反过来就是日暮怕狂风。若是从早晨起风，吹了一天，大概到日暮便可禁息，但若日暮时大风才起，那就不易止息，常要继续终夜了。而且北地春风，照例夹着尘沙，非常讨厌，不同下雪下雨，可以教人得到清新的感觉，尤其一般太太小姐，出门被吹成泥人似的，自不愿意。不只是街上行人稀少，娱乐场所都大受影响。

醉红在家望着窗外昏黄天色，太息痛恨。偏巧赵梅坡荐来的跟包简四本是外行，却天生一张贫嘴，刺刺不休地殷勤巴结。醉红十分不耐烦，但因他是赵梅坡所荐，既等于商店中财东特派作耳目的同人，又似娼寮中放债给妓女的带档娘姨，又似昔日衙门中放官债的带肚子师爷，却是主人所不敢惹的。醉红对他也没法儿，只得退入卧室想要歇息，却觉心神不安。本来有些朋友曾拿去红票代销，料着她们今日必要前来凑趣，却不知怎的一个也不见来。自己身上所存尚未散出的票，本想临时寻觅销路，如今连个人影也不见，如何是好？不由心中焦躁，就出门到附近邻家借个电话，给各位销票的男女朋友以及干爹干妈干哥干妹，询问成绩如何，是否还有需要，可以派人来取，又谆托他们务必到场。至于所得的回答，却又使她扫兴，因为成绩并不大好，代销票的每人都有存余，被邀捧场的，有的说害病怕风，自己不能去，教家里人去做代表，有的说自己一定去，但所邀的某先生某太太却临时发生事故，不能前往，已令女仆们带孩子去看，总不致空着包厢，诸如此类。

醉红听着皱眉，只得又打电话给戏院，寻王七说话，问他是否已经开戏。其实这时还不到八点钟，王七却回答已经开了。醉红看看手表，问怎这样早法，王七道："你知道现在十一点半就得止戏，一到十一点，路远的座儿就坐不住了。所以我们总得早开早散，别拉了晚儿，弄得赶赶罗罗，您有能为也不得露。"

醉红又问票卖得怎样，王七答道："还是白天那个样儿。"

醉红一听，气就咽住了，半晌未说出话。王七虽未和她对面，却俨如见其肺肝，忙给她宽心道："天还早哪，正式上座儿总得过九点。我看这情形准错不了。"

醉红问："怎么错不了？你从哪儿看出来？"

王七嚇了一声道："这不是明摆着？咱们角儿好，戏码硬，还有个不上座呀？"

醉红听了，暗骂你这不是废话，眼看就不上座儿，你还灌米汤？想着又气又惨，含着眼泪说道："我看座儿上得不好，又刮春风，不如把戏回了吧。"

王七在那边叫道："哟，我的老爷子，那可不成。已经开了锣，前台听主儿都来了，怎能再回戏？你往后还得唱哪，丢得起这种人么？再说已经跟园子定好合同，我们不唱也得给租钱。老板你别差主意，赶着收拾快来。今儿就差点，还有明天。"

醉红哪里知道王七只为他自己打算，唱一天便有一天的找项，若一回戏，就没有落儿，所以竭力反对，还只当真个已经开锣，不许回戏。其实现时戏班规矩紊乱，唱过两出忽然止戏退票的，也随在而有。这种回戏，除去主角发生问题，大半为着上座太少，恐怕赔钱。因为座少势孤，只可任戏院驱逐出去，白费了时间，损失了兴趣，也没处去诉冤。不比是满堂座儿，一起了哄，便难于应付。醉红可惜没有远视眼，看不见戏院中的凄凉状况，还以为也许自己散出的票有些人去了。沉吟一下，才哑着喉咙说声好吧，就把线挂断的。

自己回到家中见仍冷冷落落，没个人来。大同无论内行以及票友，都有些爱和他们交往的人，常去走访。尤其是在上台演戏之日，必有几个人早去等着，好像是给帮忙，其实无忙可帮，只是要伴同到戏院去，一路随侍，教人注意角儿的时候联带也注意他，以为荣耀。醉红本也有这路朋友，自从开始组班，各处邀人捧场，引得许多好凑趣的人常来她家走动。今日却不知因何缘故，也许为风所阻，都不露面儿。醉红心中越发凄凉，独在房中坐立不安。晚上也没吃饭，却不是着饱吹饿唱的规矩，而只由于堵心伤胃。自思向来将下海的新角儿，无论在家中在后台，都是忙得应接不暇，绝没像我这样冷清的。莫非我不能叫座的消息已经传开了？大家因我运败时衰，都躲起来？但也不致这样整齐呀？最奇怪的是给我钱用的竟也不来。赵梅坡好像把钱交给我，就没他的事，一点关心的意思也没有。就连那些从我身上想钱的，也没有一个前来帮凑。这半天没听门铃响一下。

她正想着，门铃倒会凑趣，居然响起来，跟包简四出去开门，领进一位又矮又瘦的瘾士，原来是她新拜的师傅。因着徒弟头天上台，所以前来照料。虽然戏并不是她教的，而且她默默无名，也不配在报纸上大书某人把场。但因才受了徒弟的钱，吃了徒弟的饭，不能不献些殷勤，日后好向徒弟讨些钱。醉红正应酬着师傅，外面门铃又响，这回来的却是琴师，进门就说："好大风好大风，我盘算着雇洋车上园子，顶少得三四毛钱。好在跟老板住得近，就绕弯儿上这里，揩油跟您汽车去。"

醉红听琴师说得好像自己有着自用汽车，不过今天初次上台也总该坐汽车去了，是角儿身份。但戏院里情形是否对得住坐汽车的谱儿，真还难以预测。正在心中怅惘，师傅就说时候不早，该走着了。醉红便教简四去叫汽车，带着应用东西，一同出门，上车直奔戏院而去。

到了目的地，在戏院门前停住，醉红下车，见院门附近十分冷清，连摆食物的小贩都被风吹跑了。电灯大半吹坏，自己的电灯名牌也只剩了"轩主"两字仍在发亮，"醉红"已黯然无光。醉红因为风大，就不走旁面小巷，直入院门，想由楼上包厢后穿入后台。一进门儿，只见敞厅特别宽阔，售票柜内的先生正在抱膝而坐，两个把门收票的茶房却离开原位，凑到票柜前面聊天儿。醉红一行人进门，都只翻眼看着，眼中放着冷光。醉红也不理他们，一直上楼。到了楼上，经过一道门，便进了场内。耳中听得锣鼓震耳，向台上看时，原来正唱着《青石山》，天兵天将和妖精两下对阵，台上总共有二十多人，台下的座客比台上多不了几个，而且偏于一边。显见醉红所销的票，所邀的人，居然来了些位，临时出售的票仍极寥寥。最奇怪的是有人的一边，也都不带着看戏的样儿。平常戏院上座不佳，大概少数的座客都聚在台前得看得听的地方，俗称为一撮毛，情形已够凄惨。但这时却不是那样，台下座客竟列成散兵线，三三两两，各据一方。好似把戏院当作茶馆，二三知己各自品茗清谈，对台上不加注意。这班人当然都是不愿来看戏，却又被邀不得不来的。只有台前第二排正中，有着六七个顽童，高骑椅背之上，聚精会神地看戏。有的口中随台上念家伙点儿，有的学着台上动作，互相踢打。戏院中也并没人维持秩序，任他们吵闹。再看楼上只三个包厢里有人，但也全是以女仆为主体，带着男女小孩，间或也有一两位衣服齐整的老妪中妇，那也不是正式的主人，大半是依赖主人生活的姑奶奶舅太太之类，平日很难得看戏的机会，今日主人被强派买票，自己不愿前来，就请她们代表。

醉红一看这凄凉景况，只觉心冷如冰，面烧似火。大约由于心理作用，好像院中的电灯都减了光度，作黯然可怜之色。台上的角儿唱念无力，似乎全未足足烟瘾。唱唢呐的关公，是位左嗓的老生所扮，声音倒是高亮，只是听着似带哭声。周仓是那么臃肿不灵，转动艰难，据说是因为在世时水擒庞德在河中浸得太久，得过寒腿症候，所以这净角的表演也许大有根据，只是尚待考证。扮关平的更不像唱戏，倒像教徒，一招一式慢慢腾腾，比比划划，好像想教人看个清楚明白，又像特意给台下摄影家方便，便可尽量摄取，不致因动作太快了，弄得模糊。至于场面上的人们，更是有气无力，好像是昔日政府大员招待外国贵宾助兴演戏，恐怕大锣大鼓，震了贵宾的耳朵，被视为野蛮，特谕场面力从轻悄一样。

醉红在视听之下，实觉伤心惨目，当时不特不忍再看，就连同来的师傅和琴师也都觉无颜见面。心中恨不得脱开这难堪的局面，无奈已经到来，想回去势有不能，而且也没法抛下这里的残局不顾，只得仍向后台走去。她这时才把美梦完全打破，心中悔恨，知道自己给自己造了罪孽了。而且眼前景象，几乎成为一幅羞耻的图画，陈列当前，好似有许多眼睛，向自己瞧看，又有许多牙齿向自己作声嗤笑。她有如奔逃似的，直奔过后台的小门，连头也不敢抬。包厢中有个朋友家的女仆，向她招呼，又有几个儿童喊叫着醉红轩主来了，倘然院中上着满座，她听到这种声音，定然感觉受到观众景仰，必要微笑雅步，摇摆面前，教人们尽量瞻仰。但此际耳中听到这种声音，便觉挟着轻鄙讥诮，比受到击颊还觉难堪。不敢抬头，一溜烟跑进小门。只见后台冷冷清清，只有那位昆曲名旦坐在楼角一隅，吸着纸烟，和他的配角兼跟包相对苦笑。

这位昆曲名旦的笑，却不是对醉红有所嗤鄙，历为昆曲戏班向来生涯冷落，像这样惨状已经司空见惯。昆班照例是演戏的比看戏的多，若能台上下人数相等，就算难得的成绩。所以戏院都不欢迎昆班演唱，而且近年昆曲人才凋落，加以内部纠纷，竟至解散。本来昆曲班的角色最以生活清苦著名，戏份所得仅足喝粥，戏班一散，连粥也没得喝了。大家只得各投门路，有些底包都改行去拉洋车当仆人，或做提篮叫卖的生意。至于较有名的角儿，有的替研究昆曲的团体说戏，苟延残喘。有的改拜皮簧班的师傅，以投时好。唯有这位昆旦，既不会说戏，又不够改造的材料，本来改造很难，因先入为主的关系，便能转换面目，也无法变易精神，必须把先入的尽行忘却，才能成就。但这工作比教成一个毫无根底的开蒙学生，还要加倍艰难，何况昆班角色多是河北省某一角落的人民，那种怯口对皮簧似有先天的敌对性，所以这位昆旦知难而退，只可闲居待时。好在生活有人资助，不致恐慌。他也有位捧家，是某个下野官僚宅中的西席。那官僚素好和伶人交往，所识的全是第一流的名旦。这位西席先生不由见猎心喜，也想分尝鼎脔。无奈他的资格既然较差，每月所得区区束修连买票看戏还苦不敷，更莫说其他豪举。只得退求其次，到没落的昆班中捧场。果然矮子队里选将军，得到这位昆旦垂青，和他结识。西席先生好似受到莫大光荣，自然尽力报效。又借着提倡风雅的题目，常常作些歪诗，在报上揄扬。那昆旦虽然只得到秀才人情，实惠甚为微薄，并不能满意，但因他是唯一的捧家，也只好虚与委蛇。西席先生费了许多尽力，今日作篇"观凤郎闹学口占"，明天作篇"同凤郎小饮即赠"，几乎把吟髭捻秃，枯肠诏断，结果一点也没捧红，反而把个昆班给捧得卷堂大散。那位昆旦在演戏时还能混两顿饭吃，这一辍演，生活就发生问题。西席先生义不容辞，替他安置住所，供给食用。起初甚为高兴，以为这是天与的良机，教自己独乐其乐。但过了些日，竟大感痛苦。因为这昆旦名字虽极香艳，行业虽极风流，而实际却是来自田间，脱去戏装，便恢复了庄稼汉的本色。最可怕的是食旦兼人，大张吞饼，大碗吃饭，大块啃肉，大量喝水。吃饱了打嗝放屁，睡觉时咬牙打鼾，简直蠢了个一应俱全。西席先生的诗情雅趣，却被消灭无余，还是小事，最成问题的却是粮米高贵，西席先生的全部收入竟不够这昆旦适口充饥之需。只得向人摘借，勉力应酬。偏那昆旦自从故乡来到繁华都市，一向过着穷苦生活，对于一切美食鲜衣，久已眼馋心羡，只苦享受不到。如今有了肯花钱的主儿，怎肯失却机会？于是不断跟西席先生撒娇儿，今天磨着吃西餐，明天闹着馋涮羊肉，后天要买鞋，大后天又说看见某人穿着那个样的袍子，他也要一件。西席先生简直应接不暇，但因力量实不能及，只可小杖则受，大杖则逃，已弄得筋疲力尽。

但那昆旦却丝毫不知感激，反因看着那西席先生的东家举动豪阔，对于所捧的角儿常常置行头，送礼物，就是汽车也曾脱手相赠。相形之下，未免见绌。他也不想自己是什么长相，何等货色，和人家皮簧班名旦一论起来，真是凤凰与老鸦，麒麟与驽马，燕窝粥和小米饭，牡丹花和刺儿菜，简直天壤悬殊，不成比例。人家受人供奉，鲜衣美食，洋楼汽车，是天生来的好脑颊，练就了的好艺业，才引得阔人甘心供养，还有许多人想巴结而不得。他却是天生来一副皮缸似的粗短身材，翻皮石榴似的疙瘩面孔，叫街乞丐的喉咙，再加上厨司一样粗大的手，洋车夫一样臭的大脚，具有这许多特殊条件，当初家长会教他学了戏，已不知何所见而云然，更莫说还学了旦角，真令人怀疑他的珂乡居民，不知怎样丑怪狰狞，他才以无双的美貌，独出冠时呢？这西席先生不知是具有殊嗜，还是饥不择食，抑或前生欠他的债，今生需要补还，有神仙蒙住了眼，点化成为色盲。大概除他以外，再也寻不着第二个这样好玩夜猫的武大郎。然而这位常被西席称为凤郎的昆旦，却不肯如此着想，在戏班初散，行将挨饿的时候，无可投奔，无可倚赖，倘然有个叫花子携带一同讨饭，给吃些残羹冷炙，他也会视为恩主，欣然相从。如今有西席先生鞠躬尽瘁供养他，居然度着中人以上的生活，就他本身论来，可算是莫大的奇遇。

可是他起初尚能知足，以后竟渐渐不满意了。一则由于西席先生力量有限，有能尽如其意。二则眼前有着比较的实例。他不想自己是廉价部的剔庄货，只配在地下堆着，能得个穷人贪贱买去，已是万幸，却只羡慕陈列橱窗，特加点缀的上洋新到的贵价名品，被坐汽车的阔人买去，摆设在香闺绣阁之中。于是先暗生闷气，只想大家都是一样同行，怎么人家能傍上财翁，我就单遇着穷酸？因而伤心自叹我生不辰，遇人不淑。接着就倒果为因，不想他自己毫无长处，才这样落魄不堪。反觉自己的落魄，是受了西席先生的连累。好像女人出嫁，受了贫穷，不说自己命苦，倒怨恨丈夫当初不该娶她，以为若不屈就这段姻缘，也许早已嫁给某国的太子，去做王妃了。他抱着这种心理，又加西席先生挪借太频，来源渐塞，弄得越来越窘。而这凤郎看人学样，欲望愈来愈高，需索越来越繁。

那西席先生实苦没法应付，又加以塌下的债，纷来追索。急得走投无路，竟而逼得一个饱读诗书，镇日讲道德说仁义的老先生，铤而走险，做起穿窬之盗。一天赶上东家做寿，他以西席资格照料一切，每饭都在账房里吃。因为账房先生职守所在，不能擅离，就在账房另开一桌，由西席和其他高级管事人等凑着同吃。这日晚上饭后，别人都已起席出去张罗，房中只剩下两人，恰巧东家叫账房有所吩咐，那账房银钞满案，账簿纷列，连保险柜和钱箧等等也全开着。论理应该封锁停妥，再行出室。便那账房因为主人催唤甚急，收拾起来要些工夫，而回来仍得重费一回手脚，又因西席是位读书明礼的诚实君子，有他照顾，万无一失。就只托付一声，走了出去。西席先生不知怎的一时发昏，不但见利忘义，连害也不顾了，向保险柜中抽底拿出一叠钞票，塞入衣袋内。那知这件窃案在当夜便发觉了，账房临睡前一查点现款，发现缺少五百余元。细一寻思，想到西席先生有着重大嫌疑，为脱清自身关系，急向主人报告。那位东家大怒之下，立刻下令搜索。西席先生赃款还未离手，一闻消息，惊得魂飞天外。把钞票东藏西塞，结果仍被仆人在他特备而又独有的夜壶中搜了出来。幸而东家顾着情面，特从宽厚，原款收回，只把他驱逐了事。西席先生失业之后，没脸在天津再住，也未向他的凤郎道别，竟自开了小差，不知去向。

这位凤郎骤失倚靠，连住所也发生了问题，被居停赶了出来，无处投奔。只得挪到小店暂住，几天便把衣服当净，行李也被店主人扣留，抵作房金。他在街头流落两日，眼看沦为饿莩。也是命不该绝，五行有救。竟遇见一个同班唱老外的杜根荣。他和杜根荣的见面，还是十分奇巧。正走在大马路上，饥肠辘辘，身上也只剩了一身单衣，冷得打战。看着路上行人，个个面有饱暖之色，好似世界上只自己受着饥寒。连追逐行人的小乞儿，也全精神饱满，乞钱时装作可怜的样儿，转脸就欢笑跳跃，想见全是饱肚子，自己连他们也不如。有时见他们得到行人施舍，各由身上掏出角子铜元，互相夸耀，不由十分羡慕，直想仿照行事。无奈拉不下脸，伸不出手。又荡了一会儿，实在饥饿难支，才下了决心，厚了脸皮，看见一个皮帽大衣的人走过，就跟在后面，叫着行善老爷，哀起乞讨。不料那个人闻声回头，竟呸了一口唾沫，骂道："什么东西？听你说话媚声媚气，还当是个女的？敢情是这份儿德行。你这二三十岁小伙子，怎么不干正事，满街要钱。准是个白面客，趁早滚开。有钱还打发老婆小孩子呢？"说完便扬长而去。

这可怜的凤郎初次出马，没讨着钱，反受了一顿排揎，气得现出近乎女性的旦角本色，哭了起来。在墙角抽噎半晌，忽见前面三四丈外一家商店窗外，围了一群闲人，都在指点哗笑，好像看到什么有趣的事。他动了好奇的心，拭干眼泪，走过去看。原来那是一家绸缎庄，字号是胜兴隆，这是新开的店。因为本地有家兴隆，是绸缎的巨擘，这家新近开张，就仿效梨园行，先有谭叫天，又出了盖叫天的办法，起名胜兴隆，表示能够战胜兴隆。这家以善做广告出名，时常在橱窗中或报纸上发现独出心裁的宣传，所以在社会上很是著名。但是实际能否得利，局外人却难于知道。这时门外攒集着许多闲人，当然又是出了花样。这位凤郎就走过去瞧看，只见那缎店的大门上面，用电灯围成三个字，是"寿衣年"，两旁各有一行小字，是"货美价廉，家家宜备；今年闰月，老人吉祥"。这番陈设似乎比宣传大减价还要来得堂皇，但所宣传的却是寿衣。当地风俗，每逢有闰月的年份，做子孙的常要给家中老人置备寿衣，却不知以前来源所自，却已成为普遍的风俗，大约取得类似冲喜之意。也许在闰月这年买的寿衣，穿上可以万年不朽。这胜兴隆缎庄，想是投机做这批寿衣生意，故而大肆铺张。左面橱窗所陈列的仍是绸缎呢绒等普通货物，并没有人围看，右面橱窗外却挤得水泄不通。这位凤郎由人丛中挤入，向窗中看，几乎失声叫出来。原来里面布作灵堂景致，一边放着桌子，上摆供品，燃着素烛。一边停着张灵床，床上卧着个身穿袍褂鞋帽的死人，头枕元宝枕，身盖仿制的陀罗经被。看着阴气森森，令人凛然。但这个死尸却不知因为临死没把遗产向儿孙说明，还是有什么未偿之愿，未补之恨，竟而双目不暝，睽睽地望着窗外的人，看着几疑将要尸变。但再细瞧，他不只张眼，而且手里还握着一根木棍，棍上贴了一张白纸幡，上写"穿胜兴隆的寿衣，死后魂归极乐。存货无多，良机莫失"。那纸幡不住摇动，想见是由死尸身上传来的力量。再看那位陈死人，还举起另一只手抓痒，才知道是个活人，故意穿上寿衣做广告的。这种广告方法，未免有些吓人，不是正当商人应见的举动。但是做广告的最大目的，是引起人的注意，加深人的印象，他们却是切实做到了。无论何人，有看了这景象尚不注意，看过而能忘却的么？

这位凤郎自从来到天津，还是初次看到如此奇景，真是见所未见。不由引起兴趣，挤到最前面观看那位陈死人，心中思量，此人怎会甘心做尸身陈列，难道也不嫌丧气，不怕丢脸？想必迫于饥寒，无可奈何，才试尝这死的滋味。不过绸缎庄要给他多少酬劳呢？若是我，没有几百元万万不干。想着就不住向他细细端详，哪知那陈死人也正瞪着眼向他张望，面上现出诧异之色，继而忽然向他点头。凤郎吓了一跳，再注目瞧看，才恍然大悟，心想怪不得瞧着面熟，原来竟是个同班唱戏的同伴。善唱零碎，老旦老生外带丑角，无不精通。人们都不叫他的姓名，只唤他的绰号嘎杂子。嘎字言其性气，杂字言其技能，子字却是助词。自从戏班散了以后，大家各自休养，干什么的都有，只此君没有消息。却不知怎么干了这三百六十行以外的行业。凤郎认出了他，就也对他点头。那嘎杂子遇见故人，似乎十分欣喜，却苦于曾受雇主叮嘱，不许起立，只可躺着挥手示意，口中也似念念有词。窗外的人一阵哗然大笑，都叫着诈尸了。随见橱窗内灵堂白幔之中，伸出一只巨灵之掌，在死尸身上打了一下，打得死尸屏息僵卧，再不敢动弹。众人又笑着议论，说这只手比扫帚还灵验，居然把诈尸制服了。

凤郎虽然隔着玻璃没听清嘎杂子说的什么，但因他的手势上，看出他是教自己稍为等待，和他相见。自己本没地方可去，而且肚内无食，没处乞讨。好容易遇到熟人，也舍不得便走。料是他做这行业，至迟到缎店上门时准可下工，下工就必有钱下腰，我正可等着求借几文，想着就决意株守下去。立在窗前，和那嘎杂子互相以目示意。嘎杂子诧异凤郎何以落魄至此，凤郎却问他怎会干了这新鲜行当？但双方仅能发闷，却没法得到答复。因为眼光不能传达复杂的思想，而玻璃窗又隔住声音，嘎杂子也根本不敢说话，恐怕里面听见。

凤郎在窗外好似做了守尸的人，一直由午后守至日暮，渐到上灯。饿得实受不住，只得紧紧裤带，倚墙支持，心想总得等到半夜了。不料天到七点多钟，橱窗内忽然落下一道垂幕，把内景完全遮隔，和戏台一样，落下幕来好使里面更换布景，商店橱窗却借着垂幕变更陈列。凤郎只见里面人影幢幢，不知变什么戏法？心想也许到了饭时，死尸该早受供品，以便继续工作。哪知过了一会儿，垂幕揭起，里面竟然景色全变，布置成寿堂光景，中间坐了一位老太太，身上凤冠霞帔，手拄拐杖，由拐杖头上垂下一条白布，上写"在闰月年买了胜兴隆的寿衣，阎王不敢请，小鬼不敢拿。长命百岁，幸福无涯。上中下三等货俱全，一律九扣。购货十元，抓彩一次。头彩金钱七个，金九连环一支。以购寿衣为限，他货无赠"。在那老太太的旁边，又用扎彩做成一个头戴冲天冠的阎王，两个披发执锤的小鬼，都在抱头逃窜，表示被寿衣吓得不敢拿之状。但那老太太却是真实活人，脸上做着得意的笑容，要长久不变。想也是店中的命令，这比嘎杂子的僵卧罪过还大。

凤郎一见场上换了主角，就知嘎杂子已经下工，就瞪眼望着店门，等他出来。哪知过了半天，还不见他的踪影，正在着急，却忽觉身后有人相唤，回头看时，只见嘎杂子正立在人丛外，向自己招手。心中大喜，忙挤了出去。见他身上衣服褴褛，较穿寿衣时风光大减，就问："你从哪儿出来，我怎没瞧见？"

　　嘎杂子拉他走了几步，离开人群稍远，才答道："我从便门出来的。你怎落得这般模样？"

　　凤郎叹息说："一言难尽，你怎么干了这个？"

　　嘎杂子也叹气道："我比你还一言难尽。自从戏班散了，做小生意没有本钱，想谋事也谋不成，弄得几乎讨了饭。后来赶上这缎庄雇人，站在门口撒传单，一个月十五块钱，不管饭，还得穿上半边红半边白的衣服，脸上抹得小丑儿似的，人们都不肯干，才轮到我身上。干了一个多月，缎店不用我撒传单了，想了这个缺德法儿，硬要我装死人。为卖寿衣，教我装死人。我说为着一月十多块钱，犯不上干这丧气事。他们就给我添钱，每装一回死，外加四毛彩钱。"

　　凤郎道："什么彩钱？我们戏班里有这句话，难道买卖上也一样说？"

　　嘎杂子道："这是我的话，不是别人说的。咱们戏班里每逢扮特别丧气的角色，或是干特别劳累的活儿，都得加彩钱。我这装死人的工钱，本没有准名堂，可不得叫彩钱么？"

　　凤郎道："你这彩钱也未免太少点儿，死一回才四毛钱，对得住你的老婆么？她在家里一定心惊肉跳，暗含着成了寡妇，一天丧一回夫。"

　　嘎杂子道："我也嫌少啊？争了半天，只多争出一毛钱，合着每月多拿十五。那散传单的工钱居然照样给我。也就下得去了，有什么法儿呢？我是爬在锅台上扛枷，受罪全看在饭上。以前太把我饿怕了。"

　　凤郎道："谁说不是，我这也两三天没看见赵旺了。你……你……"

　　凤郎在戏班时，因自己大小是个角儿，很看不起他这零碎，向来只叫他的外号。这时因有求于他，"嘎"字才说出口，就急忙咽下去，改口叫道："根荣哥，你有钱先借给我点儿。"

　　嘎杂子脾气虽嘎，倒是个热心肠儿，就点头说道："我方才算下十天工钱，你用就拿块钱去。"

又问他现住何处，凤郎凄然回答并无栖身之处，嘎杂子道："我也是没地方住，前些日子住在这绸缎店的货栈地窖里，不知谁说了坏话，把我赶了出来。幸而有个熟人指引，到三不管小店里住，一夜十个铜板。你若没处住，咱们吃点东西，就跟我去。"

凤郎大喜，当时由嘎杂子手里接到了阔别已久的整张钞票，又被请到街头小摊上，在车夫乞丐群中吃了顿玉米饼咸菜素丸子汤。凤郎饥饿已久，这一顿几乎补了两天的亏空，吃得嘎杂子皱眉咧嘴。饭罢付账，竟费了两次装死的代价。又在街上荡了一会儿，才同到三不管小店住宿。

那小店构造甚是特别，在臭水坑边上，盖着三间土屋。屋外围了一圈篱笆，一间是店主自住，另外两间是招待客人之所。凤郎一进门儿，就见篱内排着四五只大鸡笼，气味甚是臭恶。嘎杂子也不问店主，直入屋中，只见里面并没点灯，只仗着街灯的光，由糊报纸的小窗中射入。瞧见房内空洞洞的，好像并没有人。及至迈步进去，觉得脚下奇软，好似踏着棉花。再一转动，忽听地下有人叫骂起来，仔细一瞧，原来房中竟已有许多人，在地下黑影中躺着呢。嘎杂子忙替他说了道歉的话，才领凤郎挪到一隅，相并着坐在地下。凤郎摸了摸地下，原来铺着三四寸厚的鸡毛，就向嘎杂子说："我们就睡在这里么？"

嘎杂子说："自然睡在这里，地下的鸡毛就是垫褥。你若觉得冷，就抓些鸡毛放在身上，当作被子。"

又告诉说旁边房子就是店主所居，他在篱内养了许多只鸡，一面卖蛋，一面鸡脱下毛还可以供店内需用。这就是名副其实的鸡毛店。

说着就听又由外面走进一人，凡到这里的人，好似都是疲乏已极，进门就睡，很少说话。凤郎心想店主怎不见面，把店钱交给谁呢？正要向嘎杂子询问，忽见由外面走进个连鬓胡子的瘦人来，手里提着只小灯笼，进门就喊着："谁要拉屎撒尿，都赶快些，这就要收钱上门了。"

他叫了两声，房中并没有答声，凤郎借着他手里的灯光，看出房内横倒竖卧约有十余个人，有的伏身而睡，有的把身体埋在鸡毛底下，只露着一个头儿。最妙的是每有人移动，鸡毛便飞舞起来，一个侧身面壁睡的，口中所喷的气，把鸡毛吹得来回乱飞，嘎杂子悄悄告诉，来者正是店主。那店主见没人出去，便叫道："你们给钱，快给钱。"

说着就向店中转了一下，按人收钱。有个烂腿乞丐向他央告说，身上仅有七个铜元，今日暂欠明日补还。那店主也不作声，提起他便向门外掷去。但那乞丐还未出篱门，他又赶过去抓回来，用灯照着身上，见乞丐腿上疮口破烂的地方甚大，脓血漫滴，都沾满了鸡毛，就骂道："你白歇了会儿，还想带点东西走啊？"

那乞丐说并非成心沾的，店主就用手猛向他腿上一捋，把鸡毛完全抓下，连脓带血地掷入房内。那乞丐疼得乱叫，店主也不理他，只管收完了钱，便退出去，把房门倒带，随听外面咯的一声似乎上了锁。凤郎不由一惊，诧异怎么把住店的给锁起来，就问嘎杂子是什么缘故，嘎杂子低声道："不得不上锁。这地方住的哪有好人？好人落到这里，也要穷极生疯，若不上锁，什么都得被偷净。"

凤郎道："这房里有什么？怕偷了他的鸡毛啊？"

嘎杂子道："别瞧不起鸡毛，也是他的生财家伙。若是在冰冷的地上，管保没有人来。再说外面还有他养的鸡。这儿投宿的多半是叫花，你知道叫花偷鸡，跟咱们唱野台戏勾妞儿进高粱地，是一样的本等事，怎能不防备啊。"

凤郎道："那么这一锁门，得什么时候才开呢？"

嘎杂子道："明儿天亮他就早早地叫起儿来了。若是偎窝儿想多睡一会儿，还得加两个铜板。"

凤郎道："倘若再来投宿的怎样呢？"

嘎杂子道："来了人他再开门放进来。可是住下的人，若是半夜里要走，准得教他骂一顿。"

凤郎心想今日直是住到监牢里了，回想受那西席先生豢养时节，好像是一场富丽繁华的美梦，就是在故乡家里土炕草荐也比这鸡毛店舒服得多。自己到天津来，本为发财享福，却不料受到这样折磨。想着不由起了思家之念，伤心啜泣起来。那嘎杂子在旁竭力温慰。俗语说，旦角是大丑的下饭小菜。此际也就应了这句话，凤郎落拓凄凉，受到嘎杂子的救助，自然把他当作亲人似的，接受他给的安慰。于是二人从这天起，竟发生很厚的情谊。每日嘎杂子出去装死挣钱，凤郎只在街上闲荡，或在缎店窗外陪灵守孝。到死人复活下工，就一同吃喝，再到鸡毛店过夜。如此多日，凤郎已安于这种乞丐式的风流生活。

却不料时来运转，醉红轩主组班演戏，王七主持大计，想要加重号召力量，又舍不得花钱，忽而奇想天开，想起昆乱两下锅的主意，也是受了报纸上的骗。因为自昆班解散以后，有很多人做文章表示悼惜，接二连三，常常见别的昆班在演唱时，并未得到这样吹嘘，而解散后反显露了它的价值。就好像社会对待天才似的，在生前把他饿死，死后才尊重他的作品，瞻拜他的坟墓，极尽其敬仰之能事。那个天才地下有知，大约也恨不得复活还阳，来享受和他生时天壤悬殊的奇遇。世上当然不会有这奇迹，但假设真能复活，该怎样呢？王七就是想到这假设了，以为社会上对昆班既然如此悼惜，倘然能使昆戏重见于舞台之上，必能轰动一时。固然复活全班是不容易的，若单约几个昆剧角色，夹在醉红班中演唱，必能耳目一新，收到效果。但他并不明白在报纸上写文章的人，未必便是昆剧的顾客。社会上对一个戏班的心理，并不能在报纸上看出。也许报纸上天天捧场，实际并不上座，而为报纸攻击或鄙弃不道的蹦蹦戏，却永远拥护不堪。而且天才的譬喻，在现时也不能适用。往时一个画家活着时，一幅画能卖一元，死了行市增长，就可以到十元。便如今却反过来，画家死后或者反不如生时值钱，几百年的古画，也不如现代画家的行市大。这好像是社会能认识天才了，但仍得用蹦蹦戏能叫座来做比喻。很多人只认识蹦蹦的天才，以为唱马寡妇的妞儿比程长庚高得多。至于昆班，却是永远不被社会大众认识，无论生死，总不会得人关心的。王七白是内行，只顾看了报纸，就认为社会在怀念昆曲，正可投机一下，不知犯了错误。好在这事不需很大资本，就错了也没什么损失。

他去和几个较有名的角儿接洽，都未成功，最后才想起这位凤郎，就各处寻访，却是渺无踪影。不料一天走在街上，看见胜兴隆缎庄窗外围集多人，走过去看先在橱窗内发现了假死人，跟着在人群中发现了目的物。王七原和凤郎有一面之雅，见他落魄的样，又惊又喜，便约他到剧院，借个僻静地方，致其邀聘之意。凤郎一听，立刻就端起架子。这本是艺人的通病，若是没人约请，困守家门，穷得没饭，可以把希望减到极低，好像有饭吃就成。但一有人上门约请，他就立刻改了主意，表现出不在乎的态度，讨要很高的价，不肯松口。到把来人崩走了，他再后悔抱怨。凤郎当然也有这种脾气，无奈遇见王七，既然刻薄逾常又安心要买贱货，好比到破烂市买东西，自然为着省钱，要他出百货公司的价钱，如何肯干？两下说来说去，因为凤郎把玉黍饼吃腻了胃，鸡毛店住怵了头，只可节节让步。结果王七得了胜利，议妥条件，用凤郎在班唱倒第三，只第一天打炮压轴，由他带一个配角，就是那嘎杂子。两个人，每工戏大洋三元五角，吹笛人由王七代找，场面只由本班皮簧场面对付，不另约人。其余配角因为昆班角色有到黄班跑龙套的，可以临时教他们帮凑。只是人数不多，所以只能常唱"下山""闹学"等小戏。凤郎都答应了。由王七手中领到预付包银大洋五元，回去和嘎杂子说知。嘎杂子也以为唱戏总比装死好得多，也就欣然答应。二人对戏份又争竞了许久，才议妥凤郎得两元三角，嘎杂子分一元二角。这数目虽然戋戋，但他们在昆班时，逢到年节上座多的日子，也得不到这数目，自然都很满意。

等到开演这一天，他俩来到戏院，瞧见场中所上的座儿，凤郎不胜懊丧，就对嘎杂子说："我们大概命里注定给椅子唱了。当初在班里是那样，如今搭了二簧班，本想借人家的光，也看看台底下满座是什么样儿，唱着是什么滋味。哪知也是这样，难道倒了霉，把人家也给带累坏了？"

嘎杂子道："我就不信，若是搭进梅兰芳的班，也是照样挤不动。咱们菜上飞金，是个配搭，成不了势，也坏不了事。天生是这台柱子醉红轩主不成罢了。一个初出茅庐的票友，就想成班，不是找寒碜么？看这样儿，今儿对付着唱一场，明儿还不定能开得了锣。我们也只落那五块钱罢了。幸而我还机灵，没辞去胜兴隆的事。"

说着哦了一声道："我想起来了，回头你借个题目，跟管事再要几块。"

凤郎道："你看上的这点座，够打发哪项的？他还肯给我们？"

嘎杂子道："这叫钱铺里寻银子，反正有我的没他的。给了自然是咱们便宜，明天班儿散了，他也没法追回去。若不肯给，我们也不过费句话。"

凤郎却以为说也无用，王七绝不会这么厚道，于是不住唉声叹气，抱怨自己运气。又骂那醉红轩主不配成班，偏要成班，如今落得这样儿，害我们白染一水。嘎杂子也大肆评正。

正在这时，醉红由前台过来，凤郎看见，虽不认识，却料着是她，就住了口。嘎杂子因背着脸儿，仍刺刺不休。醉红听他说道："我们昆班倒霉，想不到唱二簧的也有人跟我们一样倒霉。今儿我虽然灰心，倒也顺气。哈哈，我们给椅子唱惯了，就是空园子也照样能唱，看她可怎么对付这一长出？告诉你吧，这也是一种功夫，错非我们，别人看着台下冷冷清清，堵心一败神儿，简直就要玩不上来，瞧受罪的吧！真不知道这醉红轩主为什么许的，一个漂亮姑娘，怎样也混得上饭，何苦受这个罪？我若是她，今儿打破脑袋也不上。"

他说得高兴，凤郎屡递眼色，也没看见。被醉红听了个满耳，只觉心如刀刺，飞步跑入化妆室，扶头而坐，眼泪在眶内打转。心里并不恨说风凉话的人，只寻思他的语意，自己真是何苦自找罪受？固然为着怄气挣钱，但反而更丢了人，还得赔钱，早知如此，真是那句话，一个漂亮女人，怎样也混得上饭。我就是把身体零碎出卖，那也只在房里跟一个人面前出丑，比这样把脸丢在众人眼里，还强得多。现在虽然没几个人看见，但到明天传出去，这丑就出足了。再寻思那人所说的话，实在有理。自己虽也在台上唱过多次，但那全是义务堂会，或是票房彩排，台下观众总是甚多。即便不上座儿，自己也无所关心。今日却是自行组班，荣辱利害都摆在面前。台下这点座儿，多么丢脸堵心？只看着已经够受，还要在这堵心局面中唱整出大戏，实在恐怕难于应付，也许唱到半截自己就忍不住哭了起来，岂不更为丢人？真不如不唱的好。只后悔方才自己没准主意，听从王七的话，未曾回戏。王七意思好像登出广告，就非唱不可，其实不唱又有什么罪过？反正怎样也是我倒霉，至多退票赔挑费罢了，今儿我就给他个不唱。想着正要派人去找王七，不料王七已经跑来，进门就叫了声老板，说道："您才来呀，外面风不小吧？今儿咱们还是真不含糊。"

醉红道："怎么还不含糊？你没看见前台上的座儿么？"

王七道："您别看座不多，今儿咱们还是头一份儿。我方才听说别的园子差不多都回了戏，秋声戏院压根儿就没开锣，东方戏院倒是开了，唱完一出《南北斗》，台下还没有十个人，只可假说老板有病，临时歇了。您知道秋声是秋小霞，东方是富贵英，都是大好佬，还只那样儿。我们上四五十人，真算在这儿站着了。"说着一挑大拇指。

醉红听着，将信将疑，就冷冷地说道："我看见了台下这几个人儿，等会儿上去，只给椅子唱，我可没这份儿耐性，不如退票回戏吧。你给办去。"

王七听了，吃惊叫道："怎么着？我的老板，到这时候您想回戏？这不是说着玩儿么？头样园子不干。"

醉红道："我们照样给租钱好了。"

王七道："给租钱？人家也不干。这里面还有名誉关着呢。咱们自己知道回戏是红芳社的事，听主儿却只认识春和戏院，说他们没信用。还有，您今儿不唱，明儿还唱不唱呢？给谁钱？是只白赔一天，还是连赔这十天的统赔呢？您别忘已经定下合同，不唱只是咱们吃亏。今儿唱到半截回戏，明天听主儿怕再上当，还敢来么？你若说把班子解散，从此不唱了。您请算算，白赔园子十天租钱是多少，配角的月包日份，借出的退不回来，定好的得给人家，总算起来得多少？再加上零零碎碎，你现在拿出两千来也了不清。图什么呢？我们只拢着这班子唱下去，就叫留得青山在，不怕没柴烧。今天不上座，还有明天。告诉您，现在正红得出烟儿的小文武老生，头回在天津唱戏，第一天上百十多人，他第二天也不敢唱了。是他父亲做主，豁出去干。哪知晚上居然上了四百多，第三天就是七百，以后跟着永远满座了。说句不怕您过意的话，您外行，我不外行。方才不是说过，别看座儿不多，气儿很盛，意思满好。只看今天连富贵英秋小霞都回了戏，我们能唱，就算露足脸了。"

醉红听王七口似悬河，知道他竭力拦阻回戏，必然有他的私心，而且也不信他所说富贵英秋小霞的情形是实，就仍摇头道："你什么我也唱不了。那不今儿回了，明儿再唱呢？我有个打胜不打败的毛病，台下人越多，我越高兴，若是满世界露着椅子，我心里一腻，嗓子立刻就回去。莫说是唱，连比划也比划不上来，碰巧了就许晕在台上。那跟头比回戏大不大？你不用，快给我办去。"

王七听醉红意思坚决，眼珠一转，就不再说，转身出去。过了一会儿回来，愁眉苦脸地道："我说怎样？园子经理一死儿不肯答应。他说你们的戏班是活的，可以随成随散，丢人也不在乎。我们园子却永远摆在这里，坏了名誉，就不用干了。我跟他对付了半天，结果他说出绝句，若是今天回戏就永远别唱。"

醉红大怒道："不唱就不唱。"

王七道："不唱倒容易，只是他说十天的园租一定得赔出来。已经付过一半，另一半立时交出，他才给挂牌退票。还有明天登报道歉的广告费，也得咱们出。"

醉红听了，气得瞪眼道："他真不讲理，这……"

王七接口道："可是谁教咱们要回戏呢？我的老板，不只这个，还有哪，只要这个信一传出去，人人都知道我们的班儿要散了，欠咱们的都躲了不见面了。咱们的债主可要围上来，您得拿出几百块钱给我，预备打发。要不然今儿就许出不去这戏院门儿。"

说着又唉声叹气地道："这图什么？一天戏没唱，先进去一千多。上哪儿诉冤去？"

醉红这时也为了难，本不知就里，只把王七恫吓的话信以为真。暗自思索，自己由赵梅坡处借来的钱已经花去不少，现在若依王七的话，所余的款还未必够打发的。真个一天戏没唱，我就赔个家产尽绝，未免太冤，而且也没法善后了。

王七见她踌躇，就又说道："老板，我再说一句，咱们成班唱戏，好比进赌局耍钱，不管输了多少，只要还有本儿，可以下注，就不算真办理。也许一两注就翻回来。若是赌局把案子掀了，或者自己退了出来，那就算实把钱扔掉，想捞那得另说。老板你不就为人少唱不下去么？"

醉红此际已是六神无主，只有点头。王七已看出她心气变怯，不敢蒙受回戏的损失了，就道："为这个可好办，老板您赶着上装，少时你一上台，我包管满堂。"

说着见醉红不语，知道她已默许，就向跟包简四使个眼色道："快伺候老板上装。精神点儿，要不然上哪里拿工钱去呀？"

他给了简四暗示，就匆匆跑过去，跑到院门口，一开门，猛被一阵风吹得气儿倒噎，再看街上冷清光景，才想起外面大风，行人甚少。要想放闸填满戏院，恐怕不易。就又退回，寻着几个穿制服的茶役，又唤来几个后台碎催，教他们急忙出去，一个人站在院门外，一见行人走过，就叫住了，告诉戏院不收票价，可以进去白听。另派四个人向街道两面分左右去向商店挨家通知，再叫两个人到天祥劝业两个市场，喊叫春和戏院现唱真正义务戏，去看的概不收钱。这些人都分头去了，王七也立在门口上，帮着招呼行人。无奈行人甚少，叫了半天，才拉得有限几人。王七甚为着急，忽然想起白天由东边街上走过，看见一片旷地上用苇席圈起一个大院，门口挂着什么建筑公司的牌子，里面又有许多用新砖木板搭成的临时房屋，看样儿是在动工盖房。料想里面住的人一定不少，就真跑了去。到了那院落门前，拍着板门大叫，里面有人询问是谁，王七就说："我请诸位来了。旁边春和戏院今儿挺好的戏，就因为刮风上座不多，我是戏院里人，请你们诸位给助助威，白看不要钱。"

这院落里原住有建筑公司的司事和管材料的人，却以寄宿的小工为多，人数总有百余。一听戏院里来请看戏，立刻轰动了。一传十，十传百，凡听到的全向外跑，连睡下的也忙不迭起床，比着火还走得急凑。尤其是那班小工，他们多由千里以外村僻地方而来，年轻力壮，在家乡也是好玩好乐的人，还常看野台戏，看完了凑在场房里，学两段"李翠莲好羞惭"，或者到村里寡妇家看看牌，逗逗趣，也满有娱乐而寻，颇以风流浪子自居。但一到都市，可就成了老赶。有时感觉生活枯燥，想去舒畅身心，但一打听各种娱乐的代价，这样得整轴洋钱，那样得整月工资，吓得吐着舌头，不敢再做妄想。这里既没有尽人调戏的落道寡妇，可以揩油，而且便是十年不下雨，也不会惊动龙王，看便宜戏。每走到戏院门前，看着那宏伟的建筑，只想里面不知什么光景，若能进去一次，也不白下回天津卫。无奈那三元五元的票价，久已使他们望门兴叹。这时一听春和请人白看，怎会不争先恐后地前往？

王七几句话，好像撞了马蜂窝，还没听里面的人答出下文，便见有许多人蜂拥而出，有如千军万马，直向前冲。王七若不是闪开门口，险些遭到践踏。他见里面居然有这些人，心中甚喜，就随着回来。走到戏院门外，又见从对面跑来一群人，可着街筒儿络绎奔驰。原来是被茶役们由市场商店请来的听主儿。和这边一群小工，好像两支河流，由不同的两个方向流来，汇合一处。水势相激，发生巨浪。又好似电影里的战争场面，先映十字军马队，在广漠中向东驰骋，再映回王军队向西疾驰，然后演出两军各挟雷霆万钧之势，渐行渐近。忽然接触到一处，天崩地裂一声巨响，使人惊魂动魄。这从街上两面奔来的人，虽不似那样整齐，但人人都飞步争先，希望得到个好座位。众心如一，气势却也不小。到两面的人在戏院门外互相会合，自然发生冲撞，涌起人浪，叫骂呼号，闹得声如鼎沸。拼命向里拥挤，塞得很宽的道儿都没了缝隙。后面又攻了上来，于是只听得戏院的门咯咯吱吱地响。这个喊挤死人了，那个叫掉了鞋。还有女人声音哎哟叫妈，哭喊肋条折了。王七想进来已不可得，心中也有些后悔。觉得自己过于张皇，把事闹得不可收拾。但谁又料得到在这大风天里，会来这些人？现在想拦阻也不可能。无论院中茶役人等都被派出去，便是有人在内，既放出这风声，也无法再维持秩序，只可听其自然。

王七想着就转入院旁小巷，由通后台的小门走了进去。一入后台，猛觉情形有些奇怪，前台人声沸乱，好像开了锅似的，却不闻锣鼓丝弦之声。后台人等全神色仓皇，挤在台帘向外窥视，还有几个涂着花脸的底包，都叫着一定闹了事，咱们别下脸了，就这样跑吧。王七大惊之下，忙向他角问是怎么回事，一个花脸指着外面道："七爷快看，前台乱了，一定有人砸园子，咱们快走，别给捂盖在里头。"

王七愕然，还以为出了什么意外，急忙走到上场门，还未得向外看，猛然从外面奔进两个人来，险些把他撞倒。抬头看时，原来是昭君娘娘和龙王二位。才知昭君已然出塞，却不解怎么悄不声的又退下来，莫非被单于王打了回票？也顾不得询问，先由台帘向外瞧看。只见前台忽然乱了，只这一会儿工夫，已经挤满。因为来势汹汹，把原来买票的妇人孩子都吓得不知所可，想离座逃避但又逃不出去，只在地下乱转乱哭乱叫。最惹祸的是那班小工，怔头怔脑地乱撞，有缝儿就挤，见座就抢，撞着人也不管，还招呼他们的老乡，"二哥这边来！""这边得看"。有买票的人被他们占去座位，或是踢着撞着，和他们理论，他们竟瞪着眼说都是请来白看戏的，哪是你的？俺坐下就是俺的。这一来就有几处起了战事，园内口号喊叫，以及踢倒椅子，摔落茶碗，和奔走拥挤的震动声音，已经乱到不可开交，园外的人还像潮水般涌进来。

台上唱戏的和场面，看着不知生何事故，只当是有人来砸园子，先把娇怯的昭君吓得停住歌舞，逃回后台，那配角自然跟随退却。其实院内这样嘈乱，唱也不能了。王七向外瞧的时节，恰把这乱象看了个满眼，知道自己弄巧成拙，急得顿足。又见台上的场面都提起乐器想要逃避，王七急忙走了出去，向他们说道："你们别动。一动更要乱了。放心这不是闹事，只是放闸放大发了。咱们还得接着唱。"

说完便想走向台口演说几句，教大众保持秩序。却不料台帘里又有人喊叫王先生，王七听是醉红口音，只可退入帘内。见醉红面色惨白，迎着问道："王爷，前台这是怎么回事？"

王七心中惶恐，吃吃地道："您不是人少唱不了么？所以我放闸叫人进来……"

醉红颤声道："你放闸？成心把我淹死。看前台成了什么样儿？"

王七道："我打算跟他们说，想白听戏可得安静，别这么吵……"

话未说完，猛觉眼花一阵缭乱，耳中一声蝉鸣，脸上一阵烧热，立刻哟的一声，退后两步。醉红打了他个嘴巴，又戳指着骂道："王七你，简直混蛋！替我管事，已经管得我灰头土脸，还要往我脸上抹狗屎。怎这么会出主意，放闸还不够出丑，你还要把白听戏给演说出来。王七你是怎么做的？害苦了我，今儿……"

她才说到这里，忽听楼梯上作响，突跳下一人，却是戏院经理，吃哼哼地一手揪住王七，一手拉住醉红，叫道："好，你们真敢做主，这样往里放人。"

王七和醉红大惊，再看那经理已气得面色更变，喘吁吁地喊道："是你们做主放人呀？你们去看看，外面大门都挤坏了，玻璃也碎了，里面整排的椅子都给踢倒，茶碗还不知摔了多少？这损失还是小事，你们只顾放闸，没法关闸，园子已经挤满了，外面还可着门往里灌。一会儿不定出什么事，你们都得担着。我这戏院向来做规矩生意，没出过这种丢人的事。你们把我的名誉败坏了，那还另说，现在没别的，王七爷，红小姐，你们不知会我就放进这些人来，把园子毁成这个样儿，你们怎么放进来，还给我怎么弄出去，以后咱们再办交涉。要不然，我可立时给警区打电话了。"

醉红听着，知道惹出了纠纷，吓得粉面焦黄，肌肤收缩。把才拍好的粉都落下来。心里怨恨王七给自己惹祸。为自行摘洗，就痛骂他道："王七，你干的这都是什么事？谁教你放闸？凭空弄进这些人来，把人家园子搅得乱七八糟。你看这怎么办？"

王七这时倒没注意醉红，只寻思戏院经理既来责问，恐怕大有麻烦，对他说好话未必有用，不如来个狡词儿，就向醉红道："老板您不是说人少唱不下去，我才往里放人。可谁知道在这大风天儿，花钱买票的一个不来，拿蹭的竟有这么多呢？老板，您不用埋怨我，不错，是咱们放闸，可是咱们放得着。园子是咱们租的，就得归咱们管，要放多少人就放多少人。这是放闸，有人来问咱们，倘若咱们座上得好，卖个二十成满，连墙上钉钉子挂座儿，请问有人管得着么？"

戏院经理大怒道："怎么管不着？不用我管，地面上就管。你知道这园子照官面定的章程，只许照椅子的数儿卖座。偶然加几只凳，还得仗人情面子呢。王七爷你若觉得办得有理，我就请个评理的人来，看是你对我对。再说只当你说的在理，也不能把我的园子糟践到这个样儿？还有你派我的茶房上街上挨家请人，站在市场里大喊'上春和白看戏'，这么一来，别说名誉不名誉，以后我这买卖怎么做？王七爷，你等等，我看今儿若不惊动官面，也了不了。"

说着转身就要走，醉红见要酿成官事，心里慌了，急忙拉住那经理，叫道："你先别走，咱们好说。实在这放闸不是我的主意，我只因为座儿太少，打算回戏，王七跟你去商量，你不答应。王七听我说人少唱不好，就自己做主，跑出去干了这荒唐事。"

经理愕然插口道："什么？他跟我商量回戏，我不答应？谁说的？我今天晚上还没看见他的影儿，这才从家里出来，一到戏院，就看见人们造反似的往里挤，只当出了什么事，急得要命，费了老大气力，才跟着挤进来。票柜上的人告诉我情形，就进后台找你们。谁又看见王七爷的影子？"

醉红听着，哦了一声，向王七道："我的七大爷，敢情你没见经理，只在中间拿话蒙我呀？"

王七这时知道自己罪状已露，要受两下夹攻，心中已发了怯，好在他是三花脸，能刚能柔，能伸能屈。得了理就不让人，输了势可以管人叫爸爸。当时就变过脸儿，向醉红摆手道："那个先不用提了，现在先说现在的。"随又向经理赔笑道："经理，你先不用着急，咱们是一脉的，凡事好商量。就算我不对了，您说想怎么样，我准遵办，别的以后再提。您说说吧。"

经理道："那你就先把园子里听蹭的全赶出去，只留下买票的主儿，

205

恢复原状。"

王七道："我的经理大爷，那怎么成？园子这许多人，我怎能挨个查票？就是能查，这许多人一往外走，岂不要炸了么？"

经理道："那么今天就回戏。"

王七怔一怔道："回戏？那成么？"

经理把眼一瞪道："怎么不能？"

醉红趁势也说："就回了吧，这样儿也不好唱了。"

王七本不愿回戏，但到了此际也无法坚持，只得点头道："好，回就回，回就回。经理你写个牌子挂上。"

经理叫道："我伺候不着。你自己到台上去说。"

王七道："您听外面这样乱法，我出去准给揍回来。"

原来前台自停住了戏，已经喧闹到不可开交。他们又龃龉许久，外面空着场，自然更闹得沸反盈天。王七听着害怕，不敢出来。经理推着他道："你自己唱的戏，不自己了，还指着谁？快出去，要不然我可要不客气了。"

王七无奈，只得硬着头皮走出，只见整个戏院已挤得水泄不通，看上去只见密层层，黑压压的人头，起码也有两千余人。凡有座位的都立而不坐，而且很多站到椅上，有的互相争吵，但大部分都望着台上起哄。见王七出来，更嚷得凶了。王七鼓起勇气，迈着衰败老生的抖颤台步，左腿拉着右腿，右腿再拉左腿，这样拉到九龙口。好没念引子，就道起白来。但台下嘈声太甚，只见他嘴动，一个字也听不见。王七只得连摆两手，像百灵上台扇翅似的，摆了半天，台下的杂声才稍稍息下去。他还未开口，台下已有个山东噪音的叫道："滚下去！舅子，俺们来看戏。快唱戏，你上来干啥？"

王七定了定神，才大声说道："诸位，对不住，今儿主角害了病，不能上台，只好回戏。诸位改天再听。买过票的请到柜房，愿意退钱就退钱，愿意换明天……"

他的话还未说完，台下已轰的起了暴动。有人大叫："这是啥话？请俺们看戏，又不唱了。拿俺们开心？那不成。"跟着又有人喊"揍那说话的小子"，又有人喊"这戏园子真混账，砸了小舅吧"。这一声喊出，就听众人同声应和，"砸呀""砸呀"，只闻哗声如雷，又夹着乒乒乒乓的声音，原来在椅子上的人都跳脚大喊，把椅子踏坏。又见台前有几个短衣人，跳到近前，要攀短栏走上。王七吓得转头就跑，猛听身旁当的一声，台下竟有人将茶碗掷上来，王七今儿也是运气，因为进来的人都是赤手空拳，并未拿着东西，既不喝茶，也没吃什么东西，所以没有应手之物可以抛掷，若把听蹭的都变成听主儿，香蕉橘皮，茶碗果碟，不知有多少飞上来，准他个头破血流。

王七也便宜在脚底下明白，拉个败势，便向后台逃窜。一入台帘，恰和那张望的经理撞个正着。那经理已面白如纸，向王七说了声"你真害苦了我"，便要走向帘外，去压服那暴动的群众。方才迈出一步，立刻想到自己出去也是枉然，更怕那班摸不着戏看的人，把怨气发泄到自己身上，吃上苦子。就止步不前，但看着园中秩序如此纷乱，势必有个驱遣的办法，待向警区哀求援助，只怕警察一露面儿，秩序更要乱到不可开交，起码也得把全园座椅全践踏破坏，又跟谁索取赔偿？现在最要紧的是安抚这些人们，使其保守秩序，徐徐退出。但有什么法儿呢？想着眼光忽落到醉红身上，立刻心中一动，生出急智，把目前应付的办法和以后索赔的对象全想起来，但当时听着外面吵喊蹒踏之声，愈来愈急，知道耽误一点工夫就多受一点损失，也顾不得说话，匆匆叫过个检场人，教拿过一张白纸。好在后台里预备唱《法门寺》念状，《四进士》写状，以及各种审案划招的戏，常备有这种白纸，立时拿来。经理接到手里，仓促寻不着笔，就奔了彩桌去，推开一个正在下脸的武净，抓过一支彩笔，可着纸的尺寸，写了八个大字："继续演唱，并不回戏"，写完交给检场人，教他举出去，站在台口，直等场面起了锣鼓，再行退下。检场人接过纸，便像跳加官似的，端着架子走了出去。

论起在这时候，只场面锣鼓一响，便可使观众安静下来，但经理看场面已都退入后台，唱《出塞》的也都卸了装，恐怕重整阵容要费功夫，又因王七已说出回戏的话，若不切实更正，难以压住台下的愤怒，才用这个办法。检场人出去以后，只听外面又一阵喧哗，但随即渐归安静。有人拍起掌来，经理知道安抚住了。便向王七道："你教场面快出去，《出塞》也接着唱。洪老析赶着上装，照旧上场。按码子唱戏。快快，越快越好。"

王七嗫嚅着尚未答言，醉红已颤声说道："方才不是说好回戏了么？

207

弄到这样地步，还怎么教我唱？再说又是您亲口……"

经理不待说完，回头嗔目叫道："不管谁说的，也得看情形来。我这是体贴你们，闸是你们放的，弄来这许多人，把我的园子毁了个可怜。有什么损失，都得你们赔偿。现在已经够你们赔的了，难道非得教他把园子踏个土平，你们愿意给重盖啊？瞧瞧方才那个阵仗，再要一定回戏，说不定有人给放把火啊！红老板，你只要有担当，说回就回，我还是不管。"

醉红一听，知道事情已然闹坏，自己已把罪过落在身上，吓得心里起了乱锤，哪敢答腔？王七已看出不依着经理是不成了，只得去把分散的场面人等重新叫回，央求他们出去继续工作。场面上早已因上座凄惨，而预料到份儿必要和座儿成正比例，大家都无精打采，又恰巧出了这场事，都跑回后台。大半自认倒运，想溜走了。这时王七又指挥上场，人人不愿，借着恐怕出去挨打为由，推辞不干。王七死央活央，花说柳说，才把场面人等请了出去，又转去央告唱《出塞》的二位昆角，嘎杂子杜根荣早向凤郎递了暗示，向王七预支本日的戏份，不给就不出场。王七急得跺脚，叫着："你们真能讹人，莫怪人们都说高腔班不好惹，要我在上床的时候，还来个掐脖儿。"

杜根荣接过来说道："王七爷，别说我们不好惹，到唱完了戏，只怕您就不好惹了。那时您一抱膀儿，要钱没钱，要命有命，反正明天也用不着我们了。"

王七道："你怎么知道明天……"

杜根荣道："王七爷，咱们不过鬼吹灯，你敢说还有明天呀？"

王七倒噎着气，恐怕耽误时间，那经理又要不依，只可咬牙掏出两元钱，凤郎才想伸手去接，被杜根荣将他的手打开，说道："王七爷，你留着自个儿花吧。"

王七没法，只得又添了一元，另外饶了个大揖，才算央得他们应允。递出话儿去，外面乐器一响，昭君才重抱琵琶，来个二次出塞。经理由窗缝向外瞧看，见这几千位听蹭的主儿，居然具有同样轻喜易怒的性格，方才愤怒得个个都像凶神恶煞，将要杀人放火。这时一见这位黑大蠢粗的昭君娘娘重新出场，竟都好似看见半生未睹的美人从天而落，全把精神注向台上，连吵架的也自动休战。个个瞪着眼，伸着脖，现出

208

惊艳垂涎之状，园中空气立即沉寂。昭君开口一唱，有个人开口叫好，大众好似被他提醒，想到看戏不叫好就如表示自己不懂局，是绝大耻辱，全当仁不让叫唤起来，不过不太整齐，有如除夕夜的鞭炮，东面响一串，西边响两声，却是连绵不绝，倒像变成起哄。而且噪音杂繁，一个好字，能有百八十种音韵，山东人是山东味，河北人是河北味，山西人是山西味，每一省又因地域差异，分出不同的味。

经理心想，王七真是能人，居然把许多省份的人都召集了来，大约是各大小商店的工人学徒，以及附近的小贩苦工。这班人终年听不到戏，真也难怪他们作闹。本来百年不遇的才得着白听戏，忽然又变了卦，怎能不失望得起了暴动呢？可惜今儿没有研究方言和音韵的专家在座，这五方元音的实验室，又上哪里找去？

想着见秩序已定，才放下心，转身退回。拉着发怔的醉红，逼她赶紧上装，预备出台。醉红知道事情还有个头末了，把柄握在经理手中，自然不敢反抗。但这时上台，比方才没出事以前的上台，可加了百倍的窝心。因为方才还只是因座儿稀少，心头拂郁，这时座儿倒是多了，但已闹出无限风波，受到极大耻辱，还落个被逼演唱。唱了不但没有报酬，戏园方面还将要求赔偿损失，报纸上也必登载这段新闻，名誉与金钱并受损害，脸面和希望一齐丧失。在这又懊恼，又惭愧，又悔恨，又忧愁的心绪中，仍要强打精神，上台演唱，试想是何等罪过？这时如何应付这群高兴而来的众人，及园子里是如何的交涉，请看续集。

落花流水

第一回

太液冰坚惊鸿影艳
虚斋夜静思士情深

北京城里，到了秋冬之季，沙土太大。因此这句俗话，道是："无风三尺土，有雨一街泥。"说起北京的沙土来，也着实令人可厌，只要刮上一阵风，便能把天药铺画。只见天空乌烟瘴气，说是阴天，又不像阴天，但又看不见太阳。不但使人心里不快，而且连呼吸也都感觉闭塞。若是不戴风镜，一个不留神，眼里刮进几粒细沙，那滋味更是难受。所以每当狂风大作，黄沙蔽天之日，一般人只得躲在屋里，就连那名胜之区、热闹街市，也见不到多少人。

这时正是旧历腊月，本是风沙肆虐的节季，只因老天爷有心要妆饰这个故都，隔几天便下一场雪。那沙土都被埋在下面，就是刮几阵风，也不能再到天上飞舞了。因此这几天街上行人显着特别的多，那风景名胜之区，更有一番新气象。大红色的彤栏梁柱，黄绿杂色的琉璃瓦，上面盖上一层洁白的雪，真是别有风味。

这一日，正是雪后初晴，孔自强吃罢午饭，点了一支烟卷，临窗外望，只见远近房屋都像银铺玉琢一般，不觉动了游兴，正打算披上大衣，出去闲逛，忽听得门儿一响，进来一个人来。自强一看乃是老友秋尘，手里举着一张请帖，向自强道："这个帖子是刘伯阳给你的。"

自强接过来一看，果然是伯阳约于大后天在撷英番菜馆。帖子后面还注了一行细字道："为陈希文洗尘，乞兄与秋兄早临恕速"。

秋尘一边道："这一程子伯阳跟我很熟了，只不知陈希文是谁？"

自强道："这陈希文是一个青年医生，同我还有些旧好。他是伯阳的小学同学，他们在上海别后，希文就学医去了。他随后留学东洋，在东洋实习了三年，还自费到德国习肺痨，又住了两年，才回国在上海来

213

挂牌子，不久前又到北京来了。此人你大可见一见，不要看他是当大夫的，吐属却极好呢。"当下二人一笑而散。

到了那日晚上，自强秋尘一同到得撷英，只见方竹雨岑汝川已先来了。伯阳一见他们到来，笑道："好极了，希文早到了，只等你们两兄。"

说话之间，希文也已过来含笑招呼。秋尘一看，希文是个中等身材，穿一身的花呢西服，中间一条红黑相间的斜条纹领带，配在雪白半硬领子之下，那丝光非常耀目。领子上面托着一个和悦的长圆面孔，丰腴红润，看着还有些像小孩似的。幸而鼻子底下留了一撮小短须，于美观之中，还保全了不少的尊严。再一看那顶上的头发，一把往后梳去，整洁光清，真不愧为一个洋大夫。连那底下一半短头发根儿，都好像用消毒药水洗过的一样，一根根地立在头皮上，干干净净的，如同一簇黑丝绒似的，乌而且亮。秋尘和他还是初见，所以同他不免特意多说几句话，觉得希文这人的确温雅可亲，与自强之苍老，伯阳之俊逸，竹雨之豪纵，比较起来又别是一番气度。彼此在那花团儿似的席上，谈笑间作，刀叉互动。

伯阳还说些笑话道："北京的空气可与南方不同，阔人多半还是信服中医，你们这伙洋大夫可要留神。"

希文笑道："本来也难怪，要论中国医学，原是粗浅得很。谈到病理上的论据，无非是虚实表里等等肤浅的话。尤其是把阴阳五行等等荒陋的说法，强行支配附会上去，所以根本上中国医学还没有脱离神怪色彩。立脚点就站不稳，哪能比西洋科学的医学呢？不过西洋医术到中国来，第一就坏在外国医生手上。他们对于医术本来就不高明，在本国站不住，才跑到中国来发横财。言语又不通，举动又鲁莽，学识又浅薄，拿起刀子剪子，杀几个人简直不当回事。这么一来，我国人对于西医的信仰，也就减了不少了。第二就坏在本国习西医的大夫手上，他们学术之浅陋，与外国大夫差不多，可是习气也是一样。加之中医里面凭经验治好了病的也很多，又兼他们的什么寒咧、火咧、内热咧、金克木咧，种种解释，对于我国习惯相沿的耳朵，容易入听，对于无常识的脑筋容易了解。不像西医的话，非受过科学教育的脑筋的人不能懂。所以大家都信服中医了。有此种种原因，还加上人类守旧的天性，由西医之不可

214

靠，而错怪了西洋的医术，这是社会的责任。可是西医自己的不争气，他们自己也不能辞其责。要叫我来判断，我以为中医不行，尚可推诿到中国医学上去，若是西医不行，那简直是自己当学生的时候太不用功，要不然就有意看轻人命。要比中医还要加倍的治罪才好呢。"

希文说到此处，大家都觉畅快。秋尘拍掌道："陈兄高论，实在透辟，来，来，我要满敬你一杯。"

便叫侍者斟上，希文便笑着领了，还笑道："我初到北京不久，听说北海公园很好，还没有去玩呢。"

伯阳道："很可去玩玩，但不知你有工夫没有？"

希文道："我初次到京来，原是在德国的几个同学大家办了个医院，约我来的。他们都早布置好了，我来了就看病，没有别的事情。我们要去可以礼拜日去。"

伯阳道："很好，你可以顺道先到我家，我们一道去。几天就是礼拜了，到那里我们还可以看看溜冰。"

谈谈笑笑，不觉席散。

这一日伯阳醒来，只见窗子特别明亮，揽起窗纱一看，不觉叫了一声好，忙推他夫人仲莹道："你快起来看，昨夜又下了一场好雪。"

仲莹随着伯阳手指处看去，果然屋上都白了，一片片的雪花儿犹自飞舞盘旋，直往下飘落。不觉喜笑道："明天雪晴了，北海风景更好了。"

这日那雪足足下了个尽兴，到傍晚才止。院子里积了厚厚的一层。

次日下午一点钟，希文已到伯阳家来，略等仲莹收拾停当，便一径到北海来。是日天尚阴沉，一路上白茫茫的全换了一番景色。马路上的雪叫车马往来已经压成一片灰白玉石似的了，车辆子碾在上面咿呀作响。北风扑面，又冷又爽快。大家指指点点，高兴得很。偶尔路旁树枝上的雪叫风吹了下来，落一片到仲莹颈子里，立时融化，冷得仲莹一惊，却不觉地笑着说出来，更添了谈话的热闹。

不一歇已到北海公园，进得门来，好一派洁净庄严的气象啊。那海子已全然冻起来了，上面铺了一层雪，就好像一张极厚的鹅绒毯子一样。走过那白玉石的长桥，已经看见海子湾里有坐冰床的在那里滑着玩儿了。这边琼华岛上高高低低也是满盖着雪，那小白塔得了雪一衬，好像格外增长了威风似的，孤零零的昂首云霄，露出那平时不常见的寒棱。就连那岛上的松柏树也好像增长了不小的傲气，那披着雪的叶子越发显得苍翠。

这时伯阳对希文道："我们要看全北京的雪景，非从这庙里上去不可。无论哪里都不及这处能扩眼界。要是看白塔下面四周的景致，就得到海面五龙亭那边去，在那里可以正看漪澜堂一带高低起伏的楼阁，楼下的一围白石栏杆和因山点缀的亭馆。那白塔矗立在中间，底下的景致都成了这塔的托盘了。那漪澜堂的半圆形势，便是盘子边沿。这样看法，倒是可以看中间下面的全景。若是图近便，就从右过绕一下儿，到了漪澜堂，可以看溜冰。你愿意走哪一条路呢？"

希文道："我们来意要看溜冰，就一径到漪澜堂吧。而且要那么走太高太远，嫂夫人恐怕累。"

仲莹笑道："不要紧，我平时也走惯了的。"

这时路上三三五五的人都往漪澜堂去，他们三人也便一道跟了过来。一到漪澜堂，那气象登时热闹了许多，那里设了不少的茶座儿，虽不及夏天那样挤，可是也人声哄哄的了。他们走出檐下一看，好开阔的景色，那对面从静心斋一直到了五龙亭，弯弯地绕在海子边上，真如同玉宇琼楼，错错落落地装点在那儿。天空露出灰灰的颜色，好像一个极大的半透明的玻璃罩子，笼在顶上。这整个儿的情景，映到眼里，竟是个玉花世界。那漪澜堂下早用木栏拦起了一方冰场，场子里一些雪也没有，许多中外男女已自在场里溜来溜去，这玉花世界经这样玩笑的声音震荡起来，正如穷谷回温，寒气儿早被逼跑了。

他们随意拣了个茶座儿坐下，希文笑道："这玩意儿我到北欧旅行的时候，也和他们学过一点，但是非常的不济，便没有干了。"

伯阳听到此处，一眼正看到一个人滑了脚，摔在冰上，便笑指着道："大约你也不过像此人罢了。"

希文看去，只见这人穿了一身半旧的西服，身体非常之胖，衣服绷在上面，好像棉花打套子似的。仰在冰上四肢乱动，一时起不来，惹得旁边的人都掩口而笑。那场上溜得好的，要数几个年轻的学生，偏生由远地方风也似的从他脑袋旁边溜过去。那胖子生怕这些淘气小东西的冰鞋底下的一把刀切去他的耳朵，吓得两只手抱了头怪叫起来。他们远远

216

看见，连仲莹也笑起来了。

正在此时，忽然仲莹站了起来，笑着向对面打招呼道："密司马，你们也来了。"

希文看去，只见对面来了两个洋气很重的女学生似的小姐，一个披了斗篷，一个穿一件藏青水獭卷领西式外套，都提了冰鞋姗姗地走了过来。

那个穿外套的走过来笑着抓住仲莹的手腕，指着那披斗篷的女子道："这位是密司李，今天高兴来溜冰，就邀我也来了。不想在这儿碰见你，真巧极了。"

说话之间星眸回顾，也笑着和伯阳招呼了，那眼光所及，当然也看见了希文，正在那要招呼却又未招呼的一顷，希文早微笑着很恭敬地先招呼了。仲莹也介绍道："这是陈先生。"又让她们坐下。

密司马道："不坐了，我们就要滑冰去，你下来瞧瞧好不好？"

仲莹道："好好，你来了，自然我们要下去看看的。"

密司马听了，便同密司李一道下了台阶，到冰场边那个临时更衣室里去了。

且说希文看见密司马，心里好生惊讶，暗想竟有这样好身段儿的女子。等得密司马走时，希文才似梦醒了一般，目送那背影入了更衣室。他觉得这影儿从肩头到脚跟竟是一副配好了的灵巧机件，一步步地走起来，身体的各部分都有停匀的节奏似的。正在发呆，只听仲莹道："你们两位愿意下去看看么？"

希文道："好极，好极。"

于是三人起身，伯阳扶了仲莹下得台阶，叫仲莹在冰上好生走着，一齐到木栏下站立。一歇更衣室的门帘一开，早见马李二人挽着手儿出来了。这时希文眼里只见密司马已将外套脱下，头戴一顶雪白的羊毛软帽，帽边斜缀着一个橘色毛球儿。上身也穿了一件雪白毛绳的暖衫，袖口和袖缘都有一道蔚蓝色的边儿，颈上一件长围巾，更浅一点的橘色。下身系一条短短宽柳条纹儿的夹丝哔叽裙子。对仲莹笑了一笑，便燕子也似的飞开。希文只觉眼睛一闪，密司马的情影早已不见，忙用眼光追了过去，才看见密司马已在那冰场的中央回旋了。

这时密司李已同她分开手，只见她只用一只穿长筒丝袜的左腿支在

217

冰上，那右腿向后曲提起来，两只玉臂也张开在空中，以取平衡。一起一落，忽而东忽而西，一霎眼从对面飞了过来。希文心里一喜，刚刚看见她飞近了身，一霎眼又到很远的地方去了。

此时密司马的鞋底下好像擦了油，陈希文的心头上好像布了网。擦了油的鞋愈溜愈滑，布了网的心也愈收愈紧。闹得希文眼花缭乱，也不暇思索，只痴痴地将一副眼神随着那如电如风的密司马。那密司马溜起兴来，俏身段儿变化旋转，忽而离开众人，直是一只小白鸽子在那儿翱翔，忽而穿梭也似的在人缝儿里出没，又和柳枝里飞舞的黄莺一样。那颈上的围巾飘在背后，直了下来，竟像空气中有东西托着似的。希文看去，说不出的高兴，用冷眼一瞧别的溜冰的人，他们都好像有些儿自惭。这时密司马忽又不乱跑了，只在一个地方打胡旋，将身子偏身外边，一气转了去。希文知道这一套功夫不容易，身子侧向外边，苟非技艺纯熟，稍一不慎，失了重心，便得滑跌倒。果然不巧得很，密司马只顾打胡旋，原先是顺了转的，那颈上的围巾便越旋越绕在颈上，现在密司马忽然倒转起来，转一周那围巾便松一周，不消几转，围巾已然飘坠下来。密司马怕围巾落到冰上弄脏了，赶忙换过步法，伸手便想抓过那正要落地的围巾。希文只见密司马娇躯一倾，竟跌了下去。心里这一急非同小可，恨不得立时两只手膀陡然伸长，好去扶住。不料再一霎眼，密司马早溜到左边，那围巾已经又像仙女的飘带似的飘在背后了。希文急紧了的胸口这才一松，不由得出了一口长气，伸了一伸腰，又将眼神追了她看。

此时场上有一班人一边溜冰，一边却手里拿棍子打着玩儿。外国人叫作"爱斯霍克"。这种棍子朝下的一端弯起来，一人手里执了一根，去打那预备好了放在冰上的小木头块儿。许多人争着打一块儿，好像球队抢球一样，也是冰上游戏之一。密司马从对面风也似的飞了过来，那边一个戴眼镜的少年恰好正拿起棍挥了下去。希文眼快，叫声苦不知高低。原来那少年一棍打着那小木块儿，正斜刺里滑了过去，离密司马的冰鞋不过三尺来远，与密司马滑过来的路线恰好交叉。希文看那交叉的角度和彼此的速率，知道密司马的冰鞋一定要踏着那木块子了。心想这妮子只顾逞能，却没有留心这种意外，这一下摔了可怎么好？但是也不知是陈澹度的几何学学得不到家呢，还是那木块子也同希文一样地爱惜密司马，说时迟那时快，那小木块子竟自在密司马左右两脚的前后距离中那一条对角线里滑了过去，喜得希文真忍不住了，只将手一拍，不觉哈哈大笑起来。笑声中密司马已到了面前，一下将两只手搭在仲莹肩上，微微娇喘。

伯阳仲莹都齐声叹赏起来，希文恐怕在她面前失了礼节，倒不好怎样笑，只随着伯阳夫妇同时赞好。却听她对仲莹说道："今天天气冷，这冰好极了。上次出了太阳，把面上一层冰烤融了，又同密司李一阵，真玩得不痛快……"

说着向那边披披嘴，对仲莹道："今天她又邀我，我怕扶着她吃力，本来不大愿意来的。谁知她倒早约好一个男朋友在这儿等着她，落得我一人溜个十足。"

仲莹笑道："你怎么不也邀一个来呢？"

密司马猛听仲莹这么一问，当着生客面前，不由得羞笑起来道："什么男朋友，臭苍蝇似的，只有她爱交这些人罢了。"

这一下将伯阳希文全给逗笑了，密司马却大大方方地没有在意，又道："早先我溜得还不好，去年你不是看见的么？我天天用工夫，居然到今年也有这个样儿了。从前我怕人家笑话，现在我也可以笑话人家了……"

话犹未了，只见她两脚一动，向背后一退，便又旋开了，绕了一圈子，复又回来，那锋利的鞋底划得那冰咯咯作响，随着响声，迸起无数冰屑，就好像碎水晶似的散在冰场上。

仲莹出乎不意，首先吓得一怔，继而笑了起来，打了一下密司马道："你真淘气，说着话都没有安静的。"

希文见她得意自夸，所以才忘了形，转将起来，竟还满是一副小孩儿烂漫活泼的神情，心里爱又不是，笑又不是，真是不知怎样才好。

只听仲莹道："你溜也溜够了，人家那儿又有男朋友，你掺在一起很不合适，不如到我们那茶座上歇歇，好不好？"

希文一听，心中好生高兴，只怕她贪玩不肯。便密司马也有些倦意，便答应道："你们三位先去，我换下冰鞋就来。"

不一刻，密司马已到茶座，挨着仲莹坐下。希文起先只惊异她身段和技艺之灵活，到此时才趁她和仲莹说话的时候，对面偷眼细细看她。

只见她脸儿比仲莹瘦一些，笑起来没有酒窝，左边牙齿好像还有一个不整齐，可是那眉眼和嘴唇真是秀巧极了。若以仲莹和她比起来，仲莹是个美艳的少妇，而她乃是个未出阁的处女。处女自有处女的美，好像空山桃李空谷幽兰，于美秀之中，存一种圣洁的意味。这便是使男性最迷惑最崇敬最心痒难挠的一点。希文在比较之时，便极深切极敏锐地感觉到这上面来。见她谈笑自如，具有媚人的憨态，嘴角歪一歪，都能激荡他的思潮，便好像有个人催促他似的，不由自主地和密司马搭讪着谈起来了。才知道密司马芳名是淑敏二字，又知道她是贝满女校现在最高级的学生，和仲莹是先后同学。希文心中愈加欢喜起来，因为他到京来，就住在他叔母家里，他的堂妹便在贝满女校读书。希文一想大是有机可乘，便笑着道："原来密司马也在贝满念书，我舍妹也在那里。"

淑敏道："她在哪一班？我倒不认识。"

仲莹笑道："你这人真是当面撒谎，你怎么不认识？陈先生的妹子就是陈秀瑛。"

淑敏笑道："哦，原来是秀瑛啊……"

说着对希文笑道："秀瑛同我在暑假里很打了些日子的网球。她接球的手法好极了，我们亏得打球才认识的。因为她在理科，我在文科，轻易不常见面的。"

希文看见淑敏因为提起了自己妹子，意味便显得亲热了许多，格外高兴。先前还有个怯生生，现在益发态度从容了。伯阳也在旁边道："你是离家久了，不知道你令妹的情形。她同仲莹很熟，后来在我们桌上看见你的相片，才晓得你我也是老朋友，便越发要好起来了。这位密司马也时常到你们北京这公馆里去玩的。"

希文道："那好极了，我是新到北京来，家里事全不清楚。既是密司马同舍妹很熟，那么我们倒算是故交了，无事还请到舍下玩玩。"

淑敏道："是的，密司陈这下一学期单位选得很不少，预备功课也很忙。她又不爱滑冰，我所以好久没有找她。等两天再到府上去看密司陈同陈先生。"

淑敏完全是个活泼得像个小雀儿似的女学生，向来不惯于应酬上的虚文伪礼。这番因为同希文初见面，不得不装着客气些。又因为希文举动言辞非常有礼貌，逼得自己也不能不讲礼了。所以才说了这一套她自己以为是很有礼节的话来，不过说到"府上"二字，已经嘴里就觉着不惯些的了。越是不惯，越觉得自己这一种假装的样儿，在旁人看来，一定是很可笑的。又联想到希文对自己那一种恭敬有礼的样子，也是很可笑的，不由得忍不住就笑了起来。这本是女孩儿家天真和羞涩的表现，然而对于此时一心顶礼的希文，简直是极厉害的诱惑，闹得心时越发又麻又痒。恰好茶房捧过咖啡，希文便赶忙取过夹糖的小夹子来，诚心想替淑敏放些糖，却为要遮掩伯阳夫妇的眼目，不肯露出一毫轻狂痕迹。所以拿起那盘子里的小方糖，先向伯阳夫妇杯里放了，才用眼瞧着淑敏，诚恳地问道："密司马平时用几块糖？甜一些好不？"

淑敏忙忍着笑，略抬起身子道："谢谢，让我自己来吧。"

说话之时，希文已然放下两块了，又夹起两块，眼睛看着淑敏，意思是等待她香口发了命令，然后放下。淑敏笑道："谢谢陈先生，只消一块就够了。"

希文随即换了一块放下去，才含笑将余下的一块糖放在自己杯里，又夹了两块加进去，拿起勺子调着。四人说说笑笑，直到将近日中，才起身回去。一路上希文随时随事照应淑敏自不消说。

且说希文回到家里来，同妹子秀瑛在餐台上谈起，果然秀瑛同淑敏很要好。秀瑛道："她在我们学堂里大家都叫她作洋娃娃。因为她的装束和那高高的鼻梁儿，都像外国孩子。她今年已经十九岁了，还是跳跳蹦蹦的。同学因为她的游戏和音乐都很好，脾气又平和，都喜欢同她在一处玩。"

他叔母也说道："马家小姐真是个热闹的孩子，那回听说我有些不痛快，一定拉着你妹妹跳绳儿替我解闷。跳得连我们家的那个巴儿狗小黑子都跟着乱叫起来了。"

希文听到这里，不觉笑了起来。吃完了饭，回到自己房里来，禁不住把他叔母的话又想了起来。那冰场上的惊鸿之影，却又重现于脑际。那体态、那天真，实在叫人吞得下去。便随意地燃了一支纸烟，靠在大椅上瞧着烟缕儿出神。心里不住地打主意，想着自己的心高志傲，把婚姻耽搁到现在，竟还没有解决。在法国住的时候，刘女士对我倒是十分有意。到了上海，郭耀卿也替我介绍了不少的小姐们，无奈这些人总是不足系念，以为大概要独居终老了。岂知无意中竟碰见这样一个可爱的人，这机缘不可轻轻错过。想到这里愈觉得马淑敏可爱，便也愈加深想起来。想到后来竟有些不相信了，由不得自己又警告自己，不要轻易用情，这时候是自己感情激动的时候，是在希望中，凡希望没有不好的，其实密司马也许未必如此的可爱。同她只见过一面，性情也不曾了解，趣味也未必相同，还是慎重些吧，不要凭着感情上盲目的冲动，自己将来也许要后悔的。

想到这里自己觉得是很理智的人，日后但凭理智做去，决无差错。便又很严正很客观地将密司马细细地回忆了一遍。结果觉得密司马的确是可爱，自己决没有被感情蒙蔽。那体态、那天真、那娇憨的微笑，怎么能令人忘却呢？但是她既是如此的可爱，难道只有我一个人长了眼睛？要是已经有了别的人爱上她了，怎么办呢？而且万一落花有意，流水无情，她不接受我的爱可又怎么办呢？而且……

他的眼睛不自禁地定住了，那沉思的寒光停蓄在眼球里，露出不止息的心情，无名的恐惧，最后自己鼓励自己，不要胆怯，不要多虑，不怕牺牲，只奋勇向前就完了。凭着自己忍耐的努力，坦白的真诚，不愁不能感动她……想到此地，才算得了结论。心里一得意，脸上不由得立时露出笑容来。笑还未了，忽然觉得右手手指痛得要命，急忙一抖手，原来一个烧到根的纸烟头儿抖落下来。赶忙就着灯下一看，手指已然将皮烧红了。自己一边找药膏涂上，一边也笑了起来。立起了身子，在屋里来回踱了几趟，看了看手表，已是十点多钟，放好了被子，脱了衣服，躺在床上，刚闭上眼睛，那马淑敏的影子又浮在了脑际。那两只健美的腿在冰上溜来溜去的美姿，像电影也似的映了出来。翻了几次身，再也睡不着。心中暗想，马淑敏既是这样可爱，而我又决定要得她做自己的情人才甘心，只有走妹妹这一条路，来和她联络了。明天赶紧找妹妹想法，请密司马来家玩玩，自己再乘机打进步。这样一想，更睡不着了，一心盼望着天快些亮起来。哪知冬天夜长，天是再也不肯发白，只熬得希文困到极点，才呼呼睡去。

第二回

述隐情微言启阿妹
谈名画妙语动芳心

次日希文一觉醒来，已是日上三竿，匆匆洗漱完毕，想找秀瑛问几句话，秀瑛已到学校去了，只索罢休，自己到医院看了几个病人。直到下午秀瑛回来了，便想问点消息，可是倒迟疑起来，头一句该问什么才好呢？又只好忍着不说了。盘算了好久，才说道："妹妹待会儿有工夫到我屋里坐坐好么？"

秀瑛道："好，我现在就有工夫。"

说着兄妹二人一齐走进屋来，秀瑛急问："什么事？"

希文装作极自然的样子道："没有什么事，不过请妹妹来玩玩，妹妹请坐。"

秀瑛本来无心，经他这样一番举动，倒感觉不大对劲儿，就道："哥哥到底有什么事情，就请说了不好么？为什么闹起这样玄虚来？"

希文还忍着道："怎么我闹玄虚？请妹妹坐一坐就是玄虚么？"

秀瑛笑道："倒不是这样说，因为今天哥哥特别客气起来，所以由不得我不疑心了。"

希文道："那是你瞎疑心。"

秀瑛不耐道："哥哥有话就说吧，别尽这样扯东拉西的。"

希文忍不住笑道："我实在没有什么。"

秀瑛笑着转身道："那么我走了。"

希文赶忙拦住道："妹妹请坐会儿。"

秀瑛高声道："快说！"

希文忍了一忍道："我么……我倒是有一句话要跟妹妹说。"说到这儿忍不住又笑了。

秀瑛道："你瞧你这样儿!"

希文道："不是别的，我问你，你那个同学密司马不是和你很要好么?"

秀瑛恍然大悟，笑道："哦……原来哥哥问她呀？真好眼力!"

秀瑛说到这儿，自己觉着一个闺女在哥哥面前这种态度不大合适，不由也羞了起来，但希文却赶快道："妹妹说哪里话，什么眼力不眼力的？我不过随便问问，没有别的意思。"

秀瑛道："哥哥昨日回来神气就和平常不一样……"

希文忙正色截住道："妹妹千万不要疑心，我因为密司马人很好的，你有这样一个同学，于你很有益处，很可以常常往来，所以我才问你。实在是没有别的意思，要是我有什么意思，我就直说给妹妹听，那又要什么紧呢？何必这样，妹妹说是不是?"

秀瑛忍着笑道："是的，哥哥说得不错。"

希文又道："我看密司马为人实在不错，妹妹知道她家里情形不知道？因为交朋友很不容易，很要紧的。要是她家庭不好，那应该慎重了。妹妹总该知道不少吧?"

秀瑛也知道希文遮面子不肯直说，便装糊涂样子道："她父亲也是很体面的人，已经很老了。听说她是她父亲最小的女儿，她父亲很疼爱她的……"

秀瑛说着，忽又转了腔口道："哥哥既然对于我的朋友很留意，我以后就常常请她同哥哥会面，好让哥哥替我审查审查，好不好?"

希文一听这么好的移船就岸的话，真是欢喜。但是这话里分明藏着有些刺儿似的，便支吾笑道："妹妹太客气了。你自己学识顶记的，还要我来替你选择朋友么？不过若是请她常到我们家里来玩玩也很好的。因为我也很忙，妹妹又要用功，家里又没有什么别的人，婶娘也怪寂寞的，要是她常来也热闹些。"

秀瑛只微笑着点头儿，便起身要走，希文也立起身来，又叮嘱道："我实在没有别的意思，请妹妹千万不要随便说了出去，谢谢妹妹。"

说着便恭恭敬敬地鞠了一躬，秀瑛到此实在忍不住了，便扑哧笑道："哥哥不是为着我么？理应我谢谢哥哥才是，怎么倒要哥哥谢起我来了？我真不明白。"

几句话说得希文面红耳赤，立时觉得刚才实在太率直了，露出马脚来，急得也顾不得笑了，便拉住秀瑛道："好妹妹，我说错了。我今天就写快信到法国去，让我的朋友在巴黎买好的丝围巾丝袜子送你。"

秀瑛推道："好了吧，我不说就是。"

希文才放她走了，走不几步，又叫道："妹妹你来。"

秀瑛果然回来，希文道："你几时邀她来呢?"

秀瑛道："看机会吧，太邀得急了，人家反而不来。"

希文点点头，秀瑛不得几步，又听见背后希文叫道："妹妹!"

秀瑛站住道："什么?"

希文跑过来低声道："就是婶娘面前，妹妹也不要说。"

秀瑛道："知道了，哥哥还有什么话说? 别尽等别人一转身，又支使回来。"

希文笑道："好妹妹，我没有什么话了。"

说着又行了一个礼，才转身回到自己的房里。一看镜子里面，自己的神气全变了，一点也不像平日安闲的态度。便用温凉水洗了一个脸，在软榻上躺着抽烟休息。

歇了几日，是礼拜六，秀瑛对希文道："今天马淑敏请我吃晚饭，我想顺便请她到家里来玩玩，哥哥可愿意见见她么?"

希文道："当然，当然，我在家里也没有什么事情，极愿意有人来玩玩。"

秀瑛去了，希文便随即叫人打了两个电话，辞谢了应酬，专等淑敏到来。约到七点多钟，淑敏秀瑛已经来了。这时希文正陪着他叔母谈心，便一同见礼坐下了。希文首先笑道："密司马溜冰的技巧真太纯熟了。那一天我们旁观的人都替密司马害怕，可是密司马一毫也不吃力……"

说着偏过头来对他叔母道："婶娘几时也去看看。"

他叔母道："马小姐伶俐得很，想来一定是不错的。不过冰上太滑了，跌倒可不轻。我看还是少玩些好。"

淑敏还未得启齿，秀瑛早笑起来了道："妈哪里晓得这里事情，他们溜冰人，就要的是滑，越滑越好逞本领。"

淑敏笑道："伯母不要听秀瑛姐姐的话，我本来溜得不好。"

希文此时却不言语了，只笑孜孜地从女媪手中接过可可粉来，调匀了四杯子，亲自用开水冲好了，加上糖递给老太太，然后微笑着轻声对淑敏道："密司马上回不是只用了三块糖么？这一杯就只放了三块糖，要是尝尝淡了，再加一块好不好？"

淑敏忙欠身笑道："太客气了，谢谢。我是最不会客套的，真不知道怎样才好。"

希文只顾将第三杯递给秀瑛，老太太却接着回答了道："马小姐快不要谢谢了吧。真的，今天我们秀儿扰了你一餐，我还没顾得道谢呀。"

秀瑛笑道："妈不要谢了，我早谢过了。再谢可就中蚀本了啊。"

说得大家都笑起来。淑敏问希文道："陈先生医院里很忙吧？"

希文恭敬地道："也还可以，不过干了这一行，当初就立场不怕麻烦的。尤其是当我们中国的医生，不能嫌忙。好容易大家刚信服一点西医，要是学西医的再不勤奋和气一点，将来对于社会上推行更无希望了。"

希文一面说着，一面看着淑敏的面孔，一双乌黑的大眼，诚恳地注视着自己，听一句便点一下头，那童年的憨态又露了出来。

希文心里又是一喜，便趁势道："我们那个小医院，便是几个同学集资办的，一切设备都参照德国的上等医院，现在倒勉强还可以看得过去。密司马几时有工夫请去参观一下，欢迎得很。"

秀瑛道："我哥哥又替自己刷广告了。"

淑敏笑道："陈先生说的一定不会错的，改日必要去看看。不过恐怕我们去了反而耽搁你们的事……"

希文恐怕淑敏一下推托开了，赶忙再试进一步道："那倒不妨事的，我们比较礼拜日清闲得多。因为没有门诊，只应急诊。明天就是礼拜，若是有工夫，我倒可以奉陪。因为那里有许多东西，必待说明才知道用处。"

说完便恭敬地对淑敏瞧着，淑敏却坦然道："明天我倒可以去，不过秀瑛去不去呢？"

秀瑛道："只要你高兴，我总陪你去。"

当下又谈了些别的事情，不觉已到了九点了。淑敏便起身告辞，希文早走起将大衣取过，双手拿着领子替淑敏披上了。又顺手将提包手套都递了过去，兄妹二人直送到大门，看淑敏上了自家车子，才转进来。

次日秀瑛打电话约了淑敏，三人同到院里各处游览。希文随时指点说明，其间或做点小试验，很是有趣。那日希文高兴自不消说。

单表淑敏回到家来，也不禁若有所感，想着那陈秀瑛的哥哥，倒是一个很不讨厌的人，说话也儒雅，举止更安静，不过自从北海见面，他总是随时伺候着人，就单替自己拿大衣手套已是三四回了，真叫人有些不好意思……淑敏一边想着，不觉抬起眼来，看着对面衣橱上的大镜子里，只见自己脸上有些红红的，便羞得忙低下眼睛不看镜子里了。此时响动皆歇，独自一人可以听到呼吸的微音，那陈希文的影子浮动在她惝恍游离的意识里，仿佛隔着一层雾，在那儿对她含笑。而且那含笑的嘴里的语声，轻灵活泼，分明还在耳朵旁边不曾散去。……这人给我的印象怎么便这样深？还是我自己疑心出来的呢？不错，他对我很周到，很有礼貌的，但是就只这么一点情形，不能断定人家心里有……呀，那天在北海，仲莹的提包落在地下了，他也赶忙就捡了起来，足见人家对我不是……况且人家是从欧洲回来的，外国交际社会里，男子对于女子都是极有礼貌的，原算不了什么稀奇事情。人家这种态度，不过是在交际上对于女子普通的周旋罢了。

淑敏想到这儿，自觉已得了一个正确的答案，心里立刻舒服了许多，反而自己反悔，不应该起疑。自己一个大女儿家的，见着一个男子的态度稍为亲热一点，便凭空地胡乱想起来，幸而只是自己秘密的心思，没有第二个人知道，要不然多么羞人啊！淑敏此时又无意地瞥见镜子里的自己痴痴的样子，不由得害怕这个影子还知道自己的秘密。虽然害怕，却反禁不住要向镜子里逼近着看一看，只见镜子里一双妙目，怔怔地瞅着自己，好像审判官看着罪人的神气。瞅了一晌，忍不住咻的笑了起来。静了一静，才觉得刚才自己的心绪神态，实在太可笑了。但是世上的男子，也实在太惹不得。不管他有意无意，以后自己总是远着些好，中国社会究竟比不得外国。

这是马小姐这个时候的哲学和大政方针，但是歇了几天，情形又有变化了。淑敏在学校碰见秀瑛，秀瑛亲手递了一个请客帖子给她，说道："后天是我哥哥的生日，我母亲说哥哥生日亲戚不知道，哥哥也不愿意人。可是他初到京，太寂寞了也不好，叫我在馆子里叫了一桌席，替他祝贺。就算我是主人，请我母亲，同我的几个同学做陪客。所以有你一个，还有我们一班上的周兰、杨灵芬，还有仲莹夫妻两个。务必请你去凑一凑。并且我还告诉你，这件事我哥哥还不曾晓得，我也是为的不让他知道，好叫他临时欢喜。你只要肯到，就算赏我的脸了。千万不要送什么东西，反而使他先知道了不好。好姐姐，你同我不错，我要求你，你可一定得依我。"

淑敏听了，也说不出什么来，只含混地答应着，自己一个人肚里寻思，怎样好呢？去了，与自己的方针相背，不去，很对不起秀瑛。而且秀瑛也是极有礼的人，忽然无理由地就断绝往来，岂不太不成话？再说自己也是很文明的人，像这样怯场面，也于自己的面子下不去。何况仲莹夫妻周杨两位想来也必是去的，单我一人不去，反而显出异样来，岂不是更不妙？

所以到了那天，淑敏还是去了。等得席罢，周杨两位先行辞去，希文秀瑛一齐恭敬送出去。淑敏一一看在眼里，本来淑敏也要走的，因为仲莹要留她玩一下，所以就停了。于是五人重复在希文书房里坐下清谈。希文谈了些德国医学界的情形，哥德的文学，还拉了一阵提琴。淑敏原是个活泼的人，又是个音乐迷，看见希文琴拉得很好，非常高兴，一切的顾忌早已随琴声飞到天外去了。

大家谈话之时，希文还很大方很客气地向她道了谢，并说："密司马今天来了，实在不敢当。哪一天是密司马的生日，一琼也要去道贺的。"

临走之时，又谈到音乐上来，希文要领教淑敏的妙奏，淑敏最欢喜戴高帽子，这一来更满意了。从此以后，淑敏便常同希文和秀瑛玩玩音乐。希文的曲谱非常之多，悉数拿出研究。日子一长，两个人竟成了很好的朋友。往往淑敏坐在琴台边下，希文站在窗子前面，总是说："英雄交响乐真是伟大，可惜在中国难得赏鉴。"或是说："月光曲是如水的清幽，足见贝多芬乐圣的天才，真是超绝。"有时一个背着曲子出了错儿，一个便赶忙更正，更正完了，彼此相视一笑，这一笑便是精神上无上的安慰，心灵里至高的快感。他们也没有更超过一笑的动作，但是已尽够了，用不着其他的了。淑敏看见希文谈吐举止，始终保持着恭敬的礼貌，始终保持着自然的活泼，从他的注视的眼神之中，接受了无限真正的温存，便也由胸中发生了充实的尊崇之意，觉得希文实在可敬可亲，芳心里不知不觉地印下了希文极明晰的一幅肖像。

转瞬又是新年，一天，淑敏叫希文弹琴，自己唱了一首歌辞。唱完了坐在软椅上，希文合上琴盖，回过头来，看见淑敏懒懒的好像有些倦意，一种歌余稍促的呼吸，映出无限的娇柔体态，希文也不言语，只靠在琴台边上凝视着。

淑敏道："你真用心，大概又在默想贝多芬了。"

希文笑道："不是，你猜错了。我那年往法国一个美术学校里参观他们的作品，其中有一幅画，他们的教授告诉我，至少也要值四五万法郎。那画儿标题只一个字，叫'慵'。我虽然不十分知道画，可是看了真觉得好极了。他画一个美人儿半倚在一张丝绒靠椅上，那脸上微微疲倦的神气，和四肢懒懒的态度，调和恰当。一看那标题，再想一想画儿里头的神态，真是能引起一种令人无可奈何的感情……"

希文稍微停一下，又接着说道："我刚才看你坐在这儿的神气，不觉联想到那幅画。只不过那画儿里头的美人是梳着髻儿的，你是剪了发的。"

淑敏听了，也找不出什么适当的话来回答，只淡淡地笑了一笑。这种淡笑，近来成了他们两位救急的唯一方法，无论哪一位谈话之中遇到窘境，便不由自主地腮上露出些笑容代替答复。这种不落言诠的态度，是普天下有情男女证到情禅最上乘境界的表征。那种莫逆于心的了解，除了当局的两位之外，谁也悟不到。

闲话不提，淑敏忽然迟迟地说道："密司特陈，你看我能演剧不能？"

希文一时摸不着头绪，便随意答道："这个事情我是外行，怎么能瞎说呢？不过我相信你的天分极高，要演起来大概总不错。"

淑敏笑道："这礼拜六的晚上，我们学校里举行一个新年同乐会，里面节目就有歌剧，就有我演。我从来没有演过什么戏，本意只管跳舞就完了，我们同学说这范围不过是本校师生，也没有外人，好坏都没有关系。又因为上礼拜我全家搬到天津之后，我就住在学校里，练习的时间长些，一定要我扮一个角儿。秀瑛告诉你没有？"

希文道："哦？她不是也有点职务么？她只告诉我说你们学校要开

同乐会，可没有多谈。"

淑敏道："她的职务不在舞台上，她是管布置会场的。布置停当了就只管看戏。……那一天每一个学生有一张票，请家属来参观。秀瑛那一张给陈伯母，我只有一张，家里没有人，我想送你。"

希文鞠躬道："谢谢。"

淑敏不由得有些含羞似的带笑道："不过我从来没有演过戏，就怕你看了笑话。你要是去，你千万不要瞧着我，恐怕我在台上一看见你在瞧我，心里一慌把戏词儿忘了，那真丢脸了。"

希文听了不觉笑了起来，说道："你若不是为的要我去瞧，却叫我去干什么呢？"

淑敏道："不是这样说，我们的目光要彼此躲着些。请你留神你的目光，不要同我的目光碰着就好了。"

希文道："请你放心，台下的人多，哪里就会看见我了呢？"

当下二人别了。

第三回

冰肌雪肤学府看霓裳
冷月寒风街头挥情泪

且说到得星期六，秀瑛先去了。陈老太太和希文在家吃过晚饭，坐了一部汽车，汽笛响处，嘟嘟嘟一阵浓烟散过，顷刻已到了贝满女校。刚进得大门，秀瑛早已同几个学友迎着进了会场。这会场就是学校的礼堂。此时场上人来得还很少，秀瑛引着二人到一排椅上坐下，辞了母亲哥哥自去忙碌。希文游目四边一看，这会场倒还算美丽，正中屋顶悬下一个大铜架子电灯，几十个灯泡缀成一个大亮球儿，从那只总灯杆子上分向礼堂四周扎起十几条彩练子，这彩练子是用五色纸条粘成的圈子连环起的，每隔二尺多远，还缀上些丝线络索，系着各色像生花儿，高高地布在空中，让灯光一照，彩绚缤纷，就好像是一个欢娱的大网，要把全场人的快乐都网起似的。四周墙上每隔丈许，都有小国旗校旗交叉着。四周的电灯，一个个都像夜光珠子似的，点缀在适宜的地方。最妙的是总门里面，放了一盆极大的圣诞树，足有一丈多高，进门的人转过这树才可直见舞台，既添了曲折之致，又显出不少的新年气象。再加在各个交叉的旗子底下，各个电灯的底下，全缀上他们学生自己做的各色卡片，写上各种庆祝新年的吉利话儿。无论是谁，只要一进这暖融融的大厅上来，未有不目迷五色的，几乎疑心北京的春意全都钻到这儿来了。怪道九城里冷冰冰的鬼打得死人呢。那对面的舞台却静静地垂了幕，看不出什么来。只见那紫色呢质的幕微微有些摆动而已。

当希文赏鉴之时，男男女女已经进来了许多，把场子占满了。秀瑛也在这当儿来了，挨着母亲坐下，说就开场了。话犹未了，只听一阵掌声，抬眼一看，原来台上已露出一个女学生来，说开会的旨趣。说完了一鞠躬而退，台下又是一阵鼓掌。歇了一歇，那紫色的幕渐渐展开，舞台上光明焕发，一排穿制服的女学生，齐齐地站在中间，同时琴韵悠扬，引起了一阵雏莺也似的歌声，乃是国歌，国歌完了又是一个歌儿，秀瑛说这是她们的校歌。校歌完了，幕出收起。少项幕开，换了几个人，又换了一支曲子。那声音婉转之中，却有激越之致，中间有几句唱得特别之低，全场的人都跟着没有了声息，只剩下游丝一般的歌音，在繁星也似的灯光下袅来袅去，真是最荡魄怡情的一刹那。少顷歌声一歇，全场的人都舒了一口气，那狂热的掌声随之而起，到后来分明零零落落的掌声要歇了，却又好像夜半春潮一样，忽地重复涌起。这声音比头一次更烈，表示要求再唱一回的意思。台上却不过情面，只得又唱了一遍，完了的时候，秀瑛说这歌儿是学校里新编的，名叫《惜春华》。

希文听得痴了，问秀瑛道："这歌儿有几句好像是'看落花阵阵飞红雨，却不道韶华飘零尔许，君休去，便怎忍低回无语？便怎忍低回无语？'这意思实在缠绵极了。"

秀瑛点着头道："是。"

这时正哑了场，台下声音渐杂，希文只想着歌儿里面的意味，觉得含思深婉，勾起自己无限的感想。又想起刚才歌儿煞尾的时候，台下他们本校的学生听得兴发，都禁不住低低和唱了起来。那一瞬的光阴，真是沉醉芳香到极点了。却是这班唱歌儿的女学生，一个个兴高采烈，也曾感到歌中之意没有呢？

一个人正在沉思，忽地台下灯光一灭，紫幕复开。台上站满了轻绡蔽体的舞女，随着琴声，接节而舞。一个个身体飘飘的，好像枝头蛱蝶在花间穿来穿去。那队伍回旋着，有时故意放出履声，以显节奏，加之她们全是白色舞衣，越衬得雪肤冰肌轻盈娇艳。

陈老太太看得高兴，和希文道："这些姑娘也学得同外国人一模一样了。"希文也微笑着点头答应。

不一刻舞毕落幕，秀瑛告诉下面还有一个单人跳舞，霎时幕开，一个极活泼的女孩子舞了起来，身上穿一件玄色光缎舞衣，短短的袖子，短短的裙子，非常之利落，尤其使人晃眼的是衣服上的装饰，那上面便极光耀的金属璎珞，远远望去，全身一闪一闪的皆是金银之光。舞得极酣畅的时候，那光彩零乱起来，就好像有千万个火星儿随着她身上旋转似的。旋转得快了，台下的人看见那灵巧的腰肢放在两只极活动的腿上，简直要替她担心放不牢。

秀瑛笑着对希文道："这一次舞本来派了马淑敏的，她因为预备演剧所以换了这个人。"

希文道："这人就舞得很入神了。"

这时幕闭，台下照例地拍起掌来。台上寂静，台下热闹，都在等那好戏出来。

这一天排的戏名叫《玻璃鞋》，是采取欧洲一段古代童话组织成功的。那童话里叙述一个极美丽极聪明的小姑娘，名叫琴德锐拉，为她的继母所虐待，只许她同仆役们住在一起，睡在极硬的草床上。可是那继母拖来的两个油瓶子女儿，却吃好的，住好的，穿极美的衣服，每天拿琴德锐拉当小丫头使唤。有一天，国王的太子要招集一个盛大的跳舞会，邀请全城的小姐都去参加，琴德锐拉伺候了那两个丑姐姐装饰赴会之后，独自一人坐在厨房里哭泣。这时候来了一个神仙老太太，用手中的魔杖点化瓜壳做了车子，老鼠做了马，蜥蜴做了卫兵，又将她身上的破衣点成了极名贵的艳服，送了她一双玻璃鞋，叫她也去赴会。但是临走的时候，告诉她务必在十二点以前就回来，若是迟到十二点以后，那车马卫兵和身上的衣服，都要变回原形。她欢欢喜喜地去了，那跳舞会里的人都觉得她第一美，但是不知道她的姓名。太子特别同她舞了两回，和她十分爱好。她因为欢喜过度，忘了时候，等得十二点一过，浑身衣服都变回褴褛的样子，所以她赶快跑出，仓促之间，落了一只鞋子。太子寻不着她，只拾得那只鞋，所以下令叫全国女子试穿那只鞋，谁穿上了，太子便和谁结婚。一直试到琴德锐拉的家里，她那两位姐姐一个切去大脚趾，一个削去脚后跟，都穿不上去。这时候琴德锐拉在厨房里又悲歌起来，太子听见声音追究下去，大家才让她出来，一试便穿上了。而且她更取出另外一只来，也穿上了。正在大家惊奇的时候，那神仙又出现了，用魔杖一点琴德锐拉的身上，立刻这破衣的苦女儿变成了艳装的美人。太子便同她结了婚。

一刻儿幕拉开了，便是琴德锐拉家里的情形，那两个丑姐姐正要收拾赴会，便呼唤琴德锐拉起来，立刻希文耳内听得后台一声极熟悉极轻圆的答应，早已看见淑敏慢盈盈地走了出来。这时希文脑里一紧，好像扎了一下吗啡针似的，精神陡振。定睛看那台上的琴德锐拉，只见她穿了一件灰不灰黑不黑的旧衣，黛眉敛抑，中间也不知蕴蓄了多少幽怨。当她伺候那两个姐姐的时候，小心翼翼地唯恐得罪，自己看了也觉出神。忽听隔座叹了一口气，回头看去，见有个戴红结儿瓜皮帽的人摇晃着脑袋对同座的人说道："英雄不遇之时，屈抑在庸俗人之下，啼笑皆非，正复如此。作此剧者岂有心人乎?"

希文忍着笑，转回去再看台上，那两个丑货早已走了，只剩琴德锐拉一人在那儿啜泣悲歌。歌声里那神仙太婆早出来了，她们从问答一直到换衣服，那姑娘忽悲忽喜将信将疑，种种动作把全场的人都吸住了，没得声息。最后衣服变好的那一霎，琴德锐拉欢喜得跳了起来，抱住那老太婆，同时紫幕也落下来了。少顷开幕是第二场，舞台上布了宫廷的景致，非常富丽。许多贵族少年已经以少女们喁喁密语了。随着便是太子出来，那些人一齐肃然迎迓，太子也是很客气地招呼。在那众位妙年美女搔首弄姿争得太子一顾的当中，那两个丑货也插科打诨，忙着照镜子擦粉，恶狠狠的几乎没有把太子一下子揪了过去。

希文忍不住笑着向秀瑛道："她们对于表情的方法竟居然这么熟练?"

秀瑛也笑道："这脸皮真算老极了。"

说话之间，场中空气好像骤然一变，原来那琴德锐拉竟自微步姗姗地来了。穿一套鹅黄的衣服，珠光宝气围住了一身，逼得台上台下的人眼睛全都花了。于是歌舞大作，太子和琴德锐拉在那众宾中捉对舞着，这一绚烂之极，观众的五官百体全叫乐声舞态给塞起来。希文痴痴地看着琴德锐拉，眉毛比平日格外画得长，脸上颈上臂上又擦了粉，皮肤比平日格外白些。看她舞的时候，胸前突突地动荡，这种动荡真是爱河里最温柔的波纹。真是灵肉的和谐，天魔的曲线。这一番梦也似的境界直到琴德锐拉跑了，太子追踪的时候，那幕落了下来，才算把希文唤醒。

这时陈老太太也乐得非常，笑嘻嘻地对秀瑛道："今儿晚上马小姐真是美极了。不要是预告知道，我都几乎不认识。"

希文道："是真的，连我也想不到。"

那旁边的人听说，都不免回过头来注意，好像羡慕只有他们认识这么美的人似的。不消多时，幕又开了，这一幕很简单，太子寻到琴德锐拉家里，叫那两个姐姐试鞋失望之后，已经要走了，才寻出琴德锐拉来，鞋子试好，神仙出现，琴德锐拉又变得一身艳服，在太子高兴的时候，全剧便算告终。那掌声忙乱之中，又增加了大家起身离座的纷扰。

希文心中满足里有怅惘，怅惘里有满足，还想等一刻儿工夫好同淑敏再见一面。可是秀瑛却说淑敏同她约好了明天下午到她家去，今天刚下戏恐怕没有工夫送他们，托她做代表道歉了。希文只得陪着老太太和秀瑛回去。

次日下午淑敏来了，大家说说笑笑。淑敏对陈老太道："伯母昨天看我演得怎样？"

那陈老太道："好得很。这个角儿若非像马小姐这样的人也演不下来。"

淑敏只是憨笑道："唔，伯母总是说好的，其实我哪里预备好了？"

希文道："不要客气，昨天你刚刚同太子见面的时候，那种神气欲前不前，欲语未语，活是个含羞的样子，我真不知道你从哪儿揣摩来的？"

淑敏听了不觉脸上一红，却同秀瑛说别的话去了。希文才觉得刚才的话说得太鲁莽了些，心中后悔万状，生怕淑敏见怪，急得手足一时无措。老实了半天，看见淑敏还是孩子气，毫不把那话当回事，才又跟着说笑起来。

到得晚饭后，淑敏要回学校，希文道："我也要找一个朋友，同密司马一路，我想送你一程，不知道你的意思怎样？"

淑敏道："很好。"

希文便陪淑敏出来道："从王府井大街南头往西全是很好的马路，今夜月色好得很，不知道你能不步行一程？"

淑敏抬头一看天上道："哦，真是这么好的月亮。好好，我们一同走走。"

于是两个人联翩微步，到得王府井大街。希文心里思潮起落，想到自己这一向的心境，实在乱得够受的了，要爱她就得直接勇敢地表示，让她知道自己的心。就是她给自己一个钉子碰，也得冒险说了出来。自己一向爱她的意思虽然千层万叠，但是始终还深藏在自己心窝儿里，见面的时候总还是戴了假面具。这对于自己未免太怯懦了，对于她未免太不忠实了，无论如何这话是要说的。他心里这样想着，脚底下步伐也错了，身子简直像无气力似的，便使劲将自己两个拳头捏紧，暗暗地撑持着自己，心里又回忆到白天里说的话，独自忖度着，那话也够鲁莽的了，她都没有一些不快的表示，还怕什么？说吧！说吧！心里的秘密早已在举动神情上露出来了，连举动神情她都没有拒绝，更何所惮而不说？说，决计说！她心里也是一般的热呢。说迟了便是对她悭吝，太辜负她了。

希文于是鼓足了气道："密司马。"

淑敏同他走了一歇，看见本来一个有说有笑的人，忽然沉默了半晌，此时在寂静里迸出来的一声，倒使她芳心自警，这声音分明是有些发颤哪。不过她依然很自在地答应了，但是希文所有的气力似乎全用在那一声上，往下竟接不上。急切中便改了口气道："你冷不冷？"

淑敏小声道："不冷，你冷么？"

希文道："我也不冷，我怕你走得累了。你要不要叫个车子？"

淑敏道："不要车子，你看这么好的月色，走起来多潇洒。"

这时他们已经步到东长安街了，街上静悄悄的，那天上一轮寒月照得分外光明。两人的履声细碎可听。街上教月光铺着好似水洗的一般，只有路旁小树底下是黑的。

希文耳边听见淑敏又在说话了："密司特陈，你看今天天上一片云也没有，月光太亮了，射得四边的星儿都躲起来了。北京这地方太尘俗，白天里哪有这样干净？我说月光最神洁不过，白天里这样一条脏马路，到此时月亮用冷光一照，就立刻变干净了。你说是不是呢？"

希文本来是血脉贲张，一阵阵的热流穿游全身的，此时听见这些话，看见淑敏一张娇面拥在皮领里，只露出不多，愈显得风致清华。那明星似的眼睛藏在深深的睫毛之内，似乎有一种寒辉映人的风韵。身上幽微的香气随着小小的冷气飘入鼻孔，这一来，不觉令他立时清凉了许多，这眼前分明是个月殿仙人。那童女的尊严，全含在那婉约的态度中，怎么叫人不敬重呢？他的胸口因此宽舒了不少，诚诚恳恳地答道："你说的话不错，真的，密司马你这人真是值得赞美的。你说话的声音便是音乐，你走路的姿势便是舞蹈，用不着更去赏鉴音乐舞蹈了。单说你刚才几句话吧，是冰雪聪明的人才说得出呢。"

淑敏不觉笑了起来，道："你看你又是这样，其实你又何必这样客气呢？倒闹得人怪不好回答的。"

淑敏这种笑声柔语，带有极强烈先天性的女子媚态，希文如何还禁得起这种诱惑？心中不觉又大荡漾起来，便低声道："你说起客气来，我倒要要求你一件事。你老是叫我密司特陈，也未免太客气了。你能不能取消这个称呼，叫我作希文呢？"

这几句话里面没有带上一个爱恋的字眼儿，但是那一种低柔的音调所传出这几句话里面的深意，却是极显明的。淑敏耳中听着，心中不觉又是一惊，自己知道这一霎时，是已近危险界了。同时觉着自己那只被希文挨着的手臂非常暖和，那半边身子几乎都被希文熏热了。偏生在冷月寒风的底下，会有这种温暖的境界，实在自己也已经神秘地陶醉了。

这时候耳边又听见希文发声道："淑敏，我现在大胆地叫你淑敏了……你也允许我配受你叫我作希文么？你怎么不言语？"

淑敏听了觉得希文这种态度，这种声音，实在过于谄媚了，实在很可笑可怜，那平日高华的气宇怎么消失了呢？但这谄媚又实在是好，这是男子的卑劣，但同时也是女子的骄矜。她禁不住在希文说话的时候，微偏过脸去看了希文一眼，轻轻地答道："你真是太客气了，这点小事也要你这样恭敬么？"

说完不禁得意地笑了一笑，希文道："那么你允许了？"

这六个字非常刺耳，淑敏不觉一怔，问道："我允许什么了？"

希文笑道："你不是可以不叫我作密司特陈么？"

淑敏忘了情，脱口道："那倒可以的。"

两人至此各有各的满足，只静静地并肩走着。希文忽然看见那月光将二人的影子照在一处，便轻轻地拍着淑敏肩头道："你看。"

淑敏羞得将脸一偏道："理他呢。"

但是立时觉出这句话说得太露骨了，自己实在不应该将这样灵敏的同感让希文知道，便赶忙掩饰道："你不是那个交叉的树枝子么？"

但是这句话似乎越发有痕迹了，正自惊慌，所幸那边希文又说起来了："淑敏，你知道我心里最佩服最仰慕的人是谁？"

淑敏道："我想是贝多芬。"

希文道："你猜得的对。"

淑敏道："那么是谁呢？还是古人呢？还是今人呢？"

希文道："当然是今人了。"

淑敏一想了不得，他竟一步一步逼近了，只得勉强驳道："你不是常说现在中国没有领袖人才么？怎么会有你所佩服的人了呢？"

淑敏口里虽然是这样说着，心里却是十分忐忑，但又十分迷恋，希文却回道："这个人不是政治上的人，是心灵上的人。"

淑敏现在简直无法回答了，只觉得希文愈发挨近自己，几乎想挤进自己的毛孔里一样，自己心也活动了，自己的脚步也已经轻飘飘的了。希文平日温文的举动，一一浮上自己心头，希文此时的轻柔的语调，热烈的偎倚，又正在引诱力的最高点上。自己立刻便要被他征服了。然而他还是猛攻。

"淑敏，"这一声呼唤使淑敏不自主地立刻应了一声，"我从来没有遇见过像我现在所仰慕的人，这人是我的……她是谁，我也不用说了，你还不明白么？"

淑敏只是无语，忽然觉得自己的手被希文捉住了，听得他急促地说道："淑敏，我今天实在忍不住了。我冒死向你说，我心里的人便是你，我爱你！"

这几句电也似的话立时震麻木了淑敏的脑系，周身的血一齐涌到脸上来，心在腔子里跳得几乎闭住了气，嘴里一个字也说不出来。

那边希文又说道："淑敏，我也知道你心里还看得起我……"

听到此际，猛觉希文握住那只手竟要提起往唇边送，赶忙低声说道："希文，请你不要……"

希文立刻将手放下道："是。"

于是又走了几步，希文忍不住又道："你怎么不言语了？……我知道我今天太鲁莽了……不过，你看，不知不觉已经看见你的学校了。你怎忍一字也不说？叫我……"

淑敏只顾急忙防着身子跌倒，此时实无回答之能力了，被逼不过才说道："你今天并不鲁莽，不过我老实告诉你，我希望你对我还是维持纯洁的友谊吧……我怕你向我说'爱'……因为我……"

淑敏心事到此往上一涌，胸口忽然紧迫，泪珠儿直滚下来。希文万不料淑敏陡然会到如此情景，大为吃惊，赶忙用手帕要替她擦去眼泪。不巧已到学校门前，仿佛有个人影一闪，淑敏恐怕被人看见，赶忙止住希文，自进里边去了。这里希文痴痴地也只得走开，忽然想起要问淑敏何时可以再见，便又走回，一看淑敏已经走得没影儿。希文没法，对着那无情的大门叹了口气，独自转回家里。五中烦躁，深悔不该冒昧说出，闹得一夜不眠，自不消说。

且说马淑敏进了校门，一直往寝室里走，推开自己房门，屋里静悄悄的没有一点声息，知道同屋住的曹静婉回家去了。脱下外套，独自拭去泪痕，痴痴地发了一晌呆，只见房里两张小铁床枕衾如雪，虽然在绿纱的电灯底下还是非常刺眼。这灯上的罩子，原来是粉红的，因为上次曹静婉说太旧了，颜色全不显豁，自己答应换一个，这个罩子便是同希文一道去买的。希文替自己细心挑拣，微笑着问这个好不好的面容，依然在目。那小桌上玻璃盆里淡紫色的洋水仙，也是希文亲手栽的，那瓷盘子供的木瓜，是自己买的八个，四个供在希文屋里，四个在这屋里。这时她痴坐在床上，木瓜得着屋里暖管子的热气熏着，那甜香越发浓郁，鼻子闻着说不出的心思烦闷。又看见那紫水仙有一朵已然焦萎了，便开的抽斗，拿小剪子剪了下来，随手抛入纸篓里。心里忽然一怔，好像这种举动对于自己和希文都不大吉祥似的，又郑重其事地从篓子里将那朵萎花寻了出来，夹到一本书里去了，才觉安心。

但这一番疑神疑鬼的动作，又引起了她意识的自觉，觉得自己灵魂现在已然完全叫希文给拿去了。自己和希文两心暗缩的程度，早已超越了友情的界限了。思到这里又是一阵面红耳热，勉强解衣睡下。电灯一灭，月光随即进来，自己忍不住又伸起头来，看看那水仙花，被月光照着，幽幽地立在眼前，心中七上八下越发睡不着。想起方才希文情急到那样的情形，实在是积了多少日子，万忍不住了，那一片真心大是可怜。又想起希文要吻自己手的情形，自己轻轻阻止，他便立刻不敢动了。那守礼的态度，真是洁白无愧，真是能尊重自己。假使换了别的男人，也许早就不规矩了。要是真野蛮起来，在他家里不知道有多少机会，自己又何尝能回避得了？所以对希文能敬重自己处子的圣洁这一点，真是一万分的感激，由此便越发觉得刚才自己实在太对不起希文。一个人急切地记挂着希文，可怜他一个人回去不知路上如何，此时到家没有？

这时淑敏心里仿佛说道："希文，你回来吧，我愿意你吻我抱我。

239

我也一样地爱你呢!"

　　但是事实上淑敏想到她自己的地位了，以她的地位，实在不应该和希文恋爱，因为她已经是公使聘下的儿媳了。淑敏想到这儿，便不由得害怕起来，她怕希文失望，她怕自己割不下希文，她更怕由这件事会要发生许多波折，她尤其怕社会上的非议，损害了她自己的安乐和一切的荣耀。她真是怕这个怕极了，所以她这一夜便不能制止自己的眼泪，直哭得月亮已经偏过去，屋里漆黑，她觉得两眼又热又痛，才复行起床，取了洗脸的凉手巾熨帖了一忽儿，换了一个干的枕头，才又恍惚睡去。

　　且说淑敏的父亲同鲁公使原是同乡的，在淑敏四五岁的时候，便经媒人说和，同鲁家定了亲。那个时候马老先生和鲁公使还是很平常的人，后来马先生弃儒而贾，在商界里渐渐发迹起来，鲁公使也同时官运亨通，一天天地阔了。两家都是兴旺人家，这亲戚的情谊自然无形中更加厚了不少。虽然马家对于鲁家的情形不熟悉，虽然对于姑爷怎样更不知道，但是亲家翁是赫赫有名的外交官，这是多么有脸的事呀。马老先生在家里谈起鲁家来，总是未说先笑，夸奖女儿的命好，说淑敏八字里有福禄星，所以自从她一出世，娘婆二家都一天比一天好了。淑敏呢，自来就是天真烂漫的一味欢欣，全未曾想到自己的什么问题。后来进了学堂，知道婚姻的事是应该建筑在恋爱的基础上的了，可是自己的婚姻已经早定规了，这个问题似乎对于自己没有多少讨论的必要的。世上女孩子的心终竟比较的柔顺些，若没有什么男性的追求和刺激，普通既订婚的女子，纵使稍微有些不满，也多半是安于现状的。这完全因为一面害羞，一面女性的爱情多属被动的缘故。况且淑敏自己知道像鲁公使这样的人家是顶高贵的门阀，又听说鲁少爷在上海什么大学里也是很好的学生，那这样的婚姻是美满不过的，还有不快意的么?

　　她自己是一个好时髦好娱乐的，与希文的认识也不过是一种时髦的举动罢了。她看见希文人才俊雅，对于她又是猫狗一般的柔和，奴仆一般地恭敬，深合自己爱恭维爱伺候的脾胃，所以不知不觉地和希文要好起来。后来希文的才情既为她所倾服，希文的诚意又极深地感动了她。她现在彻头彻尾地明白希文始终将万缕情丝缠在她的身上，她觉得实在不应负人。她想起先既然糊糊涂涂地受了人家的爱，此时自己早经成了人家的偶像，早已占据了人家的灵魂，再要恢复以前初交淡漠的情境，不特对于希文是极残忍的处置，简直自己也不相信，被希文的柔情浸润透了的人，此刻还有实现这种处置的能力了。再说希文那一边呢，始终就不知道淑敏已经有了人家，因为淑敏自己当然不会无缘故地说出来，便是秀瑛也未曾问她这些事。希文一往情深只管奔放下去，一直忍到月下那番蜜语之时，原是以为拿得千稳万稳，至多不过淑敏答应他的时间问题罢了。所以他独自回家之时，虽然后悔似乎鲁莽了些，但是只以为淑敏左右不过是害羞着急，哪儿会想到这个弯儿里来？

第四回

秋水传情柔肠百折
春蚕作茧热泪千行

话说希文只顾心里胡思乱想，又闹得一夜没睡。次晨匆匆写了一个短简，叫人送给淑敏，约她到家里来。可是淑敏哪里还有心情遵他的命呢？希文看见淑敏没有回复，只好耐着性子等待。直等了两天，还是消息沉寂，不由得狐疑起来了。便又写了一封长信，亲自送到学校交给听差，叮嘱即刻递给马小姐。

淑敏接了一看，那信里写得非常可怜，大意是说他那几句话也许不应该说，也许说粗鲁了些，以致得罪了。但这的确是他心里的真情，希望能在这一点上原谅他。无论如何，要罚要骂也要请到他这里谈谈，因为除了家里再没有别的地方更无妨碍的了。淑敏看见那字是用钢笔写的，大大小小一路斜歪，知道希文心里乱得厉害，不禁怜惜起来。自己又想想无论怎样也应该去说个明白，便要打个电话叫希文等她。转又一想，还是不去为妙。事情已经到这步田地，正好借这个台阶儿绝交了，省得彼此将来都无好结果。不过这一着未免太决绝，自己总是不忍不愿这样办。如此反复沉吟了好几次，终是不忍的心思重些，按时到希文的家里来了。

因为彼此都有心思，举动上骤然勉强生分了许多。当希文关上房门回过脸来的时候，淑敏痴痴地坐在软椅上，也不知是羞也不知是苦，一句话也没有。却将那一双秋水看着希文，觉得他的眼眶子比前两天仿佛陷下去了些。希文心里本来打算今天好好地努力一下的，他后悔这样重要的话，万不该在路上匆促地说出，此时便要极力补救，预备了满肚子的话。看见淑敏黛蛾低蹙大有不豫之色，却又将胆子慑住了，只站在门旁发呆。还是看见淑敏将身子向椅子左边移开，让出右边的一个空儿示

242

意叫他坐下，他才扶着淑敏坐下了。

他恭恭敬敬地好像牧师祈祷似的开始说道："那天晚上我对不起我……"

说到这儿，觉得接不下去。将眼睛抬起偷看淑敏一下，见她仍自低头无语，那腮边雏发愈发斜垂到前面，一双瞳子中注视着地毯微微转动。希文只得嗫嚅着说道："不过我既然已大胆说了，我的心也掏给你了。还不是这样讲，在北海的时候，我就倾心于你了。只等到那天才说罢了。现在我要问你的是，你许不许我爱你？"

说着禁不住将左手轻轻地搭住淑敏肩上，微微摇了一两下，意思是催促她答复。淑敏自从同希文感情融洽以来，对于他偶尔在她身子上的举动，都做一种无意的忽略来掩饰过去。在淑敏的心里是这样想着的，她知道希文对于自己的款款柔情已经不知道流露了多少次了，但是她更知道希文总是不敢公然表示，只往往借着机会，有意无意地握她的手或是拍拍她的背，这实在如同馋嘴孩子又想偷糖又害怕的情形一样，是克制到极点以上所不能克制一些些儿。自己也不忍再装出假面具来拒绝这一些些儿的馋嘴行为，而且自己从希文的柔和的语声里，凝注的眼神里，也不知接受了多少温存，引起了多少刺激。甚至有时竟会恨希文太怯懦了，太不肯把热烈的恋爱给她了。所以在意识界的浮面，她是怜悯希文而装憨，在意识界的底面，她还正贪恋着正迎接着这一种举动呢。

但是此时情形却似乎不同，她觉得不能再装憨再忽略了。她想她应该立刻避开，不过心里尽管这样想，身子却不大听命，她只用纤手将希文搭在她肩上的手轻轻推开，同时看着希文脸上恳求的神气，一副乞怜的深穆的眼神印在她脸上，感动了她心曲最隐秘的地方，她不由得反而将推开的手握住了。这个时候希文要求的欲望烈火一般地熏了上来，竟要用手臂围起她来。淑敏赶忙让开一边，松了手快说道："不，希文，我们还是始终不要谈爱吧。"

希文逼前一步道："好淑敏，我也知道你还看得起我，我才敢说。你平时对我的意思我感激你，但是你今天怎么这样……"

希文的声音完全颤起来了，他握住淑敏的手臂再逼道："好淑敏，你允许我吧，我真不能离开你。"

淑敏见他愈来愈猛，急得心头乱跳，眼泪又掉下来了。一边轻轻顿足道："你，你坐下，我有话告诉你。"

希文忙即坐下，淑敏待了半天，又羞又争，仍然说不出话来，霍地跑到桌子边坐下，伏在桌上哭起来了。希文跟了过来，赶快替她拍着，听到淑敏说道："我谢谢你待我的意思，我对你一切都感激，不过你要原谅我，我不能……"

说到这儿，淑敏却把头抬起来了，一老一实地说道："我的事情我现在不能不老着面皮对你说了。我告诉你，我已经有了……"

这最后一句话完全出于希文意想之外，钻到耳内简直打了一个六月天晴空的霹雳，一时竟呆了过去。也不笑，也不说话，眼睛笔直地看着淑敏，半天才苦笑道："你哄我的。"

淑敏见他额角上直出汗，脸上失了神气，又怕又急，忙把希文拉到软椅上靠着，替他擦去汗，握住他的手，轻轻地说道："我为什么要哄你？哄了你我又有什么好处？"

于是把鲁家情形约略说给希文，又接着道："……所以我听见你问我，我就无法回答你。我千思万想只得跑来向你说明了。你的心思我这一世也忘不了，不过请你把那件事不要提了吧。我说了出来当然使你难受，但是我求你总要顾全我，同时你自己要保重自己。你看你这两天到现在，闹成这个样儿，我看着心里也……着急，总之我对不起你。"

希文用上边牙齿唛住下边嘴唇，静静地蹙着眉心听了，至此叹了一口气道："我告诉你，淑敏，我这一世只遇见了你，我冒死向你说，我爱定你了。你的话我全了解，我只好叹我的命。但是无论如何，我轻易不能爱上人，我既然爱你，我便到死也爱你。为你，我什么都可以遵命。"

说到这儿，希文眼圈一红，便为淑敏掉下了第一次的眼泪。淑敏也无别话可说，只可替希文拭去眼泪，自己却忍不住泪也流下来了。如此又静了一晌，还是希文恐怕淑敏心烦，打起精神反来安慰淑敏。淑敏见他好了些，当然欢喜，便要打琴替他解闷。希文摇摇头，淑敏便道："你这领带没有结好，我替你另结起吧。"

结了领带，又叫希文替她倒茶，倒了茶，又叫把书架边下那盆腊梅搬到窗槛上来，千方百计要把希文哄得恢复常态。希文倒转而不好意思起来，一面看着淑敏娇憨诚恳的笑靥上眼睛圈儿被泪水渍的红痕犹未完全消失，又引起无限的惆怅，便向淑敏低语道："我真是对不起你。"

淑敏正在替他整理架上的书册，忽然耳边进出这么一句话来，知道希文又在发痴了，便笑着道："我们不要对赔小心了，且趁这时候多谈点高兴的事吧。将来……"

说到这里心中一酸，赶紧背过身子用别的话岔开了。希文看着她抽出手绢儿拿到脸上去，知道她又伤心起来了，急得直用上牙咬着下唇，两眼怔怔地一句话也没有。无可奈何地捡了一个小刷子，在淑敏背上有气无力地替她刷衣，算是在万恨千愁之中稍为表示了一点痛惜抚慰的意思。淑敏不禁回过身来，拉着希文的衣襟，用纤指拨弄着那胸前的扣子，安慰希文道："你千万不要难过，我同你认识以来，你很提高了我不少的见识。我起初佩服你的学问品格，把你当作老师一样……"

淑敏停住了口，不往下说，抬起星眼凝视了希文一下，又低下去只顾弄扣子，脸儿又晕红起来，吞吞吐吐地接着道："谁晓得你待我有这一番深意呢？我后来知道了，我也实在是……"

希文苦着脸道："怎样？"

淑敏忍不住瓠犀微露，嫣然道："也是同你一样。"

希文听了快美达乎极度，不觉立刻破颜为笑了。淑敏见了却正色诚恳地说道："我说这个话实在一点避忌也不顾了，我所以要说，只是为的报答你待我的一番意思，好让你心里也安慰一点，不要让你想着交了我这么一个木头人，费尽了心还得不着一点感动。但是我想我们彼此既然都明白彼此的心，勉强的也算可以了。从此以后，我只能把你当作我的胞兄看待……你也原谅我吧，你不要把我当作你的……"

淑敏声音一哽，泪珠又纷纷落下来。希文也是失望之极，但是到此地步，眼见得一朵雨淋的解语花在胸前哀颤，不由得不怜悯起来。那私爱的占有欲完全消了，却很坦白地说道："你的苦心我全明白，请你放心吧，总之我今生只爱你，为爱你的缘故，当然一切都可以听你的话。只求在精神上我终久属于你就行了。今天你把心事告诉了我，我真是欢喜极了，你也务必要自己爱重你自己。"

淑敏听了低下头不言语，少顷到了吃饭的时候，淑敏恐怕陈老太和秀瑛看见她那红眼圈儿，便辞去了。

希文胡乱吃了一点，回到自己的房内，靠在大椅上眼看着襟上淑敏的泪痕，一滴滴还是湿的，便又掏出出擦淑敏眼泪的湿手绢子来，深深地吻了半天，那暂时被压下的占有欲又汹涌起来。淑敏爱自己既然到了这步田地，这恋爱的基础已经完全建筑起来了，为什么要放弃？而且刚才的事到现在不过一点钟，放弃的心便已为相思的心战胜了。那么纵使想放弃，在事实上也放弃不了。他想到此处，越发觉得有理，再进一步，他更想到假如放弃了，于淑敏不见得有什么好处，岂特无好处而已，简直可是说是有害处。那岂不是先为爱她而放弃者，反因放弃的缘故而愈达不到爱她的目的了么？她说她已订婚，这种婚约只是野蛮残虐的刑罚而已，为什么必定要遵从野蛮的婚约？为什么不努力实现神圣的恋爱呢？淑敏完全是小孩子，不知利害。将来假使不好，自己更后悔了。所以非痛陈利害，鼓动她离婚不可。

希文想来想去，终觉这个办法对，第二天便想同淑敏说，但是他恐怕像这样急水下急稿反而没得效果，只好耐心忍了几天。在这几天里，对于淑敏格外亲密，以博淑敏的欢笑。淑敏本来想渐渐地远着希文的，但终是见着希文便不由得陶醉了，于是只好立志不和希文见面。但若一天不与希文相见便懒懒无意味了。这几天那流泪的印象渐次轻淡，便和希文愈加要好起来。

一天，淑敏坐在大椅上翻相片册子，希文便坐在椅子的扶手上，从背后指点着。这册子里的相片有许多风景，都是淑敏照的。淑敏本来不会照，希文买了摄影箱送她，她才学照。头几张非常之糟，尤其替希文照的那一张，面像完全模糊了，但是后来照的一张便好得多。淑敏一翻开，看见两张平齐粘着，底下还写着许多字。便道："咦，你什么时候又改粘了？写上这么些字？"

希文道："刚写不久，你看吧，往下多着呢。"

淑敏看那字写的是："此两影皆吾至宝贵之淑敏所摄，余每览及，辄欲流涕。缘余生平男女友人虽多，从前从未以吾之相片赠女友，亦未尝允任何女友为余摄影。何者？余盖立志将余之精神面目慎重保留，专侍以奉献于余所最倾慕之人也。忆在柏林时，有某君者，竟因此细故与余失欢，彼又安知余区区之意耶？故淑敏为余摄此影，实为余生平最欢欣最感谢之纪念。影虽模糊，在余则连城之璧不能易也。然此影初报成时视之，仅因淑敏甫习照法，以致不清，聊引为笑乐耳。及今入览，则

246

暗淡之景—若寓有今日之朕兆者，余又安能无悲乎？虽然，有志者贵能在暗淡之环境中力争前途之光明。淑敏摄影之术，不一星期即精进入神，故余又拣一精好者配于其侧，以代表吾渐进之光明焉。呜呼，前途休戚胡能预知？然余坚贞之情要之已定。余深愿彼苍毋负余之苦恼也。"

淑敏看了，心里感动极了，但口里却不痛快似的说道："你还……"

话未说完，希文就截住道："这册子除我两人看的时候以外，全是锁在箱子里，我处处都替你想到了，决不使你蒙受一丝害处。将来万一到必要的时候，我可以把所有的东西交出请我亲手销毁。你只管往下看吧。"

淑敏往下翻去，左边是希文替自己照的一幅坐在琴台边下的侧影，右边是自己和秀瑛的正面。那左边写上"琴心"两个字。再翻下去，是自己一张八寸的弧光半身摄影，希文也有一张，上面却没有写字。记得是同希文在店里去照的。再一张是秀瑛照的，自己和希文坐在一处，低头看曲谱。上面虽没有字，但是却画了两个连接的心形，还在心形上一边加上两个锐点，表示是引号。淑敏看到这儿忍不住地抬起头来向希文瞧了一瞧，希文也正微笑凝视自己。淑敏脸儿又是一红，头就低下去了。只管往下翻去。只见坐着的、站着的、窗前、室内、花下、炉边，全按着先后粘满了一册子。最后有一张大的，是希文坐在桌边的半身侧背影，是秀瑛照的，那影里的希文痴痴地全神都注在面前桌上的一个相片上。淑敏早看见了正是自己的那张八寸弧光半身像，虽然在这片子里已经缩得很小，却是还清楚。只见那旁边特别用红墨水很挺劲地写了"深誓"两个楷字。

淑敏不禁把册子放过一旁，拉了希文的手，用自己的食指将希文的无名指钩住，低低说道："你这人专爱用这些心眼，我看你还是少自苦些吧。比方我们要是早生了几十年，连见面都不容见面，哪里还有叫你起誓的工夫呢？"

希文斜坐在椅子扶手上，地位比淑敏高些，低着头恰好看淑敏的颈子，那后面短短的乌发剪得光光致致的，掩不住那羊脂玉似的皮肤，微微地飘着一股爽脑的幽香。从颈后到耳根子莹洁无痕，却平地里凝成了一个鬼斧神工的耳朵。尤其是耳垂子那一小块肉，又玲珑，又饱满，拿白玛瑙来比，似乎玛瑙还脏些，拿白玉来比，白玉又缺少一种粉茸茸的腻质。希文看得痴了，简直就没有听见淑敏说什么。淑敏见他没有答话，芳心里又是一摇，只搓着希文手指儿也不言语了。希文因为淑敏静默了，倒猛然想起淑敏似乎是问什么话的，赶紧又问淑敏，淑敏笑着道："谁叫你不听来？"

希文见她这一种伴嗔薄笑的情形，为数日以来所未有，心中又是迷惑又是欢喜，生怕这一刹那的好机会错过，赶紧赔着笑脸，转过身来挨着淑敏道："我想想，可想得起。"

于是偏着头想了一想，笑道："你不是说那相片很好么？"

淑敏见他胡扯，忍着笑点点头。希文道："这个册子差不多快满了。我想从我们最初照的渐渐积下来，可以成为我们很美丽的图画历史。翻起来看看，最能引起欢乐的回忆。你说是不是？"

淑敏憨笑道："是的，不错。"

希文便轻轻地将淑敏的手握紧了一下，道："你要知道过去的欢乐是永远追不回来的了，就只这美丽的册子还可以留点儿痕迹。这么美的册子要是不让它完成，那么将来就永远后悔也无济于事。可痛不可痛呢？"

淑敏痴痴地回道："你以后老往下不断就得了。"

希文道："是呀，但是你要知道，平常人家画画儿画株兰花总配上点儿石头，那石头本是冥顽不灵的东西，只是因为陪在兰花旁边，所以也跟着不但不丑而且美起来了。要是只有一块顽石没有兰花，你想那有什么意思呢？这个相片册子，完全因为有你这样完美这样聪明的人，才觉得有精神有意义，若只剩了我孤单一个，冷冰冰的像块石头似的，你想，悲哀都悲哀不过来了，还有什么美丽欢乐么？"

希文越说声音越低，将头靠在淑敏肩上，像小孩子向母亲乞哀似的道："你也……忍这样丢下么？"

淑敏本已柔情如酒，怎经得希文这样缠恋，一声声的软语打入耳里，好像半醉时听艳曲一样，由不得柔肠婉转不能自持了，便也怔怔地将一副含情带怨的瞳仁凝视着希文好半晌，愈看愈觉得希文可爱可怜，忍不住款款地说道："谁不知道呢？我要不是丢不下你，我怎么现在还同你这样亲密？我看见你一离开我就不高兴，又看你近来瘦了，心里就

248

觉着不舒服。所以直到这个时候，我还犯着嫌疑来陪着你，你倒说我忍心……你也……忍心再说我忍心么？"

希文听了，恐怕勾起淑敏的不快，赶快用柔声说道："我说糊涂了，你不要介意。"

淑敏轻轻地推开希文的头，微笑道："你那话的意思原不是怨我，我全知道。"

希文听到这句话欢喜极了，打起精神说道："好极了，你既然这样说，我们的相片册子就可以继续下去了。一本、两本、五本、十本，永远没有完的时候，好不好？"

淑敏只不言语，希文便说道："好淑敏，我告诉你，我为你设想你还是和我好吧。第一，你总算还看得起我，已经给我不少的恩意了。你是现代的女子，我总希望你尊重你自己的意旨，这件事你有自己的权利。第二，名义上说起来，那人好像在我前头，事实上说起来，我实在在他前头。你对于他现在还没有见面，也无了解。你答应了我，不算对不起他。你干什么要担心这个毫无意义的空名义呢？在我想来，假使你到他们那里去了，能够融洽那当然是很好，我也未尝不可以牺牲，不过我恐怕你未必能与毫不相知的人相好……我实在不放心你随便去，万一那个时候他们薄待了你呢？淑敏，我愿意伺候你一世。"

希文说着便将头又靠在淑敏的手背上，自己握着淑敏的手，额头便在手背上轻轻擦着说道："只要你可以不离开我，你就用我做个听差的，我也满意了。无论如何我的灵魂总要绕在你身边。"

淑敏道："那我怎么能办？我要那么办岂不是负心了？"

希文一听这话，一股醋劲儿涌泉也似的直冲上来，急得紧皱眉心道："唉，小姐，你怎么叫作负心？这负心两个字怎么能安到他身上去呢？他何厚于你？你才不该负他呢？"

淑敏见他着急，忙笑着哄他道："你别急么？"

希文噘着嘴道："这事情简单极了，那一边是掠夺婚姻，这一边是神圣的恋爱。他们仗着那掠夺的契约就硬要破坏人家神圣的爱情么？"

希文说得伤心，只拿手巾去擦那迸落的泪珠，伏在淑敏臂弯里咬牙道："我宁可不活了，也不能看着他们把你抢了去。"

淑敏此时心里也有些活动了，看见希文急得这样，越发没得主意，便抚着他的头发道："你这人怎么这样爱急？你看已经闹成这样儿了，还不小心着。"

希文犹如没听见一样，只咕噜道："好妹妹你陪着我。"

淑敏只得低声道："在这里。"

希文握紧了淑敏的手哭声道："一步也不许走开，一步也不许走开。"

闹了半天，好容易淑敏将他安慰好了，希文便要淑敏实行那个主张，淑敏居然也老老实实地讨论起来。依希文的主意，便要淑敏直截了当地叫她父亲和鲁家提出离婚，那离婚的理由便是不能和绝不相知的人发生夫妻关系，以前的婚约未经本人同意，便糊涂订下来了，当然不能承认。一面再告诉父亲陈希文是她所爱的。淑敏本是一个未经世故的小姐，何如能这样办呢？可怜她低着头，千思万想，又不愿希文失望，又羞向父亲直接说出，而且她父母就这一个女儿，她还怕伤了父母的心，只得告诉希文耐心等着，让她慢慢设法。希文也再无话可说，唯有在鼓励她的勇气上着力，叫淑敏只管向前，不要怕把事情闹僵了，和鲁家越僵越好。又加劲说道："万一有什么事，我们便宣布独立，也未尝不可。天底下全是吃饭的地方，怕什么？"

淑敏又答应着，这事说完了，希文的心思才算消了一大半，顺手拿起小柜里葡萄酒瓶来，倒了两玻璃杯子，自己喝了一杯解渴，要淑敏也喝一杯。淑敏羞答答地却不过，只同希文分喝了半杯，这半杯酒一入口，淑敏腮上益发娇艳，两只凤眼涩涩的似乎都转动不得。陈希文无可奈何，终于硬着心肠把她护送回去。

第五回

药炉火暖为伊瘦损
新月眉纤守取团圆

且说希文过了一天，正要从医院去看淑敏，忽然桌上电话铃响，一听却是秀瑛的声音，急急地说道："哥哥赶快回家来吧，淑敏不舒服得很呢。"

希文赶紧答应回来，却不禁狐疑，怎么这时候会病在家里呢？一刻工夫回到家来，只见秀瑛跑出来说："哥哥这里来，淑敏在我屋里呢。"

希文走进，一眼便看见淑敏睡在秀瑛床上，盖着被子，他叔母和两个老婆子也正在旁边看着。淑敏看见他来了，勉强地微微笑了一笑，希文当着叔母妹子，也不便过于近前，只问是怎么了。秀瑛道："今天早上她就说有点不舒服，下午恰好教员临时告了假，我恐怕她兼闷气，便邀她到家里玩玩，同妈妈一道去看电影。谁知她渐渐地坐不住，现在身上竟闹起寒热来了。学校里校医简直不可靠，所以我急得把哥哥找回来了。"

陈老太也叫希文道："你快点给她看看吧，别耽误了。你看马小姐脸上烧得飞红似的，口里还直嚷冷。一定是感冒了。"

希文便看了一看说道："这是麻疹，很容易传染的。我看淑敏还是到院里去好些。婶娘妹妹都躲着点吧。"

淑敏在床上听说什么麻疹，只道是出天花，忙说道："我种过三次牛痘了，哪是还会出疹子？"

希文笑道："这不是花麻，是另外一种传染病，要出点小疹子。你赶紧就到医院去，好不好？"

淑敏一听到医院，心里非常不愿，便摇头道："我不，我要回去，叫一个当差的和一个老婆子送我到天津去吧。"

251

希文道："呆话，这时怎么还能上天津去？"

淑敏皱眉道："不，我不到医院去。我一个人不去，我妈妈又不在这里……"说着几乎就要掉下泪来。

秀瑛忙道："不要紧，我陪你在那里就是。"

陈老太也道："小姐不要着急，就让你秀瑛妹妹去陪你好了。"

希文见了淑敏这种娇稚可怜的样子，不觉心里又起了怅惘之感，便对秀瑛使了一个眼色，秀瑛传单，便对陈老太道："娘，那小洋瓷缸里的银耳早好了，回房里去吃吧。"

说着叫老婆子把老太搀出去，这里只剩了希文和淑敏，希文挨床边坐下，笑着对淑敏道："你不要害怕，医院里很好，比家里学校都强得多，你不用担心。若是你嫌冷清，我可以在院里陪你。"

淑敏道："也不好。"

希文笑道："呆话。"

这时淑敏身子在被里又是一缩，说道："背心上冷。"

希文忍不住便在被上轻轻拍了两下，仍然软骗着淑敏道："去吧，迟了耽误病。我替你诊，你还不放心么？"

淑敏垂目不语，希文见她脸上形色有些活动了，忙凑近些问道："我叫把车子开出去好不？"

淑敏睁开眼，点点头，希文喜不自胜，赶紧跑去告诉陈老太和秀瑛，不一刻已把淑敏送到院里。秀瑛扶了她到希文特叫开的那一间房里来，希文笑着对淑敏说："你看这不像一间病房吧？"

淑敏一看果然不像普通的病房，壁上悬着很美的油画，地板中间铺着蓝黄花儿的地毯，一张铺得极厚极软的小铜床，放在靠左的地方，床头过去点便是一个大窗子，窗幔是薄呢的。床的对面是一张小书桌，桌上有座精巧的台灯。桌边又是一个大窗子，悬着同样的窗幔。桌旁一个座椅，一个躺椅，简直是一间很大的卧室。那床边放一个小柜，还有一架轻巧的花架，曲折地立着，添了不少的幽静气象。淑敏看了欢喜，禁不住流波送眄，向希文笑了一笑。

希文道："好了，妹妹也坐下歇歇，淑敏可以躺一躺。"

说着早有女看护来检查温度，填好了温度表，希文又叫人送来一个花瓶，里面插了不少的娇红和嫩黄的鲜花，衬着那一丛绿叶摆在窗前。

这时秀瑛也已辞了回家，希文正要替她诊视，淑敏道："你来，我前几天回家，我妈还叫我留心保养。若是我妈知道我病了，她一定要赶到北京来的。顶好不要让她知道，我想请秀瑛打电话到天津去，就说我预备临时考试，下星期不回家。我家那个门房里的高升，年纪老了，分不出我同秀瑛的声音来，就让秀瑛充得了。"

希文点头答应，手里拿着听筒，叫淑敏解衣。淑敏听了，立时羞得转过脸去。那旁边的女看护瞧见两人情景，也忍不住偏过脸去咬着嘴唇笑，却又不能劝着淑敏。临了，淑敏勉强地只允许希文用听筒插在小衣对襟缝里，移动着听，却还把脸扬到一边，闭着眼睛。希文仔细听了一晌，又要听背心，这却难了，衣服背后又没有开缝，只好从底襟掀上去些，勉强地诊查了。其实希文此时一心都注意在病上，掀开小衣淑敏那小小圆圆的身腰便露出来又润又光，犹如一块莹腻的红玉一样，虽然看见了，却也无心细赏。少时听完，还要在手臂上打一针。希文怕淑敏不愿，便设法比喻解说半天，保她不痛，才算答应打了一针。

希文放下她的手臂之后，轻轻地叫淑敏翻身睡好了，顺手替她掩上被子，对淑敏道："对不起，太麻烦你了。"

那女看护在旁冷眼瞧见希文一老一实地这么说着，淑敏又带病带羞地这么听着，医生对病人如此卑躬屈节，惹得她又偷转过脸去笑了。希文转过身来托她好生照料，她才惊得正过面来。

不一歇，希文和女看护出去了又回来，拿了一瓶药水，一包药丸，告诉淑敏两点钟吃一次，到时候看护自然给预备的。又坐在床边对淑敏道："这药水我加了糖，很甜很香，一点也不难吃。这位看护是专在这屋里看着你的，她也不走开，你放心吧。今天晚上你一定要大发烧，但这是必经的程序，千万不要着急。"

淑敏点点头，说了一句话。希文没听清楚，俯下再听，只听得是"你也歇歇"四字。希文笑着坐下了，叫淑敏不要说话，轻轻地在被上拍着。淑敏合上眼睛，迷迷糊糊地便睡了。

等得醒来，房里灯已经亮了。那女看护早过来说该吃药了。说着拿了药来，淑敏一手接了，一面微笑着道谢。抬眼看那个女子，面皮虽是黑一点，脸盘子却还整齐，穿了雪白的衣裳，戴一顶小白帽子，笑孜孜的很是和气。便随口问她贵姓，那女子道："我姓徐。"一面接过淑敏

253

吃过了药的杯子，一面道："陈大夫来看过两次了，因为您睡着了，又走了。他说的，要是你醒了闷气，叫我陪您说说话。"

淑敏道："很好，谢谢你。"

徐看护静了一静，看见淑敏没说什么，便自己笑着说道："陈大夫今儿也真累了，平常配药全有配药的先生管着，大夫开了方子就完事。今日他自个儿还跑了去瞧着。您睡了的时候，他开门进来，一脚踏在地板上，那皮鞋的硬底碰了一下响，他怕惊醒了您，吓得什么似的。第二次来，我瞧他就已然换了一双软橡皮底的鞋子。"

淑敏听她说着，瞧着她脸上带有笑容，知道这女看护大有艳羡之意，自己也不由得增加了几分骄人的意思。正在这当儿，希文早又推门而入，淑敏不自主地首先便将目光看到希文脚上去，抬起眼来不觉对着那女看护微微一笑。希文早走了过来，拿起温度表看一看，对淑敏道："你的温度又增高了，还是静一静吧。"

说着低头问道："现在觉得怎么样？"

淑敏道："心里好像有什么东西压着一样。"

希文道："那是因为发热的缘故，耐心点吧。"

说着看见淑敏头发乱了，禁不住伸手替她理了一理，叫淑敏且再安卧。

淑敏睡在被里，闭上眼睛觉得希文轻轻在拍着，糊糊涂涂仿佛希文渐渐不拍了，自己也走出了房门，正遇见几个同学，便同她们一齐游山去。转头却又是在自己家里，对面一个男子就是鲁少爷，恶狠狠地说她不该和希文交友。同时自己的家又变成了鲁家，许多人和她大吵大闹。鲁少爷握起拳头劈面对自己打来，自己赶紧就跑。但是两只脚就好像胶在地上一样，提半步都要费极大的力量。可怜直累得一身都软了。忽然看见从前那些同学都在一丈以外说说笑笑，高兴非常，气得大叫道："你们好！"

一声未了，张开眼却仍然在病床上，那高悬在天花板上的小泡电灯静静地从灯罩里照出淡淡的光，自己满身满脸热得已经出了一阵大汗。再看却见希文正在对面椅子上和衣打盹儿呢。希文猛然听见淑敏说了一句话，马上惊醒道："你醒了？"

早自立了起来，问淑敏可要水喝。淑敏点点头，希文便端过一杯水来，看见淑敏一张娇面红如绯桃，额上又有汗珠，便道："你出了汗不是？快不要动。"

说着自己坐到床沿，一手将杯子凑在淑敏唇边，淑敏呷了几口，吁了一声长气道："哎呀，这杯水真是比仙露还好。"

一面却趁着希文放下她的时候问道："现在什么时候了？"

希文道："大约两点半了。"

淑敏惊道："怎么这么晚你还不睡？那女看护呢？"

希文道："她年纪轻，小孩子似的，贪睡得很。我叫她在里一间歇着去了。你有什么事叫我吧。"

淑敏忍不住从被里伸出一只手来揪住希文的手，蹙眉道："你睡吧，你太苦了。"

希文一面把淑敏的臂纳到被里，将她掩好了，一面轻笑道："不要紧。"

淑敏急摇头道："不，你必得去睡。你太苦了，你不睡我也睡不好。"

希文看她发急，又料定出过这次大汗之后，大概到热度是不会再增高了，便答应去睡，临出门时，淑敏却叫他回来，希文回到床前，淑敏欲言复止，半晌才对希文笑了一笑道："你去吧。"

希文才又出来，复行招呼了女看护一声，自去安息。

第二日清晨，女看护扶了淑敏起来，换过衣服被单，希文方来诊视，说痧疹出来了。淑敏道："怪道说这个叫痧疹呢，今天我摸着被单里，有些好像极碎的玻璃粉似的小粒子，拿起一看还是透亮的。"

希文笑道："因为你这个人太好了，所以连你出的疹子都是透亮的呀。"

淑敏听了偏过头去不言语，不料眼光却与那女看护碰着，她正微笑旁观，似有赞叹之意。淑敏脸儿一红，想笑又忍下去了。希文含着笑没有注意到，只替她仔细地又看了一回，对淑敏道："你昨天出了汗，今天一定疲倦得很，歇一忽儿可以到浴室洗一个澡，只稍为用毛巾擦擦就好了。这样可以恢复一些疲劳。但是记住时间要短，不要长，长了反而增加疲乏，很不好的。你的衣服我叫秀瑛在学校里拿了派人送来。"

说着向淑敏脸上呆看了一下道："可怜才一天的病，今天脸儿就黄

255

了些了。"

淑敏见他痴样儿又出来了，恐怕被那女看护又看了去，赶快对希文使了一个眼色，希文会意，却禁不住回过头看一看那女看护究竟注意到没有，偏生那女看护也是个痴孩儿，对于马陈这般情景，件件都留心，看得呆了。她本来站在希文后面的，不提防希文猛然回过头来，羞得赶快把脸转过，假装看药瓶子。这一刹那三个人各自心虚，室内顿归沉寂。

希文忍着笑看了淑敏一眼，便搭讪着走了。到得下午，秀瑛和几个同学来探视淑敏，都因为她不便久谈，坐一下全走了。

一日易过，夜里淑敏热度又增高了，希文又静静地伺候到半夜，看着淑敏热退睡稳了才走。次日病况渐渐轻退，到得午后希文看完，喜动颜色，对淑敏说道："好了，昨夜我就怕病要转重，很替你着急。今日以后保管一天比一天好，有得三两天就大好了。"

淑敏看那女看护不在房里，原来她故意地避开了，便对希文道："那位看护待我很好的，吃药时候，她调得用心极了。你干吗还要回回都在旁边睡着，好像监视着似的？我都觉得有些对不起她。你也太劳神了……要是像我这样的病人有得三个在你们医院里，你们大夫就不用吃饭睡觉了。"

淑敏说着，痴痴地把希文手腕攀住，要想把心中感谢希文的意思说两句给希文，又非常的难于措辞，怔了一下，反无一语，却把头额向前靠在希文手臂上，腮边红晕一阵遽起，抬起头来道："我真不知道怎样……谢你。"

说了推开希文两手，蒙着脸忍不住伏在枕上笑。这一笑使得希文心身皆融，那三天的劳苦早不知飞到哪一世界去了，只笑嘻嘻地说道："你看，你真像个小孩儿似的。我怕你闷，今天拿了许多画报来了，你看不看呢？"

淑敏道："好极了，我也要下来坐坐。"

于是起床坐了看看说说，淑敏又倦了，便复行上床躺着。小睡醒来，只见希文把那靠椅移近床边，正靠在椅上看书呢，淑敏道："你看什么书？"

希文翻着封面给她看，是《饮水词》。淑敏道："《饮水词》是谁作的呀?"

希文道:"是一个旗人作的,名字叫纳兰性德。他是清初一个宰相明珠的儿子。你别看他是个公子哥儿,这词笔可是真高极了。有人说小说《红楼梦》里的贾宝玉就是他呢。"

淑敏听得有趣,便道:"宰相明珠,哦,历史里讲过明珠的,说他还是个奸臣呢。这个明珠是不是那个明珠?"

希文笑着点头道:"只有一个明珠。"

淑敏道:"你怎样会看起词来了呢?"

希文道:"我就不许看词么?"

淑敏道:"不是说你不许看,因为你是个当大夫的呀。"

希文笑道:"这更奇了,当大夫的看词就有人疑惑?我告诉你吧,我父亲就会填词,我小的时候就爱词,还曾经梦想做个词家呢。中国最宕意移情的文字,无过于词的。我在德国的时候,还特意写信叫家里寄几本词集去。我那时闲着就拉提琴,还把中国的词想法儿作谱子,好拉得上提琴去。可是都没弄成功。"

淑敏道:"你既然这么欢喜词,你现在为什么不作一些?"

希文看见淑敏一味的憨问,那神气真叫他情不自胜,便成心笑着怄她道:"你不是连我看词都疑惑了么?怎么这忽儿又叫我作了?你们在学校里念几本英文,说几句漂亮英语,谈点儿外国的事儿倒还知道,自己中国的玩意儿倒反不知。要作词就那么容易么?"

淑敏笑道:"我也不和你吵架,你干吗质问我?真的,你作一些儿给我看看。"

希文长吁了一声道:"唉,一也因为我没有那份儿才气,二也因为你这个就是一部活词集,我一天到晚看着你这部词集,尽读词就够忙的了,哪里还有工夫作哟。"

淑敏听了笑道:"少胡说吧,别尽拿人开心。你且说那《饮水词》到底哪儿好?"

希文道:"没有一个地方不好。"

说着随手一指道:"你看这阕词就不错。"

淑敏一看上面是《河渎神》三个字,便道:"这词是说神的呀。"

希文道:"不是,这是词的调子,通俗叫作词牌。用这一个调子可以填同一句调的词。"

淑敏看了一忽，念不出句读来。

希文念道："凉月转雕栏，萧萧木叶声干。银灯飘落琐窗闲，枕屏几叠秋山。朔风吹透青缣被，药炉火暖初沸。清漏沉沉无寐，为伊判得憔悴。"

念完问道："你说可好？"

淑敏道："我看上半截好，写景写得怪幽静的。"

希文拍手道："妙极了，你的赏鉴力的确不错，不过你要知道，这阕词从上半阕一直到下半阕的前两句，全是为两句蓄势。你看末了两句多切至啊。"

淑敏道："你叫半截叫什么？"

希文道："哦，凡是词都叫阕，犹之乎一首诗，一篇文一样，上面的一半，就叫上半阕。这阕字是门字里头加一个癸字。"

淑敏笑道："我知道了，你说后两句好，我就不懂。怎么叫作'判得憔悴'呀？"

希文道："这判字要念作拼命的拼字。他说他夜里睡不着，为了伊，他拼着身体憔悴了。"

淑敏听了，欣然说好，却又触动希文这两夜守护她的情景，不禁凝视了希文，心中生起说不出来的那一份惘然的情绪。

希文又翻着一页，指着一阕《蝶恋花》念道："辛苦最怜天上月。一昔如环，昔昔都成玦。若似月轮终皎洁，不辞冰雪为卿热。"

念了说道："这一阕词是他很有名的作品，环玦两个字是比方月亮圆缺时候的样子。这两个字意思是双关的，他意思是说人生别多聚少，却拿月亮比方着说。他说，若是人生能够老是像满月似的团圆皎洁，他就是冰雪一般冷的人，也高兴得热起来了。你看这几句多么缠绵奇幻，不是慧性深情到了极点的人能够说得出么？"

淑敏早听得痴了，希文接着道："这词是伤逝之作，你看下半阕不是还有'唱罢秋坟愁未歇'的句子么？"

说着又指道："这一阕更悲咽了，你念念。"

淑敏便断着句子念道："萧瑟兰成看老去。为怕多情，不做怜花句。阁泪倚花愁不语，暗香飘尽知何处。重到旧时明月路。袖口香寒，心比秋莲苦。休说生生花里住，惜花人去花无主。"

希文笑道："你念得好听的，而且你平日京话很熟，一念起书来，家乡的口音就出来了。我还是头一次听到呢。"

说着看见那底下一阕新月词便也念起来道："晚妆欲罢，更把纤眉临镜画。准待分明，和雨和烟两不胜。莫教星替，守取团圆终必遂。此夜红楼，天上人间一样愁。"

念完了笑着向淑敏道："我们现在正是和雨和烟的时候，无论怎样，我定'守取团圆终必遂'的。"

淑敏这两天来受希文的调护，心中的情分算除却爱怜之外，更把希文当作了家里亲人一样。旅居害病的人最是想家，现下淑敏却觉得家里还没有希文这样嘘寒问暖昼夜相陪了。眼中的希文便是灵魂的真宰，什么天大的事情早已不复念及。希文念词的时候，淑敏便软醉了半天了，此刻看见希文痴头痴脑地说得这般诚恳，恨不能立刻把希文手上的书一手夺过，摔到地板上去，好紧紧地抱起希文来。便轻轻地叫希文过来，让他坐到床沿上。希文依言侧身坐下，一手靠在床头，回过脸来问她说什么。淑敏只觉得脸上渐渐地又热胀起来，忍不住含笑问希文道："你觉得我这个人怎样？"

希文诧异道："你怎么此时还问我这个话？"

淑敏道："你不要忙，我意思是说你是不是有的时候也恨我？"

希文听完，想了一想，笑道："你没有什么地方可恨哪。"

淑敏看见希文还是呆子似的满脸带着怀疑莫决的神气，不禁笑出声来道："恐怕不能吧？比方你找人借钱，那人不肯借给你，你恨他不恨他呢？"

希文更不解道："我也没有找你借过钱哪？就是我向你借过，你不借，必定是你有不便的地方，我又何至便恨你？你这话分明有别的意思。一定是我哪一天不留神找你唱歌儿，你没有唱，现在你却想起来多了心了。"

淑敏此时只觉得连两只手都热起来了，看见希文手臂支在床头恐怕他吃力，便把那手臂轻轻推开，好叫他舒松一下，却仍然笑吟吟地道："你猜的也许很相近了。不过你还要猜猜。"

希文看她这样媚眼流波地说着，脸上红得十分艳冶，衬上那微乱的

259

短头发披在额前，真有个病西施的样儿。看得忘了情，只嘻嘻笑道："我猜不透你的心思。"

淑敏笑着叹了一口气道："唉，真笨，我再打个比方吧，比方一个人喜欢闻兰花的香，但是主人却不答应，他闷闷地站在那儿，心里怀恨可知。不过有的时候他不懂主人的意思，那就不能恨主人了，只能恨自己了，是不是呢？"

说完了躺了下去，将脸伏在枕上，却把背对着希文。希文一直到此，才恍然大悟，不觉喜得顿足拍手，又使劲打了自己脑袋一下，笑道："哦，明白了，真笨……"

说着看见淑敏正把被子蒙着头呢，便揭开了摇摇淑敏的肩头，顺手抽出袋里铅笔，在小纸片上飞快地写了一个洋字给淑敏道："你是不是今天可以给我一个这个了？"

淑敏蒙头的被让希文揭开了，便早将两只手赶快地遮住了脸。此时从手指缝看见了那个洋字，立时仿佛触了电似的，把一张小脸儿越发往枕头里攒。希文却老实不客气地将那遮着脸的手拿开，俯下自己的脸，玉软香温地亲了上去。好久好久才直起腰来，又轻轻将淑敏扶起坐着，两只手围住淑敏的颈子，端详了一晌，又将自己的脸贴到对面的脸上去了。靠着淑敏耳边低低说道："那兰花的比方原是我从前说过的，要不然我一时还想不起呢。……你呀……你呀！"

正在软语缠绵，忽地门儿一响，淑敏耳快，急将希文一推，只见那门响后，好一歇才开了。原来是那女看护进来，说该吃药了。淑敏只觉头脑突突地跳个不住，看着那女看护调了药，胡乱接过来吃了。希文急切也没了主意，走又不好，不走又不好，在那局促不安的当儿，女看护已然出去了。两个人彼此一看脸上的失措神气，却忍不住又笑了。

希文过去说道："今天的事真是我万想不到的，无论如何，猜不出今天你居然肯……"

淑敏究竟胆小，此刻忽又觉得非常不合适，听了此言好像恼了似的，对希文道："算了，不提了吧，都是你……"

希文知道是那看护这一冲，冲得她难以为情，便轻言道："不要紧，她不晓得。我也要去了。要说起来，今天我不应该。因为你刚好些，这样刺激还受不了。你看你脸上又热起来了，你歇歇吧。"

说着握住淑敏的手想要放下，迟了半晌却反低下头去，吻在上面。最后紧握一下，才算放开了。走出门去，还不肯将门掩上，只一手带着门儿，身子靠着门框，回过头来向床上呆笑。笑得淑敏无可奈何，偏过脸去看那一面的窗子。希文无法，轻轻啪的一声，从外边将门带上了。

　　自此之后，淑敏在院中不知不觉养了三天，病体已然痊愈，便搬回学校里去。早和希文密语商量好了，要解除鲁氏之约。

　　到得礼拜六晚上，希文送过淑敏上火车之后，在回家的路上，独自一个人想了又笑，笑了又想，这几天来，可算陈希文平生最快乐的时期了。

第六回

慈母唠叨商婚嫁
情郎凄恻话相思

　　且说淑敏回到了天津，进得自己家来，见过父母和哥哥，另有一番家庭之乐，满心里的话一时自不便说出来。随后跟母亲到房里，倒是母亲先打她说起鲁家的事来。说道："你今年也毕业了，你婆家已经有意思要在今年办喜事，我也愿意办了好了一样心愿。嫁妆东西总要前几个月慢慢地预备，有些东西总要你自己心里爱的才好。好在现在也开通了，你爸爸叫我和你当时出去玩玩，让你自己看了东西，随时买下来，也落个百年如意。其余大件家具，自有人替你办，办了有个头面，你爸爸再叫你定规。"

　　淑敏听了她母亲唠唠说了一大套，竟把自己的嘴凭空堵将起来，要想直接就说起，又看见自己母亲一脸慈爱高兴的神气，为自己的事如此尽心，实在不能直说了出来伤老娘的心，只呆望着不言语。

　　她母亲又笑道："也活该是你的福气好，你爸爸去年公司里结下账来，比往年又多进了一大笔钱。他说在这样时局里，还有这样好，真是机会赶的。恰好歇一个月，你公公也要回国来了。难得聚在一处，他要好好地热闹一下呢。"

　　淑敏听了，一句也没入耳，只想到希文相待之情，立时又觉得不能随便，由不得倒在母亲怀里，皱着眉笑道："妈不要提了吧。他家只管催他家的，与我什么相干？"

　　她母亲不觉愕然，但是还以为她是不好意思，便摸着她的头道："呆孩子，你今年也不小了，女孩儿终有这一天的。"

　　淑敏道："我不，我不欢喜他家，谁上他家里去！"

　　她母亲越听越不像话，又看见淑敏神气似乎是真不愿意的样儿，不免就有些疑惑了，说道："敏儿，你今天怎么和妈妈这样说话？好乖，你向来不像那些野孩子，上了三天学堂，就闹什么独身独身的。"

说了又笑道："唉，我真是老糊涂了！鲁家前天还寄了信来，里面还有姑爷一张相片呢。"

便起身抽开玻璃柜子的抽斗，取出相片来道："你看这哪是他小时候那个样儿了？头几年寄来的相片还不过十五六岁，简直是个小孩子。这看这一张和那一张是不是变了样儿了？"

淑敏虽然厌恶极了，可是忍不住还把那相片接过，一看是个半身少年小影，面庞儿很是清癯。那眉眼之间还有一种秀气。她母亲看着只是嘻嘻地笑，真应了俗话说的，"岳母看女婿越看越得意"。眯着两个老眼，指手画脚地说道："这孩子身体倒没有小时那张相片儿胖了。"

淑敏只淡淡地答应着，口里动了几动，要正式地说些什么，可是眼里看着母亲花白的头发，打了折的脸，在自己面前有说有笑的，又实在不忍开口了。到得睡的时候，母女俩睡在一处，淑敏又想起希文来，又觉真对不起希文。左思右想简直不知如何是好，终于结结巴巴地还是告诉她母亲，说她不愿出阁。她母亲的疑惑更厉害起来了，便逼问她究竟什么意思，她想把希文的事情直说了，又觉得太冒昧了，于事实上只有坏，没有好，而且又怎么好意思说呢？没奈何只可拿求学做搪塞了。

她母亲也失了主意，第二天便把她不愿的情形约略地告诉了她父亲。她父亲一听，大为不快，立时叫淑敏来，淑敏走得近来，父亲脸全冷了，半天才说道："敏儿，你不要同外边那些没有家教的孩子学，还没有念三天书，便要替社会国家做事，守独身。固然口气非常之高，招牌非常之大，其实是自欺欺人。不要说学识不够，即使够了，也做不出什么来。生在我们这样人家，要是不念念书，不免叫人看了笑话，若是念了几年书，便要真个自己胡闹独身，那更是笑话了。"

淑敏见父亲这样鄙薄女子，不由也气了起来，立时觉得身上抖颤不住，便驳父亲道："爸爸也未免太看不起女子！照爸爸的话说起来，女子念书完全是装装面子。女子自己的幸福就全不能靠自己挣了么？女子就不应该替社会国家做事么？"说着眼泪就滚下来了。

马老先生看见女儿哭了，也觉得刚才神气过于严峻，未免使爱女难堪，不由得心又软了，叹了口气对淑敏道："唉，你这个呆孩子，爸爸无论怎样年纪比你大了两倍，看事情比你总要透彻些。你也不想想念书为的是什么，无非为名为利，为安富尊荣而已。譬如有两个人这一个地位好，那一个地位坏，这两个人如若才智一样，将来的安富尊荣，那一个就没这一个来得快。假使这一个甘心抛弃自己优越的地位，不是呆子，便是有精神病。你要知道，你现在处的地位非常之好，进可以战，退可以守。结婚之后，你要出出风头，替社会做点事，又有谁拦你？你就不做事，也可以享福。横直人家所求的你已经有了，你还有什么不愿意？你还要学那一班学生干吗？那一班学生全是些穷孩子，求你的地位求不着，才拿独身主义替社会做事等等招牌骗人，实在是无可奈何的事。你倒去学他们，岂不是笑话么？那没有人替自己挣幸福的，才去自己挣，你是有了的了，爸爸已经都替你安排好了，你只消安心享受便是。爸爸因为你是爸爸的女儿，所以事事不用你劳心。爸爸的眼光至少比你要远些。好孩子，你只听爸爸的话，歇几年你自己自会明白过来。你们这时凭着短时中的偏见，说出来的话是站不住的。"

马老先生用这种低沉的音调说了一大篇，口里不禁微微有些喘气，顺手拿过一杯茶来呷着。看见淑敏依然站着，便叫她坐下，禁不住笑道："好孩子，不要闷了，你只听爸爸的话不会错。这件事是你的终身大事，你一生的幸福都在这里。爸爸总要替你做主了。即使此刻你有些不愿，将来你会感谢的。好了，今天不要谈了，你要不要做鞋？要不要出去玩玩？你同你娘说吧。"说着便走出去了。

淑敏白受了父母这一顿训诲，也无话可驳，只低着头搓手绢子。可怜她心里本不是这些独身不独身的话，却又叫她怎么能反诘？怎么能引到她所要说的话上去呢？她母亲虽然是爱惜她，但是对于女儿这种态度，却极不以为然，所以也是默默不言。

当天淑敏便乘晚车到京里来了，一路上只愁见着希文无话回复，心想只有等下礼拜回家再说，免得希文发愁。所以见着希文只用淡淡的几句活动话哄过去了。

且说马老先生等淑敏走了，自与夫人谈论白天里的事情。这老先生道："敏儿平日大憨憨的，从来没有说过不满意鲁家的话。近来忽然变成这样，一定是在学校里听了什么新学说了。这种新学说最厉害不过，改变少年的性情非常之快，我看还是及早预防为妙。赶上毕业就把喜事办完，自然什么都没有了。"

马太太道："我当初就没有一定要女儿进学堂，这全是你的意思，现在说不得你要担当些。"

马老先生皱眉道："唉，总是为的儿女好呀！这些时候要是不让女儿进九年学堂，实在太不时髦了。到了交际场里总觉得太不文明，岂不让鲁家笑话我们？这件事你不用着急，现在下手快些还不算迟。我们只要极力做去，头得喜事一成，敏儿小夫妻感情好了，再加上家庭境遇好，自然就无问题了。你一面预备喜事，一面还时常对敏儿提到她婆家怎样好，姑爷怎样好，就能打动她的心。好在姑爷的照片在这里，人样子哪一些儿差了？"马太太听了觉得非常有理。

光阴易过，又是一个礼拜，淑敏又回到家来。马太太便依着丈夫吩咐的妙计，在女儿面前施展开来。淑敏哪里听得下去，懒懒地走进自己房里来。呀，一眼便看见鲁少爷那张相片已经配好了一个金光闪耀的框子，摆在自己的书案上。淑敏看了，好不讨厌。心里闷闷地想着自己同希文该是多么好的一对，偏偏又有这个人在里头作梗。而且这一个星期以来，希文待自己格外进了一层了。最使人难忘的，是他那一种又敬又爱的诚恳态度，无论在什么时候全是一样的。自从医院里彻底地表现了恋爱以后，他那种满足竟是异样的，性格也格外的驯了。像这样的男子人这求之不得，自己怎么能不爱呢？怎么自小儿就许给鲁家了？这鲁某人真是一个大厌物。

淑敏越想越不受用，便注视了那金框的相片发狠，但是那相片里的人，眉目清秀衣服整洁，一些儿鄙野的样子都没有，看了半天不由得想到母亲所说的那些话来。渐渐地觉得这相片里的人仿佛对自己心里射进了无数不可名状的尊严来，自己不由得不暗暗自警，这个人在名分上已经做了她多少年的正式丈夫了，自己是早已属于他的了。无论如何，只能想法子不和他结婚，并不能有恨他的心思。他对于自己并不曾负了任何有害的责任。

淑敏一边这样想着，一边便觉得这相片子里的人比从前好了许多，而且想到这个清秀的青年，便是她的丈夫，在名分上他是有独特的权利爱她的。现在自己还没有等到人家的拿出来，便已经同别人爱上了，这岂不是对不起人家么？但是希文那个在事实上是早已缠住了自己，凭着希文那一种忠诚，自己又岂能抹杀他？

淑敏此时长叹一声，放下相片，想想自己真不如死了倒好了。正在懊恼，却看见母亲进来了。淑敏站了起来，不觉心中一动，便要把自己的心事说给母亲。不料刚刚试探得几句话，她母亲竟老气横秋地对她讲起纲常大道来。除了夸奖鲁家怎么好怎么阔之外，还告诉她道："女儿家总要规规矩矩，将来才能做人家一房好媳妇。不要老是说新派的话，叫人家听了笑话。现在家里可以随便，将来就不能随便了。我从前到马家来，你祖母还只四十岁的人，家里又不怎么富。我受的那种折磨就不用提了。你的福气比我好，你还不知足么？假如你现在没有婆家，你要自由我也只能随你。假如婆家要不好，你不高兴也还有个话说，现在是哪一点不满意？"

淑敏听了母亲的话，竟是一点缝儿全没有，要想把真事告诉母亲，那更不得了了，只得假装着不介意似的混了过去。

回到北京，仍然瞒着希文，只叫不要着急。却是自己私下想到，亲如母女，竟不能说一句心腹话，父母爱自己无微不至，竟减不了自己的痛苦分毫。只有独自伏在寝室枕上痛哭两点钟罢了。

第二天见着希文，希文痴痴地有惘然之色，拉着淑敏的手说道："淑敏，老天真狠，我们将要分别两个半月了。"

淑敏惊道："怎么？"

希文道："上海那边我们医学会里马上就要举行年会，今年这次会的主席应该轮到我。他们头一个礼拜就打电报来催我。我因为不忍离开你，想了许多法子要推辞，但是无论如何，我推辞不了。因为去年我是住在上海，又恰好应该是我。所以去年大会上就决定了我充当。不料又到北京来了。现在我想拿我住在北京不便主持为理由，要不去。但是这个理由太不充足，而且事实上也办不到。因为各人有各人的事情，我不干谁也没有工夫干。现在各处寄的研究论文都要等我审查分类，编定日程，还有布置一切等等麻烦事情，至少要一个半月才完得了。开会的时候，还加上应酬游览等等讨厌的事情。上海的朋友此刻人人张着眼等了我去，我怎么能不去呢？"

淑敏道："这是正事，你当然要去，怎能因为我就不去了？"

希文苦着脸也不言语，淑敏握着他的手安慰他道："去吧，我们可以通信呢。况且不过很短的离别又见面的。你岂可因为我废了志气？而且我暑假毕业，也正好趁你做正事的时候，预备点功课。"

希文不觉点点头，勉强笑着说道："我们没有别离过，现在似乎也应该尝点别离的味道。不过我实在有些怕，因为只要你回天津去的时候，我就一天到晚觉得无聊。这一来更是四五十倍的时候，我真许支不住这么重的相思呢。"

淑敏笑道："没出息！"

当时二人密谈既毕，迟一天希文便收拾行装轻身南下。

淑敏头几天简直昏昏沉沉似的，什么事都懒了。接了希文两封信，稍为放下心去，功课也能看了。礼拜六老早回到天津家里，也有些说笑了。不过一到自己房里，看见那张金框相片便立刻不自在。尤其难以为情的，便是家里的小弟弟，虽才十岁，却顽皮不过，居然时常自己开玩笑，指着相片自言自语地道："这是我的姐夫，就是我姐姐的……"

说到这里便向着淑敏又夹眼睛又伸舌头，随着一溜烟跑出去，不一刻又挨到门边道："哟，姐姐在瞧相片儿了！"气得淑敏对他发狠，他却只是不怕。

光阴易过，淑敏回到家来已经两次了，家里渐渐地对于她的事情忙了起来。鲁公使听说就要到中国了，鲁少爷在上海本来去年就毕了业的，家里催他回天津来，他说还要读一两年书，不肯回来。现在听说公使已经打电报叫他回来了。鲁太太听说也到马家来过了，淑敏到处听得的全是不外乎这一类的话。她父亲尤其高兴，闲着无事便和她母亲谈心，说是："富贵二字是相连的，固然富了也可以贵，贵了也可以富，尤其是富能帮助贵，贵能帮助富。你看我们生意虽然很好，家里也算过得去。论起家资来，虽然鲁家还比我们差一点，可是我们就没有人家那样威风，没有人家那一种官派。所以我们自己既然没有，正要结一门这样的亲戚。我们也增了不少的社会声价，他们也得了不少的社会信任。要是我想发展些什么，亲家也可以替我撑撑面子，亲家要办事短了什么，凭我在经济界的信用，哪里不给亲家顶了劲儿？我们这种亲戚才叫作两得其美。他们小夫妻只管夹在里头享福就完了。"

马先生说到得意之处，又是忙着弹雪茄烟的灰，又是忙着摸那长在笑嘻嘻的嘴上的胡子，眯着眼睛道："人生总不要丢掉实在的福气。世上的事情全是鱼帮水水帮鱼，说穿了便是你哄我我哄你，哈哈哈！"

这一咱的话，家里上上下下谁不传开来？谁不羡慕小姐福气好？尤其那一班老妈子最欢喜多说话，她们总是当着太太小姐说："小姐既然有了这样好的娘家，又有那么阔的婆家，又碰上这么俊的小姑爷儿。您瞧，真是的，这小模样儿多好，整像天上的童儿似的。"

她母亲听了自是高兴，即是淑敏先头听了极讨厌的，可是在这种环境里，听得惯了，也觉得渐渐地可以听得下去了。

飞快地到了一个月，淑敏心里对于希文好像不怎么割不下来似的了，接到希文的信，虽然很欢喜，但是似乎开信封的时候，原先是迟一秒钟都不行的，现在就是事情忙了，稍微迟一两分钟也没有什么不可以了。

看官，你道男女间的爱情，真有什么奇奥么？打开窗子说亮话，不过是自私心和占有欲而已。再根本地说一句，简直就是生殖本能在那里弄玄虚变花样罢了。交际场、公园中、游戏所中，漂亮的男子挽了个时髦的女人，天神也似的闪了过来，大家的眼光不自主地都要注意一下，这一种注意，便满足了他们两性各自的私心。男的女的心里当然都有一种胜利的骄傲，说冤话不是人，你们瞧他们被你们看着的时候那份儿满不在乎的神气，简直是和你们挑战。这不过是自私心之一，其余许许多多不能枚举。没有一个人不是如此。因为老天生成了我们人类就是这么一块料，改不了的了。当男女二人讲爱情的时候，虽是似乎如沸如腾可生可死，但是后来的变化却不敢料。假如这二位都是得天独厚的情种，那么两个人都能做出歌泣缠绵的事来，假如二位都很平常，那么等到外来的势力比爱情大的时候，爱神的脸就得捱上这二位的几下耳光子，不能不收弓拾箭，带了爱情飞到别枝儿上去。假如二位中一位平常一位特别，那就不忍言了。在下这些话全是揭开皮肤看骨头，口里没有遮拦，说出来非常的煞风景，驭人墨客一听之下，必定要大翘其胡子而大不高兴。这年头儿少说为妙，不如还说马小姐的事儿吧。

淑敏这个时候呢，正是好像天平中那根指针一样，一边称的是鲁少爷，一边称的是陈希文。希文鞠躬尽瘁的结果，算是加重自己的分量，把指印儿弄到偏向自己这边来了。可是天有不测风云，希文偏要开什么劳什子的年会，无形中自己对于淑敏的刺激便轻轻减去了。同时偏生鲁家的刺激又重重加增，天平上这一边的分量多了，那指针儿怎么不又掉转头来呢？

这淑敏又接到希文一封信，上面写道：

敏妹如面：

　　昨夜治事特忙，至一时半始寝，因之未寄函与妹。妹得毋失望否？文初来沪时，每信恐其迟误，皆用快函。继思日寄一书，快函与普通信件相若耳。故又改为普通函，妹得毋笑我鄙吝否？前日在先施买一表寄去，收到否？此表式甚新，京中或尚未见。但此无关于吾敏之美，使妹衣盘古伏羲时之野服，其天然妙相与服最流行之装初无二致也。又在彼处，见浅绛色软绸甚佳，店伙劝买，文笑拒之。此等虽佳，特备片征逐于沪上洋场之妇女用耳，决不足以污吾妹之冰肌玉骨也。文以为世无鲛绡，苟有之者，可以供君服用矣。兹选最贵重之玉色软缎寄上，惜乎不得与妹穿此衣偕往西湖，小于灵隐韬光，赏其幽深之处，或路经孤山，叩彼寒乞林逋，所谓梅妻者，敢与吾敏相较否也。

底下还有许多累赘话，淑敏看了觉得希文真有些入魔的，特别的是梅妻的妻字，最刺眼睛。在这个时候的淑敏看去，这个字实在太唐突无礼了。她折起信纸，愈想愈不舒服，两只多情的眼睛又在带来的那张鲁少爷相片上打转转儿。淑敏带这张来的时候，原也是想仔细找找鲁少爷的缺点的，所以虽是想起希文来，对于这种举动有些不自焚的惭愧，但还勉强自己解劝自己，这种举动未尝不是为的希文。可是此时对于相片，又觉得有些对不起这位影里的未来夫婿了。

她瞅了半天，决然地算了一个总账。她觉得第一层，如若要和鲁家离婚，实在非常之难，父母不答应不用说，亲戚朋友还要大加非议，使父母和自己都挨骂。现有鲁家地位豪华，实在比希文来得气派些。鲁少爷又没有劣点可以挑剔。第二层漫说离婚不容易办，即使办好了，所得也不过是爱情罢了。希文是极爱自己的，但是希文能爱，鲁少爷就不能爱么？纵然说鲁少爷的爱不能超越希文，至少可以和希文平衡呀？那么岂不是费了九牛二虎之力，冒犯一切非议，牺牲一切荣华所求的东西，一样可以不费劲的到手么？到鲁家去，于事易行，名正言顺，不能取于希文者件件都有，而能求于希文者，依然还有。为什么要弃多取少避易就难呢？不过第三层却是麻烦，这么一来，未免太对不起希文。

淑敏想到这一层时，不自知的竟觉得希文有些碍事了。她忽然发生了新妙想，对于良心有新的解释。她想自己和希文原是毫不相识的，这件事情皆是希文自己一心找上来的。爱情是由他发动，自己当然还要往友情上解释才好。要是自己先爱希文，这时别了他，当然是自己对不起他。既然自己并未先爱希文，那么就别了他也不算自己对不起他呀。

淑敏想到此际，不觉面上红热，一阵阵外国大使馆的影子，大跳舞会的影子，和鲁少爷情唱唱的香闺影子，珠光宝气颐指气使的少奶奶的影子，全在脑子里乱七八糟地摇晃起来，比那个什么大夫的太太，名义事实自然都好得多了。淑敏愈想愈有味，又想起父亲的话来越发有理，她更进一步想到自己果真这样办了，自己固然便便宜宜地好了，就是希文也是很好的，他也可以减去许多牺牲。他人物极漂亮，不难另外遇一个好女子可以结婚，那么彼此都得着好结果了，到那时他还要感谢我佩服我呢。

心中欣然称快，不知不觉地又睨着那金框相片微微一笑。在这一笑之中，她居然还想起上海的希文也许正在回忆医院中的情景。她想这个迷梦总要劝劝他才好，所以第二天就要写一封信给希文，又怕词意太露，希文看了受不住，支颐想了半天，才打一个稿子写道："希文兄惠鉴，连日小恙未能……"

写到此地一想不妥，希文看了必要着急，于是又涂去另写道："连日功课稍忙，未能复信，深为歉然。顷得惠书，耿忆之辞，令人增感。妹本不才，辱兄相知太过，相许太高，致劳兄时时萦结，思之又爽然也。兄天资卓异，复早成专门之学，济人寿世之责所负至大。值此盛年，正宜努力于远大之事业，以期发扬所学，造福人群，个人琐细宜可淡置之。妹窃以为光明之途唯在于此，妹之所以敬兄爱兄者亦以此。是以于兄每日发函相慰之意，虽铭肌载切，然一念及此兴实有妨无兄之事业，则立觉负咎滋深，而望兄之稍自宽也。年会所关至巨，浅言之可以觇兄处理之才，为声誉之所系，深言之则学术之发皇，实国家社会之必需。兄既主其事，岂可因妹一人，积思成痰，以误职责？是以私心切盼之事，唯在期兄尽力于年会，勿以妹为念也。"

淑敏写到此地，觉得意思虽然已经暗示出来了，但语气似乎还轻了一点，只把手中的自来水笔拈来拈去，扬起头来望着窗子出神，又低下头去写道："岂唯年会一事为然，妹所望于兄者盖无往不然。兄才高如此，学专如此，年富又如此，做英雄之气，轻儿女之情，扬声不朽，何其壮哉？且如妹鲁钝顽劣，斯世至多，俯拾即是，又何足以劳兄眷恋一至于此乎？即辱眷恋，亦望兄引而高之，存乎精神。兄其自广，妹虽弱质，亦秉雄心。妹以兄为终身崇拜之人矣！灯下掬心，意深辞陋，不尽欲言，要之望兄专于事业！"

写到此地全信算是告成。淑敏从头看了一遍，觉得"亦望兄引而高之存乎精神"一句太露了，又涂了去换上隐些的几个字。仔细想想通篇还可以用，希文此时尚不致疑心到哪里去的。人到此时也疲倦了，第二天找了信纸好好地抄了起来，又念了一遍，料着希文暂时总可以安心，便要亲自去投递。但是忽然想到自己这种担惊受怕的欺瞒行为，不由得又迟疑了一下。此时又想起希文待自己一番情义，又打开信纸看一遍，看到"妹以兄为终身崇拜之人矣"一句，想到自己这一句里的意思，和此时在上海正做好梦的希文，忍不住流下泪来。这封信因之又搁下来了。到得回天津的那天，想来想去，仍是自己的面子光荣，和希文的事业声名要紧，便急忙忙地叫听差拿去发了。按下不表。

且说淑敏的这位未婚夫鲁少爷，名叫鲁玉山，资质聪颖，对于数学尤其精通。十五六岁的时候，自个儿都早把解析几何学完了。所以他没等中学毕业，便考上了沪渎工科大学。论起人物来，的确是个佳子弟，不过玉山也同普通青年一样，对于恋爱的毛病未能免俗，而且此人性情沉默沾滞，自己的意见很坚执，要怎样便怎样，只他心里定了主意，他也从来不和人商量，一味地行其所是就完了。但是单从表面上看起来，他又好像是个极顺从的人。他在九岁十岁的时候，不知怎么得了一个羊角疯的毛病。人既沉默，别个也无从知他的喜怒，往往他自己一着急，便犯起病来，直挺挺地撅在地下乱哼哼。鲁公使夫妇请了许多名医，总也没将儿子的病治好。日子一久，这鲁玉山神经上似乎都起了什么变化了。

271

他在上海念书的时候，和一个同班学友王秉璋很是相得，秉璋的家就住在上海，他每逢假期常同秉璋一齐到王家来玩，就认识了秉璋的姐姐秉珏。玉山初看见秉珏的时候，正是初进学校的第二个学期的春假。南天天气暖和，那时秉珏穿了一件月白竹布单衫子，梳了一个家常髻，神态萧闲，好像白石上供的水仙花，大有出尘之想。玉山一缕情丝不知不觉地便在行见面礼的微笑中软软地绾住了秉珏。从此以后，玉山常和秉璋回家，日子长了，玉山在王家厮混已熟，和秉珏谈得非常投机，觉得秉珏谈笑举止又大方又规矩，堪称佳人。每每三人一处谈话时候，秉璋说到玉山的数学好，自己怎样也赶不上，秉珏便说道："人家总说中国人没有科学头脑，密司特鲁是天生的数学家，他日成名替我们中国人争脸。我想将来数学的书上所载的数学家照片，一定要多加密司特鲁的一张的。"说着便笑了。

玉山得了美人这样的褒奖，真是荣逾华衮。一面又看着秉珏笑的时候，还略带点羞态，那种欲笑还忍却忍不住的神气，尤令人醉心。三次五次，十次八次，没有一次不留神领略。习以为常，那陷溺的心便愈沉下去了。这件事在玉山当然是一种不幸的遭逢，可是假使秉珏还是一个未嫁人的闺女，那或者还有办法，但秉珏却已是一个少妇了。

原来秉珏十七岁便出阁，嫁与蔡松年为妻。秉珏嫌他人物猥琐，又兼蔡家是个继婆，脾气非常不好，秉珏便常常住在母家。松年倒以为省下一笔开销，反是很高兴，便也由她。她面貌神情在嫁后依然没有甚改，玉山见她的时候完全以为她是个大姑娘。爱情这个玩意儿是没有什么顾忌的，玉山便一个劲儿地缠下去了。秉珏初来虽不觉得，但男女间的神秘，自有那开心灵之锁的钥匙。秉珏看见玉山对自己事事关心体贴，不由得也芳心可可了。她在松年身上从来没有找出半点的温存，处女时代所梦想的闺房相互和谐，全归幻灭。在失望中竟有玉山这样清秀纯洁的青年来倾倒她，她怎么能够不坠到爱河里去呢？

在这种情形之下，两个人往一条路上走，等到暑假期中玉山约秉璋秉珏到无锡游惠山，秉珏和玉山在旅馆里互吐肺腑，彼此谈起各自的环境来，虽然都觉得不妥当，但是已经发生了爱情，要想后悔也不行了。不仅如此，玉山更有一番痴意，他想着秉珏既然是有夫之妇，自己又没有和家庭决裂的勇气，将来的分享定是不能免的。好在学校生活还有几年，姑且在这几年之内，和秉珏恋爱下去，以后只当自己的爱情死了一样，做一名义的结婚，事实上自己过孤独的生活就完了。

这样一来，玉山把这几年的光阴硬看作毕生幸福换来的代价，所以不特不因环境减少爱情，反更增加了热烈。四年之中，秉珏和玉山的关系竟已到了不可分的形势。玉山之所以毕业之后还要在上海的缘故，皆是为此。后来三番四次家里函电交驰，催他北上，他知道和秉珏的缘法完了，两个人秘密地抱着哭了多少次，最后一次玉山向秉珏道："我们的事情太秘密了，无论怎样不能闹开去。若是一闹开，你娘婆二家同我父亲都要天翻地覆，于你我二人还是毫无用处。要不然我就闹死了也不怕。我现在虽然离开你走了，可是我的心已经给了你了。我已经没有半分心再给别人了。你可千万不要把我当作负心人。"

可怜两个人便是这样的生生割开了。当玉山含着满腔情泪到天津的时候，正是淑敏学校里提前考毕业的时候。淑敏一心做梦还希望着做阔公使家的少奶奶鲁公子的爱妻呢。

同时希文在上海日夜悬心，盼望淑敏的信来，往往盼望一个多礼拜，才盼望到一封，看见信里说学校里考试忙，又后悔不该天天催得淑敏心慌。好容易熬得年会完了，不觉比预算的时期还迟了半个月。到得北京，淑敏学校毕业考试早完了，学生全正忙着筹备毕业式，淑敏早到天津去了。希文满心要和魂梦里的人儿快叙别后的相思，经此一挫，不觉怅惘得无精打采，但是还料不到淑敏的爱情竟像交易所的公债一样，价钱居然跌到废纸的地步来。唉，到底是谁把九州的铁铸了这么大的一个错字呢？

第七回

赠琥珀含情诀别
焚情书忍泪登车

　　且说希文回到北京来，不得见淑敏，终日如有所失。他妹子秀瑛早瞧出来了，淑敏快要出阁的消息，秀瑛也已有所闻了，只心里疑惑着，不敢和哥哥说。一面看见希文神魂颠倒的情形，着实替哥哥可怜。因为可怜哥哥，便觉得淑敏的行为非常可恨。每每有意无意地在希文面前说些冷话，想感悟希文。

　　一天晚上，希文靠在自己屋里大椅上，秀瑛推门进来，看见他手上拿着铅笔发痴，便淡笑道："哥哥画画儿?"

　　希文也赔着笑道："不是，我正思作一个曲子。这两天觉得很想点什么东西，又觉有了文字反而落迹象，所以作个曲谱倒好。"

　　秀瑛正色道："哥哥少劳累些吧，人生交朋友都是心换心，要是拿心都换不过来的人，也就不值得回想了。现在打个比方，哥哥写这个曲子原是写自己心时悲哀的，但是这谱子如果作得好，传开了去让别人弹起来，那弹的人和听的人都不过为着他们的享乐罢了。他们对于你的悲哀何尝顾及? 想到此处作曲子也就没有多大意思了。即使他们能了解这曲子的意思，同情于你的悲哀，夸奖你艺术高，而你的悲哀仍然存在，又何尝有丝毫之补? 所以据我看来，我就不那么呆。淑敏这时的态度恐怕连听曲子的都不如，那么哥哥费了这些心究竟换得些什么了? 所以哥哥更不用为她烦恼。哥哥也不照照镜子，这回从上海回来，把个人闹成什么样子了?"

　　秀瑛说到这里，不觉把眼睛看看希文，心里激起手足之情，忍不住一阵难过，也不往下说了。

　　希文听了低着头也没言语，半天才叹了一口气道："唉，妹妹，你劝我的是好意。我谢谢你，不过淑敏到底是个好人，她现在和我不通消息，必是她有她的难处。现在也不瞒妹妹说了，她待我的情分，已经到了极顶了。我实在不能疑惑她，她现在也许念我念得病了。"

秀瑛冷笑道："不见得。"

希文道："怎么不见得？我爱她的意思她完全了解，完全领受了。我敢说她对于我的为人，早已看明白了。我知道她信任我，所以我信任她。妹妹才说的话不是没有道理，我对于她也观察出些特点来。她小孩子气太重，世事阅历太浅，见着父母恐怕又是不免太面皮薄，没有坚强的判断力。有此种种原因，她恐怕竟要为她家庭所战胜。现在的情形，坏就坏在这儿，但是她家庭尽管可以战胜她的身子，她的心我敢说还是向着我的。"

秀瑛道："好一个心还是向着你的？好在心是个摸不着看不见的东西，要硬说向着哥哥何尝不可？哥哥所得的不过如此罢了。"

希文又叹道："妹妹不要说这个话，爱情原是赠予的，并不是像买豆腐青菜一样，定要交易公平，一个钱准买几斤几两。我这一生从来就没有遇见像她这样可爱的人。我把爱情送给她，这就很值得了。何必还问得着得不着什么？况且我所得的已经不少了。妹妹不知道她待我的意思该是怎样周到。妹妹你看，这屋子里头凡是我每天用的东西，哪一样她没有为我经过心？妹妹总还记得春天我从朋友家里回来的那天夜里，她假托妹妹的名义叫当差的喊我回家，我是和她一道从家里出门的，她回学校我到朋友家去。到了九点半钟起了风，她知道我没有穿外套，我的脾气又欢喜谈到夜深，所以她才想了这个法子，好教我不致受冻。我回家来问妹妹有什么事叫我，妹妹茫然不知所答，一直到第二天才晓得是她闹的。这件事妹妹总该记得？妹妹想，她本是个烂漫无心的人，对我竟细意到这般田地，岂能说我所得的是摸不着看不见的么？"

希文说到此际，心里热情全涌起来，索性再说下去道："我现在想起来，我也害她不浅。可怜她回到家去有许多难处，见了我又有许多难处，闹得她进不得退不得。妹妹知道她一向是爱说爱闹的人，近来妹妹几曾看见她大笑大闹了？她近来所以不笑不闹，由快乐转到忧郁，还不是我带累她的？她为我牺牲得还少么？她家里现在一定在强迫她，况且她这件事也的确不好办，她就是和鲁家结婚了，我也不能怪她。我已经准备也为她牺牲一切。但是她对我太好了，我不能离开她，我现在还是忍着痛，一直忍到忍不了的时候再说吧。"

秀瑛听了这一大篇话，看见希文说到嗓子差不多都颤起来了，那房内薄弱的光线映在希文身上脸上，越显得凄戚无聊。知道希文苦心痴望，任是苏秦张仪也说不转他的意思来，便叹了一口气道："哥哥是明白人，还要仔细想想，别只顾一头。"说着便辞去了。

剩下希文独自坐着，呆望着天花板，心里渺渺茫茫，尽是些断碎零星的感触忽来忽去。到得睡觉的时候，迷迷糊糊淑敏竟笑盈盈地来了，希文一阵欢喜，连眼泪都流下来，忙把淑敏轻轻抱到腿上坐了，双手拦住淑敏的纤腰笑道："你怎么来了?"

淑敏用手围在他的肩头道："我父亲答应了我们的要求了。鲁家也愿意了。所以我特地跑来告诉你。"

希文忙笑道："是真的么?"

淑敏道："你说是假的就是假的，告诉你真话你又不信。"

希文笑道："我信，我信。"

说着又把淑敏的颈子勾下来了些，仰起脸来同淑敏亲了很久，忍不住又流下泪来，对淑敏道："我知道你一定会和我好的，他们都说你变了，你看现在他们还能说什么?"

那眼泪流到腮上，一阵冰凉，希文猛地惊醒，还是自己在黑洞洞的床上。一摸枕上已经湿了一片。自己想想无意思，不由得长吁了一声，忆及梦中情景，闭起眼睛还想再追上未遥的断梦。

且说光阴飞快，淑敏住在天津眼看着吉期快到了，家中置务的嫁妆，从木器到零星用品，无不齐全讲究。家里大大小小男女仆人，一概都赏了一套新衣服鞋帽，亲戚朋友渐渐送来添妆礼物，其中以化妆品为多。那管记礼物的先生是个瘦长个儿，单记这一项就记腻了。他架起一只腿，一边摇晃着，一边摸着他嘴边几根老鼠胡子，对那旁边写红帖子的说道："唉，人生下来都有命，单自这些乱七八糟的香水香肥皂，大小姐使一辈子也许够了。要是全送给我，我也能开个小铺子。可怜我们内人老了不用说了吧，就是我们的小孩子哪里摸得着这么一瓶擦擦?"

那写红帖的取笑道："你老先生瞧着人家办喜事，也动了心啦?何妨花几块钱也买一瓶香水拿回去给老伴儿洒上一些? 闻起来香喷喷的，也可以再做一回老新娘子呀。"

正说笑着，又见办绣货的来了，说绣的东西都齐全了。一时请马太太到大厅上来看。那一绸缎东西绣上彩色花儿，打开来映在光里，真是闪眼睛。那人一边请太太过目，一面指指点点道："太太，您瞧这床被面颜色同刚才看的那一床不同，配的花儿也就两样。你瞧这荷花瓣儿，颜色多活泛？这对鸳鸯的翅膀多显豁，眼珠儿多神气？这全是特别把画画儿的先生画的稿子，不是工人画的，所以雅致秀气，不像平常那俗样儿。太太您瞧正面花儿，一根根的全丝绒线，反而就一根儿线也没有，这是湖南人特别拿手的地方，又美又平伏。要是北方局子里绣的两面全是线，堆得像铜子儿那么厚，多笨哪！哪像这样？这就是人家湖南的活儿。"

那人说着，马太太早已看过好几样了，觉着东西的确不错，微微笑着道："很好，这回辛苦你了。"

那人忙躬身道："谢谢太太夸奖，这是大小姐大喜的事情，凡是吃太太的饭的谁不尽心？这也是大小姐洪福齐天，所以不论什么事，一办就办好了。"

马太太听得有些倦了，便叫把东西先包起来，那人赶答应着，却又拿一件对马太太道："这门帘儿绣得更好，您不瞧瞧啦？"

马太太道："不瞧了。"

那人又恭恭敬敬地答道："是！是！"

这才归置起来，请了一个安出去了。

只那旁边站着看热闹的丫头仆妇，可惜这些好东西竟没有看完，兀自叽叽喳喳地议论着。淑敏在这环境里也觉得有些太闹了。

正在此时，却接着秀瑛的一封信，上面说是自从淑敏到天津，也很想念，听见同学说淑敏喜期快了，很是欢喜，不过同学数年，一旦分手，心中总不免凄然，所以很想还见一面，希望淑敏能到京里来玩玩。

淑敏看了也自低头感叹，又看见信里并没有提到希文一个字，想也许是希文怕妨害自己，特意叫秀瑛不要写的。也许是秀瑛气了，故意不写的。又想到和希文兄妹要好一场，就这样悄然而别，也未免太忍。而且希文此时和自己别得久了，心里想来也该淡些了，趁此时机或者不妨再去劝劝他，这么一来彼此还是很好的朋友，以后还可以往来。心里这样一活动，就觉得和希文分别以来，不觉竟已许多日子，上次分别太匆忙了，这回好好的再别一次吧。索性当面和他谈谈，也可以得许多谅解。所以便和母亲托辞说了，当天晚车到了京里。

跑到陈家，希文在屋子里听见秀瑛在外面敲门说道："哥哥开门，敏姐姐来了。"

希文如同触了电似的，把门开开，一看可不是淑敏真来了，登时眼前一亮，心里一逼，酸甜苦辣陡然齐涌上来，哽在喉头，脚底下一飘，几乎要栽了下去。自己赶紧用力扶住了门边，那门呀的一响，睁大了眼看淑敏还在面前，才相信不是又在梦里了。

淑敏走到希文门前本来就心头乱跳了，一见希文一张黄瘦脸儿，头发也是乱乱的，此刻神气又竟到这个样儿，心里又怕又愧。一时急得她忘记打招呼，脸上立时红晕，低下头去站着只不动。亏得秀瑛把门关上，笑道："哥哥，敏姐姐来看你，你就以为是朋友，毫不客气，连请坐两个字都不说了。"

希文经秀瑛这样一说，才如同魂返一般，从那两呆板的腮上，露出笑容来对淑敏道："请坐！"

秀瑛知道他们两个此时心里都如大石头压在上面，非等他们自行缓过气儿来了，不能说话，便悄悄地走了。淑敏不自觉地仍旧移到平日和希文并坐在软椅上去，看见他还站在桌子旁边，呆呆地看着自己，由不得也立了起来，勉强笑着拉希文到椅上来道："你坐下呀。"

希文经她一拉，便跟着坐下，抓住淑敏的手不放，一下倒到淑敏臂弯里哭道："我想不到今天还能……"

一句未了，那潮水也似的眼泪直涌了出来，喉咙里哽得咯咯作声。淑敏觉得自己那只手被希文抓得又紧又痛，只得极力忍着，低声急急道："你快不要难过吧，你这样简直把我吓死了。"

说着声音一硬，也嘤嘤地啜泣起来。过了一响，淑敏脱开希文抓住的那只手，自己揉了几揉，把希文扶了起来，替他擦去泪痕，才坐好了。用手理顺了希文的乱头发，将头靠在希文肩上，哀声道："希文我现在什么话都不说了，一千个不是都是我不是。我愿意你恨我骂我吧……你看你瘦得连眼都下去了。你是大有为的人，为什么不保重你的身体？"

希文叹道："唉，我初从上海来的时候，你的事情我还不清楚，最近我才晓得。我心里难过得要发疯，但是我也知道事实如此，也不可挽回。我只希望你前途无量，我牺牲一点也不是不值的。我告诉你，淑敏，我爱你爱定了。我为了这一点，只要有利于你，什么我都可以不要。我本不指望你会来，你居然来了，足见你为我竟还冒这大的嫌疑。我还有什么不满足？你的事我也筹划好了，凡是以前的东西足以妨害你结婚后的生活的，我悉数都拣出来了。上星期交给秀瑛了。无论何时，你得便你去销毁了，免得使你以后想起不安。"

淑敏听了又是一阵刺心的惭愧，禁不住又流泪道："希文，我无论如何，还不至于不堪到这步田地。要这么一来，倒是你不信任我了。我这个人现在是不配同你说话了，但是以前多少总还承人得起，我留给你的那些东西，请你仍旧收起，权且纪念以前的我吧。"说完了还是呜咽不胜。

希文也是无可奈何，静了一晌，希文道："我在上海还带了些西洋雕刻的象牙玩意儿和一些细巧的小瓶子，预备给你和秀瑛的，也都在秀瑛那里，她会捡给你的。"

说到此处替淑敏擦了眼睛，仰起头来想了一忽儿道："此外没有什么事了。"

淑敏还是垂泪不语，拉着希文的手道："明天一天亮我想邀你起来上北海去走一走，你可愿意去？"

希文道："你叫我去我当然去。"

话还未了，秀瑛敲门而入，笑道："你们二位话说完了吧？"

希文淑敏俱无言以答，秀瑛看见他们这种神气，不觉又气又笑，正色道："哥哥，马姐姐，我劝你们二位到现在不能不明白了。马姐姐原是有人家的人，哥哥既然为着马姐姐将来的好处，当然割断情丝好。不过还要进一步自己再振作起来，好叫马姐姐放了心，也是哥哥爱马姐姐的意思。马姐姐环境有和鲁家成婚之势，也是不可转移的事情，对于哥哥并不算怎样对不起，你们二位全可以彼此丢开，这是什么难事？我看哥哥好像走了魂似的。马姐姐好久不见，脸儿也瘦了，这是可犯着呢？"

淑敏听了这话，如同轰掣电一般，觉得秀瑛句句打到自己心里，便向秀瑛道："你这话透亮极了，而且我还想了，曹静婉学问容貌在我那班上算第一，你是知道的，我要叫他认识曹静婉，将来大家还可以见面，我对不起他的地方也可以减少一些，说了几次他总不答应。"

希文插嘴道："妹妹话极对，淑敏也不用再说了吧。"

这样一阵冷风，话又截住了。

且说次日破晓，希文淑敏同到北海，两个人沿着海子东岸走着。那时树叶上草叶上的露水珠儿浓密得很，从那绿团团的叶丛旁走过，觉得一阵阵清新的露气扑到脸上来。天上一片的淡青色小云儿，都碎碎的布满了。淑敏看见一块平整石头，便和希文一同坐下，独自瞧着对面粼粼的水波，说不出无限的心绪。抬起眼来看见天上方才的云已然转成了杏黄色，那微风好像是从东边吹来的，把那细碎的云乍已经吹得互相连接起来了，正顶上已露出大块蓝色的天空。可是稍往下的四周，却是一种浅白淡红的颜色。不一刻那大块的云又已各自连起来，自东至西在天上竟接成了五六条极长极宽的带子，太阳光射在天上，映得那横亘青霄的云带都显出晕红色的光辉来。那露出来的天空便也越显着蓝得发亮。再平视靠西的五龙亭，靠南的琼岛，嘉树森森，都好像刚醒过来一样。那影儿倒映在水里，静阴阴地仿佛正在洗脸呢。这个时候园子里可以说是一个游人也没有。

淑敏痴望了半天，才猛然想起身边同坐的希文来，忙拉着他的手说道："这时候还有些小风，怪凉的。"

希文微笑道："是的，你看树杪上才染上一些阳光呢。"

淑敏见他这忽儿态度非常安闲，倒喜出望外，不觉嫣然笑道："唉，好容易你也欢喜了。"

希文道："人生在世就是在有希望的光阴里最烦恼。现在我对于那件世俗上的希望已然没有了，倒觉得清爽。而且我觉得我现在还很快乐。因为我已经寻着我的归宿了。我想还到日本去好些，那里还有从前两位老师同我很好，免得在京里走来走去，都无甚意思。"

淑敏听这话，知道希文不愿在京，乃是恐怕触故伤怀之意，也就默默无语，歇了一晌，极力安慰希文道："你到日本也好，时常写信给我。"

希文笑道："假如我要到了日本，我必定有信给你。"

淑敏这时握着希文的手，眼里看着希文，心头竟填满了幽思离恨，只紧紧地靠在希文身边，希文也静静地没有话说，瞧着淑敏脸上黄黄的消瘦了不少，方开口道："你劝我的话我也拿来劝你，你以后自己保重吧，我是要走的了。"

说到此地把脸仰起来，极力睁大了眼睛，看天上的云，好叫眼眶子盛住了那涌出来的眼泪。登时眼珠里一阵连酸带痛，那泪水居然停住没有流出来。

淑敏依在他肩头道："我今天特意来陪你一天，这北海是我们初次见面的地方，我们还在这里分别。分别之前我总想我们多挨一刻是一刻。"

说着禁不住把两只手捧着希文的后脑，和希文轻轻地接了一个长吻，又低低地叫希文道："哥！"

一连唤了两声，希文笑道："什么事？"

淑敏道："有一个东西你收下。"

希文道："你给的不少了。"

淑敏道："这个东西比什么都要紧。"

说着将自己的颈间领扣解开，掏出一条黄金链子，上面系着一块琥珀。便解下来交在希文手中，又把扣子扣上，说道："这东西很不值钱，不过却是我祖母的。她说她小时戴过，留了给我戴着辟邪压惊。我从三岁带到今天，此时才取下来给你，跟我最长远的东西只有这块琥珀，最看得起我的人只有你。你收着吧，而且我还有一个意思，这东西我原是想给我小弟弟的，现在拿来给你，便是拿你当作同胞手足，希望你不要把我当作情人，你或者心里还好过些。这写到上海的信，希望你也不要忘了。"

希文恭恭敬敬地将那东西收起，笑道："我回去也戴起来，这一辈子不离开了。"

淑敏还要往下说，希文道："我想你还是坐八点半的车子回天津好些，你同我在一处的时候多一刻，便于你多一点不便。我们心里意思都明白了，我既能割弃一切，还不能割弃这一刻的暂欢么？"

淑敏见希文说的话又是爱自己又是绝自己，那神气非常恬静，不像平日那般留恋，心中不免又感觉一种损失，痴痴地看着希文，胸头一阵一阵地紧逼，那湿润的两眼里又泛出滚滚的珠液来，抱着希文一边用力吻了几次，觉得这样别下希文太难过了，便立时要想告诉希文不如一同逃了吧。但是这一念刚起，那名誉啊地位啊一切的享乐啊种种恐怖便也同时涌起。希文看见淑敏哭得像个泪人儿似的，心中也如同刀绞一样，想着淑敏太可怜了，自己只能尽自己的力量忍受宰割，为她牺牲。便擦去自己的泪，扶着淑敏说道："淑敏走吧，你走了好好保重，我不要紧。"

淑敏便这样如醉如痴地被希文扶了出门，一同到家取了些东西到车站来。希文送她上了火车，一声鬼啸也似的汽笛起处，那残忍无情的死铁车辆动将起来，硬把这伏在车窗上啜泣的断肠花送走了。

且说希文咬定牙关拼着自来成就淑敏，这件事办得倒是很痛快，不过天下挣扎挑着起的担子，决计站不了五分钟。希文直看得车子影儿一点也没有了，顿时觉得六合之内空无一尘，方寸之间满集万矢，脑子昏得辨不出东西南北来，只慢慢地向前踱去。走到车站尽头，一个路警站在栅栏边下，看见希文还要前进，忙向前一拦，横着两道浓眉说道："先生，再往前就是铁道啦，您有工夫上别地方去遛弯儿吧。"

希文只得回转走去，那路警瞧着他走得远了，轻轻地骂道："他妈的，瞧着样儿倒还是一身的洋服，上了火车站就摸不着门儿出去，冒充文明不懂文明规矩。"

希文也没听见，出得站门，车夫问上哪儿去，希文踌躇半天才说道："北海。"

到得北海，便一径走到和淑敏同坐的那块石头上去。只见太液池边微波叠叠古柳依依，淑敏的影儿固然是没有了，便连那襟上余香也没有剩下一星半点。希文四周望了一回，忽想到淑敏穿的是一双橡底白帆布鞋，地上总该有一些履印，便伏下身子低头四处寻觅。哪知地上的地并不甚细，竟没有留下足迹，只有石头前面似乎还有，但是踏得凌乱纵横，并无一个整迹了。这时太阳晒得非常厉害，希文觉得后脑和背上都烫得很。海子里的水磊蒸发一种水气来，吹到鼻子里闻着非常不快，只可直起腰来，拣了个阴凉地方憩着。想到淑敏待自己真是情深义厚，叫家庭里逼得不能嫁，却还在这个时候跑来和自己泣别一场，可怜和她的缘法便只有这么多。一面想着，一面拿出那块琥珀来，翻天覆地地看了又看，提着那金链子在手指上慢慢地绕圈子，也不知是多少时候，抬头看见漪澜堂那边早已有许多人吃点心，才觉着自己有些饿，拿起表一看已是下午三点了，便好好收起琥珀，信步走去。

走到信膳茶社，坐下喝下一碗棒子粥，看着海子里许多游船之中，有一只瓜皮小艇，上面只是一个女子划着过去，那姿态竟是淑敏，不由心中一动，便也买了一只小艇划了去看个清楚。希文在艇子上离那女的约有三丈之远，仗着自己目力好，早看清了，这女的鼻梁太低，没没淑敏那合度耸起的玉棱，而且脸上胭脂太多，远不及淑敏天然的肉红色。只是那秀发细腰从背面看去，很有淑敏的风神罢了。

希文看得无聊，便把船划开，往西南桥边行去。悠悠忽忽在桥孔边收了桨，倒觉得清静自在，一人孤零零地沉思着。已到日暮，才把船又划到海子中间来。这时西边太阳余烧犹红，只东南上显得暗一点。不一刻，那红的地方已变成半黄半紫，天的四周和远处的树上都笼上了一层薄雾。原先海子里的水闪得像白兰地酒似的，此刻也平平静静地褪了黄色。细浪相衔，若不可测。渐渐地水里楼台倒影都模糊起来，天上的云更从极远的边上拥起了许多，底下一层，已由紫色变成了深灰色。再上一些云层似乎也薄些，颜色也淡些。云下面相接着的是五龙亭后的远树，却更苍茫了。希文坐在艇子上要想下来，却又不忍，不下来又觉得没有理由，只痴痴地望着那水天交映之处中间横拦着此苍茫的亭阁杂对的形影，越觉得空虚幽静，窈窕冲融，引起自己无限伤心来。更有水上微风吹到身上，也有些凉意，还待要不走时，却见漪澜堂那边已经有几点灯火在水中摇晃，海子里已经一只船也没有了。天上的云又不知何时已全然散尽，柳树枝已经露出好几颗星了，便也只好将船划到船坞边下独自转回家去。

可怜陈希文这样一天天地挨了半个月，残余的炎威已退，天气新凉，眼看着淑敏婚期屈指可数，便决计实践他东渡的计划。他自己预备了一些简单行装，又把医院里经手的职责料理清楚了，向院中辞了职，便在家里和他婶母妹子成天说说笑笑，夸奖日本地方多么干净，人民多么勤俭，那樱花开的时候又是多么好看，他说到了那里又可以等着明年看樱花了。他婶母和妹子心里都知道，希文是为着淑敏结婚的事情，才跑到东洋躲着，不过故意拿这种高兴的话来遮掩自己的悲哀，兼以安慰家庭的记挂罢了。所以他婶母和妹子当此情形，反最为难过。但是想到

283

希文与其在京终日戚戚寡欢，不如到日本去好好散散心，日子久了，感情的紧张力弛懈下来，也就好了。尤其是秀瑛看着哥哥相思病到了如此刻骨地步，一意主张转地疗养为宜，倒很高兴地带着希文收拾什物。

希文算算再等两天便要启程，将秀瑛叫过来，把他收藏淑敏的函札相片凡有关于两人情史的东西一齐要了回来烧了，烧完了还把未烧尽的碎片儿再烧一次，直待见到没有一寸纸不成了灰了，才笑着对秀瑛道："她已经是姓鲁的人了，这些东西一日不灭，我总怕于她不利，现在痛快极了。"

秀瑛听了，只点点头没有言语，希文静了一晌，忽然拉着秀瑛的手，眼圈儿红了起来，说道："妹妹，我要走了。家里事情用不着我多说，请你多多费心……"

秀瑛答应着，忍不住也哽咽起来。

到了临走那天，希文辞了婶母和妹子，走上火车。他婶母和妹子和在京的亲友送他到站，洒泪而别，不须细表。

第八回

了相思埋躯碧海
悔失着饮恨深闺

且说希文到了上海，回想到开会时的心境，曾几何时一变至此，不禁又触起旧痛。勉强地在上海将未了各事料理清楚，便买好了船票上长崎。在船上看着那广阔的吴淞口缓缓地往后退去，虽然有些莫名其妙的悲感，但是船进了海以后，心里倒好了许多。但觉海天壮阔，心君泰然，对于自己所决定的一件事只是时间问题，静以待之，倒很有个怡然自行的味道。

过了一天一夜，次晨起来，船已行到海中。东边不接着日本，西边接不着中国，上面看不见半只飞鸟，下面只有一片汪洋。希文醒来一想，这一天正是大中华民国某年某月某日，马淑敏女士与鲁玉山公子结婚之良辰，自己的事情也该办了，便穿好衣服走上甲板来。正有许多人围站着看欲日，希文只好也静静地站着。只见那太阳从东边海水里已完全涌起来了，照得一个整海鲜血也似的红。那海波仿佛也叫太阳照得发了狂似的，漫天地动了起来，要向太阳泼了上去。好像要把这混账东西的炎炎赫赫的骄焰卷下来吞灭了个干净，愈发滚滚地从天的四周浸了起来。那夹在万顷洪波里的金色光辉，同时闪烁飞动，好像几千万支刺蛮的利箭一齐向太阳横射了过去。直射得那太阳拼命地向天上逃跑，收起那天边一片红光，减去了周围万道怪丽的霞影，缩起自己庞大的身躯，清清白白地让出完整的又蓝又亮的晴空来。那大海的狂气才似乎平了一些，发怒的红色也退了不少，那无数的金箭也不怎样往外射。

希文觉得已经站了好久，那些人还兀自说说笑笑地不散开，只得又回到自己的舱里来。等到人声渐静了以后，才又走出甲板，慢慢地踱到船边来。这地方希文在初上船的时候便检定了，空旷寂静，最适宜于他所决定要做的事。希文走到边上，靠在那白漆的铁栏杆上，抬头远远看去，四方上下除了水便是天，除了天便是水。在浩浩荡荡的巨浸之中，那水天相接之处，只是白茫茫的一条无尽休的淡灰色雾气而已。这时希文耳内听得轮机击水的沉重的声响，单简寂寞已极，不觉心里陡然乱了起来。头上一昏，耳内也嘤嘤地叫了，眼睛也迷糊了。定了定神，自己一想父母生我竟会有今天这样结局，自己学了一身本领竟不曾替社会做一点事，不觉心里涌起一阵极度的酸痛，那眼泪便不择地涌落下来。自己的心也软了，腿也颤起来了，对于所决定的事，此时竟没有勇气去实行了。便将两臂伏在栏杆上，痴痴地向下望着海波。那海波相接着由远处滚到近旁，一个波足有一丈八九尺长，两头尖尖好像梭子一样。中间宽处有好几层颜色，最下一层是深不可测的苍黑色，稍上到中间一层，渐渐由黑色变成透亮的玻璃似的绿色，最上是卷起来的白浪，足有二三尺来高，喷起雪也似的沫子来，一刹那早移到第二个波上消了。希文低头细看这样一波推一波的中间那绿玻璃窗层里，含着许多未涌到尖上的白浪花，就是翠石里镶上满满的明珠也没有这样透亮美丽。出了一晌神，不由得又羡慕起来。他想，葬身在这里该是多么伟大。不过心里依旧乱得厉害，说怕又不是怕，说悲又不是悲，只是手和腿一些力量也没有了。他慢慢地拿出那块金链子系着的琥珀来，沉吟了许久，最后他将牙齿一咬，两眼露出坚毅的神光来，复将琥珀揣在怀里，飞快地将手攀住直栏，两足站在横栏上，身子向前，手一松，早已坠到海里。那海里的波涛接受了陈希文这一个渺小的身躯，能算得了什么？涛头上起了个小漩涡，不消三卷两卷，那波已自又接起来了。

且说此时淑敏正披了轻云也似的白纱，捧着盛开的花球，站在天津一家大饭店的厅上行结婚礼。她从那含羞的妙目里，看见衣冠赫奕的宾客，也有中国人，也有外国人，男女老幼一个头挨一个头地挤满了四周。对面的新郎静静地立着，露出端正的面容。其余的人其余的东西，都只像梦里一样在眼前摇晃着，简直就没有看见。行礼完了，被大家以欢笑中乱七八糟地和新郎一同拥上了礼车。

淑敏低着头坐在车里，觉得坐在旁的郎君木头人似的一动也不动，那神气似乎非常尊严，自己不由得也小心翼翼地屏息敛神，如同老僧入定了。到得公馆里大厅上，又行了一次朝见的礼，那新郎行完了礼便走开了。淑敏走进新房里，只有几个仆妇陪着她，倒觉得非常的寂静。

此时灯光已亮了，照得满房里都辉煌灿烂，如同一座花宫似的。淑敏忽然听见远处一大阵笑声，潮水般地涌到近旁来，立时心中打鼓般跳个不住。眼前早见一班男女嘻嘻哈哈挤满了一房，只听其中一个男子嚷道："我说新娘子早到房里来了，你们偏不信。瞧瞧，好地方全让他们占去了。"

话犹未了，那男子早挤到前面来了，后面却有一个人说道："凯丞，得了，人家怪文明的，不讲闹新房，你别胡来了。"

那男子嚷道："不行，不行，我不管！咱们中国人得照中国规矩，舅舅和舅母全答应了，还要什么紧？"

一面却赶向前，一步将胸脯一挺，对淑敏得了一个军礼，口里好像戏台上说白一样说道："兄弟不是别人，乃表老爷朱凯丞是也。"

接着又变了纯粹的京腔说道："新嫂子您别见怪，咱们今儿个要闹闹您的新房。"

凯丞只管如此瞎嚷，淑敏鼻子里便闻着一阵极浓的酒臭气直冲了来，几乎没有呕了出来。躲又躲不了，只好向床里边让开点儿。这时屋子里的人更挤得多了，什么五哥六哥的一大阵，全都来凑热闹。凯丞格外起劲，又大嚷道："本总快司令承众位公推，义不容辞，业已宣誓就职。凡关于闹房进攻事宜，众位俱当奉令而行，不可有误。"

话犹未了，那些胡闹的小孩子早是一阵鼓掌，从人缝里忽然有个冒失鬼进出一句话道："听说新娘子是会跳舞的，请总司令让新娘子翘起脚来给咱们看看，跳舞的脚丫子是什么样子。"

凯丞拍手道："这话有理。"便要强迫淑敏抬起脚来。

淑敏急得心头突突乱跳，四围全给堵死了，逃又逃不脱，只拉着陪房老妈子的衣襟躲在背后。凯丞不管三七二十一，早不听那老妈子的央求，把老妈子一手拉开，直接逼起淑敏来了。逼得淑敏只是不理，他却老实不客气地蹲下身子，捏住淑敏的足胫，挤眉弄眼地对大家说道："也没有什么稀奇，不过比咱们的脚不臭点儿。"

这一句话说出来了，满屋子里哄然大笑，直把个淑敏闹得没有个地缝儿可以钻下去。心里却还松了一点，以为这样大闹完了，可以再没有事了。谁知凯丞又在发命令道："众将官听令，本总司令感谢新娘子大脚丫子之美味，特令六哥代表敬酒一杯。"

淑敏听了又如宣告了死刑一样，胸头涨得几乎都失了知觉。那所谓六哥者，乃是鲁太太娘家的一个侄子，名叫胡仁理。这小子最是个混蛋小人，长得一个瘦长身子，满脸都像擦了油烟似的。平时最是好色，此刻得了凯丞的命令，正中他的非礼心思，巴不得一声，便睁起两只贪欲的邪眼，赶快倒了一杯绍酒，馋狗似的颠了过来，假作斯文声气说道："哟，我说新娘子呀，赏脸干了这一杯吧。"

说着便挨着淑敏坐下，竟要将那只干柴般的鬼手来握淑敏的柔荑。淑敏急得将手早就一抽，赶忙挣了跑开。仁理一见淑敏的手居然没有摸着，却有一阵粉香扑到鼻子里，心里的混账念头愈炽了起来，哪里还能让她跑了？只消把那左边狗腿一横，淑敏挤得没有去路。他看见淑敏偏过脸去，却把他在胡同里学来的半生半熟的上海话使了出来，一手竟搭住淑敏肩头，口里极轻薄地说道："来呀，弗要客气哉。"

这样说了几次，他见淑敏仍是低了头，便拿起一支燃着的烟卷儿伸到淑敏胸前去，那烟缕直冒上来，熏得淑敏只可仰起脸来。这混账东西趁这个机会，竟冷不防地用一只手从淑敏背后将淑敏脖颈子搂住，一只手从前面将这杯酒直凑到淑敏唇边。淑敏拼命地向那杯子一挥，杯里的绍酒一齐洒出来了，将一身极讲究的新衣服全给闹污。淑敏这时又急又气，恨不能放声大哭，只怕失了新娘的礼节，仍然拼着命地忍了下去。仁理也觉不大合适，便搭讪着笑道："好，新娘子赏脸，酒是喝了。"

这时凯丞好像陡然开了聪明孔似的，破空地嚷道："岂有此理，岂有此理！新郎跑到哪儿去了？非给他揪来不行。"

说着便率领几个小将军一阵风跳了出去，硬把玉山架了进来。

玉山今天的心绪如同搅浑了的水一样，心里面乱七八糟的是王秉珏女士的牵肠挂肚的泪珠儿和身影儿。自己找了一个静室里躲将起来，想着可怜的秉珏此际正不知如何，自己却居然做起新郎来了。抚心内愧，正如同上绞刑一般。可是凯丞这一班胡闹的小孩子竟一窝蜂轰起他来起兴。这日子哪里还是人过的？当下站在水泄不通的众人之中，越发露出平日三斧子也劈不开的脸的，冷冷地说道："你们叫我做新郎，我可不稀罕。哪一位愿意做，就请哪一位做了了。"

这几句话若叫淑敏平时听见，不死也得落一条魂。所幸这个时候自

288

己也差不多被众人闹昏了，竟没有听到。但是屋子里的女眷听了不觉如同浇了一桶冷水一样。然而还以为玉山嫌他们闹得凶了动了气，便有那知道玉山冷僻的出来劝解凯丞一班人道："少爷们歇歇吧，新娘子也闹过了，你们也累了，还是上外厅里喝点茶吧。"

凯丞哪里肯听，直嚷道："那叫什么话？表哥今天非赏脸不可。两位都是文明人儿，今儿晚上非当着我们行个接吻礼不行。立刻行了我们立刻就走，要不然咱们明儿早上见。"

一面说着，一面便对玉山笑着鞠躬道："表哥，快快遵了命倒好，过了一分钟，本总司令就叫众位弟兄们强制执行，那时莫怪。"

玉山只是沉着脸不言语，凯丞又催道："怎样？"

说了两句，看见玉山竟如死人一般，便大声道："诸位将官，抬起新郎来送到新娘子嘴上去。"

旁边的小孩子接着一齐吆喝，正待擒拿，谁知玉山急怒攻心，竟犯起旧病来。登时两眼一翻，打了一个寒噤，便鬼也似的号了一声，由椅子上横倒了下去，两手乱摆，口里白沫子浓涎如注地涌了，吐得满脸满身满地毯全都脏了。立刻满房里的人都吓得呆了，连凯丞等人也把酒吓醒了。

那边早有人报告了鲁公使夫妇知道，跑了过来，虽然满肚子不高兴，却也不便说什么。公使瞪起眼来骂那个管家道："他们这班混账东西都干吗去了？你怎么也不管事？还不赶快把少爷抬到外书房去，叫张顺打电话给克利欧克大夫，叫他立刻就来。"

说着便看着那些诚惶诚恐的仆人将玉山搬出，那满屋的人也一齐忙着跟了去。只把淑敏和陪房的两个老妈子弃在这偌大的空房里。淑敏一整天担心受累，到了屋里又被满屋的呼吸气香臭杂充足足的一闷，又被凯丞等乱七八糟地一凌辱，又看见玉山好端端的一个人忽然这样死厥过去，为她平生所未见的恐怖，实在也吓呆了。此时大家一走把自己丢下不管，房里寂静得似乎连墟墓里的游魂都可以进来一样，才把她的灵明唤回来。那电灯却偏又光华灿灿，照得房里件件东西富丽精奇，耀人眼目。越是这种极热闹极繁华的所在里，发生出来的凄凉惨淡的情景，越比旁的所在发生的更加令人觉得刺心。淑敏身当此境，想起新婚第一宵，竟会走到像这样连噩梦两字都嫌不足形容的地步来，不由得万箭攒心，也顾不得新娘子的体面，便伏在那簇新的绣枕上呜呜地哽咽起来。那旁边伺候的喜娘便向前劝解，不过她们哪里晓得淑敏心中的悲苦。面子虽然是劝着，肚子里面还以为现在的大姑娘家老脸皮，还没有同丈夫成亲看见丈夫病了便一条鼻涕一条眼泪地哭起来了呢。

且说大家一阵忙乱，克利欧克早已来了，但是玉山这种毛病好像有意开玩笑似的，大夫刚到，他也恢复原状了。克利欧克看了一看，便也回去。玉山清醒过来，不觉心中一喜，便以此借口说要在外书房静养两天。鲁氏夫妇恐怕若不许时又激起他的病来，只好依了。

这鲁夫人生性最是迷信不过，看见这样一个大喜的日子，儿子竟会犯起这样大的病来，心中懊恼之极。左思右想，亏她想出一个道理来。儿子的病许久都没有犯，忽然在今天犯，那一定是洞房里有喜煞神，要不然就是新少奶奶冲了儿子。第二天便叫仆人将传代的钢刀拿出来，挂在少奶奶的床角上。这刀是在闹长毛的时候杀过人的，可以镇压诸神百怪。淑敏见了这种行为，虽然不愿，也是无法。不过这些问题全是小问题，只要淑敏和玉山彼此能够要好，当然无不如意。这也是淑敏心中所希冀的一件事。但是究竟怎样？在他们二位之中，论起形势和机会，当然多少总有几分融洽的可能，不过在达到融洽之前，那种种阻碍可就多了。

在淑敏初次意外看见玉山犯病，心中便一半可怜，一半讨厌。又以一个新妇的身份，当然不便去慰问玉山，而且淑敏是个娇小姐，又已经经过希文那种热烈的崇拜的，此时受了许多生平所未受的难堪，心中早已含了万千的委屈了。至少要玉山拿出比希文更温柔更细腻的爱情，首先来安慰她，才能激得起她的情来。这件事怎么是玉山所能办的呢？玉山本来就死样，他所以勉强结婚，完全为的秉珏那边已经绝望，也用不着反对家庭，不如随便结婚，在形式上还顺了父母的意思，免去许多难题。在实质上自己仍旧去做书本上的功夫。假使淑敏能够首先来抚慰他感动他，或者尚可挽回。淑敏既是这样，他更觉得结婚的生活确是残朽尸体，越发决心埋首书城。他只顾他自己，却不管这边轻轻地牺牲了淑敏，也正如同淑敏牺牲了希文一样。因此结婚以来，光阴虽然瞥眼过了半个月，新夫妇倒还没有说上十五句话。

鲁太太看见这种情形，心里总以为淑敏不应如是冷待丈夫。又因淑敏脸上常有悒悒之色，每天参谒她这位婆婆的时候，都不过是勉强敷衍公事，越发不痛快，已然几次和公使说马家养女太娇惯，一点人情世故都不晓得。见了淑敏也不似起先和善，只不过冷冷的，淑敏便越发觉得无聊。虽然归宁几次，可是她自己想了对父母说了不但令父母伤心，自己面子上也无意思，心里一懒，便连母家也不愿多回去了。

　　鲁太太是个喜欢交际的人，家里来往的太太小姐们也不知多少，天天晚上不是出去赌钱便是看戏，要不然便也学时髦参加跳舞会。夜晚两三点钟回家习以为常。那些太太小姐们起先都拉淑敏一道去玩，淑敏胸中不快，皆辞谢了。鲁太太又以为淑敏脾气乖僻，口里不说，心里愈加不欢，索性知会宾客一概都不要邀她了。鲁太太夜夜自去应酬，淑敏在家便闷闷地独自睡了。不料刚睡了一次，第二夜再想要睡，便有仆妇告诉淑敏做儿媳的规矩，须得等婆婆睡了才能睡。淑敏听了又羞又气，转而一横竖早睡也睡不熟，不如坐消永夜也好。从此以后便静静地等了起来。往往等了十二点多钟，困极了便和衣在床上歪一忽儿。这样的凄凉岁月淑敏居然忍到了次年的二月底。

　　天气忽然热了起来，淑敏那天只穿了一件小羔皮的短袄，晚饭后无聊，便回母家走走，偏生哥哥嫂子又陪母亲出门看影戏去了。淑敏心里又是一刺，也懒得再上戏院寻找，便又折回家来，靠在椅上拿着一本杂志看了消遣。先看了后面登载的一篇小说，又看了看几篇论文，那些文章全是讨论具体的政治问题的，头绪纷繁，还乱七八糟地来上许多统计表。淑敏此时如何看得下去？但是时候才九点四十分，离鲁太太回家还早得很呢，只得按下性子再看。实在看得太无意思了，便又取过报纸来看。那里面所登的军事消息，左一个军长，右一个司令，也不知道怎么许多名字。头两天刚费了许多劲记熟了一个名字，马上又不见了，却黑地里又攒出许多新名字，老是摸不着头绪，也不愿意看了。想起不如拿画报看看还好些。伸手一拿，不料拿出一张旧画报来，封面上所登的是自己和玉山结婚的照片，底下还有一篇《鲁马缔婚记》，密密的细字竟占了一版。淑敏一眼触见，马上放下，连其余也不看了，重复拿起新闻纸来看看，不觉瞧得睡去。

　　不知经过几时，身上冷得醒来，一听外面原来起了风。淑敏起来换了一件衣服，重复坐下，拿起那新闻纸的广告看着玩儿，逐字逐句地念过去，倒觉得比政治新闻还有趣些。可是窗子外面的风吹得更厉害了，北方的坏天气和南方不同的，便是南方最恼人的是雨，北方最恼人的是风。在南方住的人逢天上阴沉沉地下起雨来，心里若是有了伤痕，听到屋檐上流到台阶上点点滴滴的声音，如同寡妇啜泣一样，任铁打的肠子也得绕断几寸。在北方呢，刮起风来天上不是雾腾腾的灰色，便是凄惨惨的土黄色。冬天时候风吼起来就好像海破涛翻一样，震得胆子都裂得开。但是次数还少一点，到了春天风势减一些，但是次数可加得多了。在那种花明柳暗的时节已经使人触绪生愁了，偏生刮起不留情的风来，怎么不使人魂飞心碎呢？

　　淑敏又比较更倒霉一点，单她碰见的又夜里的风，听到萧萧瑟瑟的凄音里还间或夹上一两声尖锐的高响，仿佛窗子外边就有吊死鬼诉冤一样。淑敏害怕，便叫个小丫头来陪着她。忽听门帘一动，那吊死鬼好大胆子居然进来了。吓得淑敏抬头一看，幸喜不是吊死鬼，乃是轻易不能见面的英年夫婿鲁玉山。玉山看见淑敏吃惊，他却毫不在意，只掉过脸去向书架上找来找去，找了半天，才沉着脸问那丫头道："有一本绿皮儿的洋书瞧见没有？"

　　淑敏看他这一番举动，只气得身上发抖，一股怨怒再也按捺不下，便放重了声音说道："玉山，你也是受过高等教育的文明人，怎么竟会这样不懂道理？你忽然走进我的屋子里来，毫不客气地就单问她要书。你究竟看见了我没有？你用这种蔑视态度究竟是什么意思？"

　　玉山经她这样一问，倒出乎不意地吃了一惊。看见淑敏凤眼里两颗星亮瞳仁定住不动，向自己射出两道寒冷的光来，一时又羞又急，逼得也没了主意。他一来嘴里迟钝，半天也说不出一个字来。淑敏见他不语，只道玉山依旧采取消极抵制政策，越发气了起来，心里一逼，立刻眼泪就滚下，背过身子哭出声来，哽了四个字道："我想不到……"

　　哪知这四个字又挑起玉山的呆根性来，玉山心里一时也是酸甜苦辣都行涌起，便也忍不住大声道："你想不到，我也想不到。这种生活简直比死了还难受哇！"

　　淑敏听了如同扎了一刀似的，翻过身来哽着嗓子对玉山道："笑话极了！马淑敏什么事对不起你鲁先生？犯不上什么死呀活的！"

　　几句话抢白得玉山越发口吃起来，急忙说道："你？你……要不信我就死给你看!"

话还未了,便跑了过去向床边要取下那柄镇邪钢刀来。这一下把个淑敏吓得气也忘了,在旁边站着的那个丫头原先看见二人拌嘴,也不敢插言相劝,这时也吓得死命地追上前去,将玉山抱住,嘴里没命地嚷道:"救命啊!"

还是淑敏急中生智,赶紧抢上前一步把刀摘了下来,一面按了外院的电铃,一面跑出门外。正碰见一个当差的闻声而来,看见淑敏失神丧魄地拿了那柄刀,又听到女仆喊救命,只道少奶奶疯了要杀人。不由也慌了,忙上前就要夺淑敏的刀,淑敏急道:"你快去看少爷!"

这当差的才进房把玉山强拖到外书房去,淑敏也把刀藏起来。忙乱未了,淑敏听说鲁太太已经回来,便赶快回到自己屋内擦了个脸,沿着廊子到鲁太太院里来。只见鲁太太正坐在软椅上,跷起腿来让小丫头替她换拖鞋,旁边站着那丫头正说刚才的事呢。淑敏今日见了她不觉分外难受。

且慢,在这万忙中在下却要插进几句闲话。原来我们中国大家庭的姑媳,感情不坏的十得一,暂且拿最小的一件事来说吧,本来一个小姐好端端地硬要叫另外一个老太太做妈,这便的确是一件不大容易的事。假使夫妇爱情尚好,犹可渐渐习以为常。若不然便有极为难的地方了。诸如此类琐事多如牛毛,而那种痛苦也如牛马受脔割一般,日积日坏,家庭的乖离也一天比一天显露,实在三言两语说不完的。所以此时淑敏抱了一肚子委屈,挨到鲁太太面前,千回百折才狠命地挣出一个"妈"字来,就想把刚才的事趁势细说一说。不过看见那女仆已经大约说了,再说又恐怕鲁太太生烦,而且自己一个新儿媳也不好哓哓多辩,即使辩了,鲁太太当然总是左袒玉山的。想了一想便又吞了下去,改口道:"那挂在床上刀子,顶好请妈收起来吧。玉山脾气来了,这种危险东西似乎总担心点。"

鲁太太听了完全不答复这句话,只把眼睛看看天花板,冷笑道:"少奶奶,玉山身体不好,你许也知道了。我这么大年纪也没有精神管这孩子,请你多费心多原谅多照顾他。"

说了便偏过脸去问女仆道:"少爷呢?"

立时好几个人一齐回答道:"在外书房里。"

鲁太太起身道："我看看去。"

说着早走到院子里，只把淑敏冰在屋里耻得呆了，直着眼睛看鲁太太和那些仆妇的背影已经转过墙角，自觉这一鼻子灰碰得实在太难了，鲁太太简直就公然侮辱起来。但是名分上她端起婆婆的架子，是不能和她争辩的，况且争辩了徒然更无脸面，她已经硬派她的儿子是好的了，还说什么呢？自己一个人横竖将牙关咬定，料他们也不能吞了自己。于是一个人慢慢地走回屋里来，觉得身上一阵阵的发冷，便赶紧睡了。

第九回

饮水词弱女思往事
泼酸论悍妇发威风

且说淑敏胡乱睡下，却不知在椅上蒙眬睡去的时候，早已受了寒。次日头上发起烧来，竟病下了。马太太接到淑敏陪嫁女仆的电话，心里也不觉一怔。她自从淑敏嫁后，看见女儿同女婿绝不相干情形，早已伤心了。问到淑敏却又总含糊着，只从淑敏神气举止里看出忧郁来，那记挂淑敏的心思格外急切了。所以一听电话便马上来看淑敏。淑敏一听母亲来到门外的脚步声，一阵心酸，双泪齐落。立时急把手绢擦了，抬起头来母亲已在面前，忙笑道："妈，我知道又是刘妈瞎打电话了，早上有些头痛，已经吃了两片阿司匹林，没有什么。"

马太太用手摸着淑敏的额说道："头上还是发烧，请了大夫没有？"

本来淑敏一早醒来便已想到希文，自从上次病后，这才又遇见一场病，新病里想起旧病中的情形来非常难堪，听到母亲提起大夫两字，格外刺耳，摇头道："不用请大夫，小小的头痛，一天就好了。请大夫反而加重。"

马太太道："大夫看了只有好的……"

话还未了，淑敏截住道："妈妈我现在不愿意见大夫的面。"

马太太道："这孩子怎么了？"

淑敏知道头一句话说得不妥当，便笑着把头向母亲怀里一靠，将手轻轻地捏着母亲的耳朵垂子，放刁似的说道："做大夫的尽拿苦的给人吃，我见着他们就害怕。"

马太太不由得也笑起来了，又问淑敏要吃什么，叮嘱了半天才回去。到得傍晚，淑敏果然好了些，便叫刘妈回家去告诉母亲，同时嘱咐不要乱说话。那女婆子虽是答应了，到得马家哪里还关得住，便一口气

295

将前宵之事说得个痛快淋漓，临了才说道："大小姐千嘱咐万嘱咐我不要说，恐怕太太听了生气。我实在恨他们那家人恨透了，说了出来太太可千万不要让大小姐知道啊，我们大小姐模样儿心眼儿哪一样不比他们强？亲太太还背地里说闲话，嗔着大小姐没陪她玩儿了。她也不想着现在时候，谁家年轻轻的小两口儿不是成对成双的出门，姑少爷一天到晚嗔着脸，不和大小姐在一块。大小姐还有什么意思陪她们出去？这些事儿大小姐全都闷在肚子里不言语，亲太太不骂儿子倒怪儿媳妇，真是应了俗语说的'只知手心是肉，不知手背也是肉'。太太你想法儿求求签，算个卦，上老爷庙烧烧香去吧，保佑姑少爷和大小姐和和气气的，那多好？现在大小姐过那日子就别提多难受了。太太你可别跟大小姐说呀。"

马太太听了这叨叨絮絮的一篇，心如刀割，叫刘妈回去，第二天派车子把淑敏接了回来，母女相对谈了半天。淑敏知道不能隐瞒，便将前后详细情形说了出来，更说道："昨天我病了还听了许多闲话。说我病是假的，怎么早不病晚不病，单拣了和少爷怄气的日子病了呢？怎么又单遇上娘家的母亲一来，就马上好了呢？这不是奇怪么？闹来闹去一句话，在娘家娇养惯了，惯坏了脾气，现在倒和婆婆拿起身份来了。动不动就装病吓唬人，简直就是仗着娘家有钱硬得起腰来罢了。"

马太太听完了，气得直咬牙，对淑敏道："走，我现在就去问问亲家太太拿什么凭据说我女儿的病是假的。"

淑敏一把拉住急说道："妈，你又生气了。我原是招呼刘妈不告诉你的，她偏不听我的话，今天闹得我不能不说。说了，妈又伤心……"

淑敏声音一沉，便伏在母亲的肩头上陪着母亲哭起来了。歇了一晌，淑敏道："妈不要听这些老妈子的话，这班东西毫无知识，尽管四下里搬弄是非，传背后的闲话，听了不由人不发烦。种种误会嫌隙都从这儿生出来，越闹越坏。妈现在就是当真去了，又理论出个什么来？倒反而叫大家都下不了台。总之我现在什么事都认命了，只是还带累妈……"

马太太心如油灼，一把抱住淑敏哭道："我的乖宝宝，谁想到鲁家那么好的人家，里头会这么坏，姑爷又是那么古怪？"

马太太这样悲苦的表情，奇特的声音，急忙中偏偏还押上了韵。给旁观的人看去，的确忍不住要发笑。闲话不提。

当夜淑敏留在母家，睡觉时候走到自己房里来，脱了外衣忽然想到时候还早。自从到鲁家守夜守惯了，闹得要早睡也睡不着了。便走到书柜里想拿几本书看了消遣，一检全是学堂里的教本，当无甚意味。又开了桌上的抽斗一看，里面还有旧日看的几本小说，便拿起一册来，再看底下的那一册，可把个淑敏又闹痴了。原来那一本书正是在医院里和希文共读的《饮水词》。希文给她讲得有趣，她便带到学校去，后来塞在抽斗里，结婚以后已经忘了，不料此刻无意遇见。淑敏便放下那本小说，将《饮水词》拿起来，躺在床上就灯要看。想起希文病中调护的情形和第一次接吻的意味，不觉头上血涨了起来，拿起那本书且不翻开，只呆呆看着书皮子发愣。捧起书来，俯下头去亲了又亲，想着希文现在在日本不知情形如何，怎么还不来信？"他现在想起我来大约恨我的心许比爱我的心大得多了"，想了不觉叹了口气。

信手翻起书来，正看到那阕《减字木兰花》的句子，"莫教星替，守取团圆终必遂。此夜红楼，天上人间一样愁"。不由得回忆起希文在自己面前说的话来，那时他说无论怎样，他一定"守取团圆终必遂"，说的时候拿眼睛直看自己，那种神情痴得厉害。现在他跑到日本，他的心可还同从前一样？

心思愈想愈乱，手指早又翻过几页。一眼看见几个小红圈儿，一瞧却是《蝶恋花》里"休说生生花里住，惜花人去花无主"，还是从前随读随圈的。当时不过赏识词句好罢了。现在希文走了，自己受鲁家的摧残到如此地步，前后才几多时候？这凄艳的词毕竟变成锋利的刀刃儿。眼睛一酸，那眼泪早把书页滴湿了好几处。

淑敏烦起来，便把书本丢开，要想睡觉，合上眼睛七想八想，颠倒还是一个希文在心头来去。何以自己以前会那样糊涂，那样卑鄙？眼里只看见虚荣，竟把个多情多义的希文轻轻割下了？现在自己出风头的机会是满有了，但是自己的心情却禁止自己不能去。可见得人生真正的快乐种子，还是要向自己的心田里寻觅。心里不舒服，纵是做了玉皇的妃子，也只有增加烦苦罢了。自己当时身受希文那样轻怜密爱，视为寻常，辜负了他一片痴心，却自己投到这个罗网里来。自己的价值全被自己贬损个干净了。现在闹得两头落空，算来算去，这算盘完全打错了啊！但是自己当时虽是一半因为倾慕虚荣，那一半却因为太胆怯。把自己和希文的恋爱，认作了不可宣扬的羞赧，生怕闹了出来亲戚朋友都要非议，自己在社会上见不了人。若是当时胆子大一点，闯开了，此刻也就早快乐了。自己的父母究竟是痛惜自己的，过了些日子，气消了，怕不把希文认作女婿么？况且希文不是低三下四的人，做大夫的比做臭官僚的当然高得多，每天有一定的执业时间，完了事就和自己弹琴，那该是怎样一个美满的家庭呢？当时子太小了，太对不起希文，此刻再鼓起胆子来能挽回不能呢？希文爱自己的心是真的，当然不会因为自己是嫁过了的人，就变了心肠。即使他恨自己恨极了，痛骂也罢，痛打也罢，受爱自己的人的虐待也比在鲁家好万倍。他就是流落成了乞丐，自己也愿意做丐妇了。他就是把自己当作丫头一般使用，也愿意做他的丫头了。

不过他一直到现在还没有信来，他不会病了吧？不会有别的女子这么快就爱上他了吧？假使现在他已经和别个女子相好了，那自己虽跑到他面前去，他虽久念旧情想要娶自己，恐怕那个女子不能轻易抛弃他吧？那时自己想和人家竞争，很难有把握了。人家轻轻的一句鄙薄的讥讪就可以毁自己而有余了。闹到那个时候，还有什么面目活在世上？

淑敏到了此时，心里乱极了。自己下命令叫自己截住不想，无奈脑神经已然兴奋起来了，要想不想简直是以杯水救车薪，刚息了这儿早又烧了那儿。桌上的小钟又走得快，才听得打两点，不一刻又打两点半了。直听到打了四点，才倦极睡去。

次日想要打听希文的消息，却又耽搁下来。到了晚上不得不回鲁家，只可留下话来叫家里当差的打电话到北京陈宅。吩咐完了，自己归家仍旧度那种日子。

且说上次闹房的胡仁理因为将酒洒了淑敏一身，自觉丢脸，反而怪淑敏太决绝，扫了他的面子，心里便很不受用。后来同淑敏见了几次面，他却偏偏假意的提起来道歉。淑敏一则对于仁理那副下流样子的确讨厌。二则事情过了，仁理还屡屡说及，也觉烦聒。三则自己心里千愁万恨正无从排遣，哪里还有心思听这些极无聊的应酬话。所以每次都是冷冷的不甚搭理。胡仁理口里道歉，心里实在想骗淑敏这样的美人儿也说几句对他自己赔不是的话，听起来受用受用。看见淑敏如此冷淡，大失所望。又疑心淑敏定是看不起他平时看见公使夫妇那种巴结神气，不觉对淑敏有些不痛快了。

恰好有一天，胡仁理这小子陪着凯丞听完了戏，凯丞就拉他吃晚饭。这两块料灌了几口黄汤下去，越发胡说起来。由私门子王三谈到常小芸，由常小芸说到刘五小姐，又谈到淑敏身上去。凯丞拿起筷子笑着，冷不防地敲着仁理的脑门子一下，骂道："你这小子，那天也太缺德了。拿烟卷儿熏人家鼻子还不足，还要洒人家一身的酒。"

仁理也笑道："你就别提了，闹得咱们那位表弟死撅了的也不知道是谁？"

凯丞听了忽然小声道："嘿，六哥，我告诉你。你提起玉山这档子事来，我倒想起来了。你说那天玉山忽然犯起毛病来，犯得奇怪不奇怪？"

仁理看见凯丞那神气说得鬼惊鬼诈的，知道凯丞一定又有什么新发明要宣布了，便也将那两只贼眼转了两转，做出特别注意的样子来，说道："怎么不奇怪？你难道看出什么特出来了么？"

凯丞低声道："你记得不记得玉山那天晚上，说了他不稀罕做这个新郎么？他是不是还说了谁爱做这个新郎就请谁做？"

仁理将两肩一纵，拿筷子往桌上用力一放道："对对，还是你精细，这话大有弦外之音哪！"

凯丞道："我当时糊里糊涂也没留神这句话，后来玉山一犯毛病，舅舅和舅母一生气，把我也吓明白过来了。想起玉山这话来，很有意思。又想起那位新表嫂子的相貌，仿佛面熟得很。我越想越有门儿，原来我在北京的时候和这位遇见过好几次。有一次在平安电影场，有一次在北京饭店，还有两次在中央公园，全都看见她。我们有一位把兄弟王老四还迷过她呢。只是因为每回都看见有个穿洋服的小子，和一个别的女人陪她在一块儿。知道她是有人保镖的，所以也就搁下了。我想到儿，我就疑心这位从前……"

凯丞忽然住了口不往下说，只把眼睛看着仁理，将脑袋晃了几晃，现出一派轻蔑的笑容来。仁理当然会意，便也轮着眼珠子点点头，但是却故意辩道："那可不能随便就瞎说人家呀。"

凯丞道："你别忙，我当时这么疑心，以为表哥大概知道一点，不

299

过他是一个死板人，面子拘了不好说，所以逼出那样伤时的话来。但是我也拿不准，前天我到北京恰好遇见那个王老四，谈起来，他可闹清楚了。他说他有个亲戚姓齐的未婚妻名字叫曹什么婉，和这位是同学。这姓曹的和这位还同寝室住过，她告诉他的未婚夫说这位在北京的时候，同一个什么姓陈的要好极了，后来不知怎的又和姓陈的断了。她又说这姓陈的是一个极漂亮的大夫，待这位别提多好啦。常常和这位在一处玩，有时候还有那姓陈的妹子在一块陪着哪。"

仁理道："你们怎么谈起来了？"

凯丞道："那位王老四最爱收集画报，有一天他拿那张有表哥和这位结婚的照片的一张画报给我瞧，才说到话头儿上去了。他对我说闹了归齐还是我的表嫂子，要是从前不知道瞎闹了，岂不是对不起朋友么？他那位亲戚也是在他家里瞧见画报才和他谈起来的，并且说那姓陈的现在还在北京什么医院做大夫。可惜我忘了那医院的名儿了。我听了这一套，我才知道我疑心的不错。我看见的那穿洋服的小子，一定是那姓陈的大夫。这件事一定让玉山知道了，他心里有说不出的苦处来，所以那天晚上犯毛病犯得那样邪性。要不然的话决不至那样厉害。你说怎样？"

仁理听了，一边点头一边用手敲着桌子，也不言语。凯丞说了笑道："其实玉山也太死样，要是我知道这件事，我要不愿意的话，就马上说明理由解除婚约。要不然，爱她长得漂亮，就马马虎虎的不管也好，犯不上闷在心里叫自己一个人受气。玉山自己循规蹈矩的长了这么大，没有做一点坏事，也以为人家必是同他一样的老古板呢？哈哈，六哥你说多可笑啊。"

仁理道："唉，你还不知道哪，这位马小姐自从到鲁家来，就没有开过笑脸儿。任是哪儿也不去，和玉山也不对劲儿，闹得姑丈姑母也没有主意。只以为她在娘家仗着家里的钱养娇了罢了，谁还知道里面有这些细情？今天听你这样说，她是想念姓陈的无疑了。只可怜玉山一个老实人倒闹了这样一个好颜色帽子戴上，如今的世事真可难说极了。"

两个人此唱彼和地足说了一阵，闹得杯盘狼藉，才各自散去。

胡仁理折到鲁家来，恰值鲁太太在家，唠唠叨叨地将淑敏和玉山拌嘴，怎样装病负气回娘家的情形全告诉了仁理。仁理听完鼻气也不出一声，掏出纸烟来，送到嘴里，偏着脸引火燃着吸了一口烟，顺手将那半截烬余的火柴投到痰盂里，只听嘶的一响，这小子才斜睨着一双贼眼，做出鄙夷的神气，哼了声儿出来道："姑妈，你少生气吧。人家大小姐不痴不呆，表弟又是一个好人，年轻轻的小夫妻，为什么人家不找快乐，单闹闷气呢？那一定有个缘故。哼，你老人家瞧着吧。"

鲁太太一听这种话，如何不追问？可尽管鲁太太追问，仁理却总只闭上眼摇着脑袋道："姑妈瞧着吧！"

鲁太太问了两次不由气将起来，骂道："你这孩子总是这样儿鬼头鬼脑的，无怪他们都说你是个小鬼。"

仁理睁开眼道："姑妈，不是我不说，因为说了你反不痛快。现在姑妈非要我说不可，我只得说了……"

于是就把刚才从凯丞那里听来的话更添油加醋地说得个活灵活现，只把个鲁太太说得颈下的筋都暴了起来，不由得恍然大悟地道："怪道呢，我一瞧这小娼妇那个狐狸精的样子，我就疑心她不是正经材料。平白地把我儿子给糟蹋完了，你看你表弟不早不晚，间在新房头一天就犯毛病，连这些日子都抬不起头来，还不是那小坏货的霉气给霉的？她还要我把那刀拿开，一定是那把刀的杀气镇得她狐狸要现原形了。"

胡仁理看见鲁太太真个气了，不觉口里又解劝道："话又说回来了，现在文明世界哪家时髦小姐不交两个男朋友？人家和别的男子交际往来，不能断定他们的关系不清楚呀。那常和姑妈到跳舞场去的刘总长的妹子，何总办的小姐，还有蔡家四少奶奶，不都是有很多的男朋友么？蔡家四少奶奶那天穿了刚上身的一套舞衣，和同济龙洋行里的那个小伙子舞了一身汗不算，还让那小伙子灌酒，不留神酒洒了衣上，蔡少爷只说了一句讥诮的话，蔡少奶奶马上就和他说岂有此理，这么看来不是平常的事么？"

鲁太太道："放你娘的屁！蔡少爷那天是看了少奶奶的面子了，跳舞场里人多，是个光明正大的地方，怎么拿这些人和她比？她要是个好人，就不会不和这些人大大方方地一道儿玩了。你不用瞎担心，支着这些话说给我听，我自有我的办法，决不会牵扯到你身上。谁不知道你是我娘家的侄子，本来就够嫌疑的了，还能把嫌疑往你身上拉么？"

胡仁理吃了这一颗定心丸，才满脸显出笑来，只可怜了淑敏此时一个人坐在自己屋里，还完全不知道。

偏生事有不巧，淑敏吩咐家里当差的打电话到希文家里，电话是叫通了，但是接电话的却另是一家，问起来才知道陈家早搬走了。那当差的便把这事告诉了一个老妈子，叫她到鲁家告诉淑敏，那老妈子到鲁家来的时候，正值鲁太太出门，和那老妈子打个照面。鲁太太心里一动，便笑着问那老妈子来干什么，那老妈子就一五一十地说了。鲁太太道："好了，你先回去吧。少奶奶现在有事，我替你说就是。见着你们太太替我问好。"

那老妈子看见鲁太太春风满面的，也就欢欢喜喜地遵命回去了。

鲁太太出了门，坐在汽车里低头一想，仁理说的那个姓陈，是个大夫，现在这老妈子又说了一个姓陈的小姐，原来这位马小姐的狐群狗党竟如此之多。假装害病回娘家，原来却为的是便于私通电话呀！又想马家财势的确不弱，不觉带几分戒心，只得慢慢地来下手。

当天夜里回家，趁淑敏来见之时，便冷着脸很客气地说道："少奶奶，你们公馆里来回话了，你叫他们打电话是打通了，不过可惜得很，你那位朋友搬了家了。"

淑敏猛听此言，不觉怔了一怔，又看见鲁太太面上那副不可测的神气，不由得耳根子红了起来，只得勉强说道："那是从前在贝满的同学……"

鲁太太道："哦，是同学的。我以为你嫌克利欧医学不高明，跑回家去打电话找北京的大夫给你治病呢？"

鲁太太这几句话是用一种极轻利的声音说出来的，说的时候浑身上下都带有乎月飞霜的空气，把个淑敏惊得呆住了，不知道这一阵风雨又是何因而至。鲁太太看了淑敏这种神情，越发证明了她心虚，越发肯定了淑敏是借电话做幽期密约的勾当，便接着冷笑道："你家里离这边也很远的，打电话很不便当，不如在你房里另装一具你自己专用的电话，不好么？"

淑敏做梦也不会猜到鲁太太话里的意思是专刺自己回家与情人幽会，只道鲁太太单是嗔着她不该电话在娘家打，登时气得浑身都寒了，心想这还了得，连我打电话自由她都要剥夺了，这点小事都至于用这样严厉的冷言冷语来射人，将来的日子还过得了么？便待要顶撞起来，严厉地反问鲁太太几句。即使闹开来，拼着自己也不想好了。转而一想，鲁太太这话里未无半个破绽，若是质问她神气不好，自己究竟是个儿媳，怎能挑剔婆母的颜色？况且颜色的好歹又是个无对证，传到亲戚朋友的耳里，他们没有亲见这种神气，单凭那几句话，怎能派婆婆的不是？结果岂不更使自己遭讥弹？就战略说，此时也决不宜反攻，只好忍着待鲁太太进一步欺压到来，那时再说吧。可怜淑敏九转柔肠在肚里翻腾得没有一寸是直的，哪里能说出半句话来。

鲁太太见她半晌不语，又进一步以为自己这一箭射得了千准万准。心想这个小狐狸精居然还顽强地镇定住了，敢拿这一套架子在婆婆面前摆起来？不给点威叫她瞧瞧，休了她，赶回娘家去，她还不知道世上有难过的关呢？便待要勃然大怒，骂淑敏为什么有这大的胆子，竟敢不回婆婆的话。转又一想，这个恶人头犯不得她自己去做，还等公使回来，加上个三言两语，让那个老家伙出面吧。

但是心里终竟饶不过，禁不住还逼一句道："你要是急用的话，现在就可以叫当差的招呼安上一架，怎么老犹疑着不言语呢？"

淑敏只得忍着气，勉强地笑着说道："本来没有什么，因为在那边家里想起来了，就顺便叫那边当差的打了一个电话，打不通也就罢了……"

淑敏说到此地，难关又到，说是就此而止吧，似乎太不像个儿媳对婆婆的口吻了，要再加上几句客套吧，简直是一种又肉麻又心痛的凌辱，没奈何小顿了一下，狠命地死了脸皮，扳开牙齿，接着道："……妈……妈……痛我，谢谢妈……"

鲁太太顺手取过一个银托子的玻璃杯送到嘴边，呷了一口茶，有气无力地道："好了，你歇着去吧。"

淑敏走出鲁太太的房门，那在房内忍住了一眼泪，立时乱洒了一胸，头也不回，跑到自己屋子里，仍然像平常旧例伏在床上干哭了一场。

那鲁太太等得公使回来，便把从仁理听来的话又颊上添毫地说了一顿，公使到底明白一些，便道："马家孩子据我看还不甚坏，要说以前的事情，现在是已经嫁过来了，无从说起了。即就打电话一事，也没有凭据，怎能随便瞎说？不过那孩子老是愁容满面，一切举动勉强得厉害，又与丈夫不和，倒是可虑的事。你也要知道你儿子的怪脾气，可以常常劝劝她。而且我现在正和马家亲翁有要紧事情办呢，还是顾些面子吧。"

鲁太太道："你一天昏天黑地地全被你那臭小婆子支使糊涂了，家里事一毫不问。我一说话你就不爱听，我知你成心要宠妾灭妻了。"

这种横话，又把公使兜气，指着鲁太太道："你这个人怎么老是这样不讲理？无论什么事情，哪怕离十万八千里，也要闹得一个醋字收题……"

鲁太太嚷道："你这老黑心的，总是骂我吃醋……吃醋！吃醋！吃醋！我也不是吃了别家男人的醋，应该吃的醋总没有人笑话我！"

鲁公使看见太太真动气了，料得惹不起这位夜叉，只得半个字也不说，由她瞎吵一阵完事。

第十回

挥白刃怨偶仳离
剪青丝空门补恨

　　且说次日午后，天气非常闷热。淑敏独自无聊，在廊檐下站了一忽儿，看见院里的海棠几天不留神竟已谢了一半，飘到地下的花瓣儿早有人扫得干干净净，只有树根边下尚有零乱残红，沾在湿润的泥里。那留在树上的一半未落的花儿，虽然依旧无知地开得很娇艳，但是在淑敏看起来，也就无甚竟末了。偶尔想起经过前院的时候，似乎有个花台子里种了一丛牡丹，此时想来应该绽了苞儿了，便信步绕了过去。

　　原来淑敏虽是嫁到鲁家这长的日子了，但因诸事不称心思，懒得走动，所以连公馆里的地方都还没有走遍。这日一人走到前院来，一看竟没有那个花台子，只是离墙不远，栽了两株丁香，紫白相间，倒点染出些春色来。一想原来走错了，那有牡丹的院子还在外面。因为丁香好，便又不愿再走出去了，顺手摘了一朵花，待要回去，一看这院里静悄悄的，对面的房子一连三间，又折到左边还有两间，在外面看去，这五间房子很是明静，玻璃上罩着浅色窗纱，很惹人流连，心想何不进去看看。

　　一进里边看了屋里陈设和架上的书籍，才立刻知道这是玉山的书房。淑敏马上觉得不合适，便要出来，便是这五间屋子此刻空无一人，正是玉山出去的时候，被一种莫名其妙的好奇心牵拉着，她迟迟不即出去，只将眼四周赏鉴赏鉴。那在左边的两间便是玉山的寝处之所，一架独睡的床，铺得干干净净。衣架上还挂着一件半旧的长袍子，却无一些油渍。淑敏再看桌上一切东西俱各摆得整整齐齐的，那一排一排的书籍，平列在架上，好像正在举枪致敬的兵士一样，一字儿站在队里。因而想玉山也是个爱好的人，怎么和自己这样不投机？希文人物的确比他好得多了。天性既爱整洁，心眼儿更是活泼。有时故意把整整齐齐的书闹得乱七八糟，央自己重新去整理起来。就这一件小事情，自己也不知道和他发过多少次佯嗔浅怒。记得他总是说光阴这么长，要不想些法子哄着自己玩玩，就怕会将自己闷坏了。追想到此不禁凄然欲涕。

忽然眼睛无意地触到桌上一个五彩雕瓷的笔筒，觉得很好看，便走近桌旁拿起来看。这书桌上正中，放了一块配好吸墨纸的方硬纸板。淑敏放下笔筒的时候看见那红吸墨纸上有一个长长的银灰色布纹洋纸信封，上面用钢笔写的字，是交给玉山收的，下端是"上海王寄"四个字，倒也不留神。便是那硬板底下却压了两张信笺，露了小小的一角在外边，那上面分明写的是"玉哥爱鉴"，笔迹墨色和外面信封上的字一样。淑敏到了这步田地，纵是天上的人，也保不住心里不跳起来。当时也顾不得什么道德不道德，便将那信纸用纤指从纸板底下抽了出来看道：

　　玉哥爱鉴：
　　　　自从去冬通信一次，至今数月未曾通信。固然因为彼此诸多不便，亦因妹近来精神欠佳，常常恍惚，不想通信也。月前松年又对妹百般哄劝，逼问妹因何老是不悦，妹只是不理。妹一生蒙兄爱了，无论如何不能再爱他矣。哥前次来信，叙说心中烦闷，妹阅之泪流不止，想新夫人是大家闺秀，容貌美丽，性格端庄，与哥相配，一定如鱼得水。兄何以尚是不乐？妹不敢妄加揣度也。想兄故写此信以慰妹耳。妹生成苦命，自己知之，不料天假之缘，与哥四年相聚，自思亦当知足，故对哥结婚非常赞成。因妹是可怜失节之人，断然无福，何能久侍哥之左右？哥是高门大族，自宜别缔良缘。况且以哥爱妹，妹岂无人心，反对于哥之婚姻怀有不满之意耶？将来信所言妹读了又读，有四五遍之多，总以为哥故意为之，而不知妹心中并不如此也。不过妹蒙哥恋爱，情深义厚，已然深刻肺腑，此时要想不想，也不能矣！哥但与新夫人共度甜香之生活，妹亦深深祝贺。妹之痴心，只望哥勿忘分手时之誓言，万一来生有希望，或可再结姻缘。但来生究属不可知之列，今生尚有许多时日，

如何度过？妹家恐不久要迁往福建，路途遥遥，不知今生尚可
再见否？妹不能再往下写矣，此请文安。

妹珏拜上

　　淑敏一口气看完了，看的时候一颗心只随着文字紧转，倒丝毫也不
觉得是悲是喜，是怨是怒。急急看到末尾，痴痴地细想想信中口气，知
道玉山在上海别有恋人，才恍然大悟玉山所以悒悒不欢，对自己始终犯
别扭的缘故。不想自己既是那样的遭逢，玉山又是这样的遭逢，登时横
胸的悲怨直如十八层地狱里煎鬼的滚油锅一样，眼前一黑直晕倒了过
去。待得自己不知经了几时醒来，那信纸兀自捏在手里，皱得和字纸篓
里拾起来的一般。禁不住自己却双忖度着，玉山竟然有这种事情，照信
里看来，那女子不是寡居便是闺女被玉山引诱坏的。自己还以为玉山是
个纯洁的青年，自己对希文千万克制留得个身子给了他，却原来是这
样。不由得一股怒气直冲上来，咬着牙再看看那信尾上写的几句话，字
迹潦草语气哀婉，虽然言之不文，但自有一种恻怆之音入人心腑。不觉
又怜悯起来，一想人家也是一片真情，所处的境地和自己也差不多，只
是老天如此安排得阴错阳差，如何怪得？早知如此，直接嫁了希文，岂
不省去多少麻烦？那女的和玉山也是可怜，尤其是希文可怜之极，凭空
地费了一番心思，此时不知躲到哪里去了，硬连一个字角儿也没有。到
底是什么冤孽弄到这步田地呢？

　　越想越伤心，那已经流了泪的眼重新又不断地扑落下酸泪，一人糊
糊涂涂地正尽自呆着，眼睛也不擦。忽然背后伸出一只手来劈空地要抢
那信纸，淑敏惊得急回头一看，原来是玉山不知几时回来了，两只眼疯
了似的睁着嚷道：“你怎么偷看我的信？”

　　淑敏看来势太猛，自己赶忙站了起来，下死命地将那信抢着揣到怀
里，待要分辩，玉山哪里肯依，早扑到淑敏面前劈脸就要夺回。淑敏此
时也是拼命地拉着不让夺回去，两人登时便扭作一团。扭来拒去，连桌
上的小瓶小罐都被衣角臂端扫到地下去了。淑敏虽是女子，因为从小活
泼，喜欢打球溜冰种种运动，练得很有几分气力，此时又值以命相持，
越发来得剧烈。玉山看看不是敌手，便一下放了淑敏，气呼呼地嘶声嚷
道：“我去拿刀，杀了你也得抢回来！”

一边话犹未了，早飞跑出去，不料心急眼花，出门的时候一下绊到门槛上，脚跟一失劲，便霍地直栽到门外去。这一跌真是不轻，立刻把他的毛病犯了，登时好像将死的羔羊似的，悲号一声就在地下乱滚起来，口里的白沫同螃蟹吐的一般。

　　早惊动了一班奴仆赶了过来，此时淑敏只有喘气的份儿，话全忘说了，只痴看着当差的把玉山扶了起来，自己又害怕又着急，赶忙躲出门来。只听院外忽来一阵气愤愤的声音嚷道："饭饱茶足，还要三天两头地寻老公打赖，太不要脸了！"

　　话还未了，早见鲁太太紫涨了脸冲了过来，一见淑敏便瞪起眼睛道："你这孩子怎么反将玉山气死过去了？你到底有家教没有？"

　　淑敏平生受重骂此是第一次，怎么受得了？原来心虚胆怯的也气得把火勾上来了，不由得冷笑道："妈妈怎么能够硬说我将玉山气死了？也不知道是哪里什么女人给他写情书，让我发现了，他还要杀我。我不知道这是什么家教？"

　　鲁太太一听只道淑敏凭空发泼，越发火上浇油，厉声叱道："呸！好一个泼妇，你只道你在北京胡作非为我不知道哪？养你的廉耻养了许多日子，你现在倒反拿狗屎向别人身上打了？"

　　淑敏正待要辩，只听背后一个人嚷道："大小姐快躲开……"

　　淑敏惊得往后一看，只见玉山手上提了那柄刀正待要砍，只离得四尺远近。自己带来的那个老妈子和旁的仆人正死命地抱住玉山，将那刀扣住。原来玉山恢复过来了，趁鲁太太和淑敏拌嘴，大家都只顾一头之时，早跑去将那刀拿来，冷不防地斜刺过来，把个鲁太太的悍气都吓低了三尺，淑敏魂飞胆碎更不用提。

　　还是旁边一个当差的小声道："少奶奶你还不躲开？"

　　一句话点醒了淑敏，便抽身跑了出去，气急败坏地出了大门，走到街上随便跳上个街车，便叫拉了跑。车夫道："你上哪儿呀？"

　　淑敏在车上只顿脚道："快走，快走回家去！"

　　闹得车夫莫名其妙，更急问道："你家在哪儿？"

　　淑敏这才明白过来，赶紧告诉了地名，那车夫便如飞地跑去。

　　到得家来，一眼看见父亲正靠在椅上看报，也顾不得其他，只惨叫了一声"爸爸"，便扑上去倒在父亲身上大哭起来。马老先生猛然惊得不知所措，看见淑敏哭得肩头大起大落，只可拍着她背心赶紧问是怎样了。淑敏哭哽了半天，马太太和淑敏的嫂子也都来了。马太太早把淑敏抱起来，一声一声宝地哭起来。马先生急得嚷道："到底是什么事情，说呀？"

淑敏才将刚才怎样看到信，怎样玉山犯病，怎样受鲁太太辱骂，怎样玉山又真拿刀砍的情形说了。说完之后自己一想已经到了大决绝的时候了，什么话也用不着瞒了，便又将自己如何认识希文，如何勉强地想顾全面子才到鲁家，鲁太太今天又如何的讥辱，也一一地说了。马先生先只是唉声叹气，听见淑敏说了好几次陈希文，心里猛然一触，问淑敏道："陈希文？年前投海的不是陈希文么？"

淑敏惊道："投海了？"

马先生一时收不回来，只逼得涨红了脸没有回答。淑敏立时喷出一口血来，栽了下去。可怜马太太看见爱女骤然到了这步田地，脸上全转了苍白色，心头急惧交攻，眼泪倒立刻收了个干净，抱着淑敏急急地只会叫："宝宝回来！宝宝回来！"

马先生也急得呆了，怔了一忽儿，紧锁着双眉对儿媳叹了一口重气道："你们赶快找大夫吧，这个情形我实在受不了了。今天会怎么这样倒霉！"说着独自丧气地走出去。

这里淑敏悠悠气转，睁开眼来用那呆板的目光注着母亲，薄弱地呼吸了一晌，才嘤嘤地哭出声来。那声音又干又涩，眼里却没得多少眼泪。马太太看女儿苏醒过来，心里稍为舒服一点。正在这时，马少奶奶说大夫已经来了，在客厅里。马太太叫请了进来给淑敏诊了，直到晚上淑敏能走动了，才扶到自己房里去睡下，另由伺候淑敏的女佣照管。

且说马先生晚上回来，马太太埋怨道："到底是怎么了？你平常欢喜这孩子，单今天给孩子闹成这样子，要是有个长短……"说着又禁不住哭了。

马先生叹道："唉，这也是冤孽，去年我在报上看见一个中国大夫投海，留下一封信给船长，说他羡慕海景，愿意跳下死了。我当时很好笑，世上也会有这样呆人。上个月在朋友家里吃饭，谈起时症来，李乐群李会长说他曾经害了一场要死的大热病，亏得陈希文陈大夫治好了，因此两个人交情很不错。不幸陈希文竟不知为什么投了海。李会长说的

309

时候恭维这姓陈的了不得，说他性情又和气，谈吐又爽快，医学又高深，年纪又轻，知道他没有娶妻，几次要给他做媒，陈希文总是说他认识一个在很远的地方一个人，大概可以成功。李什么又说今年正月他的一个侄子死了，要是陈希文不投海的话，他的侄子就是拿铁锤打也死不了。我因为他说得令人发笑就记住了。白天里敏儿说起来，我所以不觉得就冲出来。现在这孩子到了这步田地，还说什么？我此刻也很后悔当时太固执了，敏儿这孩子胆也太小了，竟吓得一个字也不同你我提起。罢了，罢了，我今天想了一天的心思，各人自有各人的福命，我做父亲的也不必过于操心了。据李会长和敏儿说来，这陈家孩子真也是天下少有的人，他家里遭了这种事，该多倒霉？敏儿生死谁还保得？现在我只可怜敏儿的命，我做父亲的尽力帮帮她的忙吧。她的事情我现在也不拿主意了，随她怎么办怎么好。我这里分一股产业给她，足够她的衣食就完了。现在要紧的是一边劝她好好养病，一边怎样对付鲁家。敏儿既是决意不去了，只得想个办法。"

这时淑敏的哥哥学敏在旁边，气愤愤地道："有什么办法？干脆和他们翻脸就完了！平常用起钱来三万五万地向我们家里要，我们一个姑娘在他家里，不但饱受了闲气，连性命都难保，还不绝了他家？凭鲁玉山那个样子，我就不高兴和他论亲戚。妹妹的事情我当初不知道，我要知道，我一定早成全这一段神圣的事了。"

马先生道："你这话也太激烈，而且也没有办法。无论怎样我们两家总算是有名的人家，闹决裂了彼此面子都下不去。鲁亲家人也还不错，他一天在外，这些事全是亲家太太闹的呀。我想这样，还是请原来的媒人过来，我把种种情形告诉他们，再把上海来的这封信给他们看看，说明这一场姻缘是结错了。我们也很原谅玉山，同时我们敏儿也很可怜的。既是相处不融洽，就不加解开吧，免得将来再出别的不祥的事。至于我同鲁亲家，都是快近末梢的人了，交情仍旧还在的。你们说我这主意怎样？大家商量商量。"

马太太一直听他父子两个说话，谁说便将眼睛瞧着谁，这时瞧见马先生这样，便也点头称是。学敏也笑道："爸爸说的自然是好，刚才因为鲁家太令人生气了，所以说出那样的话来。"当下各自归寝。马太太自去告诉淑敏，劝淑敏不要伤心。

歇了几天，那媒人先生往返走了几次，鲁公使倒也无话可说，只是鲁太太唠唠叨叨地定要不依，鲁公使闹得无法，同鲁太太嚷道："你现在先拿十万现款来还了马家再说话，我是办不到的，你儿子那种种事情还姑且不提了。"

鲁太太这才住了口，这事便算了结了。

淑敏在病床上听到，心中也觉舒服一点，只是想起希文来，那眼泪便干不了。无论如何这一生也挽回不来希文，只把希文生前留给她的东西叫人从柜里拣出来，挑了一张希文的相片放在枕头底下，不时地拿出来，伏在被上哭悼一场。

一天，马太太来瞧淑敏，碰上也看见了那张相片，接过去看了半天，叹口气仍然交给淑敏，也没说什么就走了。淑敏看在眼里，由不得心里想着，母亲此时胸中的难过何尝减于自己，她看见自己憔悴成这个样子，可怜心里一百二十分悯惜自不用提。不过自己和希文这一段事情，以母亲的眼光看去，她心中一定是很菲薄的，只是痛惜自己太甚，不忍再拿不满的话来责罚自己罢了。从此以后，淑敏为避免母亲难过起见，和母亲也不提希文了。总待无人之时，自己才伤心地哀哭。天下至亲的无过母女，但是遇到了这些难言之隐，就是母女也不能全然地相谅。在下替马淑敏写出这段心思来，天下不乏伤心人，不知也有同感的没有？

闲话不提，淑敏这一病直闹了两个月，才算养复元了。心里还直念着秀瑛到底搬到哪里去了。立意到北京去找秀瑛，问问希文究竟死了没有。因为常时地捧着希文的相片哭完了，总疑心希文不至于就死，也许掉到海里遇着渔船救起来了。而且梦见好几次在希文房里听希文说投海遇救的情形，虽然醒过来知道这是心里记挂希文招出来的希望圆满的幻梦，实际上希文一定是死了。但是见不着秀瑛，当面听见秀瑛亲口的话，总断不了这番痴念。想来想去，秀瑛虽是搬了家，黄仲莹总没有同时也搬了的道理，不如先到仲莹家打听了再说。

于是一个人趁早车到北京，下得车来站上乱哄哄的依然如旧。淑敏也顾不得伤心，一直雇了车到仲莹家来，到了门前，赶紧一看，且喜那刘宅两个字的牌子依然还在，不觉心中立时放下一半。敲开了门一看，依然是原先那个当差的，便问道："你们少奶奶在家么？"

那当差的看见淑敏一张黄瘦脸，身上穿了件蓝布衫子，便道："你贵姓？"

淑敏不觉凄然地微笑道："你不认识我了？我是马小姐呀。"

那当差的才悟了过来道："哦，对了，您是马小姐。少爷和少奶奶陪老太太上黄宅了，您先请进来坐坐。"说着便要接过淑敏的手提包。

淑敏一听，不觉惘然，但是那当差的说是可以打电话给仲莹，也就随他进入内房来。仲莹听得淑敏忽然从天津跑来，也便赶了回来。一到家见了淑敏，不觉大吃一惊，抓着淑敏的手道："你怎么瘦成这个样儿了？"

淑敏本来就是极力地忍着的，经仲莹这样亲热地一问，好像缺了乳的孩子见着奶妈一样，再也忍不下去，登时鼻子一阵发酸，嘴唇一阵痉挛，泪水便如雨地倾了下来。哽了半天才勉强地说道："我来搅了你，很觉不安。"

仲莹见淑敏如此神态，与从前竟然变了两个人，怜惜惊讶得了不得，赶紧宽慰道："你不要这样伤心，也千万不要客气。你歇歇再说吧。"

说着早由仆妇手中接过手巾，给淑敏擦了面。淑敏道："秀瑛现在在哪里住？"

仲莹道："她回南了，她和老太太自从听到……"

说到这儿不觉顿了一顿，改口道："自从去年冬天就回南了。因为她老太太病一场，好了之后，恐怕万一丢在京里，所以就带着秀瑛和几个亲戚一齐走了。我们还到站上去送她们的。"

淑敏听了，大失所望。痴看着仲莹说道："我只道她搬到别一个胡同里，哪晓得她竟然回南了。好姐姐，希文死了，我前两月才知道，一直病到现在，巴巴地赶到京里，以为向秀瑛问一问他死后的情形，现在完了，死的死了，活的又走了……"

说着又哭，哭了半天，才接着对仲莹道："我和鲁家现在已经完全断绝关系了。"

于是把嫁后一直到现在的情形大概地告诉了仲莹，接着道："我和希文的情形你们二位是全知道的，我现在也不愿说起从前的话来，谁知道他这样？好姐姐，我也挽不回他了，拼着此后……"

312

说着声音早又哽得歇了。累得仲莹看见她三句话就一哭，陪了不少的眼泪，还是没得办法，只得劝她道："你要打听希文的情形，等一忽儿伯阳回来，他可以全告诉你……"

　　正说着伯阳就回来了，淑敏在伯阳面前比较客气一些，还勉强地支持住了。伯阳道："希文走的时候朋友面前简直没有通知，后来我们在报上看见他投海的话，大家惊异极了，秀瑛和他老太太也是天天哭，接着轮船公司的报告，才证实了。可怜那老太太直闹得大病几死，至于希文遗下来的东西，非常简单，总共只有两封信，一封给船长，一封托船长转交家里。词句都一样，只说海里景色极美，他愿意葬在伟大的海里。他很快乐，叫家里不要悲伤，也不必传扬，就完了。密司马见不着秀瑛也不必伤心，见着她所得的也不过是这几句。"

　　淑敏听了，也无可再说，伯阳也不便多劝。当时淑敏便要回天津，还是伯阳夫妇留下住了。伯阳仍睡里间，仲莹和淑敏在外书房安歇了。淑敏谈了又哭，哭了又谈，到后来叹口气对仲莹道："我们都是受过新教育的人，对于迷信向来都不信。不过我现在虽是不信，也要向这路上走了。希文这样一死，死后当然是无知的，我也不管有知无知，我此后想为他诵经，一半也为得自己忏悔。我自己现在蒙我家父可怜我，以后的事情由我自主。姐姐想想，我既没有勇气一下把自己杀了，活在世上还有什么别的事情可以让我这个苦命的人去做？"

　　仲莹是个聪明人，听她说得这样透彻，一时又没有更比她透彻的话来劝她。别的肤浅的话，说了也是无用。只痴痴地静听着淑敏一人说着，听到伤心之处，反不免又陪着淑敏洒泪。两个人竟一夜不曾好睡。淑敏次日起来，仍回天津去了。

　　歇了小半年，仲莹在家里正拿熨斗替伯阳熨长衫，伯阳回来对仲莹道："马淑敏又到北京许多日子了。"

　　仲莹道："你怎么知道的？"

　　伯阳道："怎么知道？她真做了姑子了！我今天碰见韦秋尘，他告诉我的。说是淑敏在镜花庵方丈宝修座下剃度了，名字叫作圆慧。我听了好生奇怪，便赶去看了她一次。果然完全是个尼姑装了，她还向我们道了歉，说出家人散漫，也没有来过，只用功念佛，替我们祝祷吧。那当家师宝修是个七十多岁的老尼姑，精神非常之好。夸奖淑敏聪明，凡是经赞一讲就明白，不过到现在还是执着颠倒得很，时常想起从前的事来就哭。我当时看了庙里地方又大又干净，淑敏虽是光着个脑袋，却依旧清秀得很，心里也不知是羡慕也不知是感慨。平常不到庙里，偶然一去，觉得风景好极了。明天我同你一道去看看好不好？"

仲莹自是答应，偏生第二天起刘老太太又不舒服，耽搁了几天。伯阳夫妇老远地跑到镜花庵，问圆慧，说是已经闭关了。仲莹问怎么叫作闭关，宝修道："凡修行的人，一心要想精进，便自己闭在一个屋子里，一个人也不见，好教自己做工夫，这就叫作闭关。"

仲莹听了不觉怅然，痴痴地看着那佛前白瓷瓶里插的鲜花朵儿，正轻轻地飘下一瓣来。无意味地回过头对伯阳淡笑道："我们走吧。"

图书在版编目（CIP）数据

湖海香盟·落花流水 / 刘云若著. — 北京：中国文史
出版社，2017.1

（民国通俗小说典藏文库·刘云若卷）

ISBN 978 – 7 – 5034 – 8450 – 6

Ⅰ. ①湖… Ⅱ. ①刘… Ⅲ. ①长篇小说 – 中国 – 现代
Ⅳ. ①I246.5

中国版本图书馆 CIP 数据核字（2016）第 264767 号

责任编辑：马合省　卢祥秋
点　　校：袁　元

出版发行：中国文史出版社
网　　址：http://www.chinawenshi.net
社　　址：北京市西城区太平桥大街 23 号　邮编：100811
电　　话：010 – 66173572　66168268　66192736（发行部）
传　　真：010 – 66192703
印　　装：廊坊市海涛印刷有限公司
经　　销：全国新华书店
开　　本：720 × 1020　1/16
印　　张：21　　　　字数：294 千字
版　　次：2017 年 1 月第 1 版
印　　次：2018 年 6 月第 2 次印刷
定　　价：49.80 元